鬼《おに》の《の》筆《ふで》

戦後最大の脚本家・橋本忍の栄光と挫折

春日太一

文藝春秋

鬼の筆

戦後最大の脚本家・橋本忍の栄光と挫折

目次

1939年、陸軍に入隊

1958年の橋本忍（左）と黒澤明

左から黒澤、松本清張、橋本

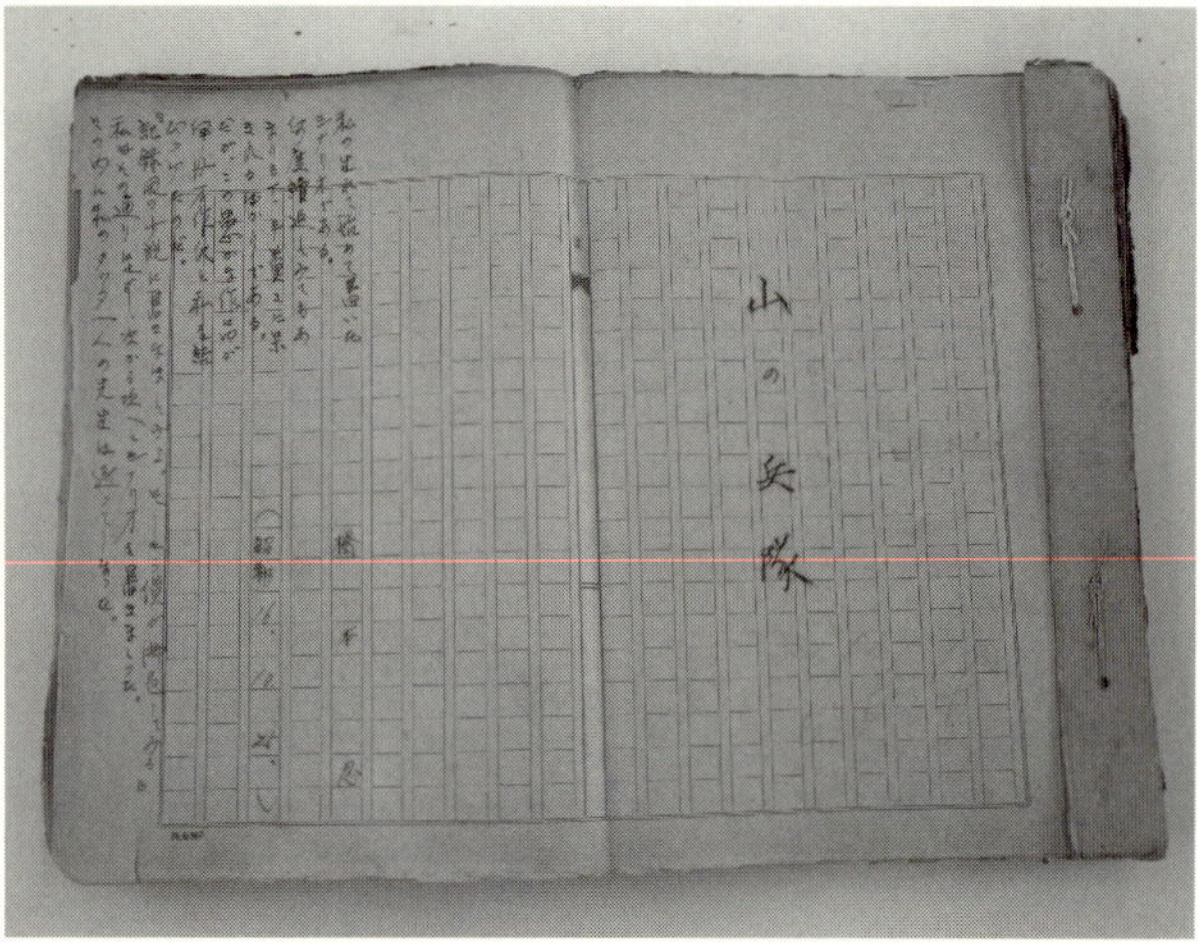

橋本の人生初シナリオ『山の兵隊』表紙

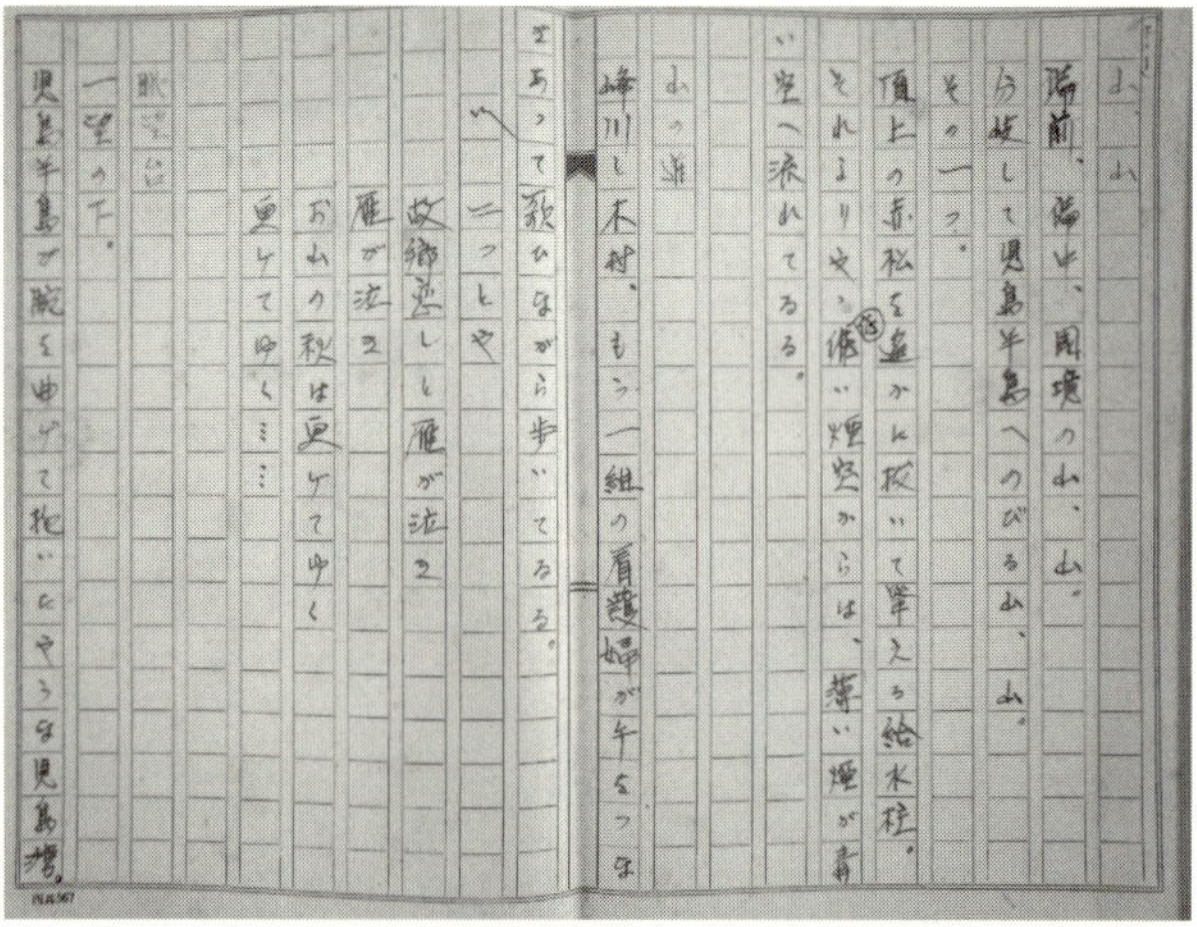

「山、山」から始まる『山の兵隊』原稿
（上下ともに橋本忍記念館蔵）

映画公開2年前の 1975 年に八甲田山で墓参りをする橋本（左）

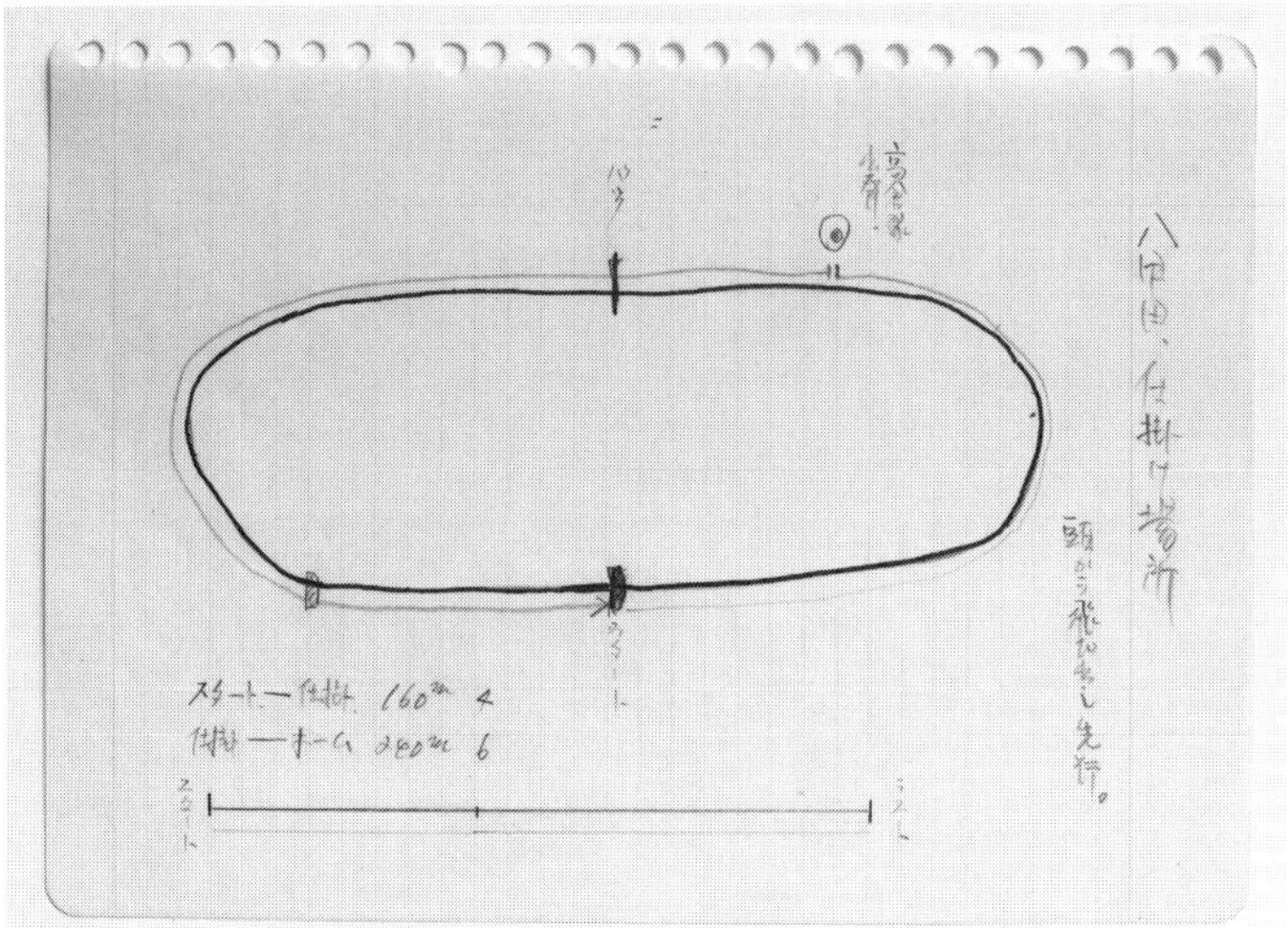

橋本の創作ノートに記された「八甲田、仕掛け場所」。
映画の展開を競輪に擬して、「頭から飛び出し先行」

自ら監督した『幻の湖』で南條玲子に演技指導

現場も混乱していたという『幻の湖』の撮影風景

筆者（右）のインタビューに答える橋本（2012 年11 月撮影）

題字　華雪
装幀　関口聖司

鬼の筆

戦後最大の脚本家・橋本忍の栄光と挫折

序～鬼の詩

人間は、生れて、生きて、死んで行く。その生きて行く間が人生である。

人生とは何だらう。

恰もそれは賽の河原の石積のようなものである。笑ったり泣いたりしながら、みんな、それぞ〳〵自分の石を積んで行く。

ところが、時々、自分達の力ではどうしようもない鬼（災難その他）がやって来て、金棒で無慈悲にこの石をうち崩す。

人間はそのたびに涙を流す。

表面的な涙だけではない。心の中が、いや、体全体までが涙で充満する。

そして、嘆き悲しみながらも、また石を積み始める。その涙の底には、その人自身は気がつかないにしても、何かとても強い意志……生きて行こうとするなにものかゞ……不思議な程に強い生命力がある。

もし、地球上のあらゆる生物が死滅したとしても、最後まで生き残るのは、人間ではなからうか。現実の社会は一見、ひどく複雑である。

従って、その中に生きている人間までが複雑に見える。

しかし、もっと人生を俯瞰的に見れば、いや、一人一人の心の中え《ママ》素直に入り込んでみれば、案外、人間ほど素朴で、悲しく美しい、そして強いものはないように思える。

その姿を的確に描き出すことが、「現代の詩」を生み出すことではなからうか。


これは、脚本家・橋本忍が映画『南の風と波』（一九六一年、監督も橋本自身）の脚本を書くにあたり、創作ノートに記した文章だ。

一九五〇年代から七〇年代にかけて、橋本忍は脚本家として次々と名作を書き、そして多くの映画賞を受賞し、大ヒットもさせてきた。

『羅生門』『生きる』『七人の侍』『真昼の暗黒』『張込み』『私は貝になりたい』『ゼロの焦点』『切腹』『白い巨塔』『上意討ち 拝領妻始末』『日本のいちばん長い日』『人斬り』『人間革命』『日本沈没』『砂の器』『八甲田山』――。

名作と名高い作品が数多く並ぶ、その圧倒的なフィルモグラフィは、「戦後最大の脚本家」としても過言ではないだろう。

そんな橋本の描いてきた世界を貫くドラマツルギーが見事に凝縮されているのが、冒頭の文章である。

人間が時間をかけて積み重ねてきたものを、自分たちではどうにもならない圧倒的な力が無慈悲に打ち崩していく──。そうした、「鬼」たちによる容赦ない理不尽に踏みにじられる人々の姿を、橋本はひたすら描いてきた。なにせ脚本家としてのデビュー作である『羅生門』からして、美しい妻と旅をしていた武士が、盗賊に殺害される話だ。

また、主だった現代劇を挙げるだけでも──。殺人犯として無実の罪を着せられる『真昼の暗黒』。人の好い理容師が、戦時中に上官の命令で犯した罪のために、戦後の軍事法廷で死刑になる『私は貝になりたい』。暗い過去をもち、苦労を重ねた者がようやく幸福を摑みかけたところで、事件捜査により全てを失う『張込み』『ゼロの焦点』『砂の器』。一方的な逆恨みのために築いてきた栄光を失う『霧の旗』。自然の猛威の前に人々の営みが全て飲み込まれていく『日本沈没』。上層部の無謀な命令のために、史上最悪の山岳遭難事故が起きる『八甲田山』。

時代劇においても、それは変わらない。『七人の侍』は野武士たちに蹂躙されてきた百姓たちの苦境から始まる。藩が取り潰されたことで貧困に陥り、そのために家族を失う『切腹』。心ならざる決闘に勝利したために「仇」として狙われる『仇討』。主君と主家の横暴に振り回される『上意討ち』。生き別れの父と知らず、暗殺してしまう『侍』。主人のために人を斬りまくった挙句、政治的な駆け引きの中で捨てられる『人斬り』。

ほとんどの作品において橋本は、自分自身ではどうにもならない災厄により悲劇的な状況に陥る人間たちを描いてきたのだ。

なぜ、そして、どのようにして、橋本はそのような「鬼」ばかりを描いてきたのか──。本書は、その全貌を解き明かそうとした一冊である。

映画史において並ぶ者のない実績を築いてきたにもかかわらず、実はこれまで、橋本の脚本執筆に関してまとまった証言を記した書籍はなかった。唯一、黒澤明監督との共作に関してのみ、その裏側を橋本自身が記した『複眼の映像』（文藝春秋）があるが、それ以外の作品に関しては断片的な証言しかなく、謎があまりに多かった。

それならば、自分でやるしかない――。そう思い立ち、橋本自身への取材を企画したのが、二〇一一年の暮れのこと。当時まだ二冊の著作しか出していない三十代半ばの筆者が、これだけのキャリアを誇る大脚本家と対峙するのは大きなプレッシャーもあった。だが、九十歳を既に超えている橋本の年齢を考えると、「早く証言をとっておかなければ間に合わなくなる」という想いが先立った。

幸いにも、橋本は取材を快諾してくれた。そして二〇一二年二月一日からインタビュー取材が始まる。

取材中の橋本は、全く年齢を感じさせないパワフルさだった。毎回が二時間以上、しかも澱《よど》むことなく語り尽くしてもらえたのだ。取材は橋本の体調を慮りつつ進めたため、期間を置きながらとなる。二〇一四年三月二十九日までに計九回、総インタビュー時間は二十時間を超えた。

橋本は、本当に多くのことを詳《つまび》らかに語ってくれた。それでも全てをうかがい切れたわけではなかった。だが、橋本の体調が悪化し、それ以上の取材が困難になる。体調回復を待って取材を再開する約束でいたが、その機会は訪れることはなく、二〇一八年七月十九日に百歳で亡くなる。

没後、ご遺族の了解を得て、橋本の書斎や物置を見させていただいた。そこには、膨大な数の創作ノートが収納されていた。人に見せるものではないので、時に鉛筆で、時にカナタイプで、乱雑に記されている。まるで古文書のようだった。

それらを一冊ずつ解析していったところ、生前の橋本が決して表に出すことのなかった、驚くべき「創作の裏側」が詳細に記されていることが分かった。

橋本の証言と創作ノートの検証、関係者への取材、そして既存の資料との照合――とにかく時間を要する作業となった。そのため、橋本への取材開始から本の刊行まで、十年以上かかった。

結果として明らかになったのは、その作風から全く想像もできない「真実」である。

いかにして橋本忍は「鬼の詩」を創作してきたのか――。これから始まるのは、十二年をかけて明らかになった、その驚愕の全貌である。

※橋本へのインタビューによる証言と、創作ノートからの引用箇所は全て太字で記している。

一　山の章

山間の田舎町

鶴居駅は姫路駅から播但線《ばんたん》に乗って北へ三十分強、現在は地方の無人駅ならではのひっそりとした駅舎がたたずむ。周辺には何軒かの民家と古びた商店しか並んでいない。駅前の小さな広場には、駅の規模と似つかわしくない大きな観光地図が立っており、「橋本忍の生家」の位置もそこに記されている。

一九一八（大正七）年四月十八日、脚本家・橋本忍はこの鶴居の町で生まれ、そして育った。駅を背に真っ直ぐに伸びる狭い通りを数軒ほど行ったところに、橋本忍の生家がある。二階建ての小さな間口の、昔ながらの民家だ。

橋本家から通りをさらに少しだけ進むと市川という川に行き当たり、一気に景色が広がる。それは「山間の田舎町」という言葉から想い浮かぶような、長閑《のどか》で牧歌的な山並の風景ではない。上流域とは思えないほど川幅が広く、豊富な水量を湛えながら激しく滔々《とうとう》と流れている。その河原に突き出すように切り立つ山々は決して高くはないが、どこまでも長く連なり、そのいずれもが鋭く急峻にそびえていた。

橋本の話によると、橋本家の歴史は、この市川とともにあったという。

橋本家は戦国時代には播磨の大名・赤松氏の国人衆であった。その後、江戸時代以降は、村で有数の広大な屋敷を有する豪農になっている。が、明治時代に起きた市川の大洪水で、全てが流されてしまう。

不運は続いた。その次に建てた家が、今度は国鉄による播但線の建設のために立ち退きを迫られたのだ。現代のような補償金は、ほとんど支払われることがない時代だ。橋本家は名主も地主もいないような、小さな集落へ引っ越さざるをえなくなる。越した先は、橋本に言わせると「貧乏な集落でひときわ貧しい家」だったという。

橋本が生まれた際、三男だった父・徳治は貧しさのために分家し、鶴居駅前に職住兼備の家を建て、そこで小料理屋を営むことにした。これが今も鶴居にある「橋本忍の生家」である。

橋本は、物心がついたばかりの頃には早くも、父に命じられて家業の小料理屋を手伝わされている。役割は大きく二つあった。

一つ目は、夏の暑い時期に狭い調理場で鰻を焼く徳治を、団扇で煽ぐこと。この時、橋本少年の足元には大量の藪蚊がたかってくる。が、これを団扇で払おうとしようものならサボっていると思われ、「アホ！　なにしてるんだ！」と徳治に怒鳴られた。そのため、パンツ一枚で徳治を煽ぐ少年の身体は足先から脇の下まで蚊に喰われて、痒みと痛みでいつも涙が出そうになっていたという。

もう一つの役割は、「鶏の処刑」を手伝うことだった。徳治には、いつも決まった鶏商人が生きたままの鶏を売りにきていた。徳治はその中から特別に美味そうだと思える鶏だけを選んで買い取る。そして、絞めて毛を毟《むし》ると、橋本少年に鶏の両足を持たせ、自らは羽を広げ、藁火で焼くのだ。何度か裏返しながら、肉全体が狐色になるまで焼き続けるため、橋本の手は炎に触れて火傷することも度々あった。それでも、徳治は手を放すことを決して許さなかった。

芝居小屋

「僕はいつも親父のケツにつきまとっていたんだ」（橋本忍・談）

インタビュー中、厳然とした雰囲気でいることが少なくなかった橋本だが、父・徳治について語る時は必ず、いつもどこか懐かしそうな、柔らかい微笑みを浮かべていた。その表情を見るだけで、どれだけ橋本が徳治を慕っていたかが伝わってきた。

どこかカタギではない気風が徳治にはあったという。徳治は大の博打好きだったらしく、ただの小料理屋の主人で収まるはずもなかった。店の経営が軌道に乗るようになると、新たな事業へと手を広げるようになる。

それは、興行――芝居小屋の経営だった。

徳治は毎年、お盆の季節になると、自腹で旅回りの大衆演劇の一座を呼び、独自に芝居の興行を開くようになる。家の近くに徳治の姉の嫁いだ家があり、そこには大きな畑があった。ここに簡単な芝居小屋を建てて客を入れたのだ。後に興行が上手くいくようになると、市川の河原に小屋を建てた。

金をかけて小屋を建て、そこに一座を呼んだところで、客が来るかどうかは分からない。入れば大儲けできるし、外れれば財産を失う。それが興行だ。まさに、究極の博打である。

博打で培ったのか、徳治は興行の嗅覚に優れていたようで、芝居はいつも盛況になっていた。そのため、毎年芝居の季節が近づいてくると、さまざまな一座の座長やプロデューサーたちが徳治のところに売り込みにやってくる。

企画の魅力を必死に語る座長たちと、博打打ち特有の直感でその成否を分析し、断を下す徳治。橋本は、その様子をいつも間近で見ていたという。芝居の関係者たちと丁々発止の交渉を繰り広げ、自身に優位な契約へと持っていく父の姿に、橋本は憧れた。

山間にある鶴居には、娯楽らしい娯楽はなにもなかった。それだけに、年に一度、お盆の季節になるとやってくる旅一座の興行を、橋本少年は胸を躍らせて待ちわびていた。触れ太鼓を叩きながら一座が町を練り歩くと、その後をついてまわったという。

芝居小屋といっても、大袈裟な作りの建物ではない。畑をならして筵《むしろ》を敷き、その上にテントを張っただけの、わずか二日で出来る簡素なものだ。橋本が後に脚本家になり東京に出てからも、徳治はこの地で芝居小屋を続けており、橋本の長女・綾、次女・綵も幼い頃にそこで芝居を観ている。二人の話では、その小屋は「掘っ立て小屋」のようだったという。

芝居の幕が開くのは夜が更けてからだが、少年時代の橋本はそれまで待ち切れなかった。陽が傾きかける頃になると、早くも小屋へ駆け込む。

といっても、五歳か六歳になったばかり。芝居の中身の全ては理解できない。それでも、楽しみでたまらないことがあった。

向かう先は、芝居小屋の楽屋だ。父が興行を取り仕切る勧進元であったため、部外者には禁断の世界であるはずの楽屋裏にも、自由に出入りできたのだ。楽屋の中央には白い布を敷いた長い板台が並び、その上には裸電球の電灯と鏡が置かれ、そこで二十人ほどの役者たちが筵の上に座り込んで向かい合い、化粧をしていた。橋本は、衣装の葛籠《つづら》箱の端から体を乗り出してその様子に見入る。

最初は白粉を胸のあたりまで塗りたくった「お化け」のように見えた男役者が、細い眉を描き、紅を引き、床山に鬘《かつら》を被せられると途端に「美しいお姫さま」になる。そんな「変身」を橋本は夢心地の中で眺めていた。

「ジロジロ人の顔ばかり見て、おかしな子や。去年も顔を見たような気がするが、人の化粧がなんでそんなに面白いんや。ここは子供の来るとこやない。向こうへ行きな!」

女形の役者はそう言って迷惑がることもあったが、構わず橋本は見続けたという。

当時の思いを、橋本は後にこう記している。

「変身！　私は胸がどきっとする。なぜ男が女になるのか分からないが、これには恍惚とした夢心地で、変身ほど私を夢中にさせるものはない」（『橋本忍　人とシナリオ』シナリオ作家協会。以下『人とシナリオ』）

祖母の伝える陰惨な物語

脚本家となる上で大きな影響を与えた幼少期の体験はもう一つあった。

物心がついた頃の橋本は、この職住兼備の小料理屋から、播但線の線路の反対側にある「ひときわ貧しい家」へ毎日のように通った。小料理屋には住み込みの仲居が多い時では三〜四人も寝起きし、忙しい時は洗い物や給仕のお手伝いも出入りしていた。その喧騒が性に合わなかったのだ。ただそれ以上に、橋本はその家に行きたかった。それは、「お婆ちゃん」と慕う祖母に会いたかったからだ。

「忍」という、当時では珍しい女性名前の由来は、父・徳治の長兄の妻の一族だった郡長からとったものだった。周囲の反対を押し切って命名したのが、橋本の祖母だった。自分で名前をつけただけに、祖母は橋本を孫の中でも特に可愛がったという。そんな祖母を橋本は後々まで慕っていたようで、取材中も「お婆ちゃん」と呼んでいた。

「西の家」と呼ばれるその家に橋本少年が着くと、農閑期や百姓仕事の合間は「お婆ちゃん」が縁側で縫い物をしていたという。橋本少年はその横に、膝小僧を抱いて座る。縁側は冬に障子を閉めると日溜まりになって暖かく、夏に障子を開けると田んぼから風が涼しく吹き抜ける。

この縁側で「お婆ちゃん」はいつも、昔話を語って聞かせた。「聞かせた」というよりは、橋本少年自身が縁側に来る度に「お婆ちゃん」の着物の裾を引っ張り、おねだりしていたのだ。可愛い孫の頼みだ。「お婆ちゃん」は何回も何回も、同じ話をすることになる。

といっても、語って聞かせた昔話は、いかにも子供が喜びそうな、胸躍るファンタジーや合戦絵巻ではない。

「生野騒動」。昔話を、橋本はそう呼んでいた。

明治初期に播磨・但馬地方で政府に対して農民たちが蜂起、「播但一揆」という大規模な一揆に発展した。中でも激烈だったのが、市川上流で起きた「生野県一揆」で、橋本家のある鶴居村もその地域に含まれている。「お婆ちゃん」もその一揆に参加しており、その顛末を幼い孫に聞かせていたのだ。

生野とは市川上流域の呼称で、「お婆ちゃん」の夫、つまり橋本の祖父もこの騒動に暴徒として参加していた。

「あっちの村でもこっちの村でも、ゴーンゴーンと早鐘が鳴ってのう――」

「お婆ちゃん」の昔話は、いつも同じ出だしで始まった。穏やかな顔から語られたとは想像できないような、陰惨で血なまぐさい暴動の顛末には、橋本はいつもワクワクさせられた。

橋本によると、この時の「お婆ちゃんの話」が、後に脚本家として陰惨で理不尽な話ばかり書くことになる原点となったという。

以下は、「お婆ちゃん」が語って聞かせた、物語の内容だ。


「ゴーン、ゴーン」

村々で鳴らされる早鐘を合図に、農民たちは竹槍で武装して集結した。維新にあたって明治政府が約束していた「年貢半減」を生野県庁に飲ませるためだ。

農民たちの竹槍に全身を突かれて水溜りに落とされ、もがき苦しむ役人。農民がさらに執拗に突き刺し続けたことで、真っ赤な血の池と化す水溜り。騒動のほとぼりが冷めた頃、警吏の策略にかかって互いに裏切り合い、密告し合う村人たち――。凄惨なエピソードが続いた。

そして、お婆ちゃんの話のクライマックスはいつも、首謀者の処刑シーンだ。

首謀者たちの処刑は、早朝から生野峠で執り行われることになった。寒風が吹きすさぶ中、罪状

弟・福助と（1928 年撮影）

祖父母の 80 歳祝い記念で（前列左から 5 人目が祖母）

を読み上げることなく、村人たちの斬首は粛々と進行していく。刀が振り下ろされると、遠くに飛んだり、直ぐ目の前に落ちたりする生首。反射的に前や横に倒れる、首を失った胴体。広場の周辺では死骸を引き取るために集められた親族が、ただ呆然とそれを見つめる。

その中から一人飛び出したのは、鶴居に住む若い女性・いさ。いさは斬り飛ばされた結婚間もない夫の首を抱き上げ、胴体に駆け寄る。そして、予め用意していた両端の尖った木を胴体の切り口に突き入れ、その先端に首を差し込み、首と胴を繋いでしまうのだ。周囲が唖然とする中、いさは棺桶を持ってこさせ、そこに死骸を入れると男たちに担がせて峠を去っていった。

村人たちは、一目散にそれに続いた。誰もがわれ先にと首を拾い、胴体に繋げていった。棺桶に入れると、次々と処刑場を後にしていく。その凄惨な光景を前に、警吏は誰も止めることができなかった。そして最後の処刑者は、閑散とした中で一人さびしく首をはねられることになった。

先にいくほどムゴうなる

橋本はこの血なまぐさい物語を、いつも恐ろしい思いで聞いていた。それでも、また聞きたくてたまらない想いを抑えることができず、毎日のように祖母の家の縁側に通い、せっついた。当時の橋本の頭の中は、いつも生野騒動で一杯だった。

そして、この「生野騒動」こそが、後の橋本脚本の原点に根差している——。橋本はそう振り返っている。たしかに、「生野騒動」の顚末は理不尽に始まり、理不尽に終わる。まさに、橋本が描き続けてきた「鬼の詩」そのものだといえた。

祖母はいつも「昔話」をこう言って締めくくっていたという。

「鶴居は大勢が殺されてのう。いや、昔から一揆をしたら首を斬られるが、願いの一部は聞いてもらえる。けど明治の政府は首を斬るだけで、願いは一切合切聞きやせん。先にいきゃいくほどムゴうなる、それがこの世じゃ」

このエピソードを語った後で、橋本はこう続けた。

「生野騒動の最後は一番不条理になるんだよね。何かそれは、普通の話じゃない、特別な何か奇妙な事件の出来事だよね。

僕の書いてきた脚本も、これ全て異常な事件でしょう。普通の出来事じゃないよな。ゴーン、ゴーンと鐘が鳴って、いろいろなことがあって、最後に一番不条理なラストになる。これが僕の書いてきた脚本。それ、全て『生野騒動』なんだよ。

五つ、六つのときに生野騒動というのが頭の中にもうすり込まれてしまっているわけだ。僕が書いてきたのは、それの変化に過ぎない。その持ち歌一つを色を塗り替えてやってきたわけだ。

だから、僕のシナリオは不思議にハッピーエンドはないね。ならんね。ハッピーエンドにならんのだ。なんかならんのだよ。どうもハッピーエンドにしたいと思うこともあるけど、ならんのだねえ――」

そして、この生野騒動の話で重要なのは、「先にいきゃいくほどムゴうなる、それがこの世じゃ」という点だろう。橋本の描くドラマは、状況を打破せんと闘うほど、それとは対極的な結果を招き、破滅する人間が描かれることが多い。本書の冒頭に挙げた、まさに「鬼」の詩そのものだ。

たとえば『白い巨塔』（六六年）のラストだ。権力欲が渦巻く大学病院にあって、ただ一人で正義のために戦った里見医師は敗れ、そして大学を追放される。それを橋本のシナリオは次のように描写している。

「通用口から、小さなゴミが吐き出されるように一人の男が出てくる」

正義のために戦った男に用意されたのが、「小さなゴミ」として終わるという惨めな結末なのだ。これぞまさに、橋本脚本の真骨頂といえる。

「でもね、世の中そのとおりだと思う。徳川時代を経験した人にはね、お役所に刃向ったものは最後は首切られるんだけれど、必ず年貢も安くなるとか、何とか報いられるものがあって、首切られるんだ。でも、それがだんだん報いられるものなしに首だけ切られるようになったんだよな。それは恐ろしいね。だから、今にみんなの持っているお金が全部封鎖されて、一銭も使えないということが来るかもしれない。そんなことは、国家というのは何でも平気でやるからね、一番怖いことをやるんだ」

橋本は幼少期に既に、人を苛む「鬼」の存在を強く意識しており、その意識が後の創作の土台となったのだ。

自由を求めて

一九三四年、橋本は地元の高等小学校を卒業した。その後、一度は薬問屋の「丁稚奉公」に出るが、すぐにそこを逃げ出してしまう。そして、紹介を受けて鉄道学校に入学、卒業後は国鉄に就職している。

両親は橋本を大学まで行かせたかったが、橋本が断ったという。その理由を、橋本は次のように語る。

「これは端的に言って、家がそんなに裕福でなかったということも原因。でも、それだけではないんだ。親戚にはお金持ちがいろいろいたからね。親父もおふくろも親戚に頼んで、僕の学費を出すつもりだったんだ。でも、それは僕にすれば『とても困る』と思ったのね。

そんなこととして上の学校へ行ったら、卒業したらもうお役所の堅い官吏か何かにならないといけなくなる。それはもう、絶対に自分にとっては嫌なことだった。そういう職業は嫌なんだ。いい成績で大学を出たら、結局は役人になるしかないと思っていたの。役人になって一生暮らすなんて、いちばん嫌なことなんだよ。だから、いかにして大学に行かないようにするかを考えたんだ」

なぜ、そこまでして、「役人への道」を嫌がったのか――。重ねて、橋本に尋ねてみた。

「もっと自由な何かがあるんじゃないかっていう気がしたんだ」

それが、橋本の答えだった。ただ、橋本の目指した「もっと自由な何か」とは、この時はまだ漠然としたものだった。その正体を確信したのは、姫路の鉄道学校時代のこと。

ある休日、橋本は姫路駅前の通りを歩いていた。そこには「堀田旅館」という旅館があり、その前に人だかりができていた。気になって覗いてみると、入口のコンクリートの土間に薄い茣蓙《ござ》が敷かれ、そこで役者たちが衣装をつけたままメイクをしていたのだ。後に彼らは衣笠貞之助監督の映画『大坂夏の陣』（一九三七年）のロケ撮影に来た、エキストラたちだったと知る。

それぞれに鼻唄を歌いながらメイクする役者たちを眺めているうちに、橋本は「胸が張り裂けるほどの懐かしさ」を覚えたという。十年近く見ることのなかった、あの芝居小屋での「変身」の光景がオーバーラップしてきたのだ。これが自分の憧れていた世界だったのだ――。橋本の心に、そう強く刻まれる出来事だった

「あの時、僕の心の奥底に『河原乞食』の志向が意外なほどに強かったのだと知ったんだ。子供の時に親父の背中を見続けていたからかもしれない。親父は町のあぶれ者、それから博打打ちの興行師。そういう世界に憧れてたんだ。その無法な生き方がひどく気楽で自由で、羨望として心に焼き付いていた。どうも河原乞食というのが僕の夢だったような気がする」

後に、橋本は自身のプロダクションを設立し、『砂の器』『八甲田山』『幻の湖』という三本の映画を製作することになる。いずれの作品も、長期の地方ロケーション撮影を敢行しており、プロデ

ューサーや監督の立場で橋本も必ずこれに参加していた。

その際、昼食はロケ先での弁当だ。スタッフは屋外での食事になるが、プロデューサー、監督、スターたちはロケバスの中で食べることが多い。それでも橋本は、スタッフとともに外で弁当を食べた。

スタッフに「橋本さん、外は寒いし、中で食べたらどうですか」と言われると、「いや、僕は風に吹かれて弁当食うのがいいんだ」と返したという。砂利道だろうが、どこだろうが、座った場所が食事スペースになる——。そんな経験を橋本は「**これほど楽しいことはなかった**」と振り返る。

それこそが、「自由な何か」の正体だった。

『八甲田山』のロケハン時は、同行した美術の阿久根巌と一緒に地面に座り込みながら、「阿久根ちゃん、いい商売だな。どんなとこでも座れる——いい商売だな」としみじみ語りかけたという。

若い頃の憧れが、叶った瞬間だったのだ。

結核と療養所

一九三七年、日本は中国との戦争を始める。翌三八年には国家総動員法が施行され、日本は全国民を巻き込んだ戦時体制へと突入していく。

そうした中、鳥取歩兵四十連隊は初年兵として、二千人の若者を現役召集した。その若者たちの中に、当時二十歳で国鉄竹田駅に勤務していた橋本もいた。三カ月の訓練を終えたら、橋本も連隊の一員として中国戦線に向かうことになっていた。

だが、戦線へと運ばれる兵士たちの中に、橋本の姿はなかった。

出征の直前、体に強い疲労を感じて陸軍病院で診断を受けたところ、即日入院となったのだ。三日後の検査で結核菌が検出、「肺結核」と診断された。当時、結核を病んだ者は「永久服役免除」という扱いになっており、橋本は除隊させられ、療養生活に入ることになる。

最初は陸軍病院での隔離病棟、次に日赤病院を経て、厚生省の管理する「傷痍《しょうい》軍人岡山療養所」へ移された。

傷痍軍人療養所は、軍内部で多発する結核患者に手を焼いた陸海軍による、橋本いうところの「《**結核廃兵**》**を丸投げにする**」意図をもって建てられた施設だった。各都道府県に一カ所ずつ建設することになっていたが、岡山県は比較的早く出来上がっていたので、兵庫、岡山、鳥取、島根の四県を本籍地とする「廃兵」は、ここに集められることになったのだ。

「**端的に言うと――病気の治る者もあるけど――ほとんどの患者が死ぬんだよ。その悲惨な結核廃兵の死を一般社会からカムフラージュするため、人目につかぬ山の中に集め、こっそりと死なせるための施設なんだ**」

橋本は軍病院からの直接の移動ではなく、日赤病院からいったん帰郷してからの単独入所となった。そのため、播但線の鶴居駅で汽車に乗り、姫路で山陽線に乗り換え、岡山で宇野線に乗り換え、療養所の最寄りの早島駅で降り、トランク一つを手にさげ、徒歩で一人で療養所に向かった。

傷痍軍人岡山療養所は、瀬戸内海に突き出た児島半島の付け根にあり、小高い丘陵のような東西二つの山にまたがって建っていた。「東の山」には一病棟から五病棟までの五つの病棟、「西の山」

には六病棟から九病棟までの四つの病棟と、通称「外気小屋」という集落があった。

呼吸や咳、痰《たん》などで体内の結核菌を開放させる患者は東の山。体内に結核菌はあっても、外部へ拡散させない患者は西の山に収容の予定だった。だが、開放性の患者が多過ぎるため、西の山も六病棟が開放性患者の病棟になり、七、八、九が完全無菌者に割り当てられる。そして、病状が治癒し、退所を前にした者が農耕の作業などで体を慣らすため二名ずつ入る小屋を、「外気小屋」と呼んでいた。

橋本は東の山の一病棟にある収容病棟に入ることになる。入所する患者は誰もがまず、ここに入れられた。陸海軍病院からのカルテの移送がないため、とりあえず収容病棟に収容し、一週間は絶対安静にさせ、レントゲン、血沈《けっちん》などの各種検査で徹底した診断を行うためだ。その上で病状を把握して、適当な病棟へ振り分けることになっていた。そのため、一週間は収容病棟のベッドから離れることはできない。

収容病棟の病室はベッドが三つずつ二列に並ぶ六人部屋で、橋本は真ん中のベッドだった。特等席は窓際、続いては廊下側だったが、橋本の入所する前日に島根県松江の陸軍病院からの移送者五名が既に病室に入っており、遅れてきた橋本は仕方なく、真ん中で寝起きすることになった。

時は七月末。入所した日も暑かったが、その次の日も暑かったという。

午前中は少し風があり、窓外の赤松林が蟬時雨の中で、潮騒のような音をたてる。風は少し離れた瀬戸内海から吹き込んでくる。

「ここで、この松籟《しょうらい》を聞きながら死ぬのか――」

橋本はそんなことを考えながら、寝ていた。

午後になると風がピタッと止まり、暑さは酷くなった。しかし、絶対安静なので動くわけにはいかない。松江からの五名は収容病棟での過ごし方に知識があったのか、全員が雑誌や単行本を用意して時を過ごしていた。だが、橋本は読物の類いは一切持ってきていなかった。そのため、仰向けのまま天井を見つめているより仕方ない。我慢の限界を超える退屈が襲う。

そんな時、隣の廊下側のベッドの小柄な男が起き上がり、本を一冊手にして声をかけてきた。

「よろしかったら、これでもお読みになりませんか」

思いがけない厚意に、差し出される本を受け取ると、それは分厚い雑誌で、表紙には『日本映画』とある。中を開いてみたが、興味のある記事はなかった。そして、ページをめくっているうちに、巻末に掲載されたシナリオが目に止まる。

これが、橋本が初めて目にした、映画のシナリオである。

橋本はシナリオを読み終わると、雑誌を貸してくれた小柄な男に確かめた。

「これが映画のシナリオというものですか」

「そうです」

「実に簡単なものですね——この程度なら、自分でも書けそうな気がする」

橋本の言葉に、小柄な男は苦笑した。

「いやいや。そうは簡単には書けませんよ」

「いや、この程度なら、自分のほうがうまく書ける……これを書く人で、日本で一番偉い人はなんという人ですか？」

松江六十三連隊の陸軍病院から来た小柄な男——成田伊介は躊躇うことなく答えた。

「伊丹万作という人です」

伊丹万作。『国士無双』（一九三二年）、『赤西蠣太《かきた》』（三六年）といった名作時代劇を撮った監督で、『天下太平記』（二八年）や後年の『無法松の一生』（四三年）にはシナリオを提供するなど、脚本家としても高い評価を得ていた。

その名前を聞いた橋本は、少し勢い込んでこう言い放ったという。

「では、私は自分でシナリオを書いて、その伊丹万作という人に見てもらいます」

楽しい療養所生活

入所からしばらくして、橋本は自身の病状を知ることになる。思っていた以上に、深刻な状況だった。

「診断して病状を見て各病棟へ振り分けられることになるんだけど、僕は菌が出ないんだから西の山だと思っていた。ところが、東の山の一病棟へ入れられたんだよ。それで、ひどく不満だった。僕は菌が出ないんだから。

それなのに、結核菌がウヨウヨしてるような病棟にいたんだったら体が悪くなると思って、医者に抗議入れたの。『どうして僕は無菌なのに東の山ですか』と言ったらね、『あなたの病状を見てみんなで決めたんだから、その通りにしてください』と言われるだけで、それ以上は何も言われないんだよ。

それである日、カルテを盗み見てわかったんだけど、粟粒《ぞくりゅう》結核だったんだ。それは、当時の医学では絶対に治らないという病名だった。

大きな結核菌の巣ではなくて、蜂の巣みたいな小さな傷がいっぱいある結核菌なの。他の結核患者は症状が進んだら痩せ衰えて、青黒い顔になって体力が落ちて死ぬ。でも粟粒結核はそうではなく、病巣の菌が一つ動き出したら全部が一斉に動くから、もう派手に血を吐いて三日ほどで死ぬというんだよ。もうどうしようもないよね」

そうなれば、橋本は療養所での明日をも知れぬ命を燃やすかのように、シナリオの執筆に取り掛かった——と思うところだが、実はそうでもなかった。療養所での生活が本格化するにつれ、シナリオのことは忘れてしまっていたのだという。

「療養所は案外楽しかったんだよ。そりゃ、当時からすると明日をも知れぬ病気だわな。だから普通は暗いと思うよね。でも、そうでもないのよ。当然、ここからシナリオを書くと思うところだろうけど、全くシナリオは書かなかった。毎日が楽しくて、もうシナリオのことなんか頭になかったんだ」

その楽しかった日々がどのようなものだったのかを尋ねると、橋本は次のような思い出を一気に語り倒していった。

「療養所の食事がまずいんだよね。それまでにいた陸軍病院では、最高の食事を出してくれるわけよ。結核患者といってもまだ同じ兵隊として扱うから。

炊事場に行くと、戦争中でも、魚でも肉でも何でも山ほどあるんだ。炊事班長に『今日はみんな刺身が食いたいと言ってる』『今日すき焼きしたいんだけど』って言ったら出てくる。炊事班長も兵隊でいたときには鬼みたいに怖かったんだろうけど、結核患者には怖くないのよ。だから、好きなものの食える。卵もパンも肉も野菜も、自由にある。そりゃもう最高のものを食ってたんだ。

だから、療養所に行ったときにはもう愕然とした。食事の粗末さにね。だけど、しょうがない。とにかく飯食わなきゃ生きられないから。しかし、医者の言うとおりに安静で寝てたら腹減らないんだよ。腹減らない上にこんなもの——食えやせんから。それで、とにかく腹を減らして飯をたくさん食えるようにならないといかんと思って、無断で山を抜け出して毎日のように歩いていた。

人間の寿命ってわからんね。医学では治らないといわれる僕らのような粟粒結核は二、三人いたけどね、『治らない』と言われた奴でも治ってるの。大人しく寝てた奴は、みんな死んだ。

そうやって勝手に山を出ることを『越境』といっていた。ただ出るだけじゃないんだ。外へ抜け出すときには白衣に着替えて、その白衣に襟章をつけるわけ。将校の中尉ぐらいの襟章をつけて、軍帽をかぶって出ていく。

そうすると外の女の人にモテるの。将校だと思われるから。中には凄い奴もいたよ。そいつは『《出征兵士遺族慰問》をやってる』というんだ。

旦那が出征して奥さんが一人住まいの家を訪ねて、その奥さんを落とす。狙ったら、必ず関係するの。落とさなかった奥さんは一人もいないんだ。『俺は慰問して戦争に協力してる』って豪語するもんだから、『その極意を教えてくれ』と頼んだら、『お前らに教えてもできない。それに、これはこれで大変なんだよ』って言うんだよ。

あれは途中で退所したか、死んだのかどうかわからんけど——まあ、元気でやってるんだろう。

夜に山を抜けて、倉敷へ遊びに出たこともある。倉敷まで六キロあるんだけどね。六キロぐらいの道は僕らにすりゃ何でもない。鳥取歩兵四十連隊というのは、歩兵の中で日本で一番の健脚部隊だったから。昭和十一年の二・二六事件を契機に、軍は政治に関与させずに軍隊だけを強くする、世界一の軍隊にする——ってことで初年兵に厳しく当たった。それが、僕ら昭和十四年度の現役兵なんだ。だから、鳥取の歩兵四十連隊で昭和十四年度の現役兵だと、日本の陸軍の中で行軍力が一番あるの。病んでいても、六キロぐらいなんでもない。

倉敷までは国道二号という道を通ってね。国道とはいっても、当時は両方とも中心部の一車線だけ舗装してあって、あとは砂利道だから草が生えてんだ。それが一面の月見草……宵待草なんだよ。目路遥かにまっすぐにズラーッと咲いてる。夢みたいな光景だよね。

そんな中を歌を歌いながら歩いた。いろんな歌を歌うんだけど、『宵待草』がやっぱり一番合うんだ。竹久夢二って岡山出身の詩人だからね。

夜の六時か七時、宵闇が濃くなる頃に一番きれいに咲く。だけど、帰るときには花が全部ないの。しぼんでしまう。風も冷たいから、帰る時はなんだか悲しいものもあったね」

天皇のマスカット

橋本にとって、「越境」時の思い出深いエピソードはもう一つある。それも、岡山ならではのことだった。

「児島半島といったら全国でも有名な果樹の生産地なんだよね。だから、果樹農家へ行くでしょう。

行くと、兵隊さんだからということでご馳走してくれるんだ。木で熟した、家の者と親類の者だけが食べるために、実をちぎらずに残している桃。これはもう天来の福音ほどうまい。この桃を食ってから、果樹漁りに夢中になってね。

山を下りて山一つ離れた集落を見たらさ、温室があるの。何だろうと行ってみたら、マスカット。それで覗いてたら、『こら！』ってその持ち主の人が温室の中で僕らを怒鳴るんだ。『お前ら、東の山の兵隊だろう』って言うから、黙って頷いた。すると『ここは、お前ら肺病病みの来るとこじゃない。ここのブドウはな、宮内省の御用達で天皇陛下が召し上がるマスカットを作ってんだ。帰れ！』って怒鳴るわけ。

僕は何もブドウを欲しがったわけでもないんだよ。だけど『肺病病み、ここはお前の来るとこじゃない。帰れ』と言われたらね――。そのことを療養所へ帰って友達に話した。『嫌な奴がいる』って。すると、その話を東の山の顔役――『特務曹長』という名前でみんなが呼んでる男がいてね――元は陸軍の下士官なんだけどね、そいつに話したわけ。何も好き好んで肺病になったことないのに、『《お前ら肺病病みの来るとこじゃない。帰れ》とはなんだ！　ふざけるな！』と。それで、そこへ行ってそのブドウを天皇陛下より先に取って食ってしまえってことになった。

僕は『それはあかん』と言った。べつに天皇陛下のマスカットだから『あかん』というわけではないんだ。その温室にでかい南京錠掛けてるのを見たからなんだよ。

すると特務曹長も『うーん、それはちょっと難しいな』って言うし、僕の友達も『そいつはあかんな。それは開けられないな』と言うわけだ。でも特務曹長が『軍隊というものの一番大きな特色は、いろんな職業というのが集まってることだ』って言うんだよ。それで『この療養所に錠前屋ぐらいいるんじゃないか。連隊単位だったら必ずいる』と。それから一週間ほどして、大森という奴が『橋本、錠前屋が二病棟にいる』と教えてくれた。それで僕は『そいつのガフキーは何号？』って聞いた。

ガフキーというのは結核菌の排菌状況を表す指標のこと。僕らは病状は全部ガフキーで言うようになっていて、病状は顕微鏡一視野にいる結核菌、ガフキーの数によって決まるの。一匹いれば一号、二匹いれば二号、三匹いれば三号って呼んで。それで大体の病状が僕らは分かるようになっていた。

それで、『ガフキー何号？』と聞いたら、『二号だ』と言う。二号なら連れていっても大丈夫だろうということで、月夜の夜を選んで、八人編成でその温室へブドウを盗みに行ったの。

山へ上がるところが第一立哨（見張り）地点。山の曲がり角が第二立哨地点。第三の立哨地点のすぐ下に温室があって、僕は第二立哨地点の歩哨になった。

特務曹長がそこへ来たときに『橋本、おまえは初年兵だったな。大丈夫か』と言うから、『初年兵だって一期の研修済んだら星二つになって一等兵だから、歩哨ぐらいできるよ』って返した。まあ、その特務曹長は十年近く野戦でいて弾の下くぐっていた奴で経験はまるで違うから、心配だったのも分かる。

それで僕に『歩哨はどうするか言ってみろ』と言うから、『橋本一等兵は第二哨点にあって、第一哨点と第三哨点を常に交互に見て、上の哨点から合図があった場合には下へ、下から合図があったら上へ合図を送る。下から通行人が来るときは、自分は稜線の下へ入る』って、ちゃんとそれ軍隊用語で言ったの。そうすると特務曹長が『言ったとおりにやれよ』と、あとの五人を連れて上がった。

で、すぐに第三哨点が合図を送ってきた。それは終了の合図なんだ。だから、『え？　もう終わった。やっぱり開けられなかったのか、錠前屋』と思ってたらね、五人が下りてきて、みんな懐にブドウをいっぱい入れてんの。でも、これを療養所へ持って帰るわけにはいかん。療養所へは半分ぐらいにして、ここで半分ぐらい食おうやって食い始めたの。

特務曹長がそれを食いながら錠前屋にね『おい、錠前屋。お前、さっきさ、温室小屋の錠を開けるとき、錠前をじっと見るだけ見てて何も触らずに、やがて懐から軍手を出して手袋はめて、それで錠前を手に取って見て裏をこう見て、それから五寸釘出してパッと開けたな』と言うわけだ。『ああ、そうだよ』って錠前屋が言ったら『おまえ、軍手を使ったということは、錠前に指紋が残らんためにそうしたんだな』って。錠前屋は『ああ、そうだよ』ってブドウを食いながら平然と言ってる。『じゃ、おまえ、錠前屋というけど婆婆《しゃば》では泥棒だったんじゃないか?』と聞いたら、また平然と『ああ、そうだよ』と言うんだよ。

みんな、ギョッとなったよ。特務曹長としても、『お前、婆婆で泥棒やってたんだろう』って言ったら、『いや、そんなことはしてないよ』ぐらいのことを返すと思ったろうからね。特務曹長も戸惑っちゃって、逆にお世辞を言ってた。『お前、実入りのいい商売してたんだな』って。すると錠前屋はブドウを食い続けながら、『いや、そうでもないよ。ヤマは当たることもあるけど、外れることも多いからな』と言ったと思ったら、パーッとブドウの皮を吐いて、こう言うんだ。

『天皇陛下って案外くだらんものを食ってやがんだな。みんな帰ろう』

憲兵に見つかったら大変だから、みんな食ったブドウを、皮を一つも残さんように集めて、川へ流して帰ってきたの。

それから、しばらくして寒くなった頃、大森が『橋本、錠前屋の体調が悪くなって個室へ入った』って言うんだ。『個室へ入る』ってことは、もう死ぬということ。『見舞いに行くか』と大森が言うんだけど、僕は『見舞いに行くたって、お前。一回ブドウ取りに行っただけのことだから、見舞いに行くほどのことないんじゃないか？』って断ったの。大森も『まあ、そうだわな』ということで行かなかった。

それから何日か経って、西の山から町のほうへ抜け出る道を歩いてたら、焼き場で煙が上がってる。『ああ、誰か死んだんだな』と思って、道で立ち話している療養所の庶務の係に『誰が死んだんだ？』と聞いたら、『二病棟の個室にいたナントカナントカ』って。それ、錠前屋の本名なんだよね。錠前屋が死んで、燃やしてたわけだ。ここを通りかかったのも縁だから、一つ手を合わせに行こうかって大森と二人で行ったの。

そしたら、もう焼き終わっていて、奥さんがその骨を拾って骨壺へ入れてね、僕ら一人一人に挨拶して回るんだ。これが凄いべっぴんさんなの。藤あや子をきれいにしたような感じ。それで僕と大森で『泥棒の女房にあんな人がいるわけがない。あれは泥棒じゃなかったんじゃないか、あいつの商売、一体何だったんだろう――』って語り合ったのを覚えている」

療養所での生活は「楽しい」とは言っても、たえず「死」と隣り合わせの日々には違いなかった。少し前まで仲の良かった相手が急に亡くなることもあるし、自身もいつそうなるかは分からない。

「そういう生活の連続だったから、案外苦しくなかったね。そのくせ一方では、いつか死ぬんだと分かってるから、自殺するにはどうしたらいいかということを考えたりしていた。モルヒネが自由自在に使えるから、モルヒネ中毒になった奴はそれを断ち切るのが大変だった。

それに、有菌病棟の六人部屋にいるときには、同じ部屋の奴らが次々と死んでいくからね。喀血《かっけつ》を始めると、看護婦も医者も来ないんだ。だけど僕ら同室者は戦友意識があるんだよ。近くのベッドの者はみんな戦友。だから、協力し合って、喀血した奴を抱き起こしてバケツ持って血を吐かせるわけ。『もっと吐き出せ！』って。

喀血で死ぬというのは、血がたくさん出て死ぬんじゃないんだ。血液がなくなるほど吐くわけでもないから。一日二日と喀血したら力がなくなって、血液が血管に詰まって呼吸できなくなって死ぬんだよ。だから、吐かせれば長生きできる。だから、そうお互いに看病してやっていたんだ」

それでも、橋本はこうした状況を深刻に受け止めてはいなかったという。

「だからといって、それを陰惨とも感じてなかったね。結核の恩給がつくから、懐は裕福なのよ。問題は食事くらいだけど、まずいものがあっても町へ行っておいしい魚を買ってきたりとかもやってたし、雰囲気としては暗くなかったね。近くだと、抜け出しても結核の兵隊だって分かってしまうから、連絡船に乗って四国まで行ったこともあったくらい」

1940 年、傷痍軍人岡山療養所で（後列中央が橋本）

二

藪の章

〜『羅生門』

二年以内に死ぬよ

療養所での生活が二年ほど続いた、ある日のこと。橋本は菌が外に出ることは既になくなり、外気小屋に移っての労務作業も問題なくこなせるようになっていた。本来なら、いつ出所できてもおかしくはない。実際、共に作業していた面々は次々に出ていった。だが、橋本だけは退所願いを何度出しても、それが受け入れられることはなかった。

我慢ならなくなった橋本は、医官のところに怒鳴り込む。すると、次のような返答が来たという。

「橋本君、君は世の中に出たら二年以内に死ぬよ」

橋本は、こう返す。

「ではここにいたら、あと何年生きられるんですか」

困った顔をしながら、医官はこう答えた。

「三年は僕が保証する」

つまり、山にいようと、外に出ようと、一年の差しかないというのである。橋本は、その時の自身を**「死刑の執行猶予が続いているに過ぎない日々」**と振り返る。その一年の差は、かけがえのないものという気もするし、「たかが一年」という気もした。外に出れば仕事をしなければならないし、そうすると身体にも堪える。二年ももたないかもしれない。一方、療養所にいれば「死ぬまで飼い殺してくれる」ため、残された日々を平穏に生きられる。

そうして橋本は、無為の日々を山の中で過ごしていた。そんなある日、父の徳治が橋本を見舞う。入院して初めての訪問である。

大好きな父親との久しぶりの再会に、橋本も気が緩んだのだろう。「どうや?」と聞いてくる父に思わず、こう答える。

「元気そうに見えても、先はそんなに長うはないらしい」

ふと漏れた弱気な言葉だった。「死刑宣告」を受けてから初めて肉親に会えたのだから、弱音が出るのも当然のことである。だが、徳治はそれを許さなかった。

「そうか、分かった」と立ち上がると、「死んでいく者は止められんわ! 早う死ね!」と言い残し、その場を去ってしまったのだ。

この強烈な一言で、橋本は目が覚めたという。療養所の売店で筆記用具を購入し、原稿用紙に鉛筆を走らせた。

「おれは療養所を出る。

しかし、あまり長くは生きられない。

おやじの世話になるのはいやだから、また療養所に入る。
兵庫県は有馬に療養所が出来たそうだが、ここと同じような
山の中の松林で、松籟の音が聞こえるのだろうか。
いや、その時には血を吐きながらでもここへ戻って来る。
おれはこの早島で『松籟』の音を聞きながら死んでいく」(『人とシナリオ』)

これが、橋本が初めて原稿用紙に書いた文章だったという。
そして宣言通り、療養所を出た。許可は出ていないので、無断で──である。

「二年と三年なんて、一年の差だからね。『そんなのどうでもいいわ!!』と思うようになって、正式の許可が出ないまま抜けたんだ」

山を出た橋本は帰郷し、自宅で脚本を書き始める。ただ、二、三カ月すると体調が落ちる。そうすると再び山に戻った。そして一カ月くらい滞在して体調が戻るとまた自宅に帰り、二、三カ月して体調が悪化すると再び山に戻る。そうした日々を繰り返していた。療養所も、菌が出るわけではない橋本への対応は緩かった。残された短い日々をどう過ごすかを橋本の判断に委ね、自由な出入りを認めていたのだ。

そして一九四二年以降は山に戻ることを止め、なし崩し的に退所扱いとなった。
橋本が山に戻らなくなったのには、理由がある。それは戦争だ。日中戦争は泥沼化の様相になっ

ていたが、さらに四一年十二月八日の真珠湾攻撃を皮切りに、日本は太平洋戦争へ突入する。
橋本はその時点では療養所にいたが、この日米開戦は橋本の選択に重要な決定打となったという。

「日米開戦の時は今でも覚えている。療養所で朝飯食って茶わん洗っていたら、ラジオで軍艦マーチが入ったんだ。で、聞いたら、『アメリカと戦争する』と。一緒に茶碗を洗っていたのが海軍の飛行機乗りなんだけど、そいつが僕の顔を見て『負けやな――』って言ったの。『もう負けた』って。

僕は野戦に行かなかったけれども、療養所にいる他の奴は野戦帰りだからね。戦争というのは身近にわかっていた。やっぱり、弾の下くぐってきている奴は分かるんだ。支那戦線で戦っていた奴はみんな、必ずしも中国に勝ったんではないということを知っていた。日本は面ではなく点と線を確保しただけに過ぎない。だから、いつまでたっても解決がつかなかった。

中国だけでそんなになっているのに、その上アメリカと戦争してどう勝つの――というのがあの時の兵隊の意識だよ。だから、あの軍艦マーチを聞いた途端に、僕も含めてあそこにいたみんなが『負けた』という感じだった。

だから、『あともう何年かたったら日本はなくなる。もうここにいてもしょうがない』と思うようになったんだ。その当時は戦争に負けたらもっと酷いことになって、親父もみんな死ぬと思ったから。だから、外の世界で目いっぱいに生きようと思ったんだよ」

伊丹万作からの返事

一九四四年、戦況は悪化の一途をたどっていったが、その一方で橋本個人としては嬉しい出来事があった。「外に出たら二年以内に死ぬ」と医官に言われた、その二年が過ぎたのだ。

「実際のところ、治ったか治らないか、わからんわけだ。それは今だってそうなんだよ。正式な療養所の退所の許可は一度も出ないしね。それだけに、療養所へ帰らなくなって二年経っても死ななかったときは本当に嬉しかった。これを機会に人と言い争いを絶対にしないと誓ったんだ。こうやって生きられたんだから。でも、そんなの一日、二日そう思うだけで、三日目には『おんどりゃ！』って誰かしら捕まえて喧嘩をしていたけどね」

さらに、この年には前年に結婚していた妻・松子との間に長男の信吾が誕生。山の中で死を待つだけの毎日を送っていた男は、一転して市井での日常生活を手に入れることになる。

当時の橋本は軍需徴用により、姫路にある海軍の管理工場・中尾工業に勤めていた。本社で経理を担当した後、工場で原価計算方式の普及と指導や経理事務の監査を担当する。この経験が、後にプロダクションを経営するようになって活かされることになる。

そして、療養所と実家の往復をしていた頃からシナリオを書き始めてはいたが、この時期に本腰を入れるようになった。鶴居の実家で家族と暮らしていた橋本は、播但線で姫路まで片道五十分をかけて汽車通勤をしていた。その際、「ぼんやり外を見ていてもつまらない」というのが、執筆の動機だった。

大きく揺れる汽車の車両でも執筆を進められるよう、橋本は大きなカバンからベニヤ板の紙ばさみを取り出し、そこに用紙を挟んで書き進めたという。往路は始発からすぐなので座って書くこと

橋本が勤務した中尾工業の封筒
（中身は『三郎床』（P159）の原稿）

ができたが、帰りは帰宅ラッシュ。通路に立ったままカバンを横にして、それを机がわりにして板を置いた。といっても、そんな状況では清書はままならない。車内ではメモとして思いついたことを思うままに書くに留め、日曜日に自宅で推敲し、削除や修正を重ねながら仕上げていった。

こうして書き終えた、橋本の人生初のシナリオが『山の兵隊』だった。自身の療養生活を元にした、山奥の結核療養所での群像劇である。橋本忍記念館（故郷に近い市川町に二〇〇〇年オープン）に所蔵されている生原稿の表紙には「(昭和16．10．25)」と書き始めた日が記されているから、まだ療養所にいる時に執筆を始めたことが分かる。書き終わるのに約二年かかったのだ。

それだけの長い時間を要したにせよ、シナリオ執筆について特別な勉強を何もしてこなかった橋本が、いきなりオリジナルの長編を書けてしまうというのは並大抵のことではない。

「あの『越境』をしていた一年間が大きかったんじゃないかな。あの時はシナリオを一行も書かなかったんだけども、人を見る目が深くなって、それを『山の兵隊』で取り上げた。あの一年間があったからシナリオができたんだ。無為な一年間じゃないんだよ。

人と人との繋がり、それから人というもの、そういったことを非常に注意深く見るようになったんだ。それがあるから、人物描写というものが最初からある程度の段階に進んでいたと思う。一年間何もしていないように思えて、気づかぬうちに命懸けのところでいろいろ身について、それが作品に初めて活きてきたんだと思う」

そして橋本は、成田伊介との約束通り、伊丹万作にそのシナリオを送った。

当時の伊丹は結核を患っており、盟友の伊藤大輔監督の京都の邸宅を借り受け、そこで療養生活を送っていた。そして、そこで映画雑誌に映画時評やエッセイを寄稿しつつ、『無法松の一生』といった映画の脚本を書いていた

驚くことに、そんな伊丹から返事があったのだ。そこには、次のようなことが書かれていた。

・登場人物と挿話が多過ぎる

・五つの話は三つ、二つは一つに纏めたほうが映画としては効果がある

こうした技術的な指摘をした上で、伊丹は最後にこう締めていたという。

「あなたにはものを書く素養が欠け、才能や感受性のほうが先行し過ぎているのではないかと思われる」

そこにはあまりに厳しい言葉が並んでいた。だが、橋本は伊丹から返事が来たこと自体が嬉しかったようだ。後に、こう記している。

「思いがけず親切な批評がつけられ、返送されてきた。よもやと考えていただけに、ひどく嬉しかった」（『キネマ旬報　増刊』六四年四月号）

橋本は、まずこのことを成田伊介に報告しようと思い立った。シナリオのことも伊丹万作のことも、成田が教えてくれた。「シナリオを書いて伊丹万作に送る」そう誓った相手に、誰よりも先に

このことを伝えたかったのだ。

療養所に入った初期の頃は、成田とは一緒に山を抜け出し、倉敷の映画館に『駅馬車』を観にいったりもしていた。だが、橋本が退所する一、二年前からは会っていなかった。療養所に連絡すると、既に岡山から新たにできた松江の療養所に転院しているという。松江は成田の出身地だ。松江の療養所に電話すると、次のような答えが返ってきたという。

「岡山から移送後すぐに、成田さんは病状が悪化して死去されました」

謙遜しない男

それにしても、療養中の身とはいえ日本映画界の巨匠といえる伊丹万作が、どこの馬の骨とも知れないド素人、しかも初めて書いたシナリオに対して丁寧な返信を寄こすというのは、なかなかに考えにくいことだ。

それは橋本も思うところだったようだ。なぜ返信をくれたのか——。そのことを生前の伊丹に聞くことはできなかったが、後年になって次のように推測をしている。

「それはもちろん伊丹さんの人間としての律気《ママ》さがその第一ではあるが、もう一つ伊丹さんにあのシナリオを読ませる気持をおこさせたものは、その内容が療養所に材をとったからではなかったろうか」

「新らしい療養のやり方などに、興味を持たれたのではないかと思われる」

（『キネマ旬報　増刊』六四年四月号）

伊丹も同じ結核患者であるため、『山の兵隊』に記された結核治療の実態や、病状の具体的な描写に関心を抱いたのではないか――ということだ。橋本は公の場で述べる機会がある際は、基本的にこの説を採ってきた。

だが、今回の取材では、そうしたこれまで自身が語ってきた説を、真っ向から否定している。

「僕の送ったシナリオが、たまたま結核に関する話で、いろいろな病気の状態の人に対してこういう治療をする、こういう医療過程があるということを書いているんだよね。伊丹さんも結核で寝ていたから、そこに非常に興味があるから返事をくれたと以前は思っていた。

でもそれは違うの。なぜだかというと、僕の記念館ができた時に、ホン（※脚本）やなんか、全部そっちに送ったんだけれども、倉庫の中から伊丹さんに送った最初の『山の兵隊』が出てきたの。で、読んだの。

つまらない。粗雑というか稚拙でね。いいかげんなホンなんだ。でも、びっくりしたのは、僕が読んでも『この人は見込みがある』と思えたんだ。何か非常に大きな興味を持たせるものがあるの。稚拙な出来損ないでもね、きらっと光るものがあるんだよ」

これから後で出てくる証言においてもそうなのだが、橋本の言葉には自身の才や作品への自信が強固に表れている。謙遜は一切ない。これもまさにそんな橋本の傾向がよく出た発言である。

それでは、実際はどうなのか。橋本の言う通り、「きらっと光る」内容なのか――。それを検証するには『山の兵隊』の内容について、具体的に読み込むしかない。幸い、橋本忍記念館には当時の生原稿が所蔵されており、直に触れることができた。

以下は、そこからの抜粋を元に検証したものである。


『山の兵隊』

（F．I）山、山
備前、備中、国境の山、山。
分岐して児島半島へのびる山、山。
その一つ。
頂上の赤松を遥かに抜いて聳える給水柱。
それよりやゝ低い煙突からは、薄い煙が青い空へ流れてゐる。

『山の兵隊』は、このようなト書き＝場面描写から始まる。つまりこれが、橋本が生涯で初めてシナリオに刻んだ記述ということになる。

ここに記されているのは、まさにこの原稿を書いている当時の橋本自身の眼前に広がる、療養所の景色そのものだ。そして、この後で展開されるのは、療養所に入院した「山の兵隊」たちの群像劇。それもまた、橋本が経験している／してきた世界そのものだった。

だからこそ、そこには執筆当時の橋本の想いがストレートに反映されているといっていい。

たとえば、この次の場面。陸軍病院の自動車が山にやってくる。車には二十六名の新たな入所者を乗せている。車に向かって、「万歳！」を叫ぶ近所の子供たち。それに対する兵たちの下記のような描写が、今まさに療養所でこの原稿を書いている橋本の想いを伝える。

併し車窓の兵隊達は沈み込んだ感慨深げな面持で、子供達に答へる者もない。

〈沈み込んだ〉をわざわざ付け足して書いているところに、当時の強い想いを受け止めることができる。そして、続いての描写が、その心情を畳みかけてくる。

慰めるやうな元気づけるやうなその声に、当の患者は何の反応も示さず、却って座席の兵隊達が落着のない視線を相互に見交して前方を注視したが、迫り来る山には給水柱と煙突の外には何も見えない。

――それぞれの反応や視線のみしか記されていないが、それだけでも、「廃兵」として扱われる彼らを覆う絶望感が伝わってくる。その後の橋本脚本には、共通する特徴がある。それは、理不尽な状況に追いやられた人間を表現する際に筆致が強くなり、特に卓越した描写力を発揮するというものだ。初の脚本で既に、その萌芽が見られるのである。

一方で、その場にいた、あるいは出てすぐに書いた当事者でないと分からない、具体的な描写も際立つ。

たとえば、入所時の

一番最後に担送の患者は療養所の看護婦達の手に依って、担架のまゝ受附口へ運ばれ、運搬車の上に仰臥《ぎょうが》させられた。

というト書き（行動や情景などの描写を指す用語）。

あるいは
「傷痍軍人ハ精神ヲ練磨シ身体ノ障害ヲ克服スヘシ!!」

「傷痍軍人ハ自力ヲ基トシ再起奉公ノ誠ヲ効《いた》スヘシ!!」

という「傷痍軍人五訓」。

また、患者たちの会話を通して、結核にまつわる医学的な知識も多く書き込まれている。


「一週間もしたら所長診断があらあな。それで大体病状が決定すると。ほたら転室や。菌の出ん者が七か八かへ行くんや」

「やっぱり有菌無菌で療棟が違ふんか」

「今のところはな。併しこれは分離すべき根拠が稀薄やから、まあ早晩にはそんな区別も無うなるやろ」


「気胸はなぜあないに良く効くんでせうかな」

「徹底した安静療養だからですよ」

「安静？」

「肺と肋膜の間へ空気を入れて、さうすれば悪い肺は小さくなって、呼吸しても広がらない……空洞があっても潰してしまふし……温順しくなりますね。こうしてじっと寝てゐる私達の安静よりも手取早く……まあ、私らは、なるべく物を云はないやうにして、腹式呼吸でもやりませうや」

これらを読むと、確かに橋本が一度は「療養所の情報を知りたかったから伊丹が返信をしてきた」と推測したのも無理のない話だし、伊丹が「記録風の小説に書きなおしてみよ」と助言したのもよく分かる。

ただ、「当事者だからこそ」の描写だけなら、それはルポルタージュでしかない。シナリオには物語展開やドラマ性が必要だ。そして、実はそこも描けているのである。それはいずれも、いつ死を迎えるか分からない「廃兵」たちの、魂の叫びともとれる内容だった。

たとえば、一人の患者は次のように歌っている。

親兄弟に見離され、
浮世追はれて山に住み、
流るゝ雲を行く水を、
呼べど情《つれ》なく消えてゆく、
ホンニ、肺病ァ、辛いもの……

また、

「俺は、俺は、兵隊のまゝ、陸軍中尉のまゝ、なぜ戦死しなかったんだらう。なぜ除役にならずに兵隊で死ななかったんだらう……」

と弱気の言葉を発する患者に、主人公の柿本（橋本がモデル）は次のように語りかける。

「中尉殿、私達は兵隊です、山の兵隊ですよ」

「兵隊です。目に見えない結核菌、こいつを相手に血みどろの戦闘を続けてゐる兵隊です。中尉殿!! もう一度徐州戦の時のやうに頑張って下さい」

こうした、「山の兵隊」たちの切々とした想いが強く伝わってくるセリフが全編を貫いているのだが、中でも、印象深いエピソードが二つある。

一つは、身寄りが生き別れの兄しかいない、横井という患者のエピソードだ。病状が悪化した横井のため、看護婦たちは新聞広告を打って、どこかでそれを見るかもしれない兄に呼びかける。だが、それも空しく、横井の死は迫っていった。そして、横井は自死を選ぶ。

そんな横井の死に対し、柿本は「自から生命を絶ちし友へ」と言って、次のような詩を詠んでいる。

逝く春
風、
梢に鳴り、
雲、

空を行き、
波、
児島の海にきらめく。

癆痎《ろうがい》とは誰がつけた名ぞ、
白く細き指を陽にすかしつゝ
あらゆる人に、いや、
この山の草に木にまで、
感謝しつゝ喜びつゝ死を決意した。
哀れ美しき生命。

哀れ美しき生命は、
すが〳〵しく脆い白蠟の器に盛られたるものなれば、
音もなく毀《こわ》れ崩れて春が逝く。
花、散れば散れ、
春は逝く。

もう一つのエピソードは、弘川という患者のエピソードだ。彼は結核を病んだため、知らない間に双方の実家の判断で婚約者と別れさせられていた。それに激高した弘川は、山を抜けて婚約者のもとへ向かい、元婚約者に、こう言い放つ。

「**貴方とこのお母さんやお父さんに、肺病が癒るもんか、癒らんもんか、はっきり見せてやる!!**」

その後、弘川は意地を張って実家の畑で麦刈を始める。だが、そのために体調がさらに悪化。療養所に戻ると喀血が止まらなくなってしまう。その間も弘川は「**家へ知らしてくれるな**」と言い続けた。それは廃兵とされた者の、せめてものプライドだった。

弘川に、死が迫る。そこで弘川が叫ぶ言葉が、痛切極まりない。

「**きっと癒るんだ。きっと癒る病気なんだ……**」

「**自分の、つまらない、見栄坊と、反抗心の御蔭で、癒る病気を、癒らないものにしてしまったんだ……**」

そして終盤、こうした患者たちの生死を目の当たりにしてきた看護婦・吉織が一編の詩を発表する。それは、次のような内容だ。

一碗の飯、

一碗の汁、

合掌――。

炸裂して怒轟する砲弾もなければ、耳をつん裂く機銃の咆哮もない。

だが、

松籟この山に三年。

見えざる単細胞微細菌を相手に峻烈なる争闘が日夜展開された。

アイロニーに満ちた詩を通して、戦場に行くこともなく山奥の療養所で人知れず命を落としていった兵たちへの、橋本の眼差しが刺さる。

そして、この詩の題名が「山の兵隊」なのだ。あえて表題と同じ題名にしたということは、この詩に込められた想いが、作品全体の核であるといっていい。つまり、このシナリオ自体が、橋本と共に過ごし、共に結核と「峻烈なる争闘」を繰り広げ、散っていった兵たちへのレクイエムだったのだ。その兵たちの中には、間もなく自身の死も迫っていた橋本も含まれている。

橋本は最初に描いた習作の段階で、結核という病を通して「鬼」を描いていたのだ。

物語の最後は看護婦の「**全治退所っていいわね**」という言葉を嚙みしめつつ、療養所に残った柿本が退所者の乗る車を眺める場面で終わる。

橋本がこれを書き終えたのは出所後ではあるが、あの「死刑宣告」はまだ続いている最中だ。それを踏まえると、「全治退所っていいわね」というセリフをあえて橋本が書いた時の想いが偲《しの》ばれ、言葉の響きがより重く伝わってくる。

熟読してみると、たしかに新人のシナリオらしく物語の構成や展開は弱い。また、書式も気になるところだ。

人物名「（セリフ）」

という、セリフを書く際のシナリオの書式を守らずに、

××（人物名）が○○（人物名）に語る。

「（セリフ）」

「（セリフ）」

といった散文的な書き方をしているあたり、見様見真似ですらない素人の筆によるものということがよく分かる（だからこそ、この原稿がプロになって後から人前に出すために書き直したものではないとも分かる）。個々の患者たちの描き分けも、そう上手くはいっていない。そのため、橋本自身が言うように「稚拙」「出来損ない」といえるものだろう。

だが、だからといって何も残らない不出来な作品かというと、そうではない。先に示したように、後の橋本節に通じてくるような重々しい場面描写やセリフがそこかしこに見られるためだ。そこからは、「鬼」に苛まれる人々の悲劇が伝わってくる。

こうした筆致の力強さは、いくら習作を重ねてもそう身につけられるものではない、生来の才が左右する要素だ。初めてのシナリオで既にそれを表現できている橋本に対し、橋本言うところの

「きらっと光るもの」を伊丹が感じたとしても、不思議ではない。

伊丹の指導

これまで脚本家としての弟子を持たなかった伊丹が、橋本を弟子として迎え入れた。そして、当時の橋本の原稿には、伊丹が熱心な指導を施した形跡が残っている。

たとえば、記念館に所蔵されている無題の習作シナリオの表紙には、伊丹によるものと思しき、次のような指摘が記されている。

○全体としての登場人物に生活がない。所謂、類型的登場人物ばかり出ている。
○周囲の登場人物が克明に描かれていないから主人公の営みが浮いている。
○社会性が欠如している故か、何故こうなり、こうひどくあらねばならぬか、それがないからそれに耐えて生きてゆこうとする結末が空々しく浮いてみえる。
○肉づけ自体にするにしては話が急すぎるし、余分のものがからまりすぎている。
○唯暗いだけである。

乱筆の上に鉛筆書き、しかも長い時間が経過しているため判別の難しい文字もある。が、判読できる範囲だけ連ねてみても、伊丹の師としての厳然たる姿勢は伝わってくる。こうした文言の数々は確かに厳しいものであるが、いずれも具体的な示唆に富むもので、習作する上で間違いなく大きな糧となるアドバイスである。そのことからも、伊丹が橋本を高く評価し、大いに期待をしていたことは確かだ。

伊丹からの返信を得て以来、橋本は伊丹を師と仰ぐようになった。そして、引き続き会社の行き帰りの汽車でシナリオを書いては、それを伊丹に送っていた。伊丹もまた橋本に必ず返信を送っていた。そこには、必ず先に挙げたような具体的なアドバイスが記されており、その言葉はいずれも端的かつ具体的で、だからこそ厳しくも実践的なものだったという。

橋本は伊丹から容赦なく厳しいアドバイスを受け続けたようで、後に次のように振り返っている。三本目の習作となる『三郎床』を書き終え、初めて伊丹邸を訪ねた時のことだ。

「天下の英才悉くこの門に集ってると思って胸をワクワク、いや、内心はビク〴〵していたのに、案に相違して門下生らしき者（直接脚本の教えを受けている者）が別に誰もいないことなのです。しかし、この理由は直ぐに呑み込めました。つまり私の作品に対する寸豪《ママ》の仮借もないまことに徹底した、顔も上げられぬような批判をバッサリ浴びせられた時、私は心の底でしみ〴〵と呟いたのです。

（これじゃ、誰しも続かんわい…）」（『キネマ旬報』五四年七月特別号）

橋本は、こうした伊丹の厳しさをありがたく受け止めていた。平日は姫路の軍需工場で働きながら家との往復の間にシナリオを書き、書き終えると折を見て伊丹に会いにいく。

「戦争中は日曜しか休みがないから、日曜日に行っていたんだけれどもね。でも、戦況が過熱してき

たら、その日曜も会社に出なきゃいけないようになっていたな。それでも、仕事の関係で京都や大阪の出張というのもあったから、そのときに時間を繰り合わせて行っていたんだ。大阪の仕事を済ませちゃって、そのまま京都の伊丹さんのお宅へ行くということはあった。で、帰りは姫路の会社に寄らずにそのまま家に帰っていた。

連絡っていったってなかなかできるもんじゃないからね。とにかくホンを送っておいて、それから二週間以後に、どこか僕の予定が空いているときに行くんだよ。伊丹さんはずっと病気で寝ていたから、必ず家にいる。だから、伊丹さんの都合は考えなくてよかった。

伊丹さんの家に行くと、ずっと寝たきり。こちらはきちんと枕元に座っていなきゃいけないから、足のしびれが切れて大変だった。伊丹さんがそれに気づいて『橋本君、あぐらかいてもいいよ』というから、あぐらかくんだけれどもね。

それだけ伊丹さんは体調が悪かったんだけど、僕が行くまでにはホンを全て読んでいるんだ。それで驚くほど附せんがいっぱい挟んであるんだよ。で、表現だけでなく誤字の一つ一つまで、細かくチェックが入った。

附せんの半分は字の間違い。『字を書く仕事で、字を間違えるというのは一番いけないことだ』と伊丹さんは言う。でも、やっぱりどうも誤字脱字というのは多くて。

そういうところまで、全部きちんと読んでくれていたんだ」

そうして仕事の合間を見つけては京都と往復し続けた日々を、橋本は後にこう振り返っている。

「正直にいうと、当時はシナリオの映画化よりも伊丹さんに接し、伊丹さんと直接話合うことのほうが、当時の自分には楽しみであったような気もする」（『キネマ旬報　増刊』六四年四月号）

伊丹の死と芥川龍之介

一九四五年八月十五日、戦争が終わる。そして日本はアメリカを中心とした連合国軍の占領下に入るのだが、この時、橋本は重要なものを得る。それは、命だ。

「軍需会社だから、二年ごとに検診があるんだよ。で、レントゲンを撮る。『もう療養所で何度もやって、出てからもこれだけずっと仕事やってるんだから、もう大丈夫ですか。菌も出ないし』と言ってきたんだけど、レントゲン撮るたびにやっぱり引っかかってた。医官に言われた三年はもったけど、いつ死ぬか分からない状況には変わりなかった。

でも戦争に負けて、アメリカからストレプトマイシンが入ってきたんだよ。それで、いっぺんに治ってしまった」

こうして「二年以内」といわれた橋本の命は、ここから七十年以上も続くことになる。

その一方で、重要な存在を失った。敗戦から約一年が経った四六年九月、長く療養生活を送っていた師、伊丹万作が死去したのだ。

「伊丹さんに最後に送ったのも、分厚いホンだった。お宅に行ったら枕元に置いてあったけど、それ

については何も言わなかったな。附せんは一枚も挟んでなかったから、読まなかった——というより、体力的に読めなかったんだろうね。寝たまま僕の原稿を触って、『枚数、随分とあるね。橋本君、元気になったのはいいね』って言うだけで、内容については一言もなかった。それから一カ月後に死んだんだ」

橋本は伊丹に会いたいがために脚本を書いてきた。その伊丹を失った今、書くモチベーションが消失してしまった。

「心のささえを失った私は、途方にくれて暫くは何も書かなかった」(『キネマ旬報　増刊』六四年四月号)

それでも、これも運命か。またもふとした偶然から、橋本は再びシナリオに向かうことになる。伊丹の死から間もない四六年の秋のことだ。

この頃、西播磨地区にある企業を対象にした実業団野球大会が開催され、橋本の勤める中尾工業もこれに参戦。橋本もチームの一員として出場することになる。そして、ランナーとして塁に出た際、ホーム突入時に捕手と激突、椎間板ヘルニアの大けがを負ってしまったのだ。戦時中、結核のために「死刑宣告」を受けようとも、戦禍の中を生きようとも、傷一つ負うことがなかった。それが、戦争が終わった途端に重傷とは、皮肉な話だ。

会社も欠勤せざるをえなくなった橋本は、自宅療養のため空いた時間に再びシナリオを書き進めることにした。そして、原作になりそうな小説を求めているうちに、書店で芥川龍之介の全集を目にする。この時、ふとこう思ったという。

「夏目漱石は何度も映画化されているが、芥川龍之介はまだ映画化されていない。それなら自分の手で書こうじゃないか」

そうして読み進めているうちに、一つの小説と出会う。

舞台は平安時代。藪の中で国府の侍・武弘の死体が発見される。犯人と思しき盗賊・多襄丸、被害者の妻・真砂、そして巫女を通じて登場する武弘——検非違使《けびいし》（現在の警察官と裁判官を兼ねる）はそれぞれから証言を尋問する。通りかかった夫婦を、多襄丸が襲撃したこと。多襄丸と真砂が情交を結んだこと。その後で、武弘は刺殺されていること。これは三名とも証言が共通している。だが、なぜ武弘は死んだのか。誰が、どのように殺したのか。各々の語る事件の顚末は全く異なっていた。そのため、真相は不明のままに終わる。

『藪の中』と題されたこの小説に、橋本は心惹かれた。

「これなら今までになかった新しい日本映画、ひどく不条理な時代劇が一本出来る可能性がなくもない」「話の節々には実話らしい奇妙な生々しさがある」（『複眼の映像』）

これを脚本にしようと思い立った橋本は、一気呵成に書き始めると、三日で書き終えたという。

タイトルは『藪の中』のままでは「素直すぎる」ということで、新たに『雌雄』とつけた。ペラ（二百字詰めの原稿用紙）で九十三枚、映画にすると四十五分程度の長さであるため、一本の映画にするには分量が足りなかった。

それもそのはずで、橋本自身はこれを映画化しようとも、映画化されるとも、夢にも思っていなかったのだ。この段階ではあくまで、療養中の暇つぶしに過ぎなかった。

黒澤明

翌四七年九月二十一日、京都の仁和寺《にんなじ》で伊丹万作の一周忌の法要が執り行われる。これには橋本も出席していた。法要が終わると、伊丹夫人が橋本を呼び止め、一人の男を紹介する。

佐伯清。助監督時代に伊丹に師事し、当時は東宝を経て新興の新東宝で監督として活躍していた。生前の伊丹から橋本のことを聞いていた佐伯は、夫人の頼みを受けて伊丹にかわり橋本のシナリオの面倒を見ることになる。

まだ失意の中にあった橋本を佐伯は励まし続け、そして橋本もそれに応えるようにシナリオを書き続けた。それらのシナリオは全て、伊丹に師事していた時期と同じように自宅と姫路との往来の電車の中で書かれていた。この時、約一年の間に橋本は十本近い脚本を書きあげたという。

いずれも映画化の当ては全くない習作シナリオであり、橋本としても、伊丹を失った心の穴を埋めるための執筆でもあった。この段階では、商業デビューすることも、専業ライターになることも、全く考えていない。

佐伯から橋本を紹介された評論家の北川冬彦は、当時の橋本を次のように評する。

「大柄だがふらふらした頼りない二十六、七の青年」
「たのみとする伊丹万作をうしないお先真っくらの彼の偽りのない姿」（『キネマ旬報』五五年十月特別号）

そんな「頼りない」「お先真っくら」の男に思わぬ転機が訪れる。橋本は東京へ出張する度に佐伯のもとを訪ね、シナリオの助言を仰いでいた。それが一年ほど続いた一九四八年、この日も出張のついでに佐伯を訪ねていた。そしてこの時、佐伯が「東宝の助監督時代に黒澤明と仲が良かった」と知る。

黒澤明。戦中の四三年に『姿三四郎』で監督デビューすると、戦後には『素晴らしき日曜日』『酔いどれ天使』といった話題作を連発、日本映画を代表する気鋭の監督として評価を固めていた。この時期は、労働争議に揺れる古巣・東宝を離れ、フリーの立場で作品を撮っていた。

橋本も当然、黒澤の存在は知っていた。だが、橋本にとって大きかったのは、伊丹万作がまだ監督デビューする前に黒澤の書いたシナリオを、伊丹が高く評価していたことだ。当時の伊丹はさまざまな映画誌でシナリオ時評を執筆しており、『映画評論』四二年十二月号では、黒澤の書いたシナリオ『達磨寺のドイツ人』を次のように評している。

「現在、台詞のうまい作者は、もはや必ずしも珍しくないが、シナリオの、地の文のうまく書ける人は殆ど皆無と言ってもいい状態である。それだけに私は此の人の表現技術を高く評価したい」

普段は手厳しい伊丹がここまで絶賛したということもあって、このシナリオ評を橋本は強く印象に残していた。そしてそれ以来、黒澤明の存在を意識していたのだ。

そのため、佐伯の口から「黒澤明と仲が良い」という言葉を耳にして、すかさず反応した。これまで預けていた脚本を、黒澤さんに読ませてほしい――。そう頼み込んだのだ。

佐伯は、橋本の頼みを快く受けた。そして、佐伯が黒澤に渡したシナリオの中に、『雌雄』もあったのだ。

佐伯に黒澤への脚本を託してから「半年よりは長く、一年は越えない」くらい経ったある日、会社から帰った橋本に一枚のはがきが届く。差出人は本木荘二郎。黒澤明の窓口役を務めていた、映画プロデューサーだ。はがきには、次のように書かれていたという。

「前略、あなたの書かれた『雌雄』を、黒澤明が次回作品として映画化することになりました。つきましては黒澤と打ち合わせをして頂く必要があり、なるべく早く上京して頂きたく、ご都合を知らせて頂ければ幸いです。用件のみで失礼致します。草々」

橋本の人生が、大きく動き出す。

羅生門

橋本は、このはがきが届いた時の想いを、後にこう綴っている。

「私にとっては天からのボタ餅のような一大転機だった」(『キネマ旬報　増刊』六四年四月号)

では、佐伯と黒澤の間では、どのようなやり取りがあったのだろう。生前の伊丹万作や伊丹恩顧の映画人たちと交流があり、後に黒澤明のスクリプター(撮影現場の記録係)となり、晩年まで黒澤を支え続けた野上照代に伺ってみた。すると野上は、あくまで「佐伯監督から聞いたことで、自分は居合わせていないし、黒澤さんに確認もしていない」と前置きしながらも、次のように語る。

「佐伯の兄ちゃんと黒澤さんは助監督の頃から仲よかったから、交流があったんですよ。そんな時に黒澤さんから『時代劇の企画を頼まれているんだ』という話が出て、佐伯兄ちゃんが橋本さんのホンを勧めて、それを黒澤さんが持って帰ったということでした」

黒澤自身、この時のことを後に次のように述懐している。

「その頃橋本(忍)君がよくシナリオを伊丹(万作)さんの同門の佐伯(清)君のところへ持って行ったんですね。その一つが僕のところへ廻って来てた」(『世界の映画作家3　黒沢明』キネマ旬報社)

黒澤の認識もまた、野上が佐伯から聞いた話とそう大きなズレはない。では、その『雌雄』を黒澤自身が映画化することに至ったのはなぜか。黒澤は自伝『蝦蟇の油』（岩波書店）に、次のように記している。


「何を撮ろうか、いろいろ考えているうちに、ふっと思い出した脚本があった。

それは、芥川龍之介の『藪の中』をシナリオにしたもので、伊丹さん（万作、監督）に師事している橋本という人が書いたものだった。

そのシナリオは、なかなかよく書けていたが、一本の映画にするには短か過ぎた」

「多分、ほとんど無意識に、あのシナリオをあのまま葬ってしまうのは惜しい、なんとかならないものか、と頭のどこかで考えていたのだろう。

それが、突然、脳の襞《ひだ》から這い出して、なんとかしてくれ、と喚き出したのである」


映画化にあたって、黒澤が懸念していたのは、橋本のシナリオが映画にするには短すぎる――ということだった。橋本自身としても、映画化は想定せずに暇つぶし的に書いたシナリオであるため、そのことはよく理解していた。

本木のはがきにあった「黒澤との打ち合わせ」の議題は、まさにそこにあった。

結論から言うと、同じく芥川龍之介が平安時代を舞台に描いた小説『羅生門』を足すことによって、『雌雄』は映画化できるだけの長さのシナリオに仕上がった。

原作の『羅生門』は、飢饉と疫病で荒廃した平安京が舞台。盗賊の住処となった羅生門の楼内には捨て場のない死骸が投げ込まれていた。そこに、奉公先を解雇された下人がやってくる。彼は楼で女の死骸の頭から髪の毛を抜く老婆を見つける。この毛を鬘屋に売り、生活の足しにしていたのだ。下人はその老婆から着衣を奪い取り、羅生門を去る。

これを具体的にどのように合わせ、どのような物語ができたかは後述するとして、問題は「なぜ、この『羅生門』を『藪の中』に加えることになったのか」だ。実は、その過程に関しての証言は、黒澤・橋本両者の間で全く異なっている。

黒澤は『蝦蟇の油』に、次のように記している。

「(前掲箇所に続いて)それと同時に、そうだ、『藪の中』は三つの話で出来ているが、それに新しくもう一つの話を創作すれば、ちょうど映画には適当な長さになる、という考えが浮んで来た。また、芥川龍之介の『羅生門』という小説の事も思い出した。

『藪の中』と同じ、平安朝の話である。

映画『羅生門』は、こうして、徐々に私の頭の中で育ち、形を整えて来た」

つまり、『羅生門』と『藪の中』を合わせるというアイデアは黒澤によるもの、ということだ。

一方、以下は『複眼の映像』と橋本の証言をまとめたものである。

橋本は東京郊外の狛江にある黒澤邸を訪ねた。客間に通されると、すぐに黒澤が現れる。手には『雌雄』のシナリオが。挨拶を終えると、黒澤は次のように切り出したという。

「あんたの書いた、『雌雄』だけど、これ、ちょっと短いんだよな」

それに対して、橋本が咄嗟に答えたのが、「『羅生門』を入れたら、どうでしょう」だった。それを聞いて黒澤はキョトンとした表情を浮かべるものの、「じゃ、これに『羅生門』を入れて、あんた書き直してくれる?」と提案、橋本は「そうします」と受け、その場は散会となった。

つまり、両者ともに、『藪の中』に『羅生門』を加えることを自身のアイデアだと主張しているのである。せめてどちらかが明確な意図やプロセスをもって発案したのなら、信憑性の優位をつけられるのだが、双方ともに「ふとした瞬時の思いつき」レベルなので、検証が難しい。

『藪の中』の映画化をめぐる顚末もまた、「藪の中」を地でいく話だったのだ。

第四の証言者

それは、続く執筆段階においても、同じだった。

橋本が『雌雄』の脚色を進めていった過程は、橋本一人の作業であるため、本人以外に知る由もない。そのため、橋本自身の証言と『複眼の映像』に依って記すしかない。

そこで、ここからはひとまず、『雌雄』が『羅生門』になるまでの流れを、『複眼の映像』に記された「橋本発案説」に乗って進める。

橋本は黒澤に「『羅生門』を入れたら」と提案しているが、それは元から用意していたものではなく、咄嗟のことだった。黒澤邸を退出した際の心情を、橋本は次のように記している。

「だが黒澤邸を辞去と同時に、私には後悔と慙愧《ざんき》が始まっていた。

なぜあんなことを? 『藪の中』に『羅生門』だなんて……。

これまでには考えたことすらない、意識の片隅にもないことを、いきなりペラペラと喋ってしまったのである」

ここから、橋本の悪戦苦闘が始まる。いかにして、二つの小説を組み合わせるか、全く考えていなかったのだから当然だ。

試行錯誤の末に橋本が考えたのは、『羅生門』の下人のエピソードを『藪の中』の盗賊・多襄丸の前日譚とすることだった。『羅生門』で老婆の着衣を奪い取って以降、下人は盗みを生業とするようになり、やがて盗賊となって武弘・真砂夫婦を「藪の中」で襲い、検非違使に捕まるという展開である。

橋本はその案で書き進め、一カ月ほどで完成。『羅生門物語』という題名を付けた。だが、橋本はそれを自身で推敲した際に、「ブザマな失敗作」と断じた。

この後、橋本は夫婦の出逢いを描く前日譚を新たに加えた脚本を考えるが、その執筆中にかねてからの椎間板ヘルニアが悪化。痛みが膝にまで広がり、歩行が困難になってしまう。執筆を完遂するのは、厳しくなっていた。

一方の黒澤は、ここまでの橋本が書いたシナリオに納得していなかった。だからといって橋本は、もう動けない。決定稿の執筆は黒澤が一人で進めることになった。やがて、本木プロデューサーから送られてきた黒澤による稿は、表紙に『羅生門』とタイトルがついていた。

それは、死体発見者の木樵《きこり》（後に杣《そま》売りに変更）と、道すがらに夫婦とすれ違った旅の僧が羅生門の下で雨宿りをしているところに、下人がやってくる。そして、二人が下人に事件の顚末を話しながら、物語は進んでいく。

そこからは原作と同じ展開で、三者の食い違う証言が披露される。だが、このシナリオには最後に四番目の証言として、事件の目撃者である木樵の証言が新たに加わっているのだ。

さらに、黒澤は最後にもう一つのエピソードを加えていた。それは、四つの視点からの証言が全て語り終えられた後のこと。羅生門には赤ん坊が捨てられており、下人はその赤ん坊から着物を奪い取ると去っていく。肌着だけになった赤ん坊に木樵が手をのばす。「この子の肌着まで剝ぎ取るのか」と咎める僧に対し、木樵は「俺には子供が六人いる。六人育てるのも七人育てるのも同じだ」として、赤ん坊を抱いて去っていく――。ここが、原作の『羅生門』が反映された部分になる。

橋本が『羅生門』を『藪の中』の前日譚としたのに対し、黒澤は『羅生門』の世界に『藪の中』を入れ込み、その上で『羅生門』で締めくくったのである。そして、これが決定稿になった。

――以上が、橋本が『複眼の映像』に記した、『羅生門』のシナリオが完成するまでの顚末である。

『複眼の映像』の信憑性

橋本は『複眼の映像』において、この黒澤の締め方を「破綻」「付け焼き刃」と断じている。そして、黒澤に会ってこのシナリオの問題点を伝えるべきかどうか葛藤したこと、実際に黒澤に会いに行くまでの道程、そして対峙した際の想い――について、文庫版にして約十ページにわたって具体的に綴っている。その詳細かつスリリングな心理描写は、『複眼の映像』前半のクライマックスといってよく、黒澤という巨人を相手にした新人脚本家の姿が見事に活写されている。

ところが――だ。

今回の取材で、橋本は当時のことをこう語っているのだ。

「人間というのは錯覚があるのかしら。『羅生門』の決定稿というのは、僕の体が悪くて、黒澤さんが一人で書いたんだけれども、ラストが違うという感じがしたのね。木樵が『六人育てるのも七人育てるのも一緒だ』って言って子供を抱いていく。『これは黒澤さん、ちょっと違うんじゃないかな』と思ったの。そのことは『複眼の映像』に書いたよね。

でも、実際にはその前の僕の第二稿が、既にそうなっているんだよ。あの場面は僕が書いた通りなんだよ。その時の原稿が見つかって読んだら、僕はその場面を書いているんだ。ビックリした。『複眼の映像』に《僕は苦労したけれども、黒澤さんは『羅生門』から『藪の中』へライン引いたからうまくいった》と書いたんだけれども——そうじゃないんだよな。

羅生門で雨宿りしていて、三人か四人が話しているというのは、僕の第二稿の頭がそうなっているんだよ。『複眼の映像』の時は、それを忘れちまっていた。『どうして黒澤さんがこういう間違ったことをやったんだ』って書いたけど、それは僕がやったことだったんだ。なんであんな錯覚をしてしまったんだろう——」

その言葉に、思わず耳を疑った。『複眼の映像』には、「黒澤による改稿」の内容やそれを受けての橋本の心理状況や言動などが、圧倒的な真実性をもって詳細に描写されているからだ。

ところが橋本は、それだけ具体的に書かれたエピソードが「錯覚」だったというのだ。つまり、その記述は真実ではなく、橋本自身による「創作」だということになる。

そうなると、『複眼の映像』自体の資料としての信憑性も怪しくなってしまう。あれだけ詳細に書かれた、しかも作中で最も重要なエピソードの一つが「錯覚」だとすると、他の記述もまたそうなのではないか――という疑問が生まれるからだ。

だが、取材中、橋本は「黒澤さんとの詳細は全て『複眼の映像』に書いたので、それを使ってほしい」と言って、黒澤との創作に関して多くを語っていない。つまり、最も依るべき資料が全く当てにならない――ということになるのだ。

ただ、実は『複眼の映像』が正しく、橋本が筆者に語った話のほうが誤りだという可能性もある。結局は問題の「橋本の書いた第二稿＝羅生門物語」の内容を実際に確認するしかないのだが、橋本はそれを「**燃やしちゃったんだ**」とさらりと言うのだ――。筆者もまた、「藪の中」に迷い込むことになった。

そうした中、二〇二〇年に国立映画アーカイブが「映画『羅生門』展」を開催する。ここで実際の『羅生門』の生原稿が展示されたのだ。そこには、問題の『羅生門物語』の生原稿もあり、『雌雄』『羅生門物語』『羅生門』と変遷していく際に内容がどう変わっていったのかについて、詳細な検証がなされていた。

その際の図録（国書刊行会）で確認すると、第四の証言者のエピソードは橋本の『羅生門物語』にはなく、次の『羅生門』の段階で黒澤が付け足したものだとされている。そこは『複眼の映像』と変わらない。だが、「羅生門の雨宿り」で物語が始まる点、そしてラストの赤ん坊のくだりは、『羅生門物語』、つまり橋本の筆によるものだったのだと断定されていた。

まとめると――。映画『羅生門』の脚本はまず橋本一人で書いた『雌雄』『羅生門物語』があり、そこに黒澤が第四の証言を加え、全体を書き直した『羅生門』という三つの段階を経ている。

そして、芥川の『羅生門』のエピソードを『藪の中』の物語の前後に挟むという構成は、『複眼の映像』では黒澤の案、つまり『羅生門』の段階で付け加えられたものとしている。が、実際は橋本の書いた『羅生門物語』の段階から描かれていた。それが、映画『羅生門』の脚本完成までの正確な流れになる。

すなわち、真実は橋本が筆者に述べた通りの内容であり、それは同時に、『複眼の映像』に詳細に記されたエピソードが、橋本自身が言うように「錯覚」だったことを意味する。『複眼の映像』の資料としての信憑性が、大きく揺らぐことになった。

三

明の章

〜『生きる』『七人の侍』

職業脚本家へ

黒澤明監督の映画『羅生門』は、一九五〇年八月に公開された。脚本のクレジットは、黒澤と橋本の連名である。つまり、橋本はプロの脚本家としてデビューした、ということになる。

翌五一年、『羅生門』はヴェネチア国際映画祭でグランプリを受賞した。日本映画では初めての海外の主要映画祭における最高賞受賞だった。この受賞により黒澤明は「世界のクロサワ」と称されるようになる。また、登場人物たちの証言に食い違いが生じる物語構成は「羅生門スタイル」と呼ばれ、新たな脚本技法として世界的に広がった。

橋本忍からすると、脚本家としてのデビュー作品がいきなり映画史上に残る栄誉を受けるという、脚本家としての鮮烈なスタートを切った――ということになる。ただ、『羅生門』を執筆した時点の橋本は、まだサラリーマンであり、脚本家を職業としていなかったし、それどころか脚本家になるつもりもなかった。

黒澤明と初めて会った際の自身を「紺のダブルの背広をキチンと着て、茶色の鞄を持ち、頭髪を七三に分けた、律儀なサラリーマンでした」（『キネマ旬報　増刊』六四年四月号）と後に振り返っているように、まだこの時点での橋本は風貌も意識も、サラリーマンだったのだ。

橋本が中尾工業を退社し、フリーの身で職業脚本家となったのは一九五一年の春。つまり、五〇年八月に『羅生門』が公開されてから約半年は、まだ中尾工業の社員として通常の業務に勤しんでいたということになる。

その時期のことを、橋本は次のように振り返る。

「『羅生門』が発表になった時には、まだ会社にいたんだ。サラリーマンだったんだよな。ある日、僕が夕方に会社の廊下を歩いてたら、社長が広いソファーがある来客用の応接室にいてね、僕を呼び止めるんだ。『何ですか』と言ったら、『橋本君、これはおかしいよな』と言うわけだ。視線の先を見たら、社長が手に持っている新聞に『羅生門』の広告が出てるんだよ。それで『脚本：黒澤明、橋本忍』って名前が並んでんだ。それを社長が指差しながら、『なあ、橋本よ。橋本という苗字はざらにある。しかし、忍という名前は非常に少ない。同姓同名にしちゃ、これちょっとおかしいんじゃないか』と言うわけだ。

そしたら、庶務課長が向こう側にいて、『そうですよね、社長。同じ名前にしてはおかし過ぎますよ』と言うんだよ。『橋本という苗字は多いけど、男で忍って名前はめったにない。これが一緒ってのは、これはどうもちょっとおかしいですね』って社長に同調してくる。

『でも、それはやっぱり同姓同名でしょう』と僕は誤魔化したんだ。もし、その段階でプロになるつ

もりがあるんだったら、『はい、それは僕です』って言い切ったんだろうけど、それはできなかった。このときはまだ迷ってたんだよ。本当に迷ってた。映画界の様子もよくわからないしね」

橋本が「迷っていた」というのは作り話ではないようで、後に盟友となる松竹の野村芳太郎監督も、出会って間もない頃に橋本から当時の心境を聞いている。

「目のあたり伊丹氏の晩年の不幸を見た橋本忍氏は這入る前すでに映画界におじけづいたと云っている」「黒沢監督に映画界入りをすすめられても、例の伊丹氏の事が頭にあってどうも這入る気になれなかったそうである」（『映画評論』五九年十月号）

この辺りの事情について、橋本は今回の取材でさらに具体的に語っている。

「僕が戦争中に勤めてた会社は中小企業なの。だから社長ともしょっちゅう顔合わすんだ。社長の家が工場のすぐ近くにあって、夜勤——宿直した後とかだと『メシ食いに来い』って言うんだよ。それで行くとね、朝飯なのに鯛の頭が味噌汁に入ってる。で、白いメシだ。

それが今度は伊丹さんの家に行ってその生活を見てたら——これはシナリオライターになる気はしないよ。伊丹万作ってのは日本で一番とか二番のシナリオライターだよ。でも戦争中だから物がなくてね。お金はあったんだけど物がなくて、ロクな食べ物が買えないんだ。

それなのにうちの社長は——どこから手に入れたんだろうね。水産会社も一部でやってたりするんだけどさ、それにしても朝から味噌汁にこんな大きな鯛の頭が入ってんだ。戦争中なのによ。

日本中にゴマンといる中小企業の社長の一人と、日本一の脚本家で、生活がこんなに違うわけ。僕の一番の悩み、大きく迷ったのはそこだった。朝から鯛の味噌汁を食うか、伊丹さんみたいな清貧のほうへ行くか」


それでは、なぜ橋本は会社をやめ、脚本家の道へ進んだのか。退社する一年前の春に社内で起きた、ある出来事がキッカケだったと振り返る。


「戦争が終わってたくさんの人たちが復員してくるわけだけど、それでうちの会社も復員の人たちを採用することになったんだ。すると中にはね、陸軍大学出みたいな奴らもいるんだ。彼らは優秀なんだよ。少佐クラスは大学出だから。

実際に採用してみると、僕の下にいた陸大出の連中は今から考えると本当のエリートだった。陸大へ入るのだってなかなか難しい時代だよ。陸士を出て少尉、中尉になって、そこから陸軍大学へ入るって、ものすごいエリートじゃないと無理なんだ。

一方の僕は戦争に行ってないから、ところてん方式で既に会社でも上へ上がってるから、そういう優秀な人たちを部下に持つ形になる。期せずしてそういうのが僕の下に集まったんだよ。

そんな時に会社の経営も悪くなって、人員整理みたいな話になった。それで彼らが独立して新会社を作る話になったんだけど、彼らはやっぱり組織のトップになる奴がいないと動けないんだ。それで彼らが僕をトップにして会社を作ろうとしたわけ。で、僕も気が動いて、そっちへ片足を踏み込んだ。

だけど、よく考えてみると、そういう事業体は戦争みたいな大きなことがあって初めて景気が良くなるんだよ。あれだけでかい戦争があったんだから、もう二十年や三十年は戦争はないと思ったの。それよりは、僕はシナリオが書けるんだったらシナリオライターがいいのかなっていう気がしたりして。結局は迷った末にシナリオのほうへ傾いていったんだよ。

事業家というのはそれなりに勤めている人たちのことを考えなきゃいけないけど、シナリオライターってのは手前が食うことだけ考えりゃいいんだから、だから、そのへんの気安さはあるんだ。

僕としてはどっちでもよかったんだけども、ただ両立しないってことだけはわかっていた。シナリオを書きながら社長業をやるということはできない。それで、どこかの時点で割り切らなきゃいかんだろうと思っていたんだけど、なかなか割り切れずにいた」

結局のところ、橋本が会社をやめるか躊躇していた五〇年春に若手社員たちは橋本抜きで独立、そして『羅生門』公開二カ月前の同年六月に朝鮮戦争が勃発する。この時、橋本は『羅生門』の撮影現場を見学するために京都にいたという。

「新会社のチームから抜けて二、三カ月で朝鮮戦争が起きた。あのときにはねえ、人生間違ったと思ったね。

今でも忘れられないことがあるんだ。『羅生門』の撮影が進んでいるんで京都へ行ったんだけど、その日はたまたま撮影が休みでね。千秋実っていう役者が『一緒に琵琶湖へ泳ぎに行こう』というから琵琶湖へ行ったんだ。泳いでてちょっと寒くなったから、茶店に入ってうどんか何か食ってたら――

ラジオで朝鮮で戦争が始まったニュースを聞いた。

そのときに千秋は真っ青。僕も真っ青。でも千秋は『また戦争に引っ張られるんじゃないか』と思って青くなったんだけど、僕は『あいつらと会社をやめればよかった』と思って真っ青だ。

これは大失敗したと思ったね。あれだけ大きい戦争があったら、大儲けできるからね。僕を支えてくれる連中と一緒に会社を興してたら、うまいことといっただろう。それで、それが難しくなりかけた頃にベトナム戦争でしょう。だから、あの頃は事業家にとっては大変よかったんだよね。

あのときに社長の道を選んでいると、僕は『羅生門』一本だけで終わっただろうね。あれは本当に二、三カ月の差だった。あのとき会社を作ってたら、もっと裕福になってただろうね。芦屋あたりに豪邸建てて——」

そして翌五一年、橋本は中尾工業を退社して職業脚本家の道へ進むことになる。当時四歳だった長女の橋本綾は、この時期の父の様子を次のように振り返っている。

「あの頃は会社が左前になって大変だったようです。そのとき、父は東京の銀行へ行って、とにかく『お金を貸してください』『貸してください』って頼み続けていました。『社員と家族合わせたら何百人います。その人たちのためにもお金貸してください!』って。それで『東京へ行ってずっと頭下げてたら、また腰が悪くなった』って言うの。

それである日、もう痛くて痛くてたまんなくなって、それで祖父の芝居小屋があった河原へ行って空を見てたら『シナリオライターになったら、奥さん一人と子ども三人だけを食わせりゃいいんだ。何百人という社員のことは気にしないでいい』と思ったら、もう空が開けたような気がして、それで職業変えしたんですって。それは父の終生の根幹にあり、その生き方に家族は守られました。

腰が悪かったのも事実なのよね。さすがに頭下げたからではないんだと思いますけれど――だけど、『脚本家になったら、もう絶対に銀行の人に頭下げない！』って言っていたし、本当に絶対にやらなかった。あの時は、よっぽどつらかったんじゃないですか」

意外な次回作

橋本は中尾工業を退社すると、五一年秋に単身で上京している。脚本家として成功するかは分からない状況で、家族を連れてくるわけにはいかなかったのだ。上京に際しての面倒は全て黒澤が見ており、祖師谷の下宿も黒澤が決めていた。ここなら黒澤邸に近いため、気軽に打ち合わせができるからだ。

そして、この下宿で橋本は「プロの脚本家」として初めての執筆をしている。それが、『平手造《み》酒《き》』（五一年、並木鏡太郎監督）。新東宝の時代劇映画だが、橋本を新東宝に紹介したのは黒澤明の時と同じく佐伯清だった。橋本の生活を気遣った佐伯が新東宝の撮影所長を紹介したことで、この企画に繋がったのである。

この『平手造酒』、そして佐伯と初めて組むことになる『加賀騒動』（五三年、東映）など、キャリア初期に橋本が書いた時代劇は、黒澤作品を除くと講談などで古くからある題材を扱っている。『羅生門』で期せずして新しい脚本スタイルを構築してデビューしたことを考えると、意外ともいえる流れである。

「昭和二十年になってGHQが来て、それで時代劇を作るのが禁止になったのよ。そういう経緯があったから、少ししてまた作れるようになった時に時代劇というものを見直すという論調が出てきた。なかなかやれなかったもんだから、何か新しいことをやるという。時代劇はどうあるべきかというような論争もあって、それでみんな今までなかった新しい時代劇を作ろうとしたのよ。黒澤さんが『羅生門』をやろうとしたのも、そういうことだったんじゃないかな。

でも、そういう中で僕は、それはとても違うんじゃないかなと思ってね。今までどおりでいいんだと。そんな急に新しくったって衣替えもできないし、従来のまんまでいいというのが『平手造酒』と『加賀騒動』だった。たしかに『羅生門』を書いたわけだけど、それはあくまで芥川の原作に興味があっただけでね。新しく時代劇を作ろうってそんな気持ちは毛頭なかったんだ。

講談には面白い題材が多いんだよ。山中貞雄さんの映画なんか特にね。『丹下左膳』（『丹下左膳余話 百萬両の壺』三五年）とか『河内山宗俊《こうちやまそうしゅん》』（三六年）とか。やっぱり山中さんの時代劇が一番面白いんじゃないかね」

こうして、徐々に脚本家としての仕事も入るようになった。ただ、やはりほとんどの時間は黒澤明との作業に割かれることになる。黒澤としても、これだけ全ての面倒をみたからには、そのつもりでいたのだと思われる。

『複眼の映像』では『羅生門』の次は『生きる』に話が飛んでいるが、実はその間にもう一本ある。それが『棺桶丸の船長』だ。

橋本の没後、橋本の書斎を確認させていただいたのだが、引き出しにはかつての創作ノートが多く残されており、その中には『棺桶丸』のもあった。これを読んだところ、いくつか興味深い発見があった。

まずはかなり詳細に内容が書き込まれていたことだ。これにより、『羅生門』に続いて『棺桶丸』も橋本が物語の土台を構築していたことが分かる。

そして、表紙には「１９５１」と記されていた。やはり『生きる』の前に書かれていたことも確かだった。また、故郷にいる家族の様子を伝える妻の松子からの手紙も挟み込まれており、この段階でもまだ単身で下宿生活をしていたことも確認できた。

そして何より驚かされたのは、『棺桶丸』の記述の前に『山の兵隊』のシノプシス（あらすじ）が詳細に書かれていたことだ。ルーズリーフではなくキャンパスノートなのでページの順番は変えられない。そうなると、橋本は黒澤と『山の兵隊』の映画化を考えていたのでは——と考えることもできる。

実際どうだったのかは、橋本も黒澤もいない今は確かめようがないのだが——。

小國英雄

『棺桶丸』がとん挫したことで、黒澤は大映を離れる。続く『白痴』では松竹と揉めた。そして、古巣の東宝に復帰することになった。

東宝は戦後すぐから長く続いていた労働争議による混乱状況がようやく落ち着き、製作体制を立て直す途上にあった。黒澤の復帰は、東宝の復活の象徴ともいえる出来事だったのだ。

そして、ここから黒澤は五二年に『生きる』、五四年に『七人の侍』という二本の代表作を続けて撮り、「巨匠」としての名声を確かなものにしていく。

両作品はいずれも、「黒澤の功績」として語られ、「黒澤の作家性」のみで評される風潮がある。だが、双方の脚本を書いた橋本からすると、当時も今も、そのことに不満があったようだ。今回のインタビューでも、次のようなことを何度も言っている。

「一番大事なことは、『羅生門』『生きる』『七人の侍』というのは、僕が先行して書いているんだ。共同脚本といえども、みんなで一緒に書いたものじゃないよ。そして、先行作品というのは——正直言うと先行して書いたその人の作品だと思う。だから、『羅生門』『生きる』『七人の侍』というのは、僕がいて初めて成立した作品。僕の作品なんだ」

これまで述べてきたように、『羅生門』の脚本は橋本が「先行」して書いたことは確かである。『複眼の映像』が「錯覚」だと判明したことにより、物語全体の構成も橋本の案によるものだということも決定づけられた。

それでは、『生きる』と『七人の侍』の場合も自身が主張するように、「橋本の先行」で脚本は書かれたのだろうか——。橋本はもちろんだが、黒澤、そして「第三の男」としてここに参加したベテラン脚本家の小國英雄の証言も含めながら、追ってみたい。

『複眼の映像』によれば、黒澤は橋本の下宿にいきなりやってきて「次の仕事には小國英雄も一緒にやって貰おうと思ってね」と告げたという。小國は、マキノ正博監督と組んでの『昨日消えた男』（四一年）、『婦系図』（四二年）、『阿片戦争』（四三年）などの文芸映画・娯楽映画で知られる、戦前から長く活躍するヒットメーカーである。新人同然の橋本とは、全くキャリアが異なる。

　橋本は、この小國の名前を強く印象に残していた。というのも、『平手造酒』の脚本料を決める席でのこと。プロとしての初仕事のため相場の分からない橋本は、「今、いちばん脚本料をとる人は誰で、いくらとるんでしょう？」と新東宝のプロデューサーに尋ねたという。そして、プロデューサーはこう答える。

「一番高いのは小國英雄で、その場合は一本五十万は覚悟しないと」

　橋本の『羅生門』での脚本料は十万。五十万は、「二本も書けば家が買える」ほどの額だったという。そこで橋本は「僕も同じ額で――」と持ちかける。それを聞いたプロデューサーが明らかに狼狽したのを見て、橋本は慌てて「その小國英雄という人の半分でいいです」と言い直したという。今回は、その小國英雄との脚本執筆なのだ。

　一方の小國は、この座組に参加した経緯を次のように述べている。

「その前の『羅生門』でも僕の批評を聞いてラストを書き直すなどということもあったんだけどね。『生きる』のときは、『今度は一緒に座ってくれなければ困る。今までみたいに、俺だったらこうやるああやるなんてことでは済まないんだ、ライフワークなんだ』と言う。どういうことなんだって言ったら、『死期を宣告された奴が、それから死ぬまでどういうことをやったか、どう生きがいを見つけていったかを書きたい。トルストイの『イワン・イリッチの死』をやるから、今までの相談相手程度では困る。一緒にやってくれ』と言うんだ」（『キネマ旬報』九二年十月上旬号）

ここには小國までもが『羅生門』のラストに関与したという、さらに話をややこしくする証言も出ている。ただ、確かなのは黒澤がこの大ベテランを頼りにしていたということだ。『棺桶丸』『白痴』と納得のいかない顚末の作品が続いた黒澤からすると、次は絶対に失敗の許されない作品になる。脚本作りのパートナーが経験の浅い橋本――しかも直近で組んだ『棺桶丸』はお蔵入りにしている――だけでは、あまりに心もとなかったのだ。

七十五日しか生きられない男

こうして小國も参加して三人での執筆が進められることになるのだが、黒澤からの最初の指示が出た場には、橋本だけが呼び出されたという。

黒澤からの指示は、以下の三点だった。

・あと七十五日しか生きられない男
・男の職業はなんでもいいが、ヤクザは駄目
・ペラ二枚か三枚で簡単なストーリーだけを書く

これを受けて帰宅した橋本は「生への味気なさが明確であればあるほど、死の効果が大きくなる」と考え、主人公を「役所の地方役人」に設定した。『複眼の映像』には、その時のストーリーを次のように記している。

役所の役人が胃癌で長く生きられないことが分かる。肉親の愛に頼ろうとしたり、ヤケになり酒や女の道楽に踏み込もうともする。だが、それらからは何も得られない。絶望の果ての無断欠勤が続いたある日、役所で机の上の書類を見る。住民から水漏れの暗渠《あんきょ》工事の陳情書、半年ほど前に自分が土木課に回した案件、それがタライ回しで十数ヶ所を転々とし、また自分の机の上にある。彼は習慣的に土木課へ——だがそれを止め、実地調査を行う。そして水漏れの湿地帯を排除する仕事にのめり込み、その跡にささやかな小公園を造り——死んでゆく。

彼は三十年間役所に勤めた。だが大半は生きているのか、死んでいるのか分からないミイラのような存在で——真実の意味で生きたのは、水漏れの湿地帯の暗渠工事を始め、小公園が出来るまでの六ヶ月だけだった。

小國はトルストイの『イワン・イリッチの死』が黒澤のアイデアの原点だとしているが、橋本のストーリーはそこからはかなり離れた内容になっている。主人公が官吏であることに違いはないが、イワン・イリッチは司法官として出世した男だ。死を前に肉体も精神も蝕《むしば》まれていく中で、これまで自分の手に入れたものがいかに空しかったのかを悟る。

それに対して、橋本案はその正反対だ。空しいばかりの人生を過ごしてきた小役人が、自らの死を間近にした時に初めて必死に生きることを知る。テーマは通底するが、そのテーマへのアプローチは全く異なるのである。

『複眼の映像』に『イワン・イリッチの死』の記述はないので、黒澤から橋本への指示内容はまたもや橋本の創作である可能性もある。ただ、黒澤が『イワン・イリッチ』に縛られない自由な発想を橋本に望み、黒澤があえて伝えなかった可能性も十分に考えられる。

一方で、こうも考えられる。この後の作品も含め、橋本の「脚色」については大きな特徴がある。それは、たとえ原作があろうとも、自身が「こうすべき」と思えば橋本は物語展開や人物設定を原作とは正反対にしてしまうのである。それでいて、テーマは原作と離れていないのだ。

その特色を踏まえると、『イワン・イリッチ』と『複眼の映像』に記された「橋本作のストーリー」との関係性は、まさに「橋本らしい脚色」の結果と捉えることもできる。

そこに至るプロセスはさておき——橋本の作成した主人公設定とストーリーを元に、小國を交えた三者での打ち合わせが橋本の下宿で行われた。「今日は人物の彫りだな」という小國の言葉の下、主人公の人物像をさらに深めていく作業となる。

『複眼の映像』によれば、それは小國が橋本に次々と疑問点を浴びせ、橋本はそれに答えていく形で進められたという。

「この男の生まれはどこだ」

「勤務状態はガリガリの立身出世型、のらりくらりの怠け者、それとも責任の範囲内はこなすが、それ以外のことには手を出さない、典型的な役人タイプ？」

「恋愛結婚？　お見合い結婚？」

そして、「子供の数は決めていない」と橋本が答えた際には、黒澤が「一人でいい。男手一つで育ててきたが、他人以上に冷たい」と案を出している。

暗渠工事の陳情のために役所へ来た住民たちがたらい回しになる、冒頭のブラックコメディ的な場面は、あらかじめ黒澤が書いてきていたものだという。

話は一通り出たが、それでも黒澤は満足できず、「何かもう一つ決定的なものが欲しい」と要望する。これに対し、小國が「夜寝る前、背広のズボンをきちんと伸ばし、布団の下へ敷き、丁寧に寝押しする。これを三十年ずっと続ける」といった、「いかにも三十年同じ生活を淡々と暮らしてきた男」ならではの生活態度を次々と提案していく。これには橋本も「流石は小國英雄……ほとんど無限とも思える膨大な引き出しの所有者である」と感心している。

こうして主人公の具体像が固まり、役名は「渡辺勘治」と決まった。

創作ノート

この時の打ち合わせで詰められた内容を橋本が持ち帰り、元の簡単なストーリーと組み合わせ、シナリオのひな型が形成されていった。

幸い、後に『生きる』となるこの作品は、橋本がシナリオの準備段階で記した詳細な創作ノートが残っている。そこには「渡辺勘治」という役名や、黒澤・小國のアイデア部分も記されているため、先の打ち合わせの後に記されたものと考えられる。また、創作ノートとなると、他の誰かに見せるために書かれたわけではないので、橋本の考えや思考過程がストレートに反映されているものといえる。そのため、どこまでが橋本の言うところの「先行」だったのかがよく分かる資料となり、『複眼の映像』に記された内容が「錯覚」なのか否かを判定する検証材料にもなる。そこで、このノートの中身を詳しく追ってみる。

まず、『複眼の映像』には、最初は『渡辺勘治の生涯』と仮題がつけられていたと記されていたが、実際にノートの表紙には『渡辺氏の昇天』とあるため、ここには少し「錯覚」があったようだ。

ノートを開くと、まず目に入るのは、作品のテーマについての記述である。

○都市にはジャングルがある。
いや、日本国中にジャングルがある。
複雑な政治機構――官庁の組織。数多い役人。

○生命の燃焼。

この辺りは、先に挙げたストーリーのテーマそのものであり、この部分を橋本が本作の最重要ポイントに置いていることがよく分かる。

そして、次のような記述が続く。

○この話の首題《ママ》が二つに別れてはいけない。
あく迄も首題は一つの中心点。そのジャングルの中で自己の生命を凝視したある官吏を描くのであって、彼とその息子との関係はむしろ淡彩な背景として描くのであって、あまり前面に強く押し出しては失敗する恐れがある。

○手法は平明で行く。

○リアルで押す。

この後の作品でも橋本は、事前に入念な分析を重ねた上で「どうすると失敗するか」を検証している。その上で文体や構成のあり方を決め、執筆に臨んでいく。そのプロセスは既にこの段階から採られていたことが、よく分かる。

○なぜ戦前より役人が多くなったのか。
○今頃、銀座当《ママ》りの酒場などで酒を呑んでゐるのは招待された役人か、さもなくば、同じくこれも招待された金融関係の人達ばかりである。
○人間はだん〳〵なまケ者になっていくのではなからうか。（公務員の場合）
○政治と云ふものは、それをやる人達の道楽の一種（ゴルフか、悪く云へば芸者遊びぐらい）に過ぎないのではないか。
少くとも事業と迄は云ひ得られない。

事業なれば失敗の責任があるが、政治は失敗したって、辞めちまへばそれまでであるからだ。
○三人かかってやる仕事を五人かかってやったからと云って決して早く出来るとは限らない。
むしろ、その反対の場合のほうが多いくらいである。
○確かに昔のほうがよかったのだ。生活しよかったのだ。昔のように返るのがなぜ悪いのだ。
例へば税金一つのことでもそうじゃないか。

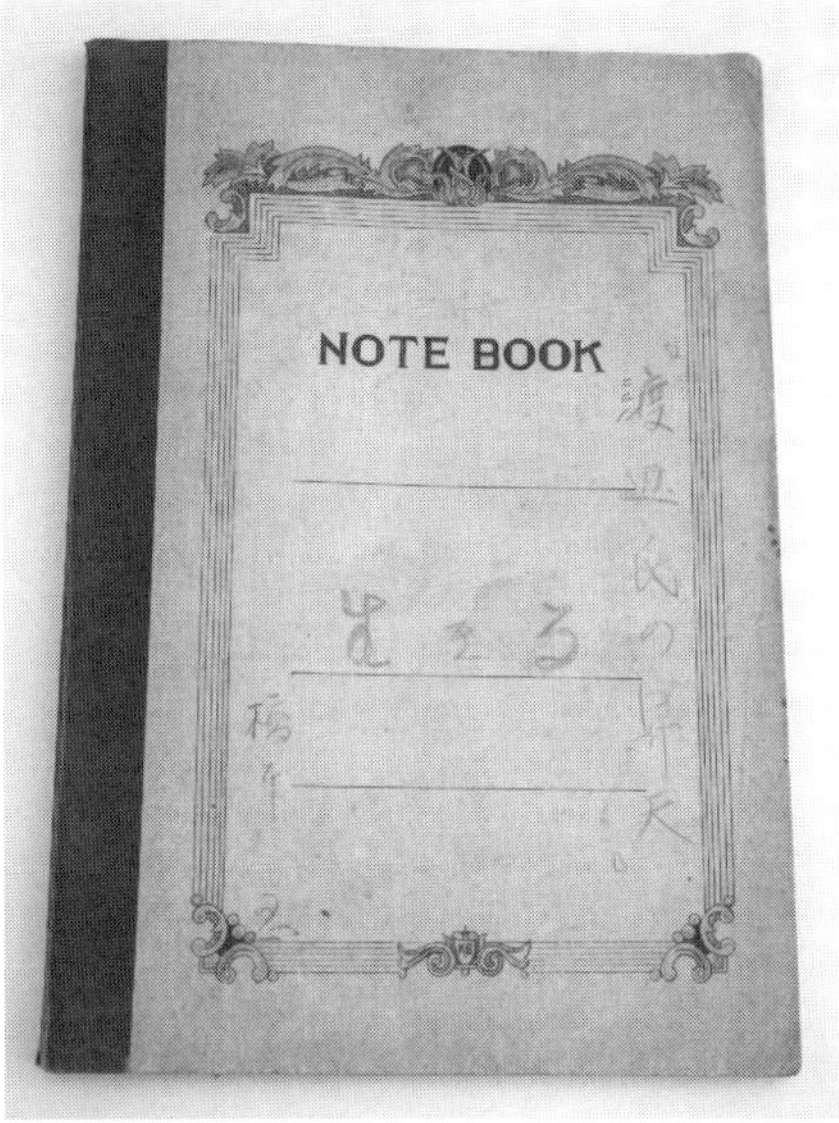

『生きる』の創作ノートの表紙には「渡辺氏の昇天」とある

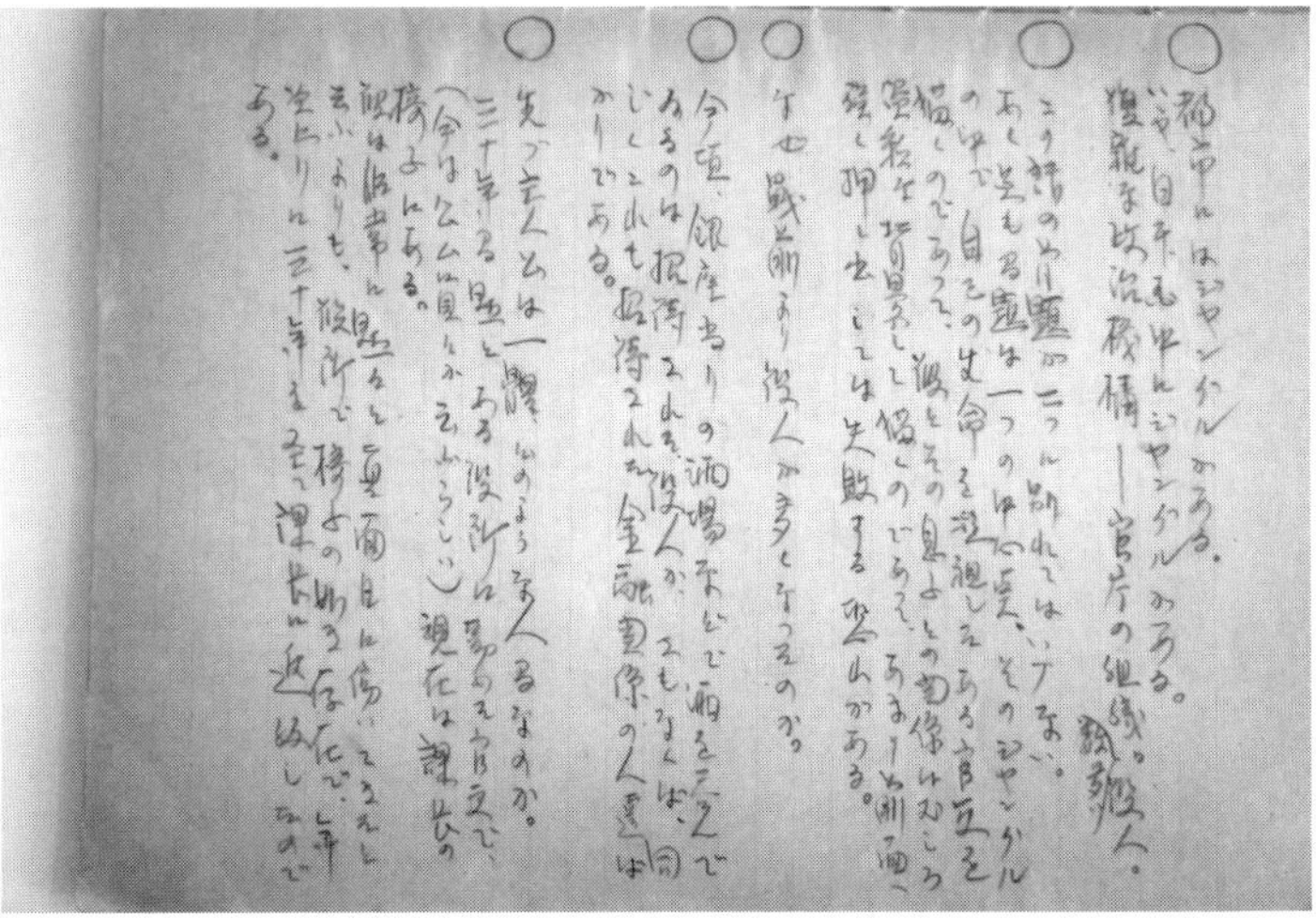

ノート内では作品のテーマや橋本の問題意識などを詳述

封建制への復帰反対をがなり立てるアプレ官僚を二、三出してもいゝ。
○『今に、この日本列島は人間の重さで沈みます』

次に記されているのは本作の重要テーマとなる、役人や役所の無責任体制の問題点についての指摘だった。

これもこの後の橋本脚本の創作ノートに通じることだが、橋本は一見すると物語の本筋にそこまで絡まないような背景の状況やそれに対する問題意識をノートに書き出して、執筆に反映させていく。『生きる』は、保身的な助役や無気力な同僚など、役人たちの厭らしさをこれでもかと描いているが、そこにはここに記したような問題意識が背景にあったと考えられる。

そして、以降のページは具体的な内容へと入っている。

○先づ主人公は一体どのような人間なのか。
三十年間黙々とある役所に勤めた官吏で、(今は公務員とか云ふらしい)現在は課長の椅子にある。
彼は非常に黙々と真面目に働いてきたと云ふよりも、役所で椅子の如き存在で、年次上りに三十年を経て課長に進級したのである。

ここに記されているのは、先のストーリーや黒澤、小國との打ち合わせを踏まえての、主人公のキャラクター像を改めて確認している内容だった。

そしてこの後のノートには物語展開の細かい構成が書き連ねられている。それは完成した作品の流れに限りなく近い。そして、佳境に達した段階で再び疑問が生じている形跡がある。

○そうすると、この決心をする迄の渡辺はいったいどのような男なのか……。

「この決心」とは、住民の声を聞き届けて公園工事を着工する――という、物語の重要な転換点である。これを自然な流れで展開させるには、改めて主人公の具体像を確認する必要があると考えたのだ。

そこで、改めて橋本は主人公像を具体的に掘り下げている。

○渡辺勘治

実直謹厳。三十年を役所に勤めた官吏。

ところが不治の病である胃癌の宣告を医者から受ける。

まるで放心したようになってしまふ。一人息子にその病気を打明ようと思ったが、自由と手前勝手をはき違へた息子の態度によう打明けない。

彼は早くして妻を失った。その後は一人息子の利男の成長だけを楽しみに独身を通した。

だが息子は甘やかし過ぎたせいか、自由と手前勝手をはき違へて変な人間になってしまった。

利男が恋愛関係になって無理矢理に貰った嫁は之も似た者夫婦の例へで変な奴だった。（妊娠云々の説も出てくる）

彼の半生は息子のために捧げつくされたと云っていい。

○自分が三十年間に何もしてなかったと云ふことは大変な悲劇なのである。
○残ったのはブランコだけである。

こうして一通りの物語展開を、先に挙げたような「気になるポイント」を時おり挟みながら進め、いちおうのラストまで書き込んでいる。その上で、この後に黒澤・小國と決定稿を進めていく上での、ドラマ上の問題点を記している。

○塵埃の山が広場になり、子供の遊び場となることが適切であるかどうか。
○狙っていることが端的に画面に出てこないと駄目である。これはよく注意しないといけない。（三ヶ月しか生命のない男がどのようなことをしたか）
○ルンペンの言葉でだけで引っくり返るのは大変話も弱いし、又、甘いと思ふが……
○渡辺自身にすれば何も立派なことをしたのではない。唯生きている時間を一番楽しく過す方法を考へて、実行したゞけである。
○最後迄、軽蔑して遺書を読んで始めて思い知らされるのかどうか？

以上を読んで分かるのは、この『渡辺勘治の生涯』をシナリオ化していく上で——具体的な描写や細かな展開やセリフなどは黒澤・小國に依るところも大きいのだろうが——土台となる人物設定、問題意識、大まかな物語展開は橋本のプランに依るものだということだ。それは、原作者に近い(黒澤という原案者がいるにしても)立場といえる。

つまり、橋本が「先行して書いた作品」「僕がいて初めて成立した作品。僕の作品」という橋本の主張は、『羅生門』だけでなく『生きる』にも当てはまるのである。

食い違う証言

橋本の築いたノートの内容を土台に、黒澤・小國・橋本の三者による執筆が始まる。箱根の仙石原にある温泉宿での缶詰生活だ。

だが困ったことに、小國と橋本では、ここでの執筆経過についての記憶が異なっている。

『複眼の映像』での橋本の話をまとめると、次のようになる。

まず黒澤と橋本が二人で宿に入って執筆を進める。原稿用紙で三、四十枚に達していた四日目の夕方から途中参加した小國が、これまで書かれた分に目を通すと、こう指摘したという。

「黒澤……これちょっとおかしいよ。これはあかんなあ」

「小國! なにがあかんのだ!」

「お前のいう通りなら、渡辺勘治は途中で死んでしまう!」

「死んだっていいじゃないか」

小國の指摘を受けた黒澤は「憤怒で真っ赤」になり、これまで書かれた原稿用紙をビリビリに引き裂いてしまったのだ。

それがどう落ち着いて決着したかは書かれていない。だが「翌日から三人の仕事が始まった」として、ゼロから再び書き進めることになったようだ。

一方、『キネマ旬報』九二年十月上旬号に掲載されている小國の話は次のようなものだ。

最初から三人で書き始めている。だが途中で小國はマキノ雅弘監督に呼ばれ、一晩だけ東京へ戻ることに。その間に黒澤と橋本が七十枚ほど進めていた。それを読んだ小國は、黒澤にこう言う。

「黒澤、『生きる丸』は北東に進もうとしているのに、これじゃあ北北東に舵向けているんだと思うよ」

それを聞いた黒澤は「オイ、橋本、駄目だってよ」と言うと、その場で七十枚の原稿用紙を屑籠へバサッと捨ててしまう。そして次はもうケロッとして「さあ、やり直しだ。小國、だから山を降りるなと言ったじゃないか」と作業を進めたという。

橋本説では、『生きる』というタイトルは決定稿が書き終わった後で、黒澤が決めて小國が追認したとしている。脚本を三人で書いている段階ではまだ『渡辺勘治の生涯』だった。そのため、執筆の早い段階で『生きる丸』という言葉を使っている小國の記憶とは大きな齟齬《そご》がある。また、小國の動きや、小國の提言を受けての黒澤のリアクションも異なっている。「一晩で二人が七十枚を進めていた」という小國説は無理があるようにも考えられるため、小國の記憶は全体的に怪しい。

一方、共通している点もある。一つは、小國が不在の間に黒澤と橋本が進め、後にシナリオを読んだ小國が批判したこと。そして、そのシナリオを黒澤が結果的にボツにした——ということだ。

この共通点が示すのは、黒澤が小國の判断を絶対的に信用していたということである。そして、それこそが黒澤が小國に求めた役割だったのだ。そこは、小國自身も意識していたようだ。

「黒沢《ママ》は監督だから画面に惚れるというか、画面構成をまず考える。すると我々が狙っているものから外れることがあるんだ。それを修正するのが僕の役目だった。それに僕は黒澤より四つほど年上だから、菊島や橋本が正面から反対できないことでも、そりゃ駄目だと言える。だから、菊島や橋本にすれば小国《ママ》さんが言ってくれないと困るということだったね」(『キネマ旬報』九二年十月上旬号)

ゴンドラの唄

小國の復帰後は三人で執筆が進められたという記憶も両者は共通しているのだが、この進め方に関する記憶も、小國と橋本では全く違っている。

橋本の話は、以下の通りだ。

黒澤の左に橋本、右に小國が座っている。まず、橋本が黙々と原稿用紙に書く。その間、黒澤もわら半紙の半切りに黙々と字を書く一方、小國は一字も書かず英語の本を読み続けた。原稿は右回りで回され、橋本が書いた原稿を黒澤に渡す。黒澤はそれを書き直す。それを小國に渡す。小國が「いいね」と言うと決定稿としてクリップで綴じられ、重ねられる。それが一日七時間のペースで進み、平均十二、三枚が積み重なっていったという。

それに対して、小國は次のように語っている。

「ここまでは橋本、ここまでは小國、ここからは俺、さあやろう、ヨーイドンで始まった」(『キネマ旬報』九二年十月上旬号)

小國はあくまでジャッジメント役だったという橋本に対し、小國は自身も執筆に加わっていたという。橋本の記憶は「橋本がまず書き、黒澤が書き足し、小國が成否を判断する」という進め方である。一方で、小國の記憶では「三人でパートを分担して同時に進める」という進め方になっている。

ここでも、小國の記憶に無理があると考えられる。複数の人間が主人公だったり、物語が明らかにパートごとに分かれた展開ならば、異なる複数の人間で分け合って同時に執筆を進めることはなくはない。だが本作の場合は、一人の人間の生態を終始追っていく話だ。作風の異なる三人が分担して書くと内容が一様にならない危険性がある。

そう考えると、これは小國が記憶違いをしていると考えられる。

本作のクライマックスは、渡辺勘治（志村喬）が公園のブランコに揺られながら、「命短し、恋せよ乙女」と「ゴンドラの唄」を歌う場面だ。

そして、この「ゴンドラの唄」を主人公に歌わせることになった経緯も、小國と橋本の言い分が異なる。

橋本によると、このような話だ。

まず橋本と黒澤で、「ブランコで歌う渡辺」という場面を書いていた。

その際、黒澤が「命短し、恋せよ乙女」とひとり言に似た呟きを口にする。それを聞いた橋本が、その詞をそのまま書く。だが、その後の歌詞が二人とも分からない。その時、英語の本を読んでいる小國に黒澤が「小國よ。命短し、恋せよ乙女の後はなんだったっけ?」と尋ねると、小國は「ええっと、なんだっけな。出そうで出ないよ」と答えた。そして、最終的には宿にいる最年長の女中なら分かるのではと呼び出したところ、その場で最後まで歌ってもらうことができ、解決したというのだ。

一方、小國はこう述べている。

「ラストシーンまで書き上げたんだけど、公園のブランコのシーンで志村喬に何を歌わせるかで意見百出、いいアイデアが出ないんだ。そこで僕は〽命短かし　恋せよ乙女……『ゴンドラの唄』を思いついたんだ。そうしたら黒澤が『それだ！　これで脚本はできたから仕事は止めよう。今夜は呑もう』ということで、大宴会になった」

またしても、「藪の中」だ。

『侍の一日』

『生きる』のシナリオを書いた黒澤・小國・橋本の座組が次に挑んだのが、『七人の侍』だった。田畑を荒らし、村の女たちをさらう野武士集団に苦しめられる農民たち。彼らは野武士に対抗するため、七人の浪人（志村喬、三船敏郎ら）を用心棒として雇う。報酬は、たらふく米を食べられること。そして、侍たちは村を要塞化し、農民たちを鍛え上げ、共に野武士を迎え撃つ。

豊かな人間描写、壮大なスケールと激しいアクションに彩られた作品は、その後の世界中の娯楽映画に影響を与え、日本だけでなく世界各国での「オールタイムベスト映画」のトップクラスに必ずランクインする、映画史上でも有数の「不朽の名作」である。

橋本はこの作品も自身が「先行」したと語っている。だが、『生きる』と同様に執筆のプロセスに関する証言は橋本と小國の間で食い違いがある。

まず、以下は『複眼の映像』を要約したものだ。

『生きる』の撮影中に黒澤と橋本の間で話し合いがあり、「次の作品は時代劇」と決まる。《今回も》橋本がシナリオを先行することになった。

黒澤の狙いは「これまでになかった徹底したリアルな時代劇」だ。それを受けて橋本は、江戸時代における「侍の一日」を克明に描くことにした。どのようなストーリーにするか、その設定は黒澤と橋本の話し合いで次のように決まる。

侍が朝起きて、顔を洗い月代《さかやき》を剃り、髷《まげ》を結ってもらい、祖先の霊に礼拝をする。そして朝食をとり、妻の介添えで着替えを済まし、大小を差し、供の中間《ちゅうげん》を従え登城する。お城では何事もなく勤めを行うが、夕刻に近い下城の間際になり些細なミスを犯し、屋敷へ帰ると自分の家の庭で切腹して死ぬ——。

一人の侍の一日の暮らしを丁寧に一つずつ追った内容になっている。これを映画として描くには、侍の過ごす日常を全て克明に映像にする必要がある。映画の設計図であるシナリオには、その全てを書き込まなければならない。そのため、家庭内における侍の一部始終や、お城勤めに関する詳細を、一から十まで調べ上げ、正確な考証のシナリオに仕上げることになる。橋本は東宝の文芸部員たちとともに必要な書籍を閲覧してノートを取り、分からない部分は歴史学者に聞き出しながら、詳細を摑んでいった。

だが、二週間を過ぎても必要な資料に巡り合えなかった。職務の具体的な内容に関するものが、皆無だったのだ。職制や職種の説明はあっても、組織の詳細な編成と人員、勤務時間（出仕と退出の時刻）、執務内容（どのような内容の仕事を具体的に行ったのか）に関して記載されていないのだ。

特に問題は昼食だった。侍は家から弁当を持参したのか、それとも城で給食があったのか――。

橋本は昼食の場を、心を通わす同僚との団らんの場面に設定していた。そして、その同僚が切腹の介錯《かいしゃく》を務める。そのため、昼食をどこでどのようにとるのかは、考証だけでなく作劇上でも重要なポイントだったのだ。

だが、東宝の文芸部員の調べでは、時代背景として設定した江戸初期には「侍は一日三食ではなく二食」だったというのだ。三食になったのは文化文政以降だ。つまり、この物語の時点では昼食はとらない。

橋本は迷った。ドラマとしてどのように設定するかは作者の自由であり、弁当持参を当然としてもいいのではないだろうか。実際、橋本自身は時代劇だからといって必ずしも考証に忠実に作らなければならないという考えは持っておらず、作家の都合が優先されるべきと考えている。後の作品は、そのような考えでアプローチしていた。


「時代劇も現代劇もない。同じ脚本だから。そんな区別全くしてない。ただ、時代劇は喫茶店と電話が使えないから不便なんだよね。その代わり、人を殺したって警察がすぐ捕まえに来ないっていうことがあるよね。警察がすぐに来ないのは、脚本を書く身にとっては便利なことなんだ。その間のことをいろいろと描けるからね。あとは現代劇と同じことだよ。

テーマもね、いつの時代を書くにしても、書いている現代との合わせ鏡みたいなものだから。常に現代の人間として書いてきた。

もちろん、その時代や生活についての資料がないからできないというものも時代劇の中にはある。『侍

の一日』が、まさにそれだよな。そういうふうに資料にこだわるものもあるけど、そうではなしに、資料ってさして必要ではない――講談みたいなものからとった時代劇もある。僕はそういうものが時代劇として一番面白いと思うんだ」

『侍の一日』において、このまま考証を無視しようと思ったのには、もう一つ事情があった。それは、五二年九月の初めからこの企画にとりかかっており、既に三カ月近くが経過している。もしこのままお蔵入りになれば脚本料は一銭も入らないのだ。サラリーマンをやめ、職業脚本家となった橋本にとって、それは、生活としてあまりに痛い。

ただ、一方で、こうも思ったという。

「取材では著名な歴史学者も揃って分からないといっているが、映画が出来た場合には、どこの誰がどんな批評を出してくるかは分からない。一犬虚に吠えれば万犬実に吠えるのが世の風潮であり、そうした場合には作品の致命傷になる。

それに昨年の九月、イタリーのヴェネチア国際映画祭で『羅生門』がグランプリを得ている。最初は映画祭とかグランプリの意味などチンプンカンプンだったが、次第にその意味内容が認識され、ことの重大さが人々にも分かりかけている。黒澤さんは日本の黒澤から世界の黒澤に足を一歩大きく踏み出しているのだ。折も折、その矢先に彼が渾身の力を込めた時代劇、それに致命傷ともいえる大きな傷でも付いたらどうするのだ」（『複眼の映像』）

結局、橋本はこの企画を諦めることにした。その報告を聞いた時、黒澤は凄まじく怒り、こめかみに青い静脈を浮かせながら「なぜだ！　どうしてだ！　俺はじっと二カ月間待ってたんだぞ！」と叫んだという。これに対し、橋本はこう返している。

「我が国には事件の歴史はある。しかし、生活の歴史はないんです！」

それから数日後、本木プロデューサーから橋本に電話がかかる。「切腹の話は諦めたから、新しいものの打ち合わせがしたい」という黒澤からの伝言だった。

「昔の剣豪たちの逸話を選び出し、七、八名のオムニバスを作ろう」

それが黒澤の新しい案だった。

「それなら二週間でできる」と橋本も受ける。徳川時代に出版された『本朝武芸小伝』をネタ本にすれば、すぐに書けると判断したためだ。そして橋本は宣言通り、二週間で書き終える。だが――。

これを読み終えた黒澤は次のように語ったという。

「橋本君……シナリオには、やっぱり起承転結があるんだよね」「もともと頭からおしまいまでを、クライマックスだけで繋ぎ、一本の映画をなんて、とんでもない間違いだったんだよね」

これで、この企画はボツになった。

その席で黒澤は「ところで橋本君……武者修行って、いったいなんだったんだろうね」と問いかける。全国を武者修行の旅に出ていた兵法者たちは、その旅費をいかにして稼いでいたのか――。

その言葉を受けて本木が文芸部員たちと調査を始める。しばらくして「行く先々の道場で手合わせをすれば、晩飯を食べさせてくれるし、出立する際には乾飯を一握りくれる。その日のうちに次の道場に行けばいい。道場がなければ寺に行けば庇護してくれる。道場も寺もなければ、百姓が夜盗の番として雇ってくれる」ということが分かった。

百姓が侍を雇う――。その視点に黒澤も橋本も興味を示し、それが『七人の侍』に繋がっていった。

以上が『複眼の映像』における、『七人の侍』に至るプロセスだった。

錯覚か事実か

それに対し、小國は公開前に、全く異なる話を述べている。


「この映画を企画したのはプロデューサーの本木荘二郎氏と監督の黒沢明氏で、途中からぼくと橋本忍氏が参加したわけです。かねがね黒沢氏は、時代劇を一本撮りたいと本木氏にもらしていたが、それが〝生きる〟の完成とともに急に具体化した。本木氏はまず小説家の村上元三氏のところへいって、むかしのサムライはどうしてメシをくっていたのだろうかとたづねた。村上氏のいうことに『仕官している武士以外は、大半が百姓の用心棒みたいなことをしていたのではないか』――これをきいた黒沢氏が『そいつはおもしろい』というので、われわれ三人が脚本にとりかかった」

（『日本映画』五三年八月号）


小國は橋本が『複眼の映像』に記した最終段階の話のみしており、その段階になってはじめて小國だけでなく橋本も「途中参加」したというのである。その前の段階から橋本は参加し、橋本が先行して物語作りを進めていたという橋本説とは、全く異なる内容なのだ。

『生きる』の時に引用した小國の証言が公開から半世紀近くが経ったものであるのに対し、今度の小國は公開前、まだ作品を撮影中のものである。『複眼の映像』に比べて、圧倒的にフレッシュな記憶だ。しかも、『複眼の映像』には「錯覚」の記述があり、信憑性がゆらいでいる。

そのため、国立映画アーカイブが二二年に「脚本家　黒澤明」展を開催した際の図録（国書刊行会）には、この小國証言を「諸説ある企画の成立過程に関して、最も事実に近いものと考えられる」と記されている。

もし、この小國説の通りだとすると、『複眼の映像』で橋本の記した『七人の侍』に関する顚末もまた、全てがデタラメということになる。既に『羅生門』の項で「錯覚」があっただけに、そうだとしてもおかしくはない。

では、あれだけ詳細に橋本が記した「侍の一日」もまた、橋本の「錯覚」なのだろうか――。

小國の証言が橋本よりも信憑性があるとしている国立映画アーカイブの根拠は、「作品が映画史に大きな影響を与える予見ができない時点」での「脚本家自身のコメント」であるという点だ。たしかに、その基準なら公開前の証言である小國に軍配があがる。

だが、この映画に「脚本家」としてクレジットされている人間は、もう一人いる。それは黒澤明だ。そして、『生きる』の時とは異なり、実は黒澤も小國と同じく、公開前に『七人の侍』のシナリオの成立過程について述べているのだ。

「去年のことだったな、最初は例のオムニバス型式でね、五人位の剣客をとりあげてその各々のドラマを作ろうとしたんだ。話を四季に割振って、のどかな春をバックにある剣客のドラマが一つ起る、カッとした夏の日にもう一つの話がある、秋にも、冬にも……という工合に考えたんだが――

これがどうも皆理に落ちてしまってね。ずい分沢山な剣客伝や武将言行録をあさったのだが、話が進まない。橋本忍君が何度も本を書いたのだが、考えが窮屈になるばかりでね、実らないのです。殆ど去年一杯、二人でこれに苦しんでいた。

そう、それにもう一つ、僕は以前から、サムライとはどんな生き方——つまり生活だな——をしていたのか、その一日はどんな風に暮れたのか、それを正確に知りたいと考えていたのですよ。殿様に仕官して三百石なら三百石の知行をとっている武士、彼はどのようにして城へ行き、どんな仕事をして、戻ればどのような家庭でどんなことをして、一日を終えたのか？　こういうサムライの生涯のうち或る最も劇的な一日を採り上げて描いてみたい、という希望があったんだ。それを調べているうちに、それなら仕官していないサムライ、つまり浪人はどんな風にして生きていたんだ？　ということに関心が変って来たのだね。浪人といっても徳川時代にならぬ前の戦国時代ね。この頃はある学者に言わせると〝自由主義的武士道時代〟といってね、調べると実に面白いんだな。

そうやって僕が浪人のことを考えている時、橋本君との間に、百姓に雇われたサムライの話がフト出たんだ、思わず、それだッ！　ということになった。サムライと百姓といえば、全く違う世界の人間だ。そのサムライが食うために百姓に雇われて働く。これで行こう！　となった時、話はどんどん進みはじめた」（『映画の友』五三年十二月号）

橋本説と同じく、前段階から橋本が参加していた——と黒澤も証言しているのだ。

そして、『七人の侍』の端緒となる「侍が百姓を雇う」という話に対する、黒澤証言における「それだッ！」「これで行こう！」というリアクションと同じような場面が、『複眼の映像』にもある。

橋本「百姓が侍を雇う？」
本木「そうだよ」
黒澤「できたな」
橋本「できました。百姓が雇う侍の数は何人にします」
黒澤「三、四人は少な過ぎる。五、六人から七、八人……いや、八人は多い、七人、ぐらいだな」
橋本「じゃ、侍は七人ですね」
黒澤「そう、七人の侍だ！」

さすがにこれは、橋本のシナリオから飛び出してきたような劇的なセリフ回しになっていて出来過ぎなやり取りだ。そのため、いささか誇張して脚色されていると思われる。

だが、それでも、内容的には黒澤と橋本の記憶が合致していることは確かだ。そう考えると、橋本説を「錯覚」と切り捨てるのは違うようにも思えてくる。むしろ、一人だけ全く異なる内容である小國証言の方が怪しい。

ただ、黒澤証言には橋本説と異なる点も多々ある。特に、黒澤は「ともに剣豪オムニバスを苦労した」とする一方、『侍の一日』には触れていないのだ。『侍の一日』のような日常を追う企画が具体的に動いていたわけではなく、あくまで黒澤が興味を持っていた視点の一つ——ということでしかない。橋本邸から『侍の一日』の創作ノートでも見つかれば、大きな証拠になるのだが、結局は見つからなかった。

それでも、剣豪オムニバスでの黒澤と橋本との共同作業、そして『七人の侍』の発案も共にしていたという点では黒澤と橋本は合致している。そうなると、小國よりも前の段階から橋本が参加していたと考えるのが自然だろう。剣豪オムニバスを橋本が「何度も書いた」と黒澤も記しているように、橋本は「先行」する形でこの企画の執筆に臨んでいたのである。

黒澤が発案して橋本が単独で書き進めた剣豪オムニバスが破綻し、「武者修行の食事」に黒澤が興味を示し、それについて橋本と話し合ううちに『七人の侍』の骨格が形成され、その段階から小國が参加。小國はその前段階の流れにタッチしていなかったため、橋本も自分と同じく途中参加したと判断した。

——というのが、三者の説を総合して割り出される経緯となる。

『羅生門』はまだしも、『生きる』『七人の侍』はいずれも黒澤の発案がスタートである。そのため、橋本が「僕の作品」と言い切るのは、さすがに言い過ぎだ。

一方、こう振り返ってみると『羅生門』を含めて三本全てで橋本が「先行」して書いてきたことも事実であり、橋本が主張するように「僕がいなければ成り立たない作品」であることも確かだ。

それだけ橋本の功績は大きかったにもかかわらず、全ての賞賛が黒澤へ向かい、当時は誰も橋本の存在に見向きもしなかった——。それが橋本の認識だった。

そして、その想いが後の黒澤との関係、そして橋本の脚本家としてのスタンスに大きく影響していくことになる。

四

離の章

〜『蜘蛛巣城』『夜の鼓』『女殺し油地獄』『風林火山』

黒澤明からの「解放」

『七人の侍』を書き終えて、僕は黒澤明から解放された。あの時はそう思った」

インタビュー中、橋本は何度もそう語っている。

『七人の侍』のシナリオの執筆は計八カ月を要した。総分量はペラ五百四枚にのぼり、完成作品の総上映時間は約三時間半。紛れもない超大作である。公開されるや大ヒット作となり、また後年には「映画史上最高の名作」と国の内外で賞賛され、多くのエピゴーネンとなる作品も生んだ。その後に作られた世界中の娯楽映画の大半は、大なり小なり『七人の侍』の影響下にあるといって過言ではない。

それだけの大プロジェクトに参加——どころか「先行」して脚本の創作に臨んだのである。橋本からすると、書き終えての安堵による解放感もあったのだろう。そもそも、書くだけでも大変な労力となる分量と時間な上に、あれだけのクオリティにまで仕上げているのだ。

が、「解放」をもたらした要因の大部分は、実は他にあった。

黒澤とは、やり尽くした——それがこの時の橋本の偽らざる心境だった。これから先、黒澤と仕事をすることはないだろう、そう考えると、「爽快な解放感」を得ることができたのだという。

実は橋本と組むまで、全ての脚本家が黒澤とは二本だけ組んで離れてきた。久板栄二郎(『わが青春に悔なし』『白痴』)、植草圭之助(『素晴らしき日曜日』『酔いどれ天使』)、菊島隆三(『野良犬』『醜聞《スキャンダル》』)——。それは、優れた映画にするために全てのセクションにおいて妥協ない仕事を求める黒澤との仕事には、途方もない労力を要するからだ。

そうした中で橋本とは三本で組んだ。しかもその中の一本は『七人の侍』という超大作だ。これは異例のことなのだ。それだけに、橋本には途方もない疲労が蓄積していた。

黒澤との日々を、橋本は後に次のように振り返っている。

「ものを書くことが辛くて、辛くてならなかった」

「よければ採用、悪ければ無慈悲にボツ、激しい才能の競争である。だからボヤボヤしていられない。苦しい、辛い、だがそこで引き下ってしまってはすべてがおしまいである。とにかく頑張って頑張って頑張った」(『キネマ旬報　増刊』六四年四月号)

これは黒澤の存命中——どころか、現役のヒットメーカーだった時代の吐露だ。媒体が『キネマ旬報』だということを踏まえると、黒澤本人が読んでいる可能性も高い。その状況下でこれだけ言い切っているということは、余程「苦しい」「辛い」という想いが強かったと考えられる。

「誰も僕を超えることはできない」

だが、橋本が「解放感」を得たのは、黒澤との大変な労苦を脱した喜び――だけかというと、そうではない。同じ『キネマ旬報』の記事では次のようにも述べている。

「不思議に書くことがそれほど辛くはなくなったような気がする」

「黒沢作品に依って鍛えに鍛えぬかれた」

通常の脚本家であれば、師匠筋のアシスタントに始まり、小作品でデビューして――といった段階を踏んで「プロ」としての経験を重ねた上で、黒澤クラスの大監督との仕事に至る。いわば、「昇りつめた頂点」のような仕事であり、そこに至るまでに通常は「プロ」としてのさまざまな処し方を覚えていく。

だが橋本は、まだ習作段階であった『羅生門』で黒澤に抜擢されて、いきなり実戦に投入されたのだ。そのために、「プロとしての仕事のこなし方」を知らぬまま、脚本家の道に入っている。それだけに、その後になって映画会社から次々と仕事が来るようになっても、それを上手くこなすことができなかったという。

「ものを書く基礎のない、そして筆の遅い私には、そうそう簡単にベルト・コンベア式にシナリオをものにしていくことは、到底出来ない」

そんな橋本に、黒澤はこう言って聞かせたという。

「一緒に仕事をしている間に僕のいいところを全部吸取紙のようにとってしまえ」

そして黒澤に言われた通り、橋本は黒澤の作品を夢中で書きまくることになる。その結果として得たものを、『複眼の映像』で次のように述べている。

「『これからの自分には、どんなものでも書ける』

半ペラ五百四枚の『七人の侍』が貴重なものを私に与えてくれたのだ。

余裕のある仕事からはなにも生まれない。知力も体力も喪失し、精も根も尽き果て、血ヘドを吐くような中でなおも書き続け、仕事を成し遂げた場合にのみ、初めて血肉となって体得し得る、物書きの自負と自信と力に似たものでもある」

黒澤の課す高いハードルに向かい、ひたすら原稿を書きまくることで、橋本は「鍛え抜かれた」。その結果、橋本は「これからの自分はどんなものでも書ける」という自信を得たのだ。この自信が、「黒澤から離れてもやっていける」という意識に繋がり、それが解放感として現れたということだ。

だが、今回のインタビューで橋本が言うには、この「なんでも書ける」と思うようになった理由は別にあるという。そして、『複眼の映像』に記したことは、あくまで黒澤を立てるための一面的なものでしかない――と。

「『七人の侍』を終えて、これからなんでも書けると思った。なんでも書けて当たり前と思った。なぜそう思ったのかは『複眼の映像』にも書いたけど、実はそこに本当に重要なことを付け加える必要がある。

というのはね。伊丹万作で基本的なことを教えられて、黒澤流で三本も習練したらね。よほど僕が馬鹿か阿呆でない限り、一人前のホン屋になれるのは当たり前だと思ったわけだ。

それと同時に『待てよ』と思ったわけ。それは、僕はすごく『選ばれた人』ではないかという気がしたんだよ。というのは、伊丹万作に基礎を教わって、黒澤組で習練して――という機会に恵まれるのは、もう僕しかいないんだよ。伊丹万作は死んでいるから、もう伊丹万作に基礎を教えられた者はない。誰も教わることはできない。

だから、僕は選ばれた人で、誰も僕を超えることはできない。あの時にそう思えたんだ。だから、なんでも書けると思えた」

まさに、橋本らしい自信満々の発言だ。読みようによっては「不遜」とも捉えられかねない。

だが――。結核療養所での「死刑宣告」を突破し、伊丹万作に認められ、たまたま書いた脚本が黒澤明に見出されてデビューし、それがヴェネチアでグランプリを獲得し、そして『七人の侍』を世に出した。これが、わずか十年強の間の出来事なのである。

そう考えると、橋本が自身を「選ばれた人」「誰も僕を超えることはできない」と自賛するのも、

「もっともなこと」と思えてしまう。そして、この自信が「なんでも書ける」という意識の原点となったのだ。

誰も僕を知らない

「黒澤からの解放」。このことは、橋本の脚本家生活において重大事であった。

先に述べたように、いくら労力をかけて書こうとも、黒澤映画の脚本執筆においては、その賞賛は黒澤にしか向かわない。もちろん、一連の作品は黒澤が監督だからこそ名作となったことに違いはない。また橋本自身も黒澤がいなければ世に出ることも、一連の作品に携わることもなかった。だが、三作とも自身が「先行」して書いた自負のある橋本としては、自身の存在が映画界やジャーナリズムに軽視されているという意識を抱いていたのだ。

「大事なのは、あれだけの仕事をしたのに誰も僕の存在を知らなかったたってことなんだ。というのは、黒澤明の名前が大きいし、黒澤作品というのは全て黒澤明との共同脚本になってるから、誰もその横にある名前を注意して見ない。『橋本忍って聞いたことないけども、まあアシスタントの新人か、誰かライターのペンネームだろう』というのが大半の見方だったんだよ。『羅生門』『生きる』『七人の侍』。後に黒澤の代表作といわれる三本の脚本を書いたけど、橋本忍を認める者は誰一人いなかったということなんだ——黒澤明を除いてね。僕がどれほどの実力を持ってるかを知ってるのは黒澤明だけで、それ以外の者は誰も知らなかった。それどころか、存在すら知ってなかったというのが実情なんだよ」

こうした「自身に対する評価が低い」という想いは、橋本の一方的な被害妄想ではない。後に橋本の盟友となり、自身も黒澤明の助監督を務めた野村芳太郎も、若手時代の橋本の印象を次のように述べている。

「橋本忍の名が日本で初のグランプリ―『羅生門』の脚色者として黒沢明と名を連らねてデビューしたとしても一般には未知の新人だった」

「シナリオの助手さんだなと云ったような注意しか当時の僕達ははらっていなかったようだ」（『映画評論』五九年十月号）

全く無名の新人がいきなり黒澤映画の脚本を書く――というのは、当時の映画界では考えられないことだった。そうなると、「全ては黒澤主導で進められ、橋本はあくまでアシスタント的な立場で加わっていたに過ぎない」――、多くの人がそう考えたとしても、それは当然のことといえる。

この点は、黒澤自身もそうとしか思っていなかった節があるという。長女の橋本綾によれば、『七人の侍』のリメイクをめぐるアメリカでの訴訟に際し、黒澤は橋本のことを訴状に「自分の雇い人」と記したようで、綾はそれに激怒した父の姿を目撃している。

これまでに述べてきたように、橋本の果たしてきた役割は「助手」ではない。また、黒澤もこれまで組んできた手練れたちと同じように、橋本を「一人前の脚本家」として扱い、橋本もそれに応えてきた。

だが、当時それを知るのは当人を除けば黒澤、小國、本木くらいしかいないのだ。助監督として現場では黒澤に近いところにいた野村芳太郎ですら、「黒澤の助手」という認識でしかなかったほどだ。橋本としては、そのことに忸怩《じくじ》たるものがあった。

「黒澤からの解放」を意味するのは、これもあった。黒澤に鍛え抜かれ、「なんでも書ける」という自信を得た橋本は、「黒澤からの卒業」を心に期したのだ。これからは「黒澤のための脚本作り」ではなく、「自分自身のための脚本作り」をする、と。

『真昼の暗黒』の衝撃

『七人の侍』の執筆と前後して、橋本は東京に中古の自宅を購入。家族を呼び寄せ、共に暮らすようになる。腰を据えて、「プロの脚本家」としての生活を始めたのである。

それは同時に、黒澤の用意した貸家を離れることでもある。つまり、脚本家としての生活においても、橋本は黒澤からの独立を果たしたのである。そして、宣言通りに『七人の侍』以降は黒澤以外の仕事を増やし、「一本立ちの脚本家」としての評価を確たるものにしていった。

「脚本家・橋本忍」としての評価を高める契機となった作品は、五六年の『真昼の暗黒』（今井正監督）だと橋本は考えている。

一九五一年に山口県で実際に起きた強盗殺人事件を題材にした裁判劇だ。

当初は単独の犯行とされていたが、容疑者の自白によりさらに四名の共犯者が浮かび上がり逮捕される。四名は無罪を訴えるも、高裁まで有罪判決を受けてしまう。映画は最高裁の公判の最中に製作された。

そして驚くことに、まだ最高裁での係争中であるにもかかわらず、本作の製作陣は四人を「冤罪」と断定して描いているのだ。その上で警察や検察の落ち度を劇中で追及し、四人を悲劇的な被害者とした。原作は、容疑者たちの担当弁護士となった正木ひろしの著書『裁判官』ということもあり、容疑者側に寄り添った内容になっている。

身に覚えのない罪状により逮捕され、警察や検察の立証の甘さを弁護士が突くも裁判官に採用されない——。そうした中で苦しむ容疑者やその家族の悲劇が、法廷ドラマとしてのミステリー性を交えて描かれた。そのため最高裁や映倫から製作中止の圧力がかかり、公開前から大きな話題を呼んだ。

執筆と製作における詳しい顚末は次章で詳述するが、ここで示しておきたいのは、橋本自身としては、この『真昼の暗黒』によって「映画界や映画ジャーナリズムの橋本への評価が大きく変わった」と認識しているということだ。

本作は公開されるや批評家たちから高い評価を受け、キネマ旬報ベスト・テン一位、毎日映画コンクールの日本映画大賞、ブルーリボン賞作品賞を受賞。今井正が各監督賞を受賞する一方で、橋本もそれぞれで脚本賞を受賞した。単独の脚本作品としては、ここまでの評価を得たのは初めてのことだった。

そして橋本は、『真昼の暗黒』での数々の受賞によって、「黒澤の助手」から「一人の脚本家」へと映画界の扱いが変わったのだと振り返っている。

「『真昼の暗黒』によって初めて、『橋本忍ってライター、そういえば『羅生門』とか『生きる』『七人

の侍』もそうだったじゃないか』と思われるようになったんだ。だから、『真昼の暗黒』は僕にとって意味は大きい。

『真昼の暗黒』は、映画界にものすごく大きなショックを与えたわけだ。それは係争中の事件を題材にしたという特異性も少しあるけれども、僕からするとそれは大したことはない。今井正というのは、それまでにものすごい名作を撮ってきた人だから、映画の内容はそこまでのショックじゃないんだよ。それよりもね、橋本忍というライターが出てきたことが映画界にとって非常に大きなショックだったんだよ。この段階でも僕は無名のライターだったんだから。東宝を除くと、他社の人間はほとんど僕を知らなかった。そこに、各映画会社の企画部が『橋本忍っていうえらいのが出てきたな』ってなったわけ。『でも、この名前、どこかで聞いたような気がする』って、僕のキャリアを各社で調べ始めた。

それで調べてみたら、『羅生門』も『七人』もやっているじゃないかと。それなら『真昼の暗黒』も出来が良くて当たり前だ——と。『真昼の暗黒』が出ることによって、映画界は橋本忍という者の存在を知った。知ったときには、それまでの経歴がようやく知られて、いきなり『これは大変な実力者だ』となった。それで、各社での脚本家のランクは一躍、僕が一番高くなったんだから。

『羅生門』『生きる』『七人の侍』のときは全くの未知数の存在が、『真昼の暗黒』で一躍シナリオライターのスターになっちゃった、いきなり巨匠クラスに入った。『真昼の暗黒』で僕の名前が売れたんだ」

自身を「シナリオライターのスター」「巨匠クラス」と言い切るあたりに、橋本らしい強い自尊心がうかがえる。だが、実際にこの後に橋本がシナリオを書いた作品は「橋本忍の映画」というある種のブランドとして各映画会社に重宝されるようになることから、その認識も決して自惚れではない。

それを示すように、『キネマ旬報』の五九年二月特別号では、橋本は次のように称えられている。

「橋本忍は、伊丹万作の門下から出て、黒沢明のスタッフに入り、将来を期待される中堅から、今や日本映画の未来を背負う作家の一人となった」

「彼の未来は輝しい期待に満ちている」

まさに「スター」として称賛される一方、「黒沢明のスタッフに入り」という表記もあり、黒澤組時代の橋本が映画ジャーナリズムの世界でどう評価されていたのかが、ここにもよく表れている。

そして、『真昼の暗黒』を「スター」として注目されるようになった契機とするのは、橋本の一方的な思い込みではない。野村芳太郎もまた、当時、次のような認識を示している。

「黒沢作品には橋本の名が連らなり、一部の人々の間では注目を浴びはじめてはいたが、彼の名が全映画人の中に完全にクローズ・アップされたのは今井作品『真昼の暗黒』で彼の示した仕事ぶりである」（『映画評論』五九年十月号）

『風林火山』への黒澤の怒り

こうして一本立ちした脚本家としての評価を高めていった橋本だったが、一方で『七人の侍』以降の黒澤明作品にも、『生きものの記録』（五五年）、『蜘蛛巣城』（五七年）、『隠し砦の三悪人』（五八年）、『悪い奴ほどよく眠る』（六〇年）と、参加している。その時の想いを、橋本はこう語る。

「『羅生門』『生きる』『七人』と三本やったときにね、僕が黒澤さんとこれ以上やったって『七人』を超えるものはもう、二人でいくら顔合わせたってできないと思ったんだよ。それで、もう黒澤組を卒業したい一念で、離れたい、離れたいと思っていた」

『七人』以降の黒澤作品に、橋本は全く気乗りしない状況で参加していた。それでも参加を続けた理由は、『複眼の映像』にこう記されている。

「私は他の人とは違い、持ち込み原稿の『羅生門』でデビューした、いわば黒澤さんに認められライターになった特殊なケースだから、黒澤さんに声をかけられれば、どんな無理をしてでも仕事に応じざるを得ない立場でもあったのだ」

こうして仕方なしに参加を続けたのだが、黒澤との仕事は時間と労力がかかる上に、その功績は全て黒澤のものになる。一人の「スター脚本家」としての評価を確立した橋本にとって、もうそのような仕事はやりたくなかったのだ。

「今更黒澤組の先行なぞ、私は絶対に嫌だ」

当時の想いを、橋本は『複眼の映像』にそう記している。

結局、六一年の『用心棒』から、橋本は黒澤作品に不参加となる。そこには、先に挙げた他にも、商売上の事情があった。

橋本のキャリアを考える上で忘れてはならないのは、「仕事」として脚本家への道を選んだことだ。橋本は事業をして社長になるか脚本家になるかとの二者択一で、脚本家になった。そのため、執筆の際も「作家」だけでなく「商売」という観点が少なからずある。

そうなると、時間も労力もかかる黒澤との仕事は、商売としてコストパフォーマンスが悪い。『複眼の映像』によれば、当時、東宝の映画製作における総責任者の立場にあった藤本真澄は、橋本にこう言ったという。

「会社としては橋本君、君には黒澤組の仕事はして貰いたくないんだよ。君でなくても他の誰であれ、黒澤組のホンは出来上がる……だから会社としては、黒澤組でなく、君には他の仕事を……黒澤組一本の間には、最低でも三本の中級作品が出来る。会社としては、営業的にもそれのほうが有り難いからね」

「君にもそれのほうがいいはずだよ。黒澤組なら脚本料は一本、他の作品なら、三倍の三本分だ。お互いそうしたほうが好都合だとは思わんかね」

商売として脚本を書く橋本からすると、この藤本の指摘はまさに正鵠《せいこく》を射るものだった。

武田信玄（中村錦之助）とその軍師・山本勘助（三船敏郎）の活躍を描いた歴史大作『風林火山』（六九年、稲垣浩監督）について橋本の語ったエピソードからは、脚本が書かれた六一年当時の橋本と黒澤との距離感が伝わってくる。

「『風林火山』はねえ――黒澤さんが怒るんだ。『俺が『風林火山』をやりたいってことを知ってるくせに、お前はなぜ稲垣さんのために書いたんだ』って。たしかに黒澤さんが『風林火山』をやりたいってことはよく知ってたよ。だけど、僕が書いたのは稲垣さんに関係ないんだ。

その何年も前に大映が『釈迦』（六一年）という映画を七十ミリのフィルムで作ったんだ。それを受けて東宝も『これから七十ミリの時代が来るかもしれない』っていうんで、『とりあえず七十ミリ用の企画の本を作っておいてくれ』と言うわけ。

七十ミリなら画面も大きくなるからね、それだったら『風林火山』はどうだということで、東宝の七十ミリ用のもので書いたわけ。つまりストックの脚本なんだ。でも、結局は七十ミリで大金かけて撮っても当たらないと東宝は判断して映画にしなかった。それで脚本が寝ていたんだよ。

それを知っていた三船君が自分のプロダクションで映画を作る時に『これをやらせていただきたい』ということで持っていって、それを稲垣さんが監督することになった。だから稲垣さんがやるからって始まったものじゃないの。だけど、黒澤さん、聞いてくれないんだ。

黒澤さんはとにかく武田信玄をやりたかったんだよ。だから、たしかに黒澤さんが『風林火山』をやってればよかったんじゃないかと思う。そうすれば『影武者』みたいにおかしなことにはならなかったと思う。

だからね、彼の気持ちはわからないことはないわけ。毎晩のように『やりたい』という話を聞いていたからね。『風林火山』は黒澤さんの材料だよな、あれ。でも黒澤さんがやったら天文学的な予算がかかったかもしれない」

「『風林火山』をやりたい」と「毎晩のように」黒澤から聞かされ、これが「黒澤の材料」と理解していても、企画が動いていることを執筆当時の橋本は黒澤に伝えなかったのだ。そこには、橋本は自分のために書いて当然という黒澤と、商売として冷静に企画を見つめて距離を置こうとする橋本という、両者の対極的な姿が垣間見える。

シェイクスピアと近松

橋本が黒澤と距離を置くようになった理由は、まだある。黒澤に見出され、次々と傑作映画を黒澤と共に生み出した橋本だったが、そもそもの作家としての方向性は必ずしも合致していなかったのだ。両者をよく知る野上照代は、次のように指摘している。

「二人の相性、何も合ってないですよ。橋本さんが初めは我慢してあげてたんでしょうけど、まあ黒澤さんに批判的ですよ。橋本さんは黒澤さんの作品にそんなに感心してないですよ」

両者の方向性の違いを如実に示しているのが、好む「古典」の違いだ。黒澤が好むのはロシア文学やシェイクスピアといった、徹底した西洋志向である。『白痴』（ドストエフスキー）、『どん底』

（ゴーリキー）、『蜘蛛巣城』（『マクベス』＝シェイクスピア）、『乱』（『リア王』＝シェイクスピア）と、西洋の古典文学を日本を舞台に翻案して映画化した作品も少なくない。

一方の橋本はというと、五七年に黒澤の『蜘蛛巣城』のシナリオに参加する一方で、同年には『女殺し油地獄』（東宝、堀川弘通監督）、翌年には『夜の鼓』（松竹、今井正監督）と、単独では近松門左衛門の浄瑠璃作品を原作にした映画の脚色をしている。

そして、橋本は圧倒的に後者に思い入れがあったという。

「黒澤組でシェイクスピアのものをよくやってたわけだ。ところが、シェイクスピアの本というのは、そりゃ翻訳のせいもあるんだろうけど、読んでいて面白くないんだよね。でも、近松はあれは全部面白いんだ。なに読んでも凄く面白い。

だから、大きな存在だった。

なにより、あのト書きの文章のうまさだね。なかなかいい調子なんだよ。

大阪の芝居小屋で近松は人形浄瑠璃を書いていたわけだけど、次から次へ書いていかなきゃ座の商売成り立たないから、もうやみくもに書いたんだろうけどね。でも全部、読み返してみると面白い。だから、シナリオを勉強している人たちにも『シェイクスピアなんか読んだって意味ない。近松を読め』って言ったんだよね」

『女殺し油地獄』『夜の鼓』の執筆当時、橋本は近松に対して次のような賛辞を綴っている。

「現在も、絶えずニューストーリーから映画や戯曲が生まれる。だが、今から二百年三百年の後に、誰かの手に依って再びそれが芸術作品として取上げられることがあるだろうか。

案外、近松の作品は残っても、現在の出来事や現在の作者のものは残らないのではなかろうか」（『キネマ旬報』五七年十月上旬号）

「二本やってつくぐ〵と感じたことは、近松は大変な大作家であると云うことだ」（同、五七年八月上旬号）

その一方で、シェイクスピアについてはこう論じている。

「私はあまりシェイクスピアが好きではない。英語ペラペラで、イギリスの一流劇場で有名な俳優さん方の芝居でも見れば、感銘を受けたりまた会得するものもあるかもしれないが、翻訳本を読む限りしんどい。極端に短いト書きで、台詞ばかりがやたらと多く、うんざりする」（『複眼の映像』）

黒澤によって脚本家として世に出ることができた橋本だったが、両者が袂を分かつのは、必然の流れでもあったのだ。そして、黒澤から「卒業」した橋本は、日本映画界でも稀有な「スター脚本家」としての道を歩んでいくことになる。

五

裁の章

〜『真昼の暗黒』『私は貝になりたい』

『真昼の暗黒』の顚末

前章で述べたように橋本忍が「一人の脚本家」として高い評価を得るようになったキッカケは、『真昼の暗黒』である。それだけに社会派——つまり、「社会問題への批判を強く訴えかける、ジャーナリスティックな脚本家」というのが、当時の橋本に対する評価であった。

たとえば、評論家の北川冬彦の次のような評は、その象徴的なものだろう。

「(『真昼の暗黒』について) そのテーマは、裁判の不正に対する抗議で、それは橋本忍の作家精神を最もよく現わした作品」「橋本忍の作には、その社会観がテーマの重要基盤となっている点、シナリオ作家としての独自性がある」(『キネマ旬報　別冊　シナリオ讀本』五九年五月号)

また、野村芳太郎監督も、出会って間もない頃は『真昼の暗黒』における橋本の作家性を次のように評している。

「社会派作家としての彼の名を映画人全体に大きくクローズ・アップした」（『映画評論』五九年十月号）

では、橋本自身はどのような意識でいたのか。やはり、評されるように社会問題への高い意識を持ち、世にはびこる不正や権力の悪徳への抗議を訴えかけるような「社会派」としてのスタンスだったのか――。

実際に聞いてみたところ、すぐさま次のように答えた。

「作る基本姿勢として、そういう難しい理屈は考えないようにしているんだよ」

橋本はいかなるスタンスで臨んでいたのか。『真昼の暗黒』をめぐる顛末を探ってみると、作品内容のラディカルな「社会派」ぶりとはまた異なる執筆姿勢が見えてくる。

題材となった八海《やかい》事件の問題点について、担当弁護士の正木ひろしは映画の原作となった『裁判官』に、次のように記している。

「世の中に、人権じゅうりんの種類も、またその数もひじょうに多いが、冤罪者を死刑に処するほど残酷な人権じゅうりんはあるまい。裁判の名によって、国民がウソと暴力で、命を奪われていいものだろうか。それはまさに、この世の地獄である」

「刑事訴訟法（第四一一条）によると、最高裁判所は、『いちじるしく正義に反する程度の誤判にかぎって、原判決を破棄するかもしれない』という、アヤフヤなことになっている。

しかし〝正義〟は裁判官個人のものではない。人類のものだ。この事件が〝いちじるしく〟正義に反するか、あるいは大したことはないか、それは全国民が判断すべきものと私は信ずる」


これを読んで分かるように、正木の主張は実際に検察や裁判所と対峙してきた当事者として、社会正義を訴えかけるものになっている。だが、映画の作り手側の意識はそうでもなかった。

『キネマ旬報』五七年四月春の特別号には、『真昼の暗黒』の製作過程についての今井正の証言が載っている。それをまとめると、次のような内容になる。

実は今井は当初、原作を読んだ後で映画化に反対していた。

「面白いけれども映画になりにくい」

それが理由だった。だが、『村八分』（五三年）、『蟹工船』（同）などの社会問題をえぐるような映画を作ってきた独立プロ「現代ぷろだくしょん」の山田典吾プロデューサーが今井に企画を持ち込み、今井がこれを承諾したことでプロジェクトは動き出す。

橋本に脚本を頼んだ理由について、今井は次のように述べている。

「探偵小説の大家で、古今東西のものを実によく読んでおり、スリラー映画もよく見て研究していました」

つまり、まず今井自身が社会派的な意識よりも、「探偵小説」「スリラー」的な《面白さ》を志向しており、その流れで橋本を選んだのである。ただ、橋本は後に数多くのミステリー映画の脚本を書いているが、実はこの時点では一本も書いていないのだ。それでも今井は、普段からの付き合いにより橋本の特性を見抜いていたという。

『今井正の映画人生』（新日本出版社）で今井は、企画を持ちかけた際の橋本のリアクションについて次のような話をしている。

依頼を聞いた橋本は、受けるかどうかの判断を下す前に、公判の記録や警察の調書を全て読むことにしたという。そして、事件の白黒を自身で判断できるところまで読み切り、その結果「裁判記録からは被告たちが貧乏であったことと前科があったこと以外に黒とするものは何もない」と断定したのだ。ここで初めてシナリオにかかる決意が固まる。

この時、橋本はこう伝えたという。

「これはとても、〝疑わしきは罰せず〟の線では書けない。正木さんのいうように真犯人は一人であとの四人は全部無実だという線でなきゃ」

容疑者を「無実」と断定した前提で進むラディカルな方針は、橋本の案だったのだ。

公判中の事件を、しかもこれまでの判決と反対の結論を断定して映画化するという橋本の案に、今井は「四人のうちの一人でも『自分がやった』なんて後に言いだしたら大変なことになる」と躊躇したと述懐している。それでも橋本の覚悟に乗せられて「よし、そうなったら監督をやめよう」と覚悟を決めて臨んだのだった。

無実と断定して進めることに、橋本には葛藤はなかったのだろうか。橋本に問うたところ、平然とこう言い切っている。

「あれはねえ、僕は最初から裁判記録を読んだときから、もう無罪というのは決まりだと思ったね。あまりにもハッキリし過ぎてたから」

怠惰と無気力な精神

執筆を決意した橋本は、実際に現地へ何度も行き、自身でさらに調査と取材を重ねた。関係者とも面会を重ねている。そうして事件に対して入念にアプローチし、冤罪であることをさらに強く確信していった。

公開前には作品にかける想いを次のように述べている。

「私はこの四人、及び四人をめぐる家族達の悲哀、苦悩、憤怒をこの映画に依って描こうとした。しかし、その苦悩や憤怒の鋒先は、決して一警察、一検察庁、一裁判所に向けられたものではない。もっと大きく巨大で無慈悲なもの、弱い人間達を虫ケラの如く圧し潰して行く、巨大な鉄の輪《ローラー》に対する限りなき怒りなのである。

では、その鉄の輪とはいったいなんだろう。私は決してこれを現在の社会機構だとか、国家機構だとは思っていない。むしろ、自分自身の心の中に巣くっている怠惰と無気力な精神であると思っている。つまり私は眼前の物事に対して正邪の判断を下し、その結果を勇気をもって主張するより、ともすれば、だまって誤りを見のがすほうが、処世上、はるかに楽な場合のほうが、ずうっと多いことを、よく知っているからだ。

しかし、現代人のこの怠惰と無気力の厖大な累積と集積に依ってこそ、あの恐ろしい巨大な鉄の輪が出来上ったのではなかろうか――いかに現代の生活根拠が、事の正邪よりも自己の利害の判断を中心にせねばならないとしても、である」（『キネマ旬報』五五年十一月上旬号）

これを読んで分かるように、本作で橋本の怒りが向けられたのは、警察、検察、裁判所に留まらないのだ。明らかに誤りと分かっていながら、それを正そうともせずに楽に処世しようとする、「現代人の怠惰と無気力な精神」。それこそが、橋本の怒りの向かう先だった。つまり、司法のシステムだけでなく、現代人の普遍的な在り方にこそ本質的な問題点があるとしているのである。

実際、橋本脚本には次のようなセリフが書かれている。これは犯人とされた容疑者の一人・清水守の母・保子の兄である雄二が、守の無実を信じている保子に向けて発した言葉だ。

「清水のばあさんは、裁判所で罪がちゃーんと決定しとるのに、今だに自分の息子は悪いことアしちょらんしちょらんと近所中を触れ歩いちょる……そんな暇があったらたとえ線香の一本でも持って、被害者の仁科さんとこへ謝りにでも行くのが本当の人間の道じゃとな」

「やったとかやらんとか、そんなことは儂《わし》ゃ云ってやせん。我が身のことより、少しは世間の眼や被害者の立場も考えてみろと言うんじゃ」

「裁判が間違ってるの、検事がどうの、いや、判事がどうしたことの……そんな生意気なことを喋ってるより、皆川さんの話じゃないが、たとえ線香の一本でも持って仁科さんとこへ悔みに行ったほうが、世間の同情があるというンじゃ」

まさに橋本いうところの、「正邪の判断」よりも世間体を優先し、「自己の利害」のみにおいて判断する人間の姿が、生々しく伝わるセリフである。そして、このセリフの後には、次のようなシーンが描かれている。

往来の人々が二人に会釈してすれ違う。
その会釈は何気ない普通の笑顔だが、すれ違って一定の距離をおいてからは、人々はコソコソ何か囁き合う。
保子、それを痛い程背中に感じながら、トボトボ歩いて行く。

容疑者たちや、彼らの無実を信じて闘う人びとの前に無慈悲に立ちはだかるのは、警察、検察、裁判官だけではない。そのおかしさに異議を唱えないどころか、唯々諾々と従い、嵩に懸かって責め立てる――、そんな一般人の残酷さをも、橋本は描いていたのだ。

四倍泣けます!

だが。今回のインタビューで『真昼の暗黒』に臨んだスタンスについて改めて尋ねた際、橋本から発せられたのは、あまりに思わぬ言葉だった。

「国の裁判制度を批判しようとか、そんなことを狙って書いたものじゃないんだ。全く違う。だけど、

新聞記者に『なぜ書かれたんですか』って聞かれると『それは国家の裁判制度というのは巨大な歯車が回っているようなもので、それに絡まれたらもうどうしようもないんだ』とかなんとか、理屈は言うよ。

しかし、実際はそういうことで出来上がってはいない。それは飾り言葉なんだよ。そういう飾り言葉が表に出て、それを信じてしまうために、新しくシナリオを書く人だとか小説を書く人たちがものすごくみんな回り道してるわけ。

国家の裁判制度がどうのこうのなんて考えてる限り、実際にはシナリオは書けないんだ。書けないんだけども、そう言ったほうが通りがいいから言うの」

裁判制度への批判自体が狙いではないというのは、公開前のコメントから変わっていない。橋本が取材を通して何度も言っていたのは、この『真昼の暗黒』に限らず、「理屈から入っては、シナリオは書けない」ということだった。記者や評論家はそうしたジャーナリスティックな部分やテーマ性にばかり注目して質問したり論じたりするが、橋本にとって実際の狙いはそこにはないというのだ。

では、橋本は何を狙ったのか。それは、さらに全く思いも寄らぬエピソードとともに語られることになる。

「じゃあ『真昼の暗黒』はどうやって出来たのかというとだね。元は『裁判官』という原題名なんだ。それで、最初は東映でやることになっていた。

というのも東映のプロデューサーだったマキノ光雄が僕に、『橋本、ショウちゃん（今井正）と一緒にやってるその『裁判官』という映画はどんな話や』と言うからね、『いや、マキノさん、そんな難しいことないんだよ。大映で三益《みます》愛子さんの母もの映画が当たってるやろ』と言ったら、『大受けや。うちもあんなの欲しいんや』って言うわけね。『今度の『裁判官』というのは、無実の罪になってる人が四人いるんだ。それにみんな母親や恋人がいる。つまり、四倍泣けます、母もの映画だ』と言ったら、ワーッと飛び上がって、『すぐやれ！』ってことになったわけ。

で、東映でやるためホンを作ったんだ。ところが、最高裁から東映に対して、係争中の事件だから中止してくれと言ってきた。それで東映でできなくなったの。だから、独立プロで作ったんだ。

その後、僕はいろいろな新聞記者に聞かれたりした時は『国家機構がどうの』『裁判機構がどうのこうの』『刑事訴訟法と新刑事訴訟法の違いがどうのこうの』いろいろ言ったよ。でも、本当は『四倍泣けます、母もの映画』で作っていたんだ」

まさか――の話だった。

母もの映画とは、大映が三益愛子を主演に作った「母」がタイトルにつく一連の映画を指す。『母』『母三人』『母恋星』『母椿』『拳銃の前に立つ母』など、一九五〇年前後に大量に作られた。ほとんどの作品で「我が子の困難に対して献身的に尽くす母親」を三益が演じ、「お涙頂戴もの」として人気を博していた。

橋本は、『真昼の暗黒』でそれを狙ったというのだ。

現在進行形で係争中の刑事事件に切り込む『真昼の暗黒』のラディカルさに対し、「母子の情けで泣かせる」母もの映画は対極的な存在に思える。だが、そういう視点から確認し直してみると、たしかに『真昼の暗黒』の物語は「母もの」のフォーマットにのっとっていることに気づく。

警察や検察の横暴、それに苦しめられる容疑者たち、立ち向かう正義の弁護士――、本作の基本的な人物関係はまさに「社会派」の構図ではあるのだが、実はそれだけでないのだ。

四人の容疑者それぞれに母親がおり、彼女たちはどれだけ官憲や世間に苛まれようとも、息子たちを信じ抜き、優しい情愛を注ぎ続けている。つまり、先に挙げた世間体を気にする兄のセリフや、冷たい目を浴びせる往来の人々の姿は、「それでもなお信じて闘う母」を描き、その姿をもって観客を泣かせる――しかも母親は四人いるので「四倍」――そのための仕掛けでもあるのだ。

それを踏まえると、ラストシーンの見え方も変わってくる。高裁でも有罪判決が出て、容疑者の一人・植村を母・つなが拘置所に訪ねる場面だ。

面会室で言葉もなく、ただ涙を流しながら向き合う母子。そして、母は去る。その背中に向かって、植村は叫ぶ。

「おっかさん！　おっかさん！」

「おっかさん、まだ最高裁判所があるんだ！　まだ最高裁があるんだ！」

必死にそう叫ぶ植村を看守たちが押さえつけながら、映画は終幕を迎える。

空しく響くその叫び声は、容疑者に立ちはだかる司法の壁の理不尽さ、冷たさを象徴するものと捉えられるが、それだけではないのだ。何度も「おっかさん！」と叫ばせた上に、最後の「まだ最高裁判所が～」の前にも、もう一度「おっかさん」とあえて呼びかけさせている。「母子のドラマ」

が強調されているのである。

実際の映像では「おっかさん、おっかさん」と二度続けて叫ぶだけだが、橋本の脚本段階ではさらに強い表現が記されている。


植村、思わずハッと身を乗り出して金網を摑む。

「お母さん‼」


植村、金網を摑んだまま又叫ぶ。

「お母さん！」

看守、慌てて立ち上る。

「植村、面会人はもう……」

だが植村は金網を摑んでのび上り、今度は無我夢中で、

「お母さーん‼」

と叫び出す。

近藤、ギクッと立ち上って室の前へ一、二歩寄る。

「お母さーん！」


――と、完成作品の倍の計四度も叫ばせているのだ。その上で、ラストの絶叫だ。母に対する息子の感情が、シナリオはさらに強く出たものになっていることがわかる。

橋本の証言を踏まえた上で、こうした描写を読み返すと、このラストシーンが「母もの」における「母子の哀しい別離」でもあったのだ――ということが伝わってくる。司法の理不尽を訴えかけることが目的ではなく、それはあくまで手段であり、橋本の目的は「母子の情で泣かせる」ことにあったのは確かだった。

先に挙げた公開前の『キネマ旬報』の記事では、橋本はこうした真意が書けなかった。橋本自身はまだ「かけ出しの脚本家」の立場にあって、こうも俗な実情を書いては記者や評論家の受けが悪いからだ。そのため、「作家」として様になることを書かなければならなかった。また、当時の評論家や記者たちもジャーナリスティックな面に飛びつくばかりで、こうした点を論じようとはしなかった。結果として、橋本は「社会派作家」として扱われるようになっていく。だが、自身の狙い、そして内面は全く別の方向に向いていたのだ。

映画はエンターテインメントに徹するべき――その考えを橋本は終生貫いた。その原点は『真昼の暗黒』の取材時の経験だったと、橋本綾は指摘する。

「シナリオを書く際、容疑者となった方の奥様の家に父が弁護士の先生と取材に行ったんです。小さなアパートの一室だったそうです。それで事件のことを根ほり葉ほり聞いたんですって。すると、しばらくして奥さんは『ちょっと出てきます』といなくなって、父たちが帰るまで戻ってこなかった。その話を家に帰って父がしたところ、母が怒ったんです。『どれだけ心遣いがない人たちだ！』って。『そんなことを聞かれて、どれだけつらいか、分からないの！　奥さんが可哀そうだ』と父に言ったの。

その時、父は気づいたようです。『映画は見世物であり、エンターテインメントだ。感動して泣く分には構わない。でも、当事者が一人でもそれを見てつらくなって目を背けたくなるようなことをしてはいけない。たかが映画だ』と。

その後、父は大久保清の事件に興味をもって『これをやったら面白いぞ』と言っていました。でも、大久保清にも家族がいる。亡くなった方たちにも家族がいる。それで、結局は書かなかったんです」

原稿料は競輪で

原作の『裁判官』という題名が映画では『真昼の暗黒』になった理由も、実は「俗」な部分が大きい。アーサー・ケストラーの同名小説があり、そこではスターリン体制下のソ連における過酷な拷問が描かれていた。それが本作の内容と重なったために選ばれた——という説があるが、橋本はそれを否定している。

「アーサー・ケストラーの小説に同じ題名のがあるみたいだけど、そうじゃないんだ。東宝が三船敏郎でやろうとしていたギャング映画の題名なんだよ。『昼なお暗きギャングたち』とかいうコピーが印象にあってね。

あの時は『裁判官』じゃ硬いし、何かいい題名がないのか——って、プロデューサーの山田典吾とそれから今井の正《しよう》ちゃんと二人で二日くらい話し合ったんだけど、出ない。それで僕が『『真昼の暗黒』というのはどう?』と言ったんだ。それで二人とも『あ、それはいいじゃないか』っていうことで決まった。

もう打ち合わせが二日目になって、僕もくたびれたから苦し紛れにそう言ったんだよ。だけど、よく考えたら『真昼の暗黒』は東宝のレパートリーに挙がっているタイトルなんだわな。それで、正ちゃんに『いや、これ実は東宝のレパートリーに挙がってるんだ。だから東宝へも一応、話さなきゃいかんから、決めずにそれちょっと待ってよ』と言ったんだけど、正ちゃんは、『もうこれ以外には題名はない』と言うわけ。

だから、僕が東宝へ行って掛け合った。プロデューサーの田中友幸と、東宝の営業を相手に『実はこういうことになって、この題名を使うことになったんだけども、許可してくれ』と頼んだら、友幸さんは『許さん』と言うんだ。

『許さん』と言われたって、正ちゃんも『これでなきゃやらない』と言うし――。まあ、僕がペロッと言ったのがいけないんだけども。それで『なんとかしてもらえんか』と言ったら、最後に友幸さんが『じゃあ、僕の言う企画を三本、何も文句を言わずに引き受けるか』と言うんだ。僕も『そりゃあ、友幸さん、もうこうなったらしょうがない。引き受けるよ』ということで、なんとかなった。

だけどね、そう約束したけど、『じゃあ橋本君、これをやってくれ』と友幸さんに言われても、『いや、これ面白くないよ』とポンと返したりしてたよ。全くそんな約束なんかをしたそぶりもないぐらい平然とね」

そして、脚本料をめぐる話も、同様に俗っ気が強い。

『真昼の暗黒』は係争中の刑事事件の被告人を「無罪」として映画化するセンセーショナルな作品

だったため、橋本が言うように東映をはじめ、大手の映画会社は全て拒否した。そのため、独立プロのみでの制作となり、予算に限りがあった。橋本への脚本料も満足に払える状況ではなかったが、思わぬ手法で橋本は脚本料の原資を作り出している。

「僕は競輪キチガイなんだ。で、プロデューサーの山田典吾は競馬キチガイ。競馬の馬券当てるのが上手なんだ。銀座でノミ屋を一軒つぶしちゃったぐらいなキャリアがある。それが『橋本さん、競輪が上手だそうですね』って言うんだ。『いや、上手じゃない。下手の横好きでやってる』と言ったら、『競輪を教えてください』と言うんだよ。それで典ちゃんに教えてやったわけ。

朝早くに車で僕を迎えに来て、競輪場へ行くわけだ。それで典ちゃんが車券を当てまくるんだよ。帰りに『今日はこれだけ儲かったからって七万円』『今日は五万円』って、競輪の儲けの中から僕の脚本料を払ったんだ。

それをうちの女房が見てるわけだ。すると『あんたは競輪に行って損ばっかりしてる。山田さんを見習いなさい』と言うわけだよ。『あんたに教えられて、あれだけ当てられるのに、あんたは一体どうしてるの！』って怒鳴られた。

僕はそんなふうに彼の競輪の上がりから、脚本料をもらった。当初に言われていた全額だったかどうだかわからんけど、いわゆる全額に近かったんじゃないかな。だから、まともに払ったんではないんだよね」

『私は貝になりたい』

『真昼の暗黒』と並び、橋本の世間での評価を確たるものにした作品が、一九五八年にKRT(現・TBS)で制作されたテレビドラマ『私は貝になりたい』だ。

それまで生放送かフィルム撮影しか手段のなかったテレビドラマが、VTR撮影（放送時は技術的な問題からVTR撮影分が放送されたのは前半のみで、後半は生放送）に成功した、テレビ史における記念碑的な作品である。全編を通してVTR撮影されたテープはその年の芸術祭に出品され、テレビドラマで初めて芸術祭賞を受賞した。

高知の田舎町で妻子と暮らす散髪屋・清水豊松（フランキー堺）が赤紙による召集を受けて兵役へ。そして、上官から捕虜の殺害を命じられてしまう。だが豊松は完遂できず、傷を負わせるだけに終わった。

戦争が終わり、豊松は再び散髪屋に戻るが、しばらくして逮捕されてしまう。戦時中の捕虜殺害容疑だった。BC級戦犯として軍事裁判にかけられた豊松は「上官の命令は天皇の命令。断れるはずがない」と訴えるも、言葉にしない忖度《そんたく》を前提にした日本特有の上意下達の組織の在り方は米軍に理解してもらえず、死刑を宣告されてしまう。そして、家族の助命運動もかなわず、豊松は絞首刑となった。

刑執行の前に、豊松は次のような遺書を残す。

「せめて生れ代ることが出来るのなら……いいえ、お父さんは生れ代っても、もう人間なんかにはなりたくありません。人間なンて厭だ。牛や馬のほうがいい……。いや、牛や馬ならまた人間にひどい目にあわされる。どうしても生れ代らねばならないのなら……いっそ深い海の底の貝にでも……そうだ、貝がいい。
深い海の底の貝だったら……戦争もない。兵隊に取られることもない。房江や健一のことを心配することもない。どうしても生れ代らねばならないのなら……私は貝になりたい……」（同作シナリオより）

敗戦から十三年が経った五八年は、「団地族」が流行語になり、民間出身の皇太子妃誕生に多くの国民が沸いた。つまり、既に「戦後」という新たな時代が始まっていたのだ。そうした、「戦争」への意識が遠ざかりつつあった時期に、経済発展の象徴といえるテレビの画面を通して、平和なお茶の間に飛び込んできた痛切なメッセージ――。それは放送当時、大きなセンセーションとなる。
だが、ここでも橋本は、本作執筆の経緯について思いもよらぬ話をしている。

「相変わらず戦争をしなきゃ生きていけない人間の愚かさを描きたかった――。たしか、当時はそんなことを言っていた気がするね。でも、そんなことじゃないんだよ。僕が狙ったのは、『真昼の暗黒』と同じ。つまり『四倍泣けます、母もの映画』だよ」

心ならずも戦争犯罪に加担せざるをえなくなった一兵卒の悲劇でも、そのために絞首刑に処されることになった理不尽さでもない。橋本の狙いは、『真昼の暗黒』と同じく、家族のドラマで視聴者を泣かせることにあったのだ。全てのシチュエーションも、あの遺書も、そのための手段でしかなかったのだ。

「重要なのは、『真昼の暗黒』を知らない人でも、『私は貝になりたい』でテレビのみんなが僕のことを知るようになったということ。テレビの作り手も視聴者も、僕に震撼《しんかん》したということなんだ」

『三郎床』という原型

実は、『私は貝になりたい』には原型となる脚本があった——。橋本はそう語る。

「伊丹さんに脚本を見せていた時代に書いた中に、気のいい散髪屋が戦争に行って戦死するという話があるんだ。『私は貝になりたい』は、それを戦犯の話にまで延ばしただけの話なんだ」

戦時中に書いた脚本の題名は、『三郎床』という。

では、『三郎床』は実際にどのような物語で、それがどう『私は貝になりたい』に繋がっているのか。そのことを検証したかったが、橋本は詳細を覚えておらず、原稿も橋本の手元になかったため、諦めざるをえなかった。

ところが、橋本の没後に橋本家の書庫を探索したところ、「三郎床」と表に書かれた、ボロボロになった封筒が見つかったのだ。その封筒の中には、まるで古文書のように経年劣化した原稿用紙に、橋本の直筆による『三郎床』の草稿が残されていた。

その内容を検証したところ、大まかに次のような内容だと判明した。

主人公は、淵田三郎という。橋本の故郷（この脚本の執筆時に暮らしていた地でもある）と同じ、播州は市川沿いの田舎町に新たに散髪屋「三郎床」を開店した。そして、その腕の良さ、人柄の良さから、徐々に店を繁盛させていく。

そんな三郎と町の人々との触れ合いを軸に物語は進む。中でも印象的なのは、三郎の友人・片田のエピソード。片田は競馬に入れあげ、三郎からの借金を踏み倒した挙句に満州へと行方をくらましてしまう。絶望した妻は、幼子と心中した。そして、三郎は残された片田の息子を引き取り、育てることにする。

後の橋本脚本に通じる悲劇的展開がある一方、少年とのほのぼのした疑似親子関係には心温まるものがあった。また、三郎と地元やくざとの抗争など、娯楽性もふんだんに盛り込まれている。

ただ、この段階では、「人の良い散髪屋」という設定は重なるものの、とても『私は貝になりたい』に繋がりそうな予感はないのだが、終盤に一気に流れが変わる。三郎に赤紙が届くのだ。覚悟した三郎は、友人にこう言い残す。


「道具をみんなお前に預けとくでのう。若《も》し儂が死んだら、その骨と一緒に埋めてくれ」

三郎は戦地へと発った。そして、その次の場面では、もう戦死したことになっている。その死は、次のような記述で表現されていた。

橋本の没後に発見された『三郎床』が入った封筒

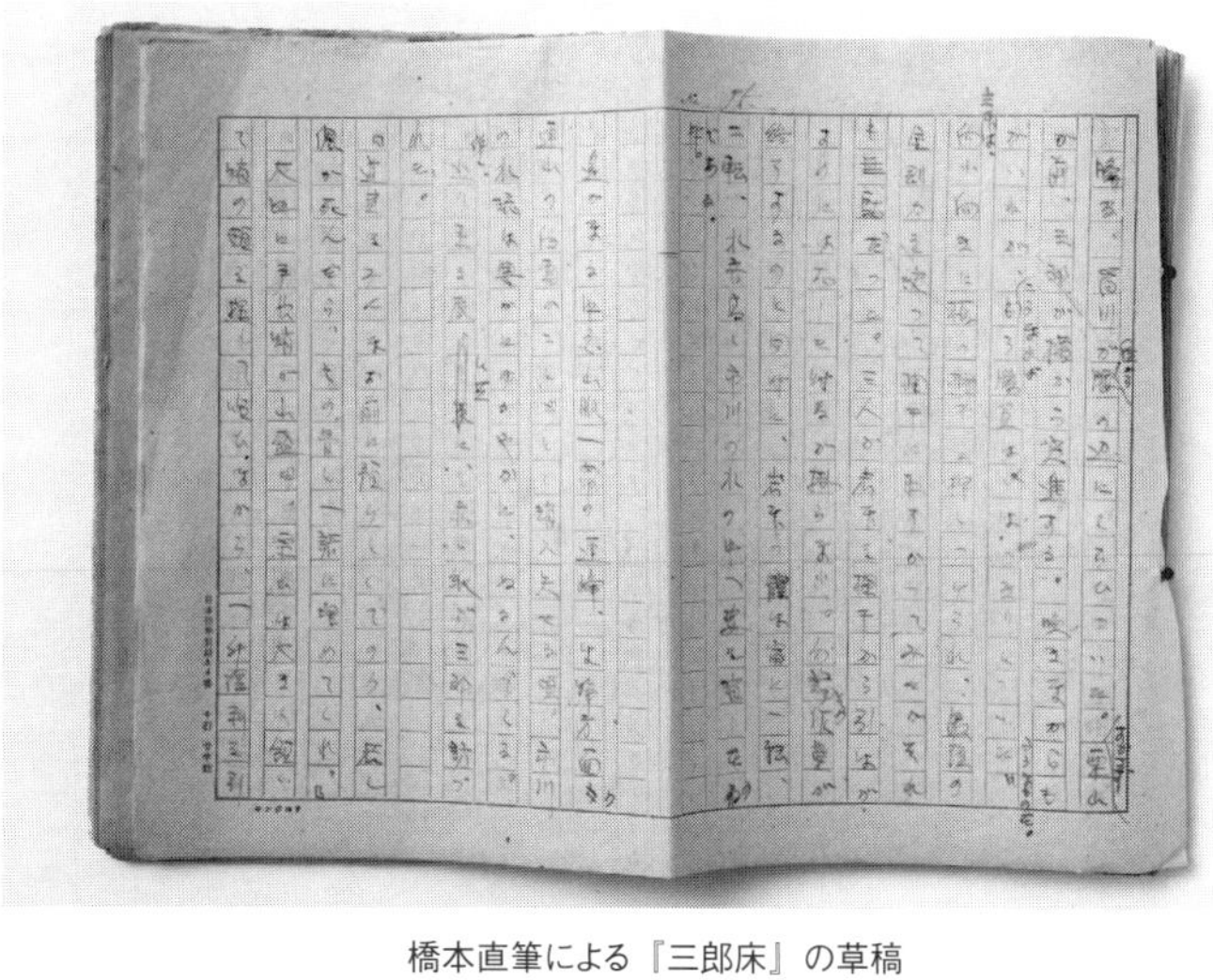

橋本直筆による『三郎床』の草稿

まるで降り注ぐやうな雲雀の声の中に立つて墓標を読む四名の姿がじっと動かない。
——故　陸軍歩兵上等兵　淵田三郎君之墓——

劇的に死を盛り上げるわけではない、この呆気ない最期の描写に、「戦死」を日常として受け止め続けた戦中派だからこその、切ないニヒリズムが漂っていた。

〝貝〟との出会い

この脚本を、伊丹は高く評価していたという。

「**いろいろ習作を書いたんだけど、あれが伊丹さんが気に入った、ただ一つのホンだったね。で、『僕が元気になったら、監督としてこれをやる』と言ってくれたんだ**」

だが、その約束は叶わず、伊丹は死去してしまう。

その後、佐伯清に面倒を見てもらうようになった橋本は、評論家の北川冬彦を紹介される。伊丹に傾倒していた北川は、伊丹のただ一人の弟子である橋本の現状を心配し、北川も参加するシナリオ研究十人会が主催する「シナリオ実修会」への入会を勧めた。そして一九四九年に橋本は会員となる。

この会では、参加者はシナリオを提出し、それを会員の数人で回し読みをし、講評するというシステムになっていた。そして、初参加の際に橋本が提出したのが、この『三郎床』だった。伊丹が高評価したシナリオを評論家たちに読ませることで、プロ脚本家への道を拓こうとしたのだった。だが、そこでの評価は芳しいものではなかったという。そして、それ以来、橋本はシナリオを提出しなくなり、やがて会にも顔を出さなくなる。そんな橋本だっただけに、その翌年にいきなり黒澤明との『羅生門』でデビューしたのを知った時には、北川も驚いたようだ。

一方の橋本は、脚本家としてデビューした後も『三郎床』の映画化を諦めてはいなかった。

橋本の没後に書斎を探索した際、「〝貝〟の成立」と題された、手書きのメモを見つけた。そこには、『私は貝になりたい』の脚本がいかにして生まれたかの顚末が書かれていた。その冒頭に、『三郎床』を諦め切れない想いを確認できる。

昭和十九年にシナリオ習作三作目に「三郎床」を書いて伊丹万作先生に賞められた。実に人のいゝ散髪屋が応召して戦死する話である。十数年来、常にこれを何らかの形で発表したいと念願にしていた。

そして、『真昼の暗黒』を経て「スター脚本家」となった頃、ある記事と出会う。それは、『週刊朝日』の五八年八月十七日号の終戦記念特集に掲載されていた記事だった。そこには、処刑された戦犯の遺書として、次のような文章が掲載されていた。

「どうしても生まれかわらねばならないのなら、私は貝になりたいと思います」

これを読んで、橋本は閃く。この処刑された戦犯と、床屋の三郎を繋げれば、一つの物語になるのではないか――と。

先に挙げたメモにも、次のように記されている。

週刊誌（サンデー毎日特別号、戦犯特集号地獄から帰った人々、週刊朝日八月十七日号、戦争裁判）の記事がこの仕事に強い勇気を与えた。

こうして誕生したのが、『私は貝になりたい』のシナリオだった。橋本からすると、『三郎床』を「何らかの形で」映画化して表に出すことが第一義にあり、戦争裁判も戦犯の処刑もあくまでそのためのモチーフだったのである。

映画化と盗作疑惑

テレビドラマの評判を受け、『私は貝になりたい』は翌五九年に東宝で映画化されることになる。そして、これを監督したのは、橋本自身だった。橋本によれば、自ら志願したのだという。それは、どのような想いによるものだったのか——。

「これは実に簡単なことなんだ。伊丹さんが生前に『橋本、シナリオが映画界で通用するようになったら、五年以内に必ず監督しろ。そうすると、シナリオを書くだけではわからない部分が、わかってくる」と言われていたんだよね。

それは伊丹さん自身の経験なんだ。千恵蔵プロで監督が稲垣浩さんしかいないとき、伊丹さんは助監督で入ってホンを書いていた。それがある日、突然監督しちゃったんだよな。

その経験があるから、『五年以内に一本撮れ』と。それは伊丹さんの固い教えだった。五年経ったら必ずやるというのが何年か延びたけども、そういう約束があったから、やったんであってね。でもね、伊丹さんが言うように、監督をやって脚本家として何か得られたかというと、僕は何もなかったって気がするけどね」

『私は貝になりたい』において、戦犯裁判を通して反戦メッセージを訴えかけることは橋本にとっての最重要事項ではなかった。伊丹との「約束」を果たすための手段だったのだ。「僕が撮る」という伊丹の約束に始まり、「五年以内に監督をしろ」という伊丹との約束に終わる。それが、橋本にとっての『私は貝になりたい』だった。

だが、この成功の裏では、大きな問題が起きていた。

『私は貝になりたい』には「原作者」がいた。それが加藤哲太郎だ。

同氏の記した『私は貝になりたい─あるBC級戦犯の叫び─』（春秋社）の巻末に付された略年譜によれば、加藤は終戦時には新潟捕虜収容所長を務めていたという。終戦後は三年の逃亡生活を経て戦争犯罪者として逮捕され、巣鴨刑務所に拘禁、絞首刑の判決を受ける。その後、マッカーサーにより裁判のやり直しが命じられ、再審で終身刑、さらに禁固三十年に減刑された。

加藤は獄中で執筆活動を始める。そして志村郁夫というペンネームで「狂える戦犯死刑囚」を執筆、それが一九五三年に光文社から出された著書『あれから七年──学徒戦犯の獄中からの手紙』に収録された。その「狂える〜」には、次のような文章が記されている。

「どうしても生まれかわらねばならないのなら、私は貝になりたいと思います。貝ならば海の深い岩にへバリついて何の心配もありませんから。何も知らないから、悲しくも嬉しくもないし、痛くも痒くもありません。頭が痛くなることもないし、兵隊にとられることもない。戦争もない。妻や子供を心配することもないし、どうしても生まれかわらなければならないのなら、私は貝に生まれるつもりです」

その内容は、言い回しなどの一部に異なる表現はあるものの——大部分が『私は貝になりたい』の橋本脚本の記述に酷似していた。

しかも、これは「ある戦犯の遺書」という形式で記してあるが、冒頭に「かならずしも事実に基づいてはいない」とあり、あくまで加藤の創作によるフィクションなのである。実際には、そのような死刑囚も遺書も存在しない。

つまり、『週刊朝日』に掲載された『私は貝になりたい』の元になった遺書は、加藤による創作物なのである。そのため、橋本脚本がこの遺書に着想を得たとして、加藤に無断で世に出してしまうと「盗作」という扱いになってしまう。そして、橋本もＴＢＳも、事前に一切の断りを入れていなかった。

となると、橋本は加藤から盗用した——ということなのか。ただ、事はそう単純ではなかった。橋本が言うには、執筆の時点でこの加藤の「狂える〜」の存在を知らなかったという。

「八月の終戦号の『週刊朝日』でね、ある戦犯の手記として書かれていたんだ。そのとき、その戦犯

の名前は出ていなかった。『週刊朝日』が出典を明記してないから、わからなかったんだ。だから、本当にそういう戦犯の人がいたと思った。ところが後になって、それを実際に書いた人が出てきたということなんだよね」

これが橋本が筆者に述べた言い分だ。しかも、その『週刊朝日』の記事は橋本の「錯覚」ではない。この件は著作権をめぐる裁判となるのだが、その際の加藤からの事情説明書にも『週刊朝日』の記事のことは記されている。

事情説明書によると、たしかにその記事には出典の明示はなく、記者が「加藤の創作」ではなく「本当の戦犯の遺書」だと勘違いして記事にしてしまったとある。記者が落ち度を認めたことも、その事情説明書には記されている。橋本と係争する側の加藤ですらそう記しているくらいだから、橋本のいう『週刊朝日』の記事は実在し、また橋本が「そのような戦犯が本当に存在した」と信じてしまう記述だったことも紛れもない事実だといえる。

つまり、橋本は加藤の創作を盗用したのではなく、『週刊朝日』の記事を読んで「そのような事実が実際にあり、遺書も実在する」と受け止め、それに基づいて執筆をしたのだ。そのため、橋本自身に落ち度はない。それが、この当時の橋本の見解だった。

だが、そこに加藤とのボタンの掛け違いがあった。

『私は貝になりたい』は橋本自身が監督して東宝で映画化されることになる。一方の加藤は、このまま自分の知らないうちに映画化されるのを防ぐため、人を介して橋本に抗議の意思を告げる。両者はすぐに会うことになった。

加藤の事情説明書によれば、その会談で橋本は次のように言ったという。

「あの作は『週刊朝日』に基づいて書いたのである。いわばニュースを材料として自分が創作したものだ、お気の毒だが悪しからず、原作権は自分にある」

そして、二回目の会談では、著作権を主張する加藤に対して、橋本は次のように持ちかけたと記されている。

「もしこのまゝ沈黙して呉れるなら十万円を出します。それは私のポケットマネーであって原作料ではない、単なる謝礼である」

もちろん、係争中の相手による陳述であるため、ここでの橋本の発言の全てが「真実」であると判断するのも危険だ。だが、橋本なら、言いそうなことなのも確かだ。この対応はむしろ橋本なりの誠意だったようにも思える。

だが、結果としてこれが火に油を注ぐことになる。人気脚本家のそのような提案は、橋本を知らない――どころかネガティブな印象を持っている人間からすると、ただの傲慢にしか受け取れないからだ。

これを受けて、加藤は次のように主張している。

「私は侮辱されました。もし私が権利がないのに金を受け取るならば、それは強請りたかりの類いではありませんか」

会談は物別れに終わった。その後、シナリオ作家協会の理事長である八木保太郎、八住利雄、菊島隆三という三名のベテラン脚本家が間に入る形で両者は和解に至る。以降は、『私は貝になりたい』の「題名・遺書」として加藤の名前がクレジットされることになった。

著作権のエキスパート

その背景がどうであれ、『私は貝になりたい』はテレビドラマ史上に残る傑作である事実に変わりはない。ただ、橋本は大きな栄誉を得ると同時に、「盗作脚本家」という汚名を受けてしまった。

橋本は、この汚名を晴らす想いを強くする。

没後に橋本の書斎を探索した際、「『貝になりたい』と私」と題された、未発表の文章を発見した。そこには、「盗作疑惑」の件の細かい顛末とその際の橋本の心情、そしてこの問題に対する当時の橋本の強い想いが記されていた。

顛末の記述に関しては既に述べた内容と大きくは違わないので割愛するが、その最後はこう締めくくられていた。

過日の著作権協議会への提訴の新聞記事は私の名誉を大きく傷つけた。これを回復するために道は一つしかない。自分が第一回監督する『貝になりたい』をテレビより遥かにもっと〳〵深い感動的なものにすることゝ、それ以後の映画脚本やテレビの脚本に就ては「貝」以上のものをドシ〳〵書くより他に方法はない。

そして、この宣言の通り、以降の橋本は先に述べたように次々と名作を発表していく。彼を「盗作脚本家」と蔑む声はなくなった。橋本は自身の実力をもって、汚名を晴らしてのけたのである。

そして、この盗作問題をキッカケに、橋本はもう一つの大きな動きに出る。

映画の著作権について特集した『シナリオ』六三年九月号において、橋本は次のように述べている。

「先年、『私は貝になりたい』の著作権問題で、私は多くの人達に迷惑をかけた。いろいろの要因、原因はあるにしても、これは先ず、私の著作権というものに対する無知（『週刊朝日』に対する出所明記の脱落）から生じたものである。

以後、これではいけないと思って、少しは著作権に対する法令なり、その解説のようなものを読んだりして、多少の知識を得た」

『私は貝になりたい』の一件以降、「無知」を恥じた橋本は、著作権について学んだのである。しかも、その知識が「多少の」どころではないのだ。その徹底した勉強の成果は、同号での著作権の専門家である戒能通孝《かいのうみちたか》・都立大学教授を交えた座談会での発言からも、うかがえる。

「しかし法律的にいって、この著作者が映画会社に該当するという規定もなにもない。だからこの著作者が何者であるかというはっきりしたものはないわけです」

「日本の現在の著作権法の第一条にあるように、著作権として形のはっきりしているもの、平たくいうと映画の場合の原作がある場合には原作、それから脚本、それから音楽、これは第一条ではっきり規定してある」

「現在は著作権を会社に譲渡しているわけではないのです。一時的に会社に使用を認めているわけですね」

橋本は、著作権法を調べ尽くした上で、その知識をもって脚本家の権利を法的に説明しているのだ。

同号では、黒澤明監督（共同脚本は菊島隆三他）の映画『天国と地獄』（六三年）のトリックが、先行して発表されている三好徹の小説『乾いた季節』と酷似しているために起きた著作権をめぐる裁判についても特集されている。そして、これについても橋本が文章を寄せており、両者と徹底的に比較した上で、次のような見解を述べている。

「えてして識者達は、著作権問題が発生すると、それ以前に著作権の確立されている当の著作物を、侵害者が見ているかどうかを問題にされる。だが、これは、該当の著作物を侵害者が読んでいる場合には、その侵害が悪質になるだけのことであって、逆に読んでないことを完全に立証出来る場合——勿論自分だけの主張だけでは駄目で、第三者にそれを信じさせるだけの立証が完全になされた場合——であっても善意無過失であるが、はっきり著作権侵害になる。つまり、読んでいるいないは、侵害の罰則の重さに関係するだけのことであって、著作権侵害という歴然たる事実には何の変りもない」

話者を明示しなければ、法律の専門家が発しているとしか思えない内容だ。こうした文言からは、加藤哲太郎との交渉時に比べて、圧倒的に見識が深まっていることが、よく分かる。

また常人なら、自身も脚本家である上に、恩人ともいえる黒澤明が監督し、盟友である菊島隆三が脚本を書いた『天国と地獄』に肩入れしそうなものだ。が、橋本は客観的な立場を貫き、徹底して法的な視点からのみ検証している。わずか数年の間に、著作権法に関してそこまでのエキスパートになっていたのだ。

しかも、この係争では橋本が間に入り和解案を作成、解決へと導いている。

現在のように「著作権」が一般的にも認知される時代ではない。そうした中で、法曹界の人間でないにもかかわらず、ここまで見識を深めていた橋本の存在は特異なものといえた。

そんな橋本に多くの脚本家たちも信頼を置いたようで、一九七〇年の著作権法の全面改定に関する論議では、脚本家の代表者として文部省に出向くことになる。そして橋本は、映画における脚本家の著作権を法的見地から主張。現在に至る、脚本家の権利を認めさせる礎となったのだった。

六

冴の章

〜『切腹』『仇討』『侍』『日本のいちばん長い日』
『上意討ち』『首』

カンヌと『切腹』

一九六〇年代、四十代前半から五十代前半にかけての橋本は、「スター脚本家」として快進撃を続けた。

六〇年『黒い画集 あるサラリーマンの証言』『ハワイ・ミッドウェイ大海空戦 太平洋の嵐』、六一年『ゼロの焦点』、六二年『切腹』、六三年『白と黒』、六四年『仇討』、六五年『侍』『霧の旗』、六六年『白い巨塔』、六七年『上意討ち 拝領妻始末』『日本のいちばん長い日』、六八年『首』、六九年『風林火山』『人斬り』——。作品規模の大小やジャンルを問わず、名作、問題作、大ヒット作を毎年のように生み出し、映画界に比類なき立場を確立していた。

では、この時期の橋本はどのようなスタンスで脚本執筆に臨んでいたのだろうか。

『真昼の暗黒』『私は貝になりたい』と、橋本は司法や国家権力の横暴を暴く作品で名を馳せた。そのため、左翼的なイデオロギーの持ち主、あるいは共産党系——と思われがちだ。だが橋本は、明確に否定している。

「『真昼の暗黒』や『私は貝になりたい』を書いたから、共産党の人は僕を共産党員だと思っているんだ。たとえば、山本薩夫さんや今井正ちゃんの映画をやってきた伊藤武郎という共産党系のプロデューサーがいるんだけどね。ある日、彼が僕のとこに電話してきてね、『橋本君、君は赤旗を取ってないじゃないか』って言うわけだ。『共産党員ともあろうものが、赤旗を取らんとはどういうことだ』って。だから僕は『武郎さん、僕は共産党員ではないよ』と言ったの。そしたら『ええっ！ 共産党員じゃなかったの!!』って驚くんだよ。それだけ、『橋本忍を共産党の人だ』と見た人がいたってことなんだ。

こういうこともあった。その後で松本清張さんの『張込み』（五八年）をやることになった。あれは警察官が主人公だわな。

それで松本清張さんが『一緒に警視庁へ協力を頼みに行こう』というから一緒に行ったんだけども、警視庁は『松本さんには協力できますけれども、共産党の橋本忍さんには協力できません』と、こう返ってきたの。ちゃんと共産党員としてブラックリストに載っているの。警視庁も僕を共産党だと思ってたんだよ。それで、僕が共産党でないという話を一時間以上しなきゃいけないことになった。

僕のことを、いわゆる革命主義とかそういう色彩を本質的に持っていると思った人は、映画界にも企業家にも随分多かったはずだよ。それが次の『張込み』でころっと変わったわけだ。あれ以来、誰も僕を共産党だって言わなくなった」

イデオロギー的なスタンスで執筆することを否定する橋本だが、彼の手がけてきた時代劇もまた、そう誤解されても当然といえる作品が多い。

将軍、大名、旗本、奉行、与力、岡っ引きといった、公権力側にいる人間が活躍する作品は一本もないからだ。武士が主人公になることはあっても、彼らはいつも権力を握る上層部に振り回される、哀れな存在でしかない。武士道を尊いものとして謳い上げることも、決してない。武家社会の理不尽さ、侍の掟の無意味さ——と武士道を否定した内容になっており、たいていの作品において権力の横暴により悲劇的な結末を迎える。

そうした作品もまた、『真昼の暗黒』と同様に俗なる観点から発想されたものだった。

六二年の『切腹』（松竹、小林正樹監督）は、まさにそんな一本だ。

主人公の浪人・津雲半四郎（仲代達矢）が井伊家の江戸藩邸を訪ねるところから物語は始まる。そして彼が藩邸の庭先で井伊家の家老（三國連太郎）以下、彦根藩士たちを相手に自身の過去を語るうちに、徐々に自身の一家に巻き起こった悲劇の全容が明らかになる。それにつれて、なぜ半四郎が井伊家の屋敷を訪ねたかの真相が見えてくる——というミステリー仕立ての構成になっている。

半四郎が庭先で語りながら物語が展開するという構成を橋本が閃いたのは、思わぬ場所だった。

「当時、『サンデー毎日』が新人の小説募集をよくやっていた。そこでたまたま、『切腹』の元になる『異聞浪人記』っていうのが、佳作になったんだよ。これが面白い。けど、どう脚本にすればいいかなと思ってね。このまま作っても暗いし、どこの映画会社もあんまり乗り気にならんかなと思ってたんだ。

それから半年くらい経って、たまたまカンヌの映画祭に行って、カンヌの海岸べりを歩いてたら、ベンチがずっと並んでるから座ったらね、太ったフランスのおばちゃんがお金を取りにくるわけ。そ

れでお金を払って座ったんだ。

座ってふり返ってみたらね、ポーランドのカワレロウィッチ監督の『尼僧ヨアンナ』（六一年）という映画のポスターが貼ってある。非常に縦長で細長い、『尼僧ヨアンナ』のポスターを見て、次に反対の海のほうも見てね。その時に『異聞浪人記』を作ってカンヌに出品したら、どういうポスターになるかなと思ったんだ。

それで、切腹の場に座っている侍の絵が浮かんだ。その侍は何か喋っている。それは、家族を悲惨な目に追いやった井伊家への恨みの言葉だと思って、その時、『ああ、そうか』とひらめいたんだ。この小説は、『切腹の座についた侍の恨み話』なんだなと。それで『作れる』と思ったんでね。

東京へ帰ってきたら、ちょうど仕事の空きができたんだ。朝日新聞の夕刊の小説を書くことを引き受けてたので、映画のシナリオを断っていた時で。それで二週間ほど空きがあるから、その間に『切腹』ができないかなと思って、頭から書き始めたら十一日で出来たの」


自身の作品をカンヌに出品したとしたら――そんな、ミーハーともとれる空想が、この緻密に組み立てられた構成の端緒だったのだ。そして、タイトルが『切腹』に決まる顛末も、実に俗っ気のあるエピソードとともに語っている。

「二、三日したら小林正樹さんが電話してきてね、『松本清張の佐渡の金掘人足の話、時代劇をやりたいからお願いに行きたいんですけども』って言うんだよ。で、原作を持ってやって来たわけ。僕は『正樹さん、僕、ちょっといま新しい仕事ができないけど、書いたばかりのホンがあるから、これを読んでみて、面白かったらやったらどうですか』と言って、『異聞浪人記』のホンを渡したわけ。この時はもう『切腹』という題名になっていた。

それを小林さんが持って帰って、その明くる日に、もう松竹へ行って、『やる』って決めたんだ。松竹もその場で引き受けた感じじゃないかな。

ただね、『何とかこの『切腹』っていう題名だけは、変えてもらえないか』って松竹が言うんだよ。『どうして』って言ったら、『会社に電話がかかってくると、窓口はその時に上映されている映画の題名を言うことになっているんです。たとえば、『『君の名は』の松竹でございます』とか。でも『『切腹』の松竹』ということは言えないので、何とか変えてくれませんか』と。

それで、正樹さんと二人で『切腹』を変えようかなと思ってね、第一ホテルの喫茶店で打ち合わせしたんだ。その時、題名の候補を名刺の裏にいろいろ書いてテーブルに並べて眺めていたわけ。そこにコーヒーを持ってきたボーイさんに、『この題名の中でどれが面白そう?』って聞いたら、すぐに『切腹』を指さして『これです』って。それで『やっぱり『切腹』の松竹と言ってもらうよりしょうがないな』って言って、決まったんだ」

この証言が本当なら、『切腹』はまさに橋本の思いつきの通りの結果となる。『切腹』はカンヌ国際映画祭への出品を勝ち取り、最高賞であるパルムドールをルキノ・ヴィスコンティ監督の『山猫』と争い、パルムドールは逃したものの審査員特別賞を受賞した。

もう一つ驚くのは、わずか十一日で脚本を書いたということだ。『切腹』は半四郎が彦根藩江戸屋敷の庭先にたたずむ現在パートと、半四郎の回想を通して語られる過去パートから成る。二つのパートを何度も往復しながら物語は展開し、最終的に全ての真相が明らかになる——という構成になっている。これを破綻なく繋げていくためには、個々のシーンに対して緻密な計算が欠かせない。それをわずか十一日で一気に書き上げるとは、尋常ではない。

「そうなんだよ。僕の記録なんだ。これより早い記録はない。あんなに行ったり戻ったり——構成もややこしいものだけども、どうしてあんなに早く出来たのか、いまだにもって不思議なんだ。ただ、こういうことは言える。今から考えてみると、『切腹』については、原作を読んだときから、どう書くかをもう考え始めているんだ。他の仕事をしたり、飯を食ったりなんかしながらもね、実は脳幹そのものが動いて考えてるんじゃないかな、どう作ろうかと。それが次第に蓄積されていって、ある程度まで溜まったら、そこに何かキッカケがあってポンと出れば、あとはもうスッと出来るんじゃないかな。

だからその期間に出来たとしか思えない。それ以来、『机に向かって考える』っていうことをしなくなった。じっくり考えて絞り出すよりも、『切腹』みたいに何もしないで期間を半年近く置いたほうがいいんじゃないかと思うんだ。『机に向かって考える』というのは、時として間違いなんだよ。

僕らの時代っていうのは、量産の時代で、映画の本数も多かったから、次々と仕事の注文が来るわけ。原作が二本、三本と持ち込まれる。そうすると、一つの仕事が終わると、慌てて次を読んで、話に一番なりそうなものからやっていく。『切腹』はそうでなしに、間があったのがよかったと思う」

この『切腹』執筆のエピソードは、もう一つ重要なことを示している。それは、映画化への企画が現実に動き出す前の時点で橋本は既に脚本を書き終えている——ということだ。

通常、当時の日本映画においては、脚本家はプロデューサーや監督から「こういう題材で、こう書いてほしい」という依頼を受けた上で執筆を始める。自身で企画を主導することは、まずない。また、その脚本がどの映画会社からも見向きされなかった場合、収入は入ってこないため、ただの骨折り損になってしまう。

映画化するかどうか全く分からない段階で興味本位で題材を選び、自由なペースで脚本を書き終え、その後で「それなら、これはどう？」と提案する形で企画にしていく橋本の手法は、稀有である。やろうとしても、まず認められない。

それが許されるだけの映画界での信頼感が、当時の橋本にはあったということだ。

アルルのコロシアムと『仇討』

六四年の『仇討』（東映、今井正監督）が執筆される経緯も、『切腹』に近いものがある。

ある藩の侍・奥野孫大夫（神山繁）は些細な諍《いさか》いから同僚の江崎新八（中村錦之助）に果たし合いを挑む。新八は心ならずもこれを受け、孫大夫を返り討ちにした。新八はそのまま逃走、それを孫大夫の弟・主馬（丹波哲郎）が追うが、これも新八に討たれた。奥野家は一族を挙げて仇討を望み、藩主もこれを認める。

葛藤の末、新八は討たれる覚悟を固めた。だが、指定された場所に行くと、決闘の場は多くの観衆や藩主以下の面々が囲む賑やかな競技場のようになっている。しかも、奥野側は数多くの助太刀を用意していた。怒った新八は、奥野一党に斬りかかる。

橋本らしい、理不尽極まりない不条理な物語である。

今回の取材時の橋本は、既にこの作品の記憶はなかった。だが、公開時の『キネマ旬報』（六四年十月上旬秋の特別号）に、その執筆の経緯が詳しく述べられている。

それによると、『仇討』は橋本のオリジナルの創作で、橋本は公開の十年ほど前に既にシナリオを書き終えていたという。だが、「不備な面や欠点」が多く、しかも「作者の根性ともいうべきシン」が通っておらず、「映画化なぞはとても不可能なシロモノ」だった。そのため、橋本自身はいつしかこのシナリオの存在を忘れてしまっていた。

それが、六〇年頃に川喜多かしこらとフランス旅行した際に動き出す。橋本たちは南仏のアルルでコロシアムを見物した。そこは当時も闘牛で使用されていた。同行の川喜多かしこはヨーロッパ映画を日本に輸入する第一人者で、ヨーロッパの歴史や文化にも通じている。そこで橋本は次のように質問した。

「ローマが一番最初にこれを作った時には、ここでいったいどんな見世物を催したのでしょうかね」

これに対し、川喜多はこう答えたという。

「それは多分向うの入口から異教徒を押し出し、こっちの入口からはライオンを追い出し、異教徒をライオンに喰わせたのではないでしょうか」

橋本はそれを聞いた時の感情を「口の中で唸ったまま、声も出ない」と表現する。

「悲鳴をあげ、泣き叫びながら次々とライオンに喰い裂かれる異教徒達。コロシアムのスタンドをうずめつくす大観衆の異様な大歓声――その時、私の心の中にうずくまってしまっていた『仇討』

のシナリオが衝動的に激しい勢で突き上げるように浮んできたのである。同時にこのシナリオは出来る、いや、出来たと思った。
ライオンに喰い裂かれる異教徒達を見おろし、異様な歓声、怒号、拍手、沸き立つようなスタジオの大観衆――だが、この観衆達から声が出ないようにしてやろう。寒気を催し、慄然として、笑うことも手を叩くことも出来ないようにしてやろう。つまり異教徒は泣き叫びながらおとなしく哀れにライオンの牙に引き裂かれるのではない。異教徒はこの場合に望《ママ》むや突如として、ライオン以上の猛獣と化し、片っ端から次々とライオンを喰い出すのだ。観衆の拍手は消えるだろう。いや、逆に身の毛のよだつような思いにさらされるだろう。人間がライオンに喰われることは、彼等をして拍手喝采の対象になる。しかしその逆に、人間のほうが次々とライオンに牙を立てて引裂いて行くことは、見ているものにある恐ろしい恐怖を与える」

観客は人の不幸を喜ぶ

『仇討』のラストは、お祭り騒ぎ状態の観衆に囲まれた、異様な決闘場が舞台である。観衆は野次馬のように熱狂し、物売りの屋台まで出ている。彼らは、殺し合いを見世物として楽しんでいるのだ。そのモデルが、ローマ時代のコロシアムだったのである。実際、橋本はシナリオにおいて、次のような描写を書いている。

観衆、どっとばかりの大歓声。
新八、愕然。見る見る顔から血の気が引き始める。

そして、一対六の凄まじい血闘が始まる。

右に左に、矢来一杯に、新八、悪鬼のような形相で、六名の侍と戦う。

新八の刀は刃引きのために斬れない。

だが、追いつめられた狼の如く、荒れに荒れて荒れ狂い、手がつけられない。

ギラギラ照りつける真夏の太陽の下に——異様なまでに凄絶な、その争闘——。


シーンとして、しわぶき一つ立てない大観衆。

お祭気分などは完全に消し飛び、それとはまるで異質の凍りついたような顔付。

その飛び出しそうな眼が、新八の動きに吸い寄せられ、右に左に、遠く近く、一律に動くのが、何か異様に恐ろしくて不気味だ。


ここに描かれている様はまさに、橋本いうところの「コロシアムのスタンドをうずめつくす大観衆の異様な大歓声」、「ライオンに襲いかかる異教徒の狂気」そのものである。新八の狂気に触れて「愕然とする観衆」の様が画として浮かび上がる、熱烈な筆致である。特に「異教徒の狂いぶり」といえる新八の猛烈な暴れ方の描写には、橋本の筆が奔《はし》っているのが見て取れる。

橋本はこの映画におけるスタンスを、こう強調している。

「私は最近自分の書くシナリオに、狙いとかテーマをそれほど重視しない。従ってこの作品についても、封建性《ママ》の悲劇などは一切考えていない。時代を封建の徳川時代に持って行けば、そんなものは自然に出てくるのだ」（『キネマ旬報』六四年十月上旬秋の特別号）

橋本の執筆姿勢は、ここでも貫かれている。あくまで「封建制の悲劇」は最初から狙ったものではなく、付随する結果なのだ。「理屈から入っては脚本は書けない」というスタンスはここでも徹底されていた。

そして、この記事の最後に述べている言葉も見逃せない。

「強いて狙いらしいものといえば、人間は案外他人の不幸を一番喜ぶものである」

これほど、橋本の執筆スタンスを如実に言い表した言葉はない。序章で述べたように、人の不幸を提示し続けたフィルモグラフィなのだから。人間の営みを理不尽につぶしていく「鬼」を求めたのは、観客自身でもあったのだ。

本作における最後の仇討場の構造は、橋本ドラマの悲劇性とそれを喜ぶ観客――という構図そのものといえる。そうした下世話な大衆心理を理解して執筆に臨んでいたのである。

金と名誉と面白さ

ここまで述べてきて分かるように、橋本の執筆の動機の核には俗なるものがある。そして、当人は昔も今もそれを隠そうともしない。

その象徴といえるのが、シナリオを書く際の決め手としている「三カ条」である。橋本は、「これを原作・題材にシナリオを書こう」と決める際、次の三つを判断基準にしているという。それは「**いくら稼げるか**」「**面白いかどうか**」「**名声が得られるか**」だ。

まず、「稼げる」。これは職業として脚本家をしている者なら、誰でも当然のことだが、「作家」としての体裁が悪くなるので、それを明言することはあまりない。だが、橋本は堂々と言い切る。

「**僕らの時代は、やっぱりお金に問題があった。それが、シナリオライターになれば非常に収入がいいわけだ。僕らの世代でシナリオライターになってるのは、みんなこんな大きな家が持ててるんだ。今のシナリオライターだったらやっぱり小さなマンションに入るぐらいのことしかできないんじゃないかな。**

お金は非常に大きなファクターだよ。だから今だったら、なってみたってしょうがないと思うだろうね。収入がサラリーマンと変わらない。それどころか、いい会社入ったらサラリーマンのほうがいいだろうからね」

これは、晩年になってから言うようになった考えではない。実は、気鋭の脚本家だった頃からそれとなく公言していた。たとえば、『女殺し油地獄』『夜の鼓』という二本の近松門左衛門の浄瑠璃を映画化した際には、次のように述べている。

「まア、何れにもせよ今年は近松門左衛門氏のお蔭で二本も稼がせて貰ったので、暇でも出来れば

墓参りぐらいはしなきゃいけないと思っている」（『キネマ旬報』五七年八月上旬号）

そして、「面白いかどうか」は、ここまで述べてきた『羅生門』『真昼の暗黒』『切腹』『仇討』の執筆動機が、まさにそれだといえる。

「その時代、時代によって、自分が面白いってものを書いてきたんだよ。だから、ある時には『真昼の暗黒』みたいな共産党が書いたようなものになるわけだし、それが『白い巨塔』になったら正反対の、権力を求める人間の話になるし、『切腹』になったらまた違う。やっぱりその時代、時代にとって、自分が一番面白いというものを書いてきたんじゃないかね。

だから、自分が面白いと思うものでないと、なんか書けないんだね。字を書く商売だから、何でも書けそうな気がするけど、じつはそうでなくて、自分が面白くないものは、その場でもう立つのと同じで、自分が面白いと思うものしか書けないと。その面白さというものの内容や感じが、時代、時代によって違うんじゃないかね。

それは、僕に限らないんじゃないかな。一見すると個性がないような作品でも、やってる本人からすると、自分にとってはそれが一番面白いからやってるんだよ。だから、シナリオは成立している。みんな、口ではそう言わないかもしれないけどね。

我々の仕事というのは、個の主張だからね。書く時に、他人の尺度は持ってこられないんだ。他人が何を面白がってるかというようなことはわからない。だから、自分が面白いと思うものをやるよりしょうがないんだ。でも、本当に『面白い』と思えるところまで、なかなか行けない。その『面白い』

へ行く手前のところで止まってしまうんだ。そこはやっぱりどうしようもない。それは越えられない」

その時代によって「面白い」と思う対象は変わる。橋本の選ぶ題材やジャンルの幅が広いのは、そうした橋本自身の「新鮮な興味」を次から次へと面白がろうという貪欲なスタンスがもたらしてきたものだったのだ。

座頭市の目は見えるの？

「面白い」を第一にしてきたため、橋本は当時の大手の映画製作の主流だった「スターありき」の企画に組み込まれることは拒んでいる。当時、各社は「専属スター」を擁しており、そのスターたちが観客を呼ぶ——という考えだった。そのため、「このスターに次は何をやらせるか」という「スターありき」で企画は進み、シナリオもそのスターのイメージに合わせて役柄を書いていく「当て書き」という手法が採られることが多かった。

だが、橋本の場合は——たとえば『仇討』であれば東映のスターである中村錦之助が主演であるが、橋本のシナリオが先行し、それを錦之助が演じるという順になっている。これは、三船敏郎に関しても同じだった。橋本のシナリオ作品に多く出てきた三船だが、橋本作品での三船は、「力強い豪傑」という一般的なイメージだけではない、繊細な一面を併せ持つ人物を演じている。それは、橋本が三船ありきで書いていないからだ。

「それは原則的にはやらないの。脚本というのはね、先に人物を作るわけだ。それを読んだ役者がど

こまでやるかが重要なんだよ。たとえば頭から『三船敏郎でこれをやるんだ』ってなことになってると、こっちは三船君を思い浮かべればすぐ書けちゃうわけ。でも、それはとってもつまらないんだよね。もう三船君のできることでしか芝居が繋がらないから。それ以上のものにならない。

だから、役者のイメージってのは一切持たないというのが大事なんだよ。黒澤さんがそういうところがあったから僕もそれを受けた。俳優さんの当て込みというのはしないの。俳優さんのほうであとからやってもらうということ。

まあ、二、三本ぐらいは当て書きもあると思うだろうけどね、役者を念頭に置いた企画でうまくいったものは一本もないよね。それは他の人が書いても一緒でね。だから、寅さんが四十何本も続いたというのは、やっぱり洋ちゃん（※山田洋次監督）が一本一本違うものを作ろう作ろうと思って――同じようなものなんだ、傍から見りゃね――だけど、彼は彼なりに違うものを作ろうと思って一生懸命考えて苦労してるから、やっぱりあれだけ持ったんじゃないかな。当て込みじゃないんだよ。役者を当て込んだらもうダメ。最初からもう三流の映画にしかならんね」

当時の日本映画は、当たり役をモノにしてそれをシリーズ化していくことが「スターの証」とされていた。そして、そうした当たり役を演じることで、スターとしてのイメージを固定化していく。加山雄三の「若大将」、市川雷蔵の「眠狂四郎」、高倉健の「昭和残侠伝」、小林旭の「渡り鳥」――。だが、橋本はそうしたスタンスでいるため、シリーズ作品は、全く手掛けていない。大映のスターである勝新太郎からは、その代名詞ともいえる「座頭市」シリーズへの参加を求められたが、これも断ったという。座頭市とは、盲目だが腕は立つ、時代劇のヒーローだ。

「勝君が書いてくれ、書いてくれって言うからね。でも『座頭市』を一本も観たことがなかったんだ。それで国弘威雄《たけお》君というライターと一緒に大映の本社に呼ばれて、午前中十時から始めて二本と午後に二本か三本見させられて。それで初日はなんとか過ごせたんだけど、これが二日目からもうしんどくて、しんどくて。それで、とうとうもう仕事しなかった。

一本一本は面白いのよ。だけどね、午前中に二本と午後二本ないし三本見て、二日目からはしんどいんだよ。それでもう何も見たくなくなったね。結局やらなかった。最初は書くってことで引き受けてみたんだ。大変に無責任な話だけどね。

最後は勝に、『座頭市ってのは目が見えないような格好してるけど、実際には見えてるの？』と聞いたら、『いや、橋本さん、見えないんだ』と。『でも、目が見えるのと同じような動きしてるとこあるじゃないか』と言い返すと『それは勘でやるんだ』と言うんだよ。そこがよくわかんないよな。勘でやってるったって、映画を見てると全部見えているような気がするもんね」

そうした中で、六五年の『侍』（東宝、岡本喜八監督）は、橋本には珍しい「三船ありき」の企画だった。桜田門外の変に参加した浪人・新納鶴千代（三船）の悲劇が描かれており、探し求めていた父親が、今まさに命をとろうとする井伊直弼《なおすけ》という設定である。同じ原作は戦前の時代劇『侍ニッポン』（三一年、伊藤大輔監督）など、何度も映画化されてきた。原作や過去の映画化作品では、父が直弼と知って葛藤する鶴千代の姿が描かれるのに対し、この『侍』では父とは知らずに自ら直弼を刺殺し、その後で自身も消え去る運命を感じさせながら終幕する――という、橋本らしい苦みのある皮肉な脚色がなされている。

「三船君のものを何か考えてくれ、考えてくれって東宝がもう散々に言うわけだ。それで、じゃあ『侍ニッポン』はどうかと。『人を斬るのが侍ならば　恋の未練がなぜ斬れぬ』って主題歌が良かったのを覚えていてね。

伊藤のおっちゃんが撮ったと思う。クローズアップで侍が刀を振り上げる、次のカットはお寺から鳩が飛び立って逃げていく。三カット目で『お怪我はありませんか？』って主人公が言ってくる。それで主人公が境内で娘さんを暴漢から助けたと分かる。その出方が面白かったんだよ。だから、『侍ニッポン』やったら？』って提案した。

それで原作読んだらさ、歴史的な叙述というか記録みたいなものであって、全然面白くもおかしくもないんだ。やっぱり伊藤のおっちゃんがこの『侍ニッポン』を撮ったから面白かったんでね、原作はもう全くそういうものじゃない。だから簡単にできると思ったのに、できなくなったわけ。あの『侍ニッポン』の調子でいけばいいと思っていたからね。計算が完全に狂って、どうしようかと思って。

それで根本からやり直すより仕方ないと思って、新しくテーマを作ったんだ。

侍になりたくてなりたくて仕方のない男がテロリストの一味に加わって、大物の政治家を殺した。しかし、そのことは、結果として日本から侍の世界をなくすことへと繋がっていくのと同時に、その政治家が長年ずっと会いたいと思い続けていた彼の父親であった。彼はこの二つの事実をどちらも知らない。そして、その父親の首を刀に突き刺して、輝かしい未来を夢見ながら歩いていく。それなら『いける』と思ったんだ」

橋本の手にかかれば、「三船ありきの企画」であっても、いかにも三船らしい豪傑ぶりが皮肉な「悲劇」として描かれる。ここにも、「スターのイメージ通りにやればいいというものではない」という、橋本の確かな意識が見て取れる。

競輪と終戦

橋本は「俗なスタンス」をもって高邁なテーマの作品に臨み、まさかそんな端緒だったとは思えないような、重厚で痛切なメッセージ性のある作品を作り上げる。

その象徴として挙げたいのが、六七年の『日本のいちばん長い日』(東宝、岡本喜八監督)だ。日本がポツダム宣言を受諾してから玉音放送が流れるまでの、一九四五年八月十四日と十五日の内閣や軍部の動きを追った作品である。三船敏郎、山村聰、小林桂樹、加山雄三、志村喬、笠智衆、佐藤允など、東宝のオールスターが集結、プロデューサーも東宝の製作総責任者である藤本真澄と「ゴジラ」シリーズや黒澤映画などのヒットメーカー・田中友幸の二大巨頭が顔を揃えた、超大作映画である。この大プロジェクトを任せられるのは、「スター脚本家」である橋本をおいて他にいなかった。

橋本は戦中に多くの者の死と間近に接し、自身も「死刑宣告」を受け、戦争が終わったことで一命を取り留めている。だからこそ、「終戦」をテーマにした作品を描くということは、さぞや強い想い入れで臨んだに違いない——、と思うところだ。

たとえば、監督の岡本喜八は戦時中に軍需工場で働き、そこが空爆されたことで多くの同僚が死んでいく悲惨な現場を経験。自身も陸軍の特攻要員として訓練を受けていた。そのため、この作品に寄せる想いを次のように述べている。

「終戦の日、私は二十一・六才、豊橋予備士の候補生であった。

私にとって戦争は何であったか？　友達が声もなくドンドン死んでいった日々である。やがて同窓生名簿からは、その半数が消えてしまい、私自身も自分の寿命を摑みでせいぜい二十三才と踏んだものだ。

私にとって終戦は何であったか？　その二十三才と踏んでいた寿命が、劇的に、少くとも日本人男子の平均寿命六十七・二才位までのびた日である。

〝日本のいちばん長い日〟での私の仕事は、そのような、生と死の丁度ど真ん中にいた二十一・六才の私から出発した」（劇場パンフレット）

だが驚くことに、橋本にはそういう想いは全くなかった。この作品のオファーを受けた理由、それは競輪だった。

その事情を詳しく語っているが、まずは、橋本の競輪についての異様なまでの情熱について触れておきたい。

「僕はシナリオライターになってから、非常に競輪狂だった。これはもう徹底している。

僕らの時代は旅館に籠もって脚本を書くんだけど、旅館は伊豆・熱海の方面に一カ所、東京都内に

一カ所、それに家と、大体三カ所に決めていたんだ。で、東京都内の場合、後楽園の近くに泊まるわけ。競輪場があったから。それで競輪に行くの。昼頃から行って、四時頃になったら宿に帰ってきて、それから風呂入って飯食ってね、もう七時ぐらいに寝ちゃう。で、夜中に起きる。夜中に起きて仕事して、朝九時ぐらいに仕事場で飯食って、それでまた競輪に行く。これなら仕事と競輪を両立できる。うまいこと考えたと思ったね。それで書いた作品はずいぶん多いんだ。ところがね、もう決まったように、そうやって書いた脚本は作品の出来もよくないし、競輪も損なんだよ」

橋本は本業に影響するほどに競輪にはまり込んでいた。それは子供たちへの教育にも繫がっていた。橋本綾は、次のように述べている。

「父は、『生きていくことは賭けだ』っていう考え方でした。だから『賭けをしない人間はだめだ』っていうところがあった。それで、私たちは高校のときから馬券を買わされてました。さすがに競輪はやれとは言わなかったけど、新聞と馬の写真を見せられて『どれとどれがくると思う?』って聞いてくるから、『これとこれ』って言うと、『じゃあ、それをちょっと買ってこよう』って。私なんて当たっちゃったこともありましたよ」

この橋本の競輪への情熱が、結果として『日本のいちばん長い日』に繫がるのである。

「あれは、時の勢いというのかな。東宝にはプロデューサーが二人いたの。藤本真澄と田中友幸。そ

の二人が組んでやるという、大がかりな映画だった。東宝としても娯楽物ばっかりでなしにそういうものもやらなきゃいけないんじゃないかっていうところから始まったことは間違いないんだけどね。『日本のいちばん長い日』を僕のところに持ってきたのは東宝の田中友幸プロデューサー。『橋本君、やってくれよ』というから、最初は断ったの。『そんなもの、今さら入るわけないよ』と。というのもね、新東宝が『日本敗れず』（五四年）っていう八月十五日を舞台にした映画をやった時も、東映が『黎明八月十五日』（五二年）という企画を持ってきた時も、外れてるんだ。だから、今回もすぐ断ったわけ。

だけどね、そのすぐ後に競輪やったら金がなくなったわけよ。すっからかん。帰りの電車賃もない。それで後楽園から日比谷まで歩いて東宝に行って、田中友幸に『『日本のいちばん長い日』、誰がやることに決まった？』と聞いたんだ。そうしたら、『いや、お前に断られて、お後がなくて困っているんだよ』と言うからさ、『友幸さん、それやるよ、そのかわりに一週間後に脚本料払い込んでくれる？』と言ったんだ。それでやったの」

なお、この「競輪でお金をすったから、断っていた仕事を受けた」というエピソードを、橋本は『キネマ旬報』二〇〇八年十二月上旬号でも語っている。だが、その時は『日本のいちばん長い日』ではなく、七三年の『日本沈没』（東宝、森谷司郎監督）を受けた時のエピソードになっている。

これに関しては、『日本沈没』の田中収プロデューサーに確認したところ「『日本沈没』の時にそのようなやり取りはない」と否定する一方、当時橋本と一緒に暮らしていた橋本綾も『日本のいちばん長い日』の際の話として同様のことを語っている。

そのため、ここでは『日本のいちばん長い日』説を採る。

小林正樹から岡本喜八へ

『日本のいちばん長い日』の監督は、当初は『切腹』の小林正樹の予定だったが、岡本喜八に代わっている。その事情を、小林は次のように述べている。

「その年の夏公開という予定で準備を始めました。ですが三船さんに急な外国映画出演が入り、延期になってしまったのです」(『映画監督　小林正樹』岩波書店)

だが、橋本が語るのは、全く異なる話だった。

「撮影に入るときに揉めたの。監督は小林正樹だったんだけど、藤本真澄と小林正樹とが大げんかしちゃって。藤本がある日、電話かけてきて『橋本、来てくれ』という。何かちょっと急いでいるような感じだったから、こっちから行ったんだよ。彼の家はすぐそこだから、会社の行き帰りに僕の家へ寄ったりなんかよくするんだけれど、この時は『会社へ来てくれ』というんだ。何か大事が起きたのかと思って、行ったのね。

藤本の部屋の前へ行って、文芸部員に『藤本、中にいるか』と聞いたら、『いや、橋本さん。気をつけろよ。さっき小林正樹さんと、ものすごい声で怒鳴り合いがあってね。小林正樹さんはさっき帰っていったんだけれど、藤本さんはものすごい怒っているから、気をつけて入りなよ』って言うんだ。

だから藤本が僕に電話した時、小林正樹と喧嘩してたんだわ。

それで、僕が部屋に入っていったら、『もう小林正樹とはやらん！』と言うわけよ。『絶対にやらん！』と。

それで僕が『じゃあもうこの作品は流れね。やめるのね』と言ったら、『いやいや。映画は作るんだよ。冗談じゃない』って返ってくる。僕は正樹さんと一緒に東京上空もセスナで何回も飛行しているし、いろいろロケハンしている。二人で戦争中のニュース映画も全部見ている。だから『ずっと前から正樹さんと一緒にやっているんだから、それを今さら監督を代えるって言ったって、それは通らんよ』って言ったけれど、『あんな野郎とはもう絶対に仕事しない』って言い張るんだよ。それでまた『もう仕事しないんだったら、製作やめるんだね』と念を押しても、『やめない』と言う。『じゃあ、どうするの？』って言ったら、『お前が監督しろよ』って言うんだよ。

たしかに既に映画は二本、監督してたよ。（※『私は貝になりたい』『南の風と波』いずれも東宝）でも、僕は体が弱いの。監督に向いていないんだ。だからそれ以降は監督していないんだよ。それで『僕、監督はできないよ。小林正樹っていう一流の監督の後で、僕なんかが監督なんかできるわけないじゃないか』って言ったんだ。

そうしたら今度は『砧《きぬた》（※東宝の撮影所）でこれをやる監督、お前が考えろ』って言うんだよ。そんなこと言われたって——『誰もいない』って言ったんだけれど。しょうがないから岡本喜八の名前を挙げたんだ。そしたら藤本は『喜八はだめだ』って言う。『どうして』って言ったら、『喜八は行書の字を書く』っていうんだ、『これは楷書の字を書く奴じゃなきゃ撮れない』って言うのね。でも、僕も下がれないから。『他に誰もいないじゃないか』って言って、『知らんよ』って帰ったの。そしたら、

藤本が喜八に決めたわけ」

この席で橋本が藤本に何度も「やめよう」と持ちかけたのには、理由があった。橋本自身、この企画が成功すると思っていなかったのだ。

「僕は外れと思ったんだ。だから、あの時に『もうやめたほうがいい』と思った。僕は正直ね。これからが金かかるし――。

そういういきさつもあったせいか、東宝の社内的にも入らないという風潮だった。でも、金だけどんどんかかっていく。これはもう、阪急に対してどういう申し訳するかということにまでなったんだよ。東宝は阪急資本だからね。

普通の作品で外れたんならいいけれど、普通の作品より二倍とか三倍とかっていう製作費かけてよ、それがベタにこけたら大ごとだからね。だから、こけるという前提で、あらゆるセクションが撮影中から事後処理に動いていたんだ」

公開は八月十五日にしろ！

『日本のいちばん長い日』は八月十二日に全国で正式公開された。橋本の当初の見込みと異なり、その年の日本映画で第二位の配収を上げる大ヒット作となった。そして、東宝は以降、「8・15シリーズ」と称して毎年八月に大作戦争映画を公開していくことになる。

この「八月公開」というのは、橋本の発案によるものだったという。

「あれも興行のわからんところだね。

あの頃、僕はアメリカへ出稼ぎへ行っていていたんだよ。『HELL IN THE PACIFIC（※邦題『太平洋の地獄』）』という映画をやっていたんでね。それで向こうで三、四カ月――半年近くいて、帰ってきた日に『『日本のいちばん長い日』のオールラッシュ（※撮影したフィルムを通しで確認する上映会）があるから来てください』って東宝が言うんだ。それで家に撮影所の車が来たからさ、もうしょうがない。行って、時差ぼけでずっとこう見ていたんだけれど――眠くてよくわからなかったのよ。

それで、お昼になったから撮影所の食堂へ行って、昼飯を食っていたらアナウンスが入って『一時からプロデューサー会議がありますから、プロデューサーの方は参集してください』って言っているんだ。僕はいろんなことがあって、東宝と僕の契約は脚本家ではなくプロデューサーだったんだ。でも、プロデューサーの会議なんか一遍も出たことないのよ。でも、昼飯を食べてお腹が重くなったから、ちょうどコーヒー注文しようと思った時にアナウンスがあったからね。『じゃあプロデューサー会議に一遍出てみよう。コーヒーぐらい出るだろう』と思って、行ったの。

そしたら、藤本真澄が見回して『今日は珍しいのが一人だけいるから、みんなにコーヒー出してくれ』って言うわけ。『あれ、じゃあそしたら普段はコーヒーも出ないのか』って言ったら、『いつもはお茶だけだ』って言うの。

で、藤本に田中友幸に僕、他にも東宝のプロデューサーが全員集まって、雨宮（恒之）っていう――小林一三の親族の人だけれど、それが撮影所長でね。彼がいろんな撮影の経過とかに関する書類を読み始めてね。

『『日本のいちばん長い日』は本日オールラッシュ終わりまして、納品が何日でございまして――』って立て板に水で資料を読むんだ。『封切りは九月の十五日です』っていうことを耳にした。それ聞いて、僕はばっと藤本に手を挙げたんだ。

『今さっき、雨宮さん何か言っていたけれども、僕聞き逃したから、もう一遍読んでよ。ゆっくり読んで』って言ったら、雨宮がもう一度、ゆっくり読み始めた。

『本日、『日本のいちばん長い日』が無事オールラッシュ終わりまして、明日からダビングに入り、封切りは九月の十五日でございます』って言う。『ちょっと待って。雨宮さん、ちょっと待って。あんた今、封切りは九月十五日って言った?』って確認したんだ。そしたら、雨宮が『え?』って妙な顔して見るからね、僕は藤本さんにさ、こう言ったんだよ。

『俺、これ書くときに、あんたと約束したろう。八月十五日に封切れよ』って言ったわけだよ。八月十五日に封切るって。どうしてそれが九月に封切るのよ。冗談じゃない、八月十五日に封切れよ』って言ったわけだよ。

そしたら、藤本が真っ青になった。そのときどういう状態かといったら、僕も当たらんと思うし、東宝も当たらんと思っていた。それで東宝の一番偉い人に森岩雄というのがいたんだけど、この人なんかは声明文を作っているの。当たらんから、そのときの言い訳の声明書だ。阪急資本に向けてのね。文芸部でそれを起草しているわけ。

それを読んだら『こういう映画は当たり外れがあって、外れるかもしれないけれども、国民の一人としてこういう戦争意識とか何とか持たなきゃいけないから、作るのに意義があるから――』とか何とか、もう外れたときの言い訳というのがちゃんとできている。上から下まで、全部外れると思っているんだ。僕も外れると思っていたんだけれども。

これを九月の十五日の封切りなんかにしたら、なお外れると思ったわけよ。それで怒鳴った。そうしたら、藤本が青くなって、結局は八月十五日に封切ろうとした。僕がそう言ったからね。そうしたら、関西支社が反対してね。関西支社は『そんなものは入らん。だからうちは別の映画を封切る。東京だけやれ』ということになった。だけど、藤本はもう辞表を腹に置いたまま、八月十五日に封切ったの。格づけに八月三日から有楽座で一週間だけ先行ロードショーして、八月十五日に一般封切りということに決めたのね。

それが、八月十五日の封切りの始まる二、三日前――宣伝部の林というのが担当だったんだけど――その林が、『橋本さんね、ちょっとおかしい』と言うんだ。『『いちばん長い日』だけど、あれ入るんじゃないか』って言い出したの。『手当たりがちょっと違いますよ』って。手に当たるのが熱いという。僕は『ええ？　そうかな――』と疑っていたんだけれど、開けたらもう大入りになったわけだよね。林の言うとおりで、当たりも当たり、とんでもない当たりになったんだ。

ああいうことがあるんだよな。上から下まで、作った僕からみんなが外れると思ったものが――とんでもない。それが多少当たったというんならいいんだけれどね。とんでもない大当たりすることがある。それで、営業が言うには『東映のファンが来ました』と。『なんでわかるんだ』と聞いたら、『何十％かゲタ履きのお客だった』という。当時の東映はヤクザ映画をやっていたから、そういう客ばかりだったんだよ。つまり、東宝の人間は東宝の客の傾向は分かるけど、東映の客が求めるものは分からん。そんな言い訳みたいなことを言っていた。

だから興行というのは全く水もの、これは。だから、やってみなきゃわからんよ。『日本沈没』なんかは『絶対に入る』と思っていて、やっぱり入ったんだけどね」

『上意討ち』始末

橋本に言わせると、この『日本のいちばん長い日』は思わぬ副産物を生んでいる。それが、同年五月に公開された『上意討ち 拝領妻始末』（東宝＝三船プロ、小林正樹監督）だった。

藩主と仲たがいした側室（司葉子）を、藩士の伊三郎（三船敏郎）は息子・与五郎（加藤剛）の嫁として拝領することになった。一家は睦まじく暮らしていたが、藩主の嫡子が急死したことで、この元側室の子が世継ぎとなる。世継ぎの母親を一藩士の嫁とはできないと考えた藩の重役たちは与五郎から取り上げようとするが、伊三郎と与五郎はその仕打ちに抗った——。

三船敏郎が率いる三船プロの製作した時代劇で、三船と対峙する剣友を仲代達矢が演じた。『切腹』と同じく滝口康彦の原作だ。

これを撮ることになった経緯を、小林正樹は次のように語っている。

「ほかにも幾つか企画を考えていましたが、そのうちまた東宝のほうから『日本のいちばん長い日』は後回しにして、三船プロが新しくつくったスタジオの第一回作品をという話が来たのです。これが『上意討ち』です。藤本さんとしても『日本のいちばん長い日』へのブランクを考えていたのでしょう」（『映画監督　小林正樹』）

一方の橋本は、小林のいう「話が来た」に至るまでの経緯を以下のように語る。

「これは急遽やらざるをえないことになったやつでね。『日本のいちばん長い日』の監督は代わったので、小林さんの体がポンと空いてしまった。喜八は僕が推薦した手前、小林さんに大変悪いと思ったんだ。それで三船君のところに行って、『三船君、急遽一本入ってくれ。企画を何か考えるから、小林正樹で一本やってくれ』と頼んだら、三船君は『やります』と言ってくれた。それが『上意討ち』なんだ。つまり『日本のいちばん長い日』の穴埋めでやったの。だから、二週間もかからんうちに書いたんじゃないかな」

両者の証言を総合すると、『日本のいちばん長い日』を降板してスケジュールの空いた小林正樹に対して、お詫びとして橋本と東宝が動き、それに三船も乗って、穴埋めとして『上意討ち』が作られた——、ということになる。

ただ困ったことに、橋本は亡くなる少し前に、橋本の弟子で、自身も脚本家として活躍する中島丈博には、異なる顚末を語っていた。途中までは先に記した監督交代の顚末と同じ内容だったが、一つだけ、異なる点があった。藤本が小林の降板を伝えた場には、藤本と橋本だけでなく、もう一人のプロデューサー・田中友幸がいたというのだ。そして、橋本はこう続けたという。

「席を立って廊下へ出たら、『ちょっとちょっと！』と田中友幸さんが追っかけて来て『このまま小林をほっとくわけにいかない。だからすぐに何か一本書いてやってくれ』って言ったそうです。橋本先生は『嫌だ』と。『東宝で勝手にそんなことをやっといて、そのケツをすぐにこっちに持ってくるなんて、とんでもない！』みたいなことで、怒ってらして。そのまま一階下の文芸部に寄ったら、『これまでのギャラが出てますから、銀行へ振り込みましょうか』って言うんで、『いや現金でちょうだい』って言って、二百万ちょっともらって、帰りに後楽園へ行って、それで結局その金全部を競輪ですったって話なんです。

それで『こりゃまずいぞ』ってことになった。『妻にもこんなこと言えないしな』と思って、翌日に田中友幸さんに電話して『昨日のあの話、誰か決まった?』って聞いたら、『いや、あのままだよ』って言うから、『俺が書くから』って。それで『上意討ち』になったんだそうです。『あれは十日で書いた』って。胸張ってらしたけど、先生は興に乗ると一時間でも二時間でも、語り続けると止まらないですね」


顚末は大きく異なるにしても、どのエピソードも《『日本のいちばん長い日』の穴埋めで小林が『上意討ち』を撮ることになった》という点は共通しているので、ここはまず間違いないとは思われる。ただ、「競輪の穴埋めで、一度は断った企画を引き受けた」というエピソードがここでも出てきており、またしても、証言が錯綜することになった。

そこで、当時は東宝の文芸部に所属し、橋本とともに『上意討ち』の脚本作りに参加した田中収に、その顚末を聞いてみた。

そして発せられたのは、これまで出てきたいずれの証言とも全く異なる話だった。

「あの作品のことは、僕は今でもよく覚えています。ある日、友幸さんに橋本さんの家に呼び出されたんです。それで友幸さんが『三船さんと仲代を押さえたから、何か時代劇やろう』って言い出したんです。そこから三人でネタ探し始めたんです。そしたら、なかなか『これ』というのがないの。

それで途中で橋本さんが『時代劇がないなら、『首』(※後に詳述)はどうだろう』と言うんです。『首』を三船ちゃんでやったら面白いかもしれんから、やってみようじゃないか』って。僕も読んだら、これが面白い。だから賛成したんだけど、友幸さんが時代劇にこだわって反対したんです。

それで困ってね。そのときに時代劇小説選集が毎年出ていて、それが二十何冊あったの。それを僕が全部買って、橋本さんの家に持っていった。それを三人で手分けして読もうって。で、読み始めて何日かしたら、橋本さんが『みんな集まろう』って号令かけてきましてね。それで集まったら、『『切腹』の原作者のでやれると思う』と。それが『上意討ち』でした。

『でも、これには仲代さんの役がないじゃないですか』って僕が言ったら、『ならば作ればいい。僕が作る』と橋本さんが言う。それで、仲代さんの役ができたんです。あれ以降、あの作品を舞台やテレビでやる時に橋本さんの名前も原作者と一緒に出るのは、そのためなんですよ。

小林さんでやる、と決まったのは脚本ができた後のことでした」

『日本のいちばん長い日』を降板した小林のために橋本が三船に頼み込んで『上意討ち』の企画が動き出し、その後で急いで脚本を執筆したのではなく、小林正樹の登板が決まる前から既に、三船の企画として動いていた——というのだ。

正義よりエンターテインメント

さて、ここで田中収の証言に出てきた『首』の話もしておきたい。『真昼の暗黒』と同じく正木ひろし弁護士が記した『弁護士』が原作で、これも実際の事件が題材になっている。六八年に森谷司郎が監督で映画化、正木役は小林桂樹が演じた。その脚本を書いたのが、橋本だった。

戦時中、取り調べの最中に被疑者が死亡し、「脳溢血」として処理される。だが、遺族はその死因に疑問を抱き、正木に調査を依頼する。警察も検察も非協力的な中、改めて検死解剖をしてもらうため、正木は被疑者の墓を掘り起こして首を切り離し、法医学者のもとへ運ぶ。そして、警察官による暴行致死を明らかにした。まだ土葬だった時代だからこその話だ。

『真昼の暗黒』に続いて、警察や検察による横暴と理不尽に立ち向かう正木弁護士の話だ。そして今回も橋本は、そうしたジャーナリスティックな視点よりも「面白さ」を重視して脚本を書いている。

まず橋本が面白みを感じた対象は、正木自身であった。

「ものすごく変わった人なんだ。俳優さんでもああは動けない。法廷で右から左へ走り回って、所作入りで弁論するんだ。それが面白いんだよ。もう一人の弁護士さんは謹厳実直で、こう座ったきりなんだけど、正木さんはもう、あんなに派手に動き回って。風変わりな人だったね。

そりゃそうだよね、人が埋まってる墓へ夜中に行って、穴掘って死体を出して、その首を切ってきたんだから。普通じゃあできないよ。映画界にもいないよ、あんなの。大変わりだから。小林桂樹が

やったけど、あんなもんじゃないよ。
たとえば僕と一時間ぐらい話してると急にバッと立ち上がるんだ。それで『何だ、きみは！』ってね、『なんで一時間も僕の時間を邪魔するんだ！』って怒り出すわけ。『いや、あんたの映画を、脚本にするんだから――』と諭したら、急に『あ、そうですか』とかって静かになる。弁護士さんとして、これで最高裁まで行って戦えるのかなと思った」

そして『真昼の暗黒』が「母子の情で泣かせる」ことに狙いを置いたように、橋本は『首』でも娯楽性を狙った。墓地で首を切り離す際、それを汽車で法医学者のもとへ運ぶ際、その過程の中でいかに誰にも気づかれずにミッションをやり遂げるか――。つまり、手に汗握るサスペンスとして描こうとしたのだ。

シナリオを読んでみると、たとえば墓掘り場面の描写にその狙いがよく表れている。

墓場の俯瞰。見張りの鉱夫達。スローモーに見えるが、ひどく適格《ママ》なメスとノコギリの中原の首切り作業。正木の動き。これらのカットバックが重ねられる。

そして――。

× × ×

息を殺して見張りを続けている石橋。

その顔がギクッとゆがむ。

視線の先の眼下には蒼龍寺の山門。その山門の中から出て来た住職が急に立ちどまり、墓地の方を見上げる。

×　×　×

蒼龍寺の山門。

傍に立ちどまっている住職。

なにか気懸りげな妙な顔付をして、じっと墓地の方を見上げている。

×　×　×

石橋、青くなってうしろを振返る。

正木がその視線を受けてギョッとなる。

石橋、あわてふためきながら、人差指を動かし、眼下に人がいると示す。

正木、やにわに背をまるめるように低くして走り出し、石橋のところへやって来て、並んで見おろす……その顔からみるみる血の気が引いて行く。

――住職は依然として、首をひねるようにしてこちらを見上げている。

正木、血相を変え、背中をまるめ、無我夢中で走り出す。


この「×　×　×」は場面転換のカットバックを示す、シナリオ独自の表記だ。そうしたカットバックを積み重ねるシーン構成が、「住職に見つかるかもしれない。見つかったら通報され、全てが終わる――」という緊迫感を盛り上げている。それに加えて橋本の筆致自体も熱気を帯びており、あたかもヒッチコック映画ばりの迫力とともに伝わってくる描写である。

一方、この『首』の脚本作りにも、田中収が文芸部員として関わっていた。田中は当時の経緯を、次のように語っている。

「僕はまだ文芸部にいたんですが、文芸部長の森さんに『監督の森谷が君に会いたがってるから、撮影所へ行って会ってやってくれ』って言われたんです。それで『なんだろう』と思って飛んで行ったら、ちょうど昼休み。そこで初めて森谷さんに会ったんです。

そしたら、『首』の原作になった『弁護士』を森谷さんが読んで『やりたい』と。その上で『あれは橋本さんでないと書けない。あれは橋本さん以外あり得ないだろう』と言うわけです。誰が考えてもそうですよ。

それで橋本さんは田中友幸さんとずっとやってたから、森谷さんは当初、友幸さんに『橋本さんに書いてもらえるように頼んでもらえませんか』と相談したら、友幸さんは『あんなもん』と言うんだ。それで、『それは田中収に頼め』って友幸さんが言ったらしいんです。友幸さん、そのことを俺に一言も言わないんですよ。友幸さんが橋本さんのところに行ってそんなことを話したら、『散々あのとき反対しといて、今頃何を言うんだ』って怒られるでしょうからね。

それで『わかった』と。僕が橋本さんとこに行ってお願いしたら、二つ返事でした。橋本さんも前からやりたがっていましたから」

なお、この『首』の出来映えに手ごたえを感じた田中は、後にプロデューサーとして『日本沈没』を担当することになった際、脚本＝橋本、監督＝森谷、主演＝小林という同じ座組で臨んでいる。もちろん、橋本は競輪ですった穴埋めでそれを受けたわけではなく、劇中で日本が沈むことになる原動力「プレート・テクトニクス理論」に強い興味があったからだという。

九州の元締め

ここで再び、話を『日本のいちばん長い日』に戻す。『日本のいちばん長い日』は橋本や東宝の幹部たちの予想に反し、大ヒットとなった。自身で脚本を書いておきながら、橋本はそのことを不思議に思い続けていた。そして後日、「答え」を得る。それもまた、競輪が由来だった。

「封切り後に九州の競輪の元締めみたいな人と話していたら、その人が『『日本のいちばん長い日』を見た。お客もたくさん入ってた。橋本さん、当たってよかったね』と言うからね、『どうして当たったのかよくわからないんだ』と返したら、『橋本さんともあろう方が、それはおかしいんじゃないか』と言うんだ。

同じような題材だと『黎明八月十五日　終戦秘話』という東映のがあった。そして『日本敗れず』というのを新東宝がやっていたんだよね。特に『黎明八月十五日』は、最初は僕のところへ依頼が来た。だけどね、今さら八月十五日なんかやったってしょうがないっていうんで、僕はやらなかった。で、どちらもベタゴケ。だから、あの題材は当たるわけがないと僕は思ってたんだよね。

ところが、その九州の人は日本で最初に競輪を始めた人なんだけど、それだけにやっぱり勝負勘というのが凄いんだ。『あのね、橋本さん。『日本敗れず』ってのはいつの映画だ』って聞くから、『昭和二十年代だ』と。『黎明八月十五日』もそうなんだ。すると、その人は『それから十年経ってる。つまり、こういうことなんだ――』って言う。

『今、先の見えない時代に入った。橋本さん、車を運転しててライトが故障したらどうする?』と聞くから、『そりゃもう、車を止めて降りて周りを見る』と言ったんだ。すると『周囲を見渡したとき、後ろの方に光るものがあったら必ずそっちを見るでしょう?』って。僕は『見る』。『それと同じだ。そこに当たる要素があったんだ』と言うんだよ。これは——賭けの哲学の理論なんだ。

つまり、こういうことだ。先の見えない時代に入ったときには、人間は後ろを振り返る。『日本敗れず』や『黎明八月十五日』のときは、振り返るまでまだ年数が経ってなかった。今はもう十分に時間が経ったんだから、やれば入るに決まってるんだ——と、そう言われたの。

それは、映画の当たり外れの中の、非常に大きな要素だなと思ったんだ。

東宝も僕も『入らない』と思ったのは、その新東宝と東映のを見てるからなんだ。でも、宣伝部というのはそういうのを観ていないから、現場の勘で一週間前になって、『いや、これはひょっとしたら来るんじゃねえかな——』って気づいた。それが当たった。九州の競輪の人が言ったとおりで、当たるべき要素があったんだ。それは僕も気がつかなかった。

つまり、映画のシナリオライターというものの一番基本は、自分の書いたものにどれだけ客が来るか来ないかっていうことなんだ。そこが勝負なのよ。みんなそうなの。口に出さないけどね。だから、そういう点で僕にとってすごくあれはよかった作品だと思う」

一九六〇年代後半から七〇年代初頭にかけて日本映画全体が退潮に向かっており、東映のヤクザ映画だけが一人勝ちしていた。それでも橋本脚本の映画はメガヒットを飛ばし続けた。

『日本のいちばん長い日』(六七年度年間配収二位)、『風林火山』(六八年度一位)、『人斬り』(六九年度四位)、『日本沈没』(七三年度一位)、『人間革命』(同二位)。これらは『日本沈没』を除いて全て「過去」を重苦しく描いた作品で、残る『日本沈没』も「絶望的な未来」が描かれている。いずれも、まさに「先の見えない時代」にピッタリの内容だった。

そして、ヒット作を重ねていく中で、橋本自身も興行への嗅覚を身につけていく。当時の『キネマ旬報』(七〇年五月下旬号)では、次のような発言をしていた。

「ぼくのこれまでの本というのは、人殺しが出てくる映画が多いんですよ。人が人を殺すということが」

「実感として自分に、『人斬り』を書いているときに、この種の映画は当分これで終わりだな、という感じがあった。人をじゃかすか、切ったりする映画は、自分でも終りだし、今後だれがやっても、絶対映画館にお客は入らない、という気がした。幕末もののチャンバラなんかは、もう幾らやったって、入らない、と思う」

事実、六九年の『人斬り』の後で公開された幕末が舞台の大作時代劇『新選組』(六九年)、『幕末』(七〇年)は、いずれも超豪華キャストを揃えながらも不入りに終わる。橋本の読み通りである。

その筆力だけでなく、映画業界全体に対する分析力においても、この時期の橋本は冴え渡っていた。そして、七四年には『砂の器』が公開されることになる——。

七

血の章

〜『張込み』『ゼロの焦点』『人斬り』『黒い画集　あるサラリーマンの証言』『砂の器』

清張との出会い

昭和三十四年五月十二日、東京は蒲田にある国鉄操車場で、一人の男の扼殺《やくさつ》死体が見つかる。遺体の身元は不明。事件前夜に被害者が立ち寄ったとされるバーで、連れのサングラスの男との会話から聞こえてきた被害者の東北弁と「カメダ」という言葉、それだけが残された手掛かりだった。警視庁の今西刑事が執念の捜査を続けた結果、ある男の哀しい過去が浮き彫りになっていく。

これが、松本清張の小説『砂の器』のあらすじだ。

そして、『砂の器』といえば、多くの方が思い浮かべるであろう場面がある。一九七四年公開の映画版の終盤に描かれる「父と子の旅」だ。

ハンセン病を患ってしまったために理不尽な差別を受け、お遍路姿で流浪することになった本浦千代吉（加藤嘉《よし》）と、それについていく幼い息子。行く先々で邪険に扱う人々と、それにめげない父子の触れ合いが、時に美しく、時に厳しい日本の四季折々の風景をバックに映し出されていく。

そこに流れる菅野光亮《かんのみつあき》作曲のテーマ曲「宿命」の荘厳な調べと、捜査会議を通して父子の心情を代弁する今西（丹波哲郎）の哀切なセリフとが折り重なり、感動の名場面となった。このシークエンスは、その後の映像化作品でも必ず描かれる、『砂の器』の代名詞ともいえるものであり、「父と子が旅をするシルエット」を象徴として捉える人も少なくない。

だがこの場面、実は原作には描かれていない。松本清張の小説は、捜査会議での今西刑事による報告という形で、次のような描写で終わっている。

「本浦千代吉は、発病以後、流浪の旅をつづけておりましたが、おそらく、これは自己の業病をなおすために、信仰をかねて遍路姿で放浪していたことと考えられます。

本浦千代吉は、昭和十三年に、当時七歳であった長男秀夫をつれ、島根県仁多郡仁多町字亀嵩《かめだけ》付近に到達したのでありました」

これだけなのだ。つまり、あの「父と子の旅」の具体的な描写は、映画版のオリジナルだったのだ。そして、それを創作したのが、橋本忍である。

彼のキャリアの中で松本清張原作の脚色は重要な位置を占める。『砂の器』に加えて『張込み』（五八年）、『黒い画集　あるサラリーマンの証言』（六〇年）、『ゼロの焦点』（六一年）、『霧の旗』（六五年）、『影の車』（七〇年）という計六本の清張作品の脚本を執筆している。

清張との出会いは、『七人の侍』公開の翌年、一九五五年のことだった。

「当時の清張さんはまだ朝日新聞にいて、小倉から東京本社に転勤することになって東京本社へ来たんだ。それで文芸誌に『張込み』っていうのを掲載していた。そんなある日、僕に『会いたい』っていう連絡が清張さんからあったから、僕のほうが行ったわけ。あとで杉並区に転居したけれども、まだ朝日新聞にいた頃は練馬区にいたね」

『張込み』には、逃亡した殺人犯の行方を追い、今は九州で主婦となっているかつての愛人を張り込む刑事の姿が描かれている。橋本は、この設定を変更した。

「東京の警視庁の刑事が九州へ張込みに行く話だよね。それで、その刑事は一人なわけ。だけど、捜査一課で殺しの捜査をする刑事ってのは、一人で動くってことはありえないの。通常ペア、二人組なのね。原作は刑事一人だから『二人にしたほうが話が面白くなるんじゃないか』って僕がそう言ったわけね。

たいてい小説家というのは、えてして『一人で張り込みをしてるその刑事の孤独を描きたかったんだ。でも映画のほうでは刑事を二人にしたほうが面白いんだったら、どうぞ二人にしてください』ぐらいのことを言うわけ。清張さんからもそういう返事だろうと思ってたら、違ったんだ。『橋本さん、僕は警察のことは何もわかんないのよ。この映画を作るについて警察にいろいろお世話になると思うから、警視庁へ一緒に協力してもらうように挨拶に行こうよ』って。普通の原作者の人はそういうこと言わないんだけど、非常に世慣れた、くだけた感じで。それで二人で警視庁も行ったの。その結果、警視庁が全面的に協力することになってくれて」

この出会いの印象が、そこからさらに五本の映画を共にする運命を決定づける。

「人の良さというのかな。人としてできている感じに非常に感動したんだ。その感動があったから、その後の清張さんとの仕事も無条件でやってきたわけね」

『砂の器』スタート

その後、橋本と清張のコンビは『ゼロの焦点』を六一年に送り出し、そして同年に『砂の器』の製作に取り掛かる。監督は『張込み』『ゼロの焦点』と同じく松竹の野村芳太郎。製作は松竹で、『ゼロの焦点』で助監督として橋本の脚本執筆を手伝った若き日の山田洋次が、今回も脚本の補助として参加している。

当時、清張は橋本や野村を招いて食事会を開いていた。そしてある時、橋本にこう語りかけてきたという。

「橋本さん、今度、僕は初めて全国紙に連載を書くことになった。読売新聞なんだ。これをぜひ映画にしてください。監督は野村さんにやっていただきたい」

この時の新聞連載こそ、『砂の器』だった。清張はまだ書き始める前の段階だったが、橋本は二つ返事でこれを引き受ける。この時点では、映画が公開されるまでここから十数年の時を要することになろうとは、おそらく誰一人として想定していなかったことだろう。

人気脚本家であった橋本は多忙のために、六〇年五月に連載が始まってしばらくの間は企画のことを忘れていたという。そうした中で松竹から連載記事の切り抜きが送られてくる。半年の連載期間が延びてしまっており、どこまで延びるのかは松竹も「そりゃ、分かりません。終わってみなきゃ」という状況だったという。

それから約一年後に連載が終了する。全三百三十七回の長編小説となった。分厚くなった切り抜きの束に、橋本は目を通すことになる。読んでの感想を橋本は次のように語る。

「いや、まことに出来が悪い。つまらん。もう生理的に読めないの。半分ぐらい読んだけど、あと読まないで、どうしようかと思ってたんだけどね……」

だからといって、清張に頼まれ、一度は引き受けた企画である。無下に断るわけにもいかない。とりあえず物語の舞台である島根の亀嵩へ取材に行き、そこで最終的な判断を下そうと考えた。亀嵩へ向かう一行は、松竹のプロデューサーと助監督の山田洋次だった。

山陰線で松江へ。その道すがら、橋本は山田にこう尋ねた。

「洋ちゃん、切り抜き読んだ?」

もちろん、山田も読んでいる。そうと分かると、橋本は続けた。

「なんかしんどいよなあ、これ」

橋本としては山田もそれに同調してくるものだと考えていたのだ。

「たしかに難しいですね」が橋本の望んでいた答えだった。それをキッカケに、清張に断る理由を二人で考えるつもりだった。が、山田の答えは違った。

「橋本さん、これはやらなきゃいけませんよ。そのためにこうして山陰へ来てるんじゃないですか」

この時の山田の様子について、橋本は「松竹の代表」のように映っていたと語る。

「まあ、そういえばそうだよな――」

企画は続行されることになった。

父子の旅でいく！

劇中、遍路姿の父子が歩いたとされる亀嵩への道を同じく踏みながら、橋本はあるアイデアを思いつく。

「そういえば、小説にはあの父子の旅について二十字くらいで書かれていたよな。《その旅がどのようなものだったたか、彼ら二人しか知らない》って」

橋本の問いかけに「ありました。覚えています」と答える山田。すると橋本はこう提案したという。

「それじゃ洋ちゃん。この小説の他のところはいらん。父子の旅だけで映画一本作ろうや」

これには山田も驚く。

「そんなこと、できますか？」

橋本は堂々と言い切る。

「できたってできなくたって、それ以外に方法はないんだよ」

一行は亀嵩で二泊した後、帰京。橋本と山田はすぐに宿に籠もって執筆を始める。そして、わずか三週間で脚本は書き上がった。こうして、「父子の旅」をクライマックスに据えた構成の『砂の器』が進んでいく。

「父子の旅だけで一本作る。あとはどうでもいいと割り切っていたからね。僕の仕事としては非常に早くできた。手間暇のかからん、楽な仕事だったね」

原作にはほとんど描かれていない「父子の旅」がクライマックスに据えられているため、映画と小説の双方に触れて面食らう人も少なくない。

「僕は原作を半分ほどしか読んでないんだ。清張さんの書いた本でもつまらない部類に属するからね。僕の知り合いでも単行本を持ってきて『全く違うじゃないか!』と文句を言うわけ。『そんなこと知らないよ』としか言いようがないよね」

ただ、執筆自体は橋本自身が「楽な仕事」と振り返るほどスピーディに進んだが、ここから公開まで途方もない時間がかかることになる。

新聞連載が終わってそう時間が経っていない六一年の春のうちに、野村芳太郎監督の手で撮影は始まっており、父子の旅の春の場面を一シーンほど撮っていた。父親役は後の公開版と同じ加藤嘉だ。それが、突然中止になる。松竹の城戸四郎社長によるトップダウンの命令だったという。

面白いのは、これに対しての橋本のリアクションである。

「それきり、僕はもう忘れてしまってたのよね」

橋本の立場からすれば、既に脚本を書き終えた段階で仕事は終わっているので、その後のことは気にならなかったのだ。また、それが気にならないほど、次から次へと仕事をしていた、ということもある。

こうして、映画化の企画は一度、「お蔵入り」の扱いとなる。

父の遺言

六三年になり、事態が動く。橋本の父・徳治が死の病に倒れたのだ。故郷の鶴居に見舞いに行くと、その枕元には二冊の台本が置いてあったという。一冊は『切腹』、そしてもう一冊が『砂の器』だった。

病床の父は、橋本にこう語りかける。

「お前の書いた本で読めるのはこの二冊だけだ。読んだ感じでは『切腹』のほうがはるかにホンの出来がいい。でも、好き嫌いから言ったら『砂の器』のほうが好きだ」と。そして最後にこう付け加えた。

「忍よ、これは当たるよ」

橋本は、父の博才に惚れ込んでおり、特に「当たる興行」を見抜く目を信頼していた。少年時代に目撃した、父とある座長との駆け引きは、忘れることができないという。

その時、座長が売り込んできた演目は『忠臣蔵』だった。歌舞伎・講談・映画、さまざまな形式で上演され、その度に大衆を沸かせてきた国民的大人気の演目である。これを掛ければ確実に観客動員を見込めるのは間違いない。

座長は徳治に、得意げに語る。

「これがどこでやっても大当たり。それを討ち入りまで全部通してやるんです。すると一日じゃできないから二日間やる。それでも、どこもかしこも小屋が割れるほど人が入るんですわ。今年はもう何も言わんと『忠臣蔵』一本で行ってください。その代わり、役者も揃えなきゃいけないし、衣装、小道具も金かかるから、仕込みは二割五分から三割高くなります。だけど、そんなもの問題じゃない。お客さえ来りゃいいんです」

だが、しばらく黙って考え込んだ末に徳治の出した答えは、意外なものだった。

「『忠臣蔵』はやっぱりやめとくわ」

「え？　どうしてでっか？」

「一人が四十七人斬った話なら面白いけど、四十七人かかって一人のジジイを斬って、どこが面白いんだ」

その様子を見ていた当時の想いを、橋本はこう振り返っている。

「**僕は非常に感動したの。親父の考え方、正しいと思ったね**」

後年、脚本家として身を立てた橋本にも、『忠臣蔵』の企画が持ち込まれることは何度かあった。最初は東映から。使者は、片岡千恵蔵の主演作を一手に扱う、戦前からの大物プロデューサー・玉木潤一郎である。

「今日はええ話持ってきたぞ。東映で千恵さんがどうしても『忠臣蔵』やりたいということになった。千恵さんは今までのような古いホンでなく、新しいホンでやりたい、それには新しいライターがいいと思うんで橋本忍の名前が出た。これは脚本料もはずむから、ええ話や。おまえいま何やってるんか知らんけど、これやってくれ」

その時、橋本はこう答えたという。

「おっちゃん、その『忠臣蔵』は、やめとく」

「どうして?」

「一人が四十七人斬った話なら面白いけど、四十七人かかって一人のジジイを斬って、どこが面白いのや?」

それを聞いて、玉木はしばらく開いた口がふさがらなくなっていたという。


「シナリオライターになって、あの時ほど嬉しいことはなかったね。僕はどこかから『忠臣蔵』を持ってこないか、持ってこないか、と待ち続けていたんだ。

それから四、五年して、東宝の藤本真澄が『東宝も製作再開から十年経って、力がついて忠臣蔵ができるようになった。やってくれ』と言ってきたから、同じように断ったわけ。藤本がキョトンと鳩が豆鉄砲を食ったような顔して。あの時も嬉しかったよね」


『砂の器』は当たる——。そんな父の言葉を受けた橋本は、東京に戻るとすぐに『砂の器』の脚本を読み返す。最初は「そういえば、こんなホンがあったな」程度の認識だったのが、読み進めているうちに「これは親父の言う通りだ。当たる」という想いに駆られていく。

すかさず松竹に問い合わせると、次のような答えが返ってきたという。

「あれは流れてお蔵入りになりました。それから三年以上が経ってますから、もう版権は松竹にございません。橋本さん、他でおやりになるんだったら自由にやってください」

そこで橋本は、企画を東宝に持ち込む。窓口になったのは、東宝の全企画を統括する藤本真澄である。橋本によると、藤本もまた容赦ない回答をしている。

「こんなものは一人も客が来ん。橋本、おまえ、頭どうかしているんじゃないか。今時、乞食姿が白い着物を着てあちこち歩き回るって、それが売り物になると思っているのか」

続いては東映に持ち込んだ。するとしばらくして、今井正監督に呼び出される。今井は、こう語りかけてきたという。

「橋本君、君の書いた『砂の器』というホンを東映に読まされたよ。でもなあ橋本君、あれはな、やめといたほうがいいよ。客来ないよ。これはもうどこへもほかへ持って回らんほうがいいよ。あんたの評判傷つけるだけだよ」

最後は『白い巨塔』で仕事をした大映に持ち込む。大映は、「重役会議にかけるためにペラで三十枚くらいのプロット（あらすじ）を書いてきてほしい」と要求してきた。プロットといっても、物語の流れ自体は橋本自身が全く面白いと思っておらず、勝負できるのは「父子の旅」のみ。だから書きようがない。そのため、自ら断ることにした。

どこに持ち込んでも、一度は話だけは聞いてもらえるものの、最終的には断られる。その状況について、橋本はこう分析している。

「東宝にしても松竹にしてもそうだけど、一概に頭から断れないんだ。僕との付き合いがあるからね。東映の場合は今井の正ちゃんに読ませて、正ちゃんが『やる』ということになったんだったら、『監督の意向だからやります』ってことにしようとしたわけだよ」

それでも橋本は諦めない。先に述べたように、当時の橋本はヒットメーカーの脚本家だった。そのため、各社ともに観客動員に苦しむ状況下で、橋本はかけがえのない存在になっていた。

その状況を利用しようというのである。どの会社も「この企画をやってほしい」「何か企画はありませんか?」と橋本におうかがいを立ててくる。『切腹』がそうであったように、当時の橋本は、自身の興味が動けば企画がなくとも、シナリオの執筆を進めていた。そのため、多くのストックを抱えていた。橋本が「じゃあ、これはどう?」と提案すると、「やりましょう」という流れで多くの企画が決まっていった。

その際、「じゃあ、それをやる代わりに『砂の器』もやってほしい」と持ちかけることにしたのだ。ところが、それでもなお『砂の器』はどの会社もやりたがらなかった。

「それはもう一度断っているのですから、なかったことに——」などと拒否されると、「じゃあ、おまえんとことはもう仕事はしない」と橋本から突っぱねることも多々あった。松竹に至っては「砂の——」と口に出そうとした段階で「うわーっ!」と逃げたという。

映画化は八方ふさがりとなっていた。

ふさがっているなら、自分で穴を開けるしかない。橋本は、最後の手段に出る。誰も作ってくれないなら、自分の手で作る――。自らプロダクションを設立して、そこで『砂の器』を作ろうというのである。七三年、橋本は自身で運営する映画制作会社「橋本プロダクション」を設立した。

「それだけ、当たるという確信があったんだ」

プロジェクト始動

橋本プロダクション設立後、橋本は東宝の藤本真澄から呼び出しを受けた。

「どうしても『砂の器』をやりたいのか?」

そう聞いてくる藤本に橋本は「やりたい。でも、どこもダメだと言うんだ」と即答した。

「それはどこも断るだろう」

「だから、自分のプロダクションで作ろうと思うんだ」

そう決意を述べる橋本に、藤本はこう告げる。

「東宝が製作費を出そう。その代わり、東宝の仕事を二、三本やってほしい」

藤本の申し出について、橋本はその背景を次のように語っている。

「当時の僕は、もう何か仕事を持ってきても『砂の器』をやらせてくれないなら全て断っていたんだ。で、それにみんな嫌気さしてきたのね。それで、『砂の器』を作って、たとえ一銭も入らなくてもいい、

製作費丸ごと損したと思って、それでも橋本の書く他のシャシンで儲けたほうが得だ――というソロバン勘定弾いたわけだよ」

ついに『砂の器』映画化の企画は動き出すことになる。東宝の公開映画のラインナップに正式にタイトルが載り、公開日も決まる。マスコミ向け製作発表に向けて、準備が進んでいった。

が、ここで一つ問題が生じる。

「製作発表の前に監督問題を解決してほしい」

藤本がそう言ってきたのである。橋本からすると、監督は引き続き野村芳太郎にやってもらうつもりでいた。野村もまた、『砂の器』の製作に向けて橋本プロに参加していた。そのため、東宝が作ることを知って大いに喜んだという。

が、そうは簡単にいかない。当時、大手の映画会社は「五社協定」を結んでおり、専属契約を結んでいるスタッフやスターは他社の作品に出られないことになっていた。映画斜陽期に入り、それもかなり緩んではいたがシステムとしては残っていた。野村は松竹専属の、しかもエース級の監督だ。松竹がおいそれと東宝の作品にレンタルを許すとは思えない。だから監督が野村のままでは企画が潰れる――。それが、藤本の見解だった。

「今のうちに野村さんを降ろして、東宝で一番とおまえが思う優秀な監督を選べ。東宝にいなかったら、おまえが監督しろ」

そう持ちかけてきた藤本だったが、橋本も譲らない。

「いや、藤本さん、そんなことない。これは野村さんと固い約束があって、清張さんから僕がホンを書いて、野村さんやってくれっていうことで始まってる話なんですよ。それに野村さんと僕とのあいだでは、これを松竹がやらない場合は、東宝であれ、東映であれ、大映であれ、どこでもやれるところへ行くことになっているんです。『何があっても必ず自分が監督する』と野村さんは言っているんですよ」

藤本としては、このまま松竹が引き下がるはずがないという確信があったようだが、橋本の気持ちを汲んで野村に監督を託すことになった。

銀座の地下道での葛藤

松竹のリアクションは、藤本の確信した通りだった。

「橋本プロが東宝で『砂の器』を作るので、一本だけそこに参加します」

野村にそう告げられた松竹では、ちょっとした騒動になっていたという。そして、一本の電話が松竹から橋本にかかってくる。

「前々からお話のあった『砂の器』ですが、橋本プロと松竹の共同作品ということでやっていただきたいと思いますんですが、いかがでしょうか」

野村が城戸を説き伏せていたのだ。だが、話を聞いて橋本は怒る。松竹はこれまで最も『砂の器』に冷酷な仕打ちをしてきた会社だ。かつては撮影が始まったのにお蔵入りにし、その後も話も聞かずに逃げ出した。それが東宝で野村監督作品として企画が具体化することが決まるや、手のひらを返してきた——。橋本はそう受け止めたのだ。

「ふざけるな!」

それがこの時の正直な想いだったという。

そして、断るつもりで松竹に向かった。自宅から東銀座にある松竹に行くために、橋本は渋谷から銀座線に乗り、銀座駅の長い地下道を歩いた。

この地下道で、橋本はふと立ち止まり、考えた。それは、『砂の器』の大きなテーマでもある父親のことである。もし野村芳太郎の父親である野村芳亭《ほうてい》が生きていたらなんと言うだろう——それを想像していた。野村芳亭もまた、松竹の映画監督であった。

「松竹がやらずに他にやりたいというところがあるんだったら、どこへ行ってでもやれ。だが、松竹がやるということになるんだったら、他へ行かずに松竹でやるべきである」

野村芳亭ならそう言うのではないかと橋本は考えた。そして次に考えたのは、野村芳太郎のその後の人生である。

「この映画については、失敗ってことは全く考えてなかったんだ。でも、じゃあ、これを東宝と橋本プロでやって、野村さんを引っ張り出してきてそれで当たったとして『よかった、よかった』ってお互いに手を握り合って喜べるかなと思ったわけね。野村さんとしては、半分は悲しい感じのことになると思ったんだ」

野村を不幸にして作品が成功しても本当の成功はありえない——そう思い立った橋本は、方針を急転回する。松竹に断りを入れるために歩いていた地下道だったはずが、松竹の提案を受け入れるために東銀座へ向かうことになったのである。そして、橋本プロダクションの製作、松竹の配給、野村芳太郎監督で『砂の器』は作られることになった。

では、一度は断った松竹がなぜ企画を申し出るようになったのか。その際の松竹側の動きは、野村芳太郎が述懐している。

「去年の秋も同じく反対にあって中止となり、自分のやりたい作品が実現しないのでもうこれ以上は、と思い、橋本プロに参加のときから機会を待ち続け、松竹でなければ東宝でも実現させるつもりだった。

私を貸せ、という橋本プロの申し入れで大騒ぎとなり、結局、私を貸し出すよりは城戸さん、会社を説き伏せるほうがいい、となって松竹で映画化と決まった」（『映画の匠　野村芳太郎』ワイズ出版）

橋本の話はあまりによく出来ているので、それだけでは今回も疑わしさがある。が、野村自身も松竹を出て東宝で撮る覚悟があったこと、松竹が大騒動になったことを証言していることから、そう事実から離れていないと判断できる。

一方の橋本は、これはえらいことになった――と頭を抱えたという。これで東宝に向ける足、そして藤本に合わせる顔がないと思ったのだ。次に橋本プロが作る作品は東宝と作り、そしてそれは必ず大ヒットさせる。橋本はそう誓った。そして作られたのが、『八甲田山』だった（※後に詳述）。これが大ヒット作となり、東宝に対しても面目が立つことになった。

四季を撮る

橋本の頭を悩ませる問題は、もう一つあった。映画のタイトルである。原作通り『砂の器』とすることに、躊躇があったのだ。理由は『砂の器』の「器」が読みにくいのでは——という不安である。

橋本が考えていたタイトル案は、『宿命』だった。これは、「父子の旅」の場面で流れる壮大なテーマ曲のタイトルでもある。犯人に課せられた十字架を示す、まさに作品テーマを象徴するものだ。

そのため、関係者に当初配布された台本の表紙には『砂の器—宿命』と併記されていた。主演の丹波哲郎も、「映画の題名はこの『宿命』にした方が絶対にいいよ」と勧めてきた。

が、結局は原作通りにすることになった。

「僕も迷ったの。迷ったんだけどね……やっぱりね、題名はもとのままのほうがいいんじゃないのかなと。『宿命』という、なんか腰据えた売り方より、やっぱり『砂の器』で売ったほうが売りやすいという感じがしたのね。それで『砂の器』に戻したんだ」

そして、撮影が始まる。とにかく大事なのは「父子の旅」である。これは、四季折々の風景をバックに日本各地を撮って回る必要がある。しかも、映画の成否を決定付ける撮影となるため、橋本はその映像には徹底してこだわった。最高の条件でのみ撮ることにしたのだ。

たとえば晴天の場面では、雲が一つ見えるだけで何日でもカメラを回さない。そのため、撮影期間は膨大な長さになる。

厳冬の津軽海峡は竜飛岬に始まり、春の信州、新緑の北関東、盛夏の山陰、紅葉の阿寒。撮影隊は一年をかけて日本列島を縦断、その四季の絶景を旅する父子とともに撮っていった。

こうした撮影は、当時の大手映画会社では難しかった。斜陽期で予算がなかったから、ではない。会社とスタッフの間での取り決めがあったのだ。当時、映画会社は撮影所のスタッフを正社員として抱えており、スタッフたちの組合と会社の間ではさまざまな労働条件が決められていた。

一方、橋本プロは小さい独立プロ。専属の現場スタッフがいないため、その編成は自由にできた。それが、『砂の器』の撮影で功を奏する。


「参加する俳優さんは加藤嘉さんと子供だけでしょう。それにスタッフは僕を入れて十一人だからね。もう何日でも——一週間でも十日でも——満足のいく天気にならないと回さないの。最高の条件を狙って父子の旅を撮ったわけ。そのために、人員をうんと絞った。

そういうことは、それまでほかの映画会社ではできなかったわけ。というのは、俳優さんが出る場面には全部のスタッフがつくというのが、組合との労働条件での決まりなのよ。実景を撮るだけだったら少数でもいいんだけどね。三十人編成くらいにならないと動いてくれないんだ。

だから、こういう撮影を映画会社でやってたら、予算はもう天文学的な数字になるんだよ。それまで日本には、『砂の器』まではフォーシーズンの映画って一本もないの。ここで初めてフォーシーズンの撮影をやった。独立プロ方式だからやれたんじゃないかな」

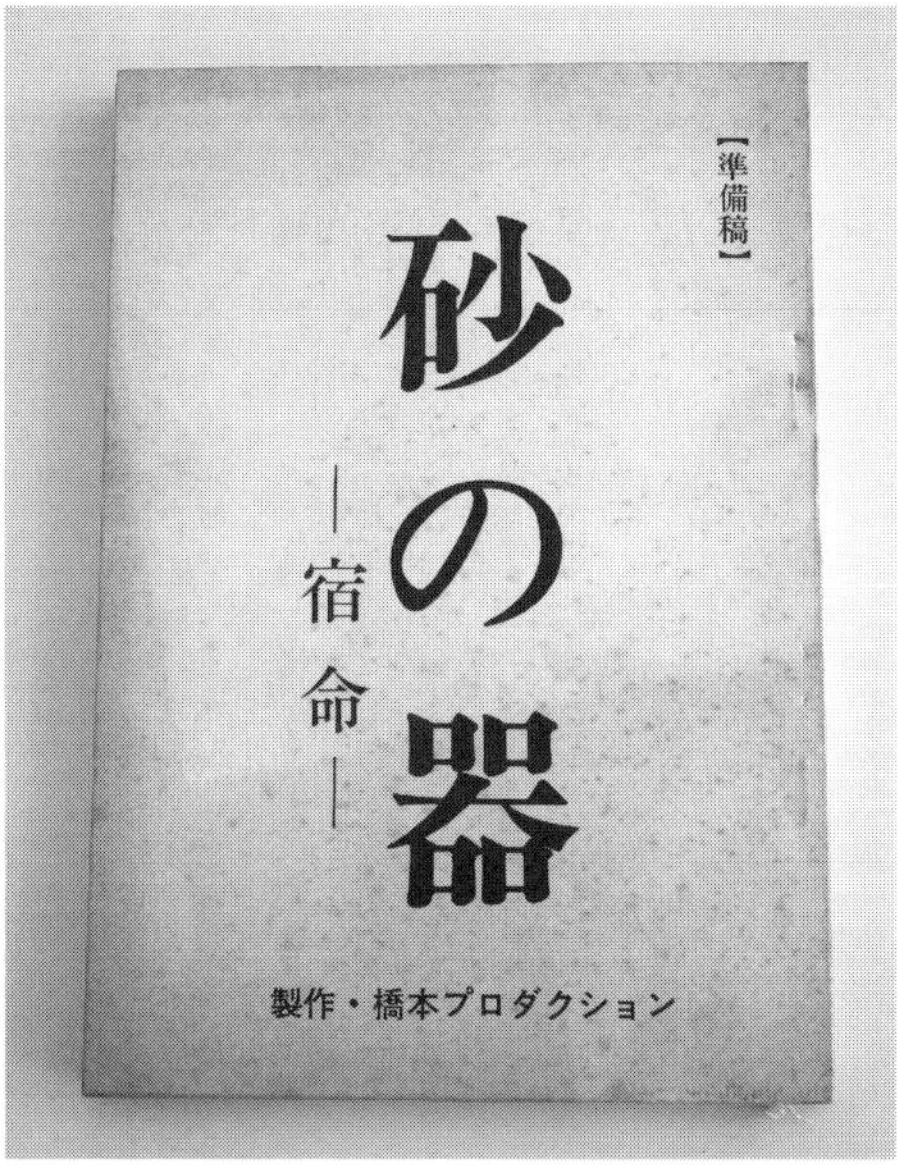

『砂の器―宿命―』と記された台本準備稿

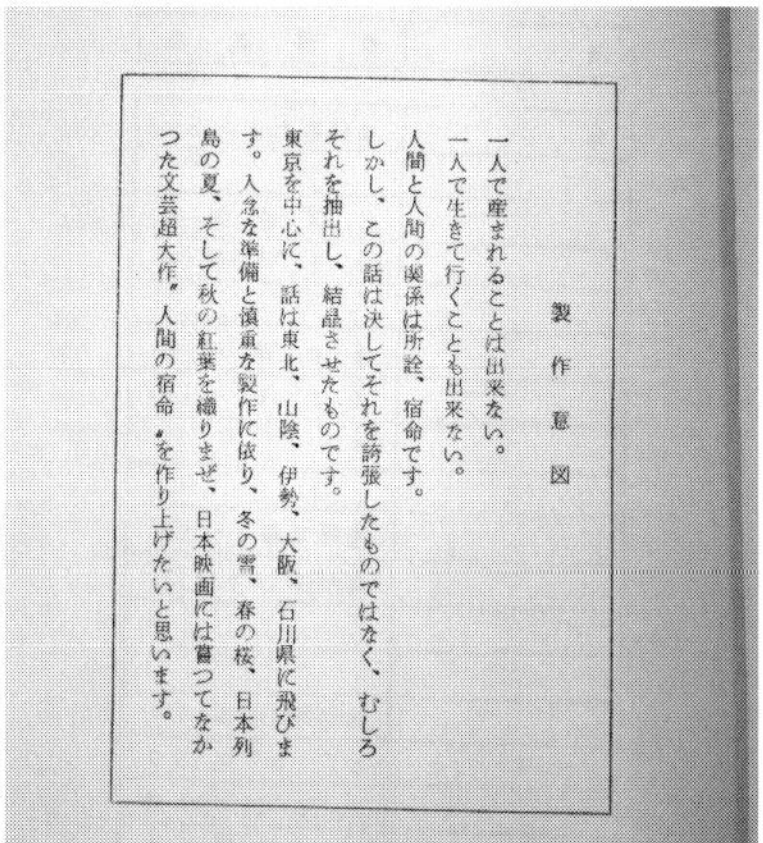

製作意図

一人で産まれることは出来ない。

一人で生きて行くことも出来ない。

人間と人間の関係は所詮、宿命です。

しかし、この話は決してそれを誇張したものではなく、むしろそれを抽出し、結晶させたものです。

東京を中心に、話は東北、山陰、伊勢、大阪、石川県に飛びます。入念な準備と慎重な製作に依り、冬の雪、春の桜、日本列島の夏、そして秋の紅葉を織りまぜ、日本映画には嘗つてなかつた文芸超大作〝人間の宿命〟を作り上げたいと思います。

台本の「製作意図」でも〝人間の宿命〟を強調
（上下ともに橋本忍記念館蔵）

橋本は編集作業にも強いこだわりを持っていた。いくら美しい映像を撮ってきたとしても、編集段階でフィルムの繋げ方が凡庸ならば全てが台無しになる。特に、これは音楽に合わせて映像が移り変わっていく場面だ。両者の合わせ方次第で観客が受け止める印象はいくらでも変わってしまう。これを感動的なものにもっていくには、細心の神経を行き届かせなければならない。

「父子の旅が一番の見せ場で、そこが立つようにするにはどうするかってことだよね。そして、この父子の旅で重要になってくるのが、音楽の入れ方なんだ。

通常は音楽を入れるところってのは編集を緩めるの。繋ぎ方の完成度をあえて下げる。そうすると、水がしみるように映像に音楽がしみ込んでね、いい調子になるわけ。通常はね。

だけど、黒澤明はそのやり方は違うと言うのよ。たとえば、どんなに苦労して撮っても映像は十点満点にはならない。五点とか六点までしか行かないと言う。それは音楽も一緒だ、と。十点満点狙っても、五、六点までしかできない。画の力が五点で音楽の力が五だ。五の画に五の音楽をしみ込ませたら、五プラス五で十の力になる。普通はそれで満足するんだよ。

でも黒澤さんはそれで終わらない。『橋本、これ、実は違うんじゃないか？　画と音楽は掛け算にならんかな』って言うんだよ。

つまり、音楽が入る余地がないくらい、フィルムを締めるだけ締めちゃう。編集を固くする。音楽をこれにぶつけると、入らないから跳ね返る。『その反射が強いほど、実は効果があるんじゃないか。そうすると、五かける五の掛け算になって二十五の効果になるんじゃないか』っていうのが彼の理論なわけね、前から。僕も大変それに賛成していたんだ。それで、思いきって『砂の器』でそうしたわけ」

橋本は自ら編集室に入り、この「父子の旅」のシーンのフィルムを全て自らの手で編集した。

自らの手でセリフを消す！

橋本のいう「フィルムを締める」「編集を固くする」。それは、画面の隅々まで中身の詰まった、完成度の高い映像を並べ、その上でそれぞれのカットをギリギリまで短くし、観る者が息をつけるような隙を作らないようにする。そうして絞り込まれ、凝縮された映像に、音楽を流す――という手法だった。

「**詰めるだけ詰めた**」

橋本は、そう振り返っている。

全国規模の大ロケーションで、四季の美しい映像を多く撮ってきた。これをゆったりと見せながら荘厳なテーマ曲を流す――というのが、多くの場合の編集の仕方だろう。が、橋本はそうしなかったのだ。ワンカットごとに短く削り込み、弛《たる》んだ余剰のない繋ぎにより冗長を削ぎ落とす。その一方で、緊張感を作り出し、音楽がなくても十分に迫力が伝わるような編集を目指した。つまり、橋本の編集は「映像の圧縮」作業だった。

驚いたのは、監督の野村芳太郎だ。

橋本に言わせると、野村は「台本一ページの内容からどのくらいの仕上がりになるかを秒単位で正確に計算できる演出家」だった。それだけに編集室で「父子の旅、どのくらいになりました？」と尋ねた際に橋本から「だいたい、十分くらいですね」という回答を聞くと「イスからバネ仕掛けで跳び上がる」ほど驚いたという。

実際に台本を確認してみると、百三十ページある台本の十五ページ近くが「父子の旅」に割かれている。常識的な計算なら上映時間として二十分は必要だ。しかも、あれだけの大ロケーションで撮ってきた映像だ。できるだけ残したいのが人情だろう。

が、橋本はそれを容赦なく切っていった。

そしてもう一つ、橋本が編集段階で削除した要素がある。それは、セリフだ。

脚本家にとってセリフとは、丹精込めて生み出した魂の結晶ともいえる。まして橋本クラスともなると、それをひねり出すのに常人とは比べ物にならない力を入れている。だから、セリフを現場で監督や役者に変えられたり削られたりすることを脚本家は嫌う。橋本も、いつもはそうだった。

が、今回は違った。実は、「父子の旅」の場面は当初、二人を含めた登場人物たちはセリフを喋っていた。が、編集するにあたり、映像と音楽とが反発し合って生まれるであろう盛り上がりに、セリフは邪魔だと考えたのだ。そのため、橋本はそこでのセリフを全てカットした。映像に観客の神経を集中させたい。その一心によるものだった。


「それはどうしてかというとね。人間が映像を見る場合には、画を見る光の速さがある。それに比べて音の速さはかなり遅いんだよね。

父子の旅の中に親子のセリフが入るとすると、観客はその意味内容を知ろうとする。その瞬間、解釈に気を取られて邪魔になって画が見れないの。しかもこれは圧縮されていて一つ一つが短いから、セリフを解釈しているうちに次の画面に行っちゃう。そうすると、画に没入できないんだよな。セリ

フを聴くたびに、見ている目の感覚が衰えるのよ。

つまり、これは無声映画の一番いいとこを使ったんだ。映画というのは音を入れて必ずしもよくなるって僕は思わない。無声とトーキーの両方を知ってる者の立場から言ったらね、音を得たために映画がダメになってる部分が随分ある。だから無声映画ってのは非常に強い部分があった。それはなぜかってセリフがないから。画だけだからね。それを父子の旅に活かした。

だから、セリフ全部取っちゃったんだ」

ただそれでも、野村としては不安があったようで、セリフ有のバージョンも試してみたのだという。ちょうどそこに、橋本プロの次回作『八甲田山』の準備に来ていた森谷司郎監督も立ち合っていた。野村と共にセリフ有バージョンのフィルムを観た森谷は、編集室の橋本にこう言ったという。

「やっぱり橋本さん、セリフ入れないって正解でしたよ」

司馬遼太郎の怒り

完成した作品は主に松竹洋画系の劇場で公開され、一九七四年の邦画配収で年間第三位の大ヒットを遂げた。

「父子の旅」は多くの観客を感動させ、そして後の映像化作品の大半は清張の原作ではなく橋本の脚色をリメイクした——「父子の旅」をクライマックスに充てたものになる。そのため、「原作：松本清張」と並び、「構成：橋本忍　山田洋次」も必ずクレジットされている。それだけ、本作における橋本の創作性は高かったということである。

橋本の原作に向かう作業は、「脚色」というより「再・創作」と呼ぶ方がふさわしいかもしれない。『砂の器』に限らず、橋本は原作を大胆に脚色し、ほぼオリジナルといっていい人物像や物語展開を作り上げてきた。その際、原作を細かく読み込んでから脚色に入る――というプロセスは踏まなかったという。

「原作というのは、そう力を入れて読んだことはないんだよ」

『砂の器』も半分程度までしか読んでいなかった――というように（実際には、「父子の旅」のくだりは原作でも最終盤に出てくることから、実は最後まで読んでいると考えられる）、これが本作に限らない橋本の基本スタンスだった。

一つの例として橋本は、六九年の映画『人斬り』（五社英雄監督）を挙げている。幕末の京都を舞台に、土佐藩を脱藩して土佐勤王党を組織した武市半平太（仲代達矢）に命じられるままに反対派を斬っていく「人斬り」岡田以蔵（勝新太郎）を描いた作品で、人を斬ることでしか生きていけない以蔵の悲劇が綴られていた。

この映画は当初、司馬遼太郎の『人斬り以蔵』が「原作」としてクレジットされるはずだった。だが、本編はそうなっていない。

「あれを最初持ってきたのはフジテレビのプロデューサーだった法亢堯次《ほうがたかし》君だね。フジテレビと勝プロで作ったから。ホンができたときに、これはわりとうまくできたかなと思った。やはり人斬り以蔵

という人物が面白かったんじゃないかな。いちおう司馬さんの原作があるの。でも、その原作を読んだという記憶がないんだ。プロデューサーは『たしかに僕がお渡ししました』と言うんだけどね。僕が読んだとしても、頭の二、三ページくらいじゃないかな。だけど、岡田以蔵や武市半平太のことは人並に分かっているというので、もう読まなかった」

原作は文庫で六十ページほどの短編。司馬は最初の三分の一で以蔵が武市と出逢い、忠誠を尽くすようになるまでの過程を描いている。だが、橋本はそこを全てカット。その一方で血に飢えたような以蔵の「人斬り」としての日々と惨めな顚末、そして彼を取り巻く幕末の人間群像を新たに加えた。ほぼ、オリジナルといえる内容である。

「まだ企画が持ち込まれる前から以蔵のことは気になっていて、土佐まで取材に行ったんだ。その時に、土佐という土地柄が非常に大きい意味を成していると思った。

松山から土佐に向かう途中、中央の山深いところに『土佐のチベット』ってとこがあるんだけど、そこは冬は寒いし、雪がずっとあって貧しい。そこから土佐の街を抜けて、海を見たときに武市半平太と以蔵とで話ができるかなと思ったんだよ。海に行けば暖かくて魚もおいしい。そういう二つの面が土佐にはあるんだ。好きではないけど——、そこから坂本龍馬みたいな人間も出てくる。武市もそう。一方で土佐のチベットの貧しくて厳しいところに以蔵がいる（※実際の以蔵は海側の出身）。

これは土佐という土地柄がなんか作らせた話なんだ。そういうことはありうる。ある土地へ行って、その風土の中で考えているうちに話が浮かぶというものも随分多いんだよ」

司馬遼太郎は原作者であったはずが、実際の映像を観ると、オープニングでのクレジットには橋本の名前の横に小さく「司馬遼太郎『人斬り以蔵』より」と記されているだけだった。

「既に僕の中では武市と以蔵の話はできていたから、だから法亢君が話持ってきたときには原作を読まずにやったわけ。

『タイトルの表示どうしますか』って聞かれたから、『それは適当にやって』って言ったら——まあご機嫌とりもあったんだろうけれど——普通なら『原作・松本清張』『脚本・橋本忍』と分けてクレジットするでしょう。それがそうせずに、『脚本・橋本忍』って書いて、その横に小さくね、『司馬遼太郎「人斬り以蔵」より』とだけ入れたの。それで司馬さん、カチンと来たみたいで、後で抗議の手紙が送られてきた」

生血が欲しい

こうした橋本のスタンスはデビュー前からそうだったようで、原作に対する向き合い方について師の伊丹万作から尋ねられた際、次のように答えている。

「牛が一頭いるんです」

「柵のしてある牧場みたいな所の中だから、逃げ出せないんです」

「私はこれを毎日見に行く。雨の日も風の日も……あちこちと場所を変え、牛を見るんです。それで急所が分かると、柵を開けて中へ入り、鈍器のようなもので一撃で殺してしまうんです」
「もし、殺し損ねると牛が暴れ出して手がつけられなくなる。一撃で殺さないといけないんです。そして鋭利な刃物で頸動脈を切り、流れ出す血をバケツに受け、それを持って帰り、仕事をするんです。原作の姿や形はどうでもいい、欲しいのは生血だけなんです」（『複眼の映像』）

また、デビュー作『羅生門』を書くにあたり芥川の原作「藪の中」に向き合った時の心境も、このように記している。

「読むときにすでに、作品の生血を嗅ぎながら読み進んでいる」
「自分が欲しいのはもっと底光りがする赤黒い血だ」（『複眼の映像』）

橋本にとって原作とは、生血《いきち》を絞り出すための獲物でしかなかったのである。だからこそ、先に挙げた『侍』のように、原作と全く正反対の結末を迎えることも出てくる。

「原作の中にいい素材があれば、あとは殺して捨ててしまう。血だけ欲しいんだよ。他はいらない。そうやって原作者たちの生血を吸っているわけだよな、僕の脚本は。人の生血吸うようなやり方しているから、いろいろ作品のバリエーションがついたんじゃないの」

伊丹は橋本に「原作と寄り添うことも大事だ」と諭したというが、橋本は最後まで「殺して生血を吸いとる」ことを通した。ただそれは、原作を冒瀆して代わりに自らの作家性を顕示しようという、身勝手な理由によるものではない。

「原作物をやる場合の基本だけどね、どんな小説でも百%完全なものというのはありえないんだよ。何らかの方向を目指してるんだけども、そこまで行かずに止まってるものが多いんだよね。だから、これは全て捨てたってかまわない。こっちから『こう行きたい』というものを探しあてて、それを捕まえるってことが大事なんだ。

だから、原作のとおりであるとか、ないとか、そんなことは問題じゃないんだ。原作には目指していたものがある。でも、そこに他の余計なものがくっつき過ぎている。

たとえば、清張さんも『砂の器』は父子の旅だけを書きたかったんだと思うんだ。実際には三行だけしか書かなかったけどね。でも、そういうふうに僕は解釈している。で、その清張さんが途中までしか行けなかったバトンを受け継いで前へ僕が走るんだから、ほかのとこは要らないんだ。

原作は何を目指していたのか、それを捕まえて、それを伸ばしていくことが、バトンを受け継ぐ者の仕事じゃないかな。原作と同じものを作るんだったら、わざわざ映画を作る必要ないよ」

こうした橋本のスタンスは司馬遼太郎には受け入れてもらえず、抗議の手紙が届いた。一方で清張は、橋本に次のように語ったという。

「僕らは思いついたらすぐ書くから。連載の注文も多いし、つい引き受けてやる。だから頭で考えな

いんだよ。でも橋本さんの場合には、おしまいまで全部考えてやるんでしょう。だから僕の原作を使って面白い映画になるんだと思う」

こうして清張は橋本に最も生血を吸われる作家となり、そして多くの名作映画が生まれていったのだった。

そして、『砂の器』においては、その「生血」の結晶が、まさに「父子の旅」だった。

『黒い画集　あるサラリーマンの証言』

では、橋本はその「生血」をどのようにして、「シナリオ」という新たな命に作り上げていったのだろう。

橋本忍の脚本について語る際、「緻密に練られた構成」という言葉が用いられることは少なくない。たとえばミステリー映画の傑作『白と黒』（六三年、堀川弘通監督）のように、細かく張り巡らされた伏線を効かせながら、ラストのどんでん返しまで目まぐるしく二転三転させていく、精密機械のような構成の作品がある。『切腹』もそうだ。あるいは『人斬り』のように、主人公の心情が丹念に追いかけられ、最後の悲劇にまで行きつく構成もある。

そうした隙なく組み立てられた構成は、徹底して計算しながら作っていた。

たとえば、六〇年の『黒い画集　あるサラリーマンの証言』（東宝、堀川弘通監督）がそうだ。

これは清張の短編集『黒い画集』に収録された『証言』が原作になっている。

元部下の若い女性・千恵子と不倫関係にある中年サラリーマン・石野は、彼女のアパートで情事にふけった後で近所の男・杉山とすれ違い、お辞儀を交わす。その後、杉山は殺人容疑で逮捕された。犯行時間とされたのは、石野とすれ違った時刻だった。

石野がその夜に会ったことを証言すれば、杉山のアリバイは成立する。だが、不倫の発覚を恐れた石野は、杉山とは会っていないと警察に伝える。裁判でもそう証言した。一方、千恵子には他に恋人がいた。そして、彼女が「石野と杉山が挨拶をしていた」と恋人に告げたことで、石野の全てが崩壊する。

――これが、原作のあらすじだ。文庫で二十ページ強しかない短編である。それを長編映画に脚色するために、橋本は終盤に全く異なる展開を作り上げている。

杉山について証言した後、石野（小林桂樹）は、千恵子の友人で学生の松崎に関係を知られ、強請られる。石野が金を渡しに彼のアパートへ向かうと、松崎は既に何者かに殺されていた。そして、周囲の証言により石野は松崎殺害の犯人として逮捕される。新聞も事件を大々的に報道し、無実を叫ぶ石野の声はどこにも届かない――。

以上のように後半は、橋本の創作したオリジナルの展開だ。

他にも石野の偽証を疑う妻の詰問や、杉山の妻や弁護士による石野への必死の懇願、不倫が露呈した時の身の破滅をシミュレートする石野――といった場面も橋本は新たに創作しており、石野が心理的に追いつめられていく仕掛けが各所に施されている。一方で、千恵子の奔放な暮らしや、借金に苦しむ松崎の姿なども描かれ、そうした一つ一つの要因が効果的に絡み合い、ラストの石野の破滅へと迫っていく。見事に緻密に組み立てられた、心理劇である。

この緻密な構成は、どのように作られたのか。当時、弟子として橋本の執筆を手伝っていた中島丈博は、次のように語る。

「先生のハコ書き（※構成表）はすごいですよ。

最初はA4の倍くらいの紙に一シーンずつ鉛筆で書き並べていきます。一つのハコには、たとえば頭に『光子の部屋』といった場面設定と、大まかな芝居の内容や動き、セリフも書き込んでいく。

それができたら、僕が大きな模造紙に拡大してマジックペンで書き写すわけです。模造紙を何枚も何枚も使って、ラストシーンまで全て書きます。

なんでそんなことをするかと言ったら、ご自宅の仕事場にしても、定宿にしていた熱海の旅館にしても、二間続きの広い部屋だから、そこに廊下まではみ出すくらいパーッと順番に並べて、先生は歩きながら上から全体を見て回る。そうやって俯瞰しながら全体の流れを読んで、さらに細部を書き加えたり、『ここがおかしい』『ここはシーンが逆だね』『このシーンはカット』とか言われて、僕が鋏でシーンを切ったり貼り替えたりする。

小さなハコを見ても流れが分からない。大きなハコにして、ダイレクトに見ていくことによって流れがちゃんと摑める。おかしいところ、停滞しているところは『こうしなきゃいけない』とすぐ分かるわけです。そういうことに時間をかけてずっとやっていくことで、最終的に完璧なハコになって、それを元にしてシナリオに取りかかるわけです。

だから、本当に『構成の人』と言われるだけあって、そこはきちんとやられますね」

『ゼロの焦点』

中島が言うように、橋本は綿密に物語を組み立てる、「構成の人」である。そう考えると――、

・原作を全く面白いと思えず、ちゃんとは読まない

・終盤までの展開を捨てる

・最後の三十分、しかも回想シーンの音楽と映像だけで勝負する

――という『砂の器』の手法は、そうした緻密さとは正反対のものということになる。橋本にいかに計算と確信があったとしても、これは一つ間違うと大失敗になりかねない、危険な賭けである。

この無茶を成し遂げたのは、橋本の「力」と呼ぶより他にない。緻密に組み立てた構成だけでなく、強引な展開、無理な設定をねじ伏せるようにして、観る者を納得させる――橋本作品はそんな構成も少なくはないのもまた、事実である。

同じく清張原作を映画化した六一年の『ゼロの焦点』（松竹、野村芳太郎監督）が、まさにそうだ。

主人公の禎子はお見合いを経て結婚するが、新婚早々に夫は赴任先の金沢で失踪する。禎子は、金沢で夫の行方を追う。そうしているうちに、関係者が次々と殺されていく。原作は、夫を探す禎子の姿を通して、何も知らなかった夫の過去が解き明かされていく様子と、殺人の犯人を探り当てていく過程が描かれる。

が、橋本は映像化にあたり、この展開を大きく変えた。

原作では描かれていた「禎子による捜査と推理のプロセス」は完全に削られているのだ。最後の

殺人が起きると、次のシーンでは一気に時間が経ち、禎子（久我美子）は全てを理解した状況で犯人の前に現れる。そして断崖絶壁に真犯人を呼び出すと、これまでの自らの捜査と推理で得た犯人と夫との過去の物語を語っていく。それを受けて、真犯人は自身の犯行を自白。その模様が回想シーンを通して綴られる。

そして、謎解きの要素を排除した先に見えてくる人間ドラマこそ、原作を一撃で仕留めて抜き出した「生血」の最たるところ——清張小説の本質的な魅力であると橋本は考えていた。

「松本文学の基本は上滑りした理屈ではなく、自然の中にしか生棲しえない人間、つまり生きている人間が対象であり、その物語を強くし、より現実感を増すために、バックが効果的に使用される。従って、誰が犯人であるかなどといった謎ときや、あるいは犯人を追いつめてゆく、プロセスの面白さなどは、ほとんど問題にならない。常に登場している主題の人物がどうなってゆくか、人間の運命が描かれる」（『松本清張全集　19』文藝春秋「解説」）

謎解きやそのプロセスではなく、人間そのものを描く。そのために、橋本はあえて謎解きのパートを一気に飛ばして、その犯行に至る人間の「運命」を描くという構成にしたのだ。そしてこれは、後の『砂の器』の脚色でも使われる手法だ。

この、時系列を大きく飛ばし、回想によってそこに至るまでを振り返るという手法は『生きる』の時に編み出されたものだ。主人公の渡辺勘治が公園を作ろうと動き出したところで一気に場面は飛び、次の場面では既に渡辺は亡く、お通夜の場面になっている。そこで同僚たちが渡辺を懐かしみつつ、いかにして彼が公園建設を成し遂げたかが語られていく。

この構成の効用を、橋本は次のように述べている。


「生きている現実の形だと、美談めいたものの連続になり、少し鼻につく恐れもあるが、すべては死んだ後なので、彼の熱意や、その異常な行動、困難や障害を克服するドラマの一つ一つが、イキイキと効果的に伝わる。だが誰にも渡辺勘治の変身の真意は分からない」(『複眼の映像』)

この手法をミステリー映画に転用したのが、『ゼロの焦点』、そして『砂の器』だったのだ。

腕力で観客をねじ伏せる

ただ、『ゼロの焦点』『砂の器』では、回想の描かれ方が実にドラマチックであるので見落としてしまうが、「犯人特定に至る捜査や推理のプロセス」を一切見せることなく、いきなり真相を観客に提示するという構成は、かなり強引といえる。一つ間違うと、「え、なんだよ、いきなり――」と観客を戸惑わせるだけだからだ。

また、『ゼロの焦点』も『砂の器』も、橋本脚本の犯人の動機は原作に比べて見えにくいものになっている。が、この回想で描かれる犯人の人間ドラマが劇的であるために、強引な展開でもなんだか納得できてしまう。こうした、観る者の感情をもねじ伏せる腕力こそが、橋本脚本の重要な根幹の一つなのだ。

それは、『ゼロの焦点』を共に創り、やがて『砂の器』にたどり着くことになる面々も、認めているところだ。

「橋本さんの本は、セリフがたいへん重要なポイントを持っていて、構成力の腕力でねじふせる、という感じが強かった」（野村芳太郎＝『キネマ旬報』七〇年五月下旬号）

「『ゼロの焦点』の時は橋本さん随分苦労していらして、三分の二ぐらいのところで、『こりゃあダメだあ』と大きな声で叫ばれたのを記憶してます」

「一たんダメだと思ったものをやり続ける〈力〉みたいなものがないとプロにはなれないんだと、みていてとても勉強になりましたね」（山田洋次＝『シナリオ』七四年五月号）

橋本自身もまた、『ゼロの焦点』は「腕力」があってこそ書けたシナリオだと自負している。

「**シナリオ作家の中には腕のつけねのあたりから書く人もいるし、関節から先で書く人もいるし、手のひらだけで書く人と、いろいろあるわけだ。『ゼロの焦点』で、ダメだといったん放棄しかけた時期を乗り越えたのはやはり腕力の〈力〉なんだよ**」

そのことは、『ゼロの焦点』執筆時から意識していることだった。

「結局ぼくの場合なんか、書いていて自分の打込めるところ、楽しめる部分がないと仕事に張り合いがないわけです。だから、ああいう手（※腕力）を使ったんですが」
「もし最後で腕力を払わないんだったら、『ゼロの焦点』を書く意味がないし、映画としても原作の絵解きに終ってしまう。たとえば社長夫人を悪女にしてしまう、そうすれば実にあの話は簡単なんだ。執筆期間も三分の一ですむし、観客の方もわかりいい。しかし、それでは楽しみがない」
（『シナリオ』六一年二月号）

その言葉の通り、全体の構成だけでなく、犯人が最後の殺人に至る展開も原作とは大きく変えている。

戦後すぐの米軍基地のある立川で「エミー」と名乗って米兵相手に売春をしていた佐知子（高千穂ひづる）は、過去を隠して金沢で有数の大会社の社長夫人に収まった。そして、過去を隠すために、罪を重ねる。最後には売春仲間だった「サリー」こと久子（有馬稲子）も手にかける。ここまでは、原作と変わらない。

だが、久子の死に方がまるで違うのだ。

原作は口封じのために殺害しているのだが、それでは橋本の言う通り「社長夫人を悪女にしてしまう」という展開になり、橋本からすると「楽しみ」がない。では、橋本はこの二人の女性の運命を、どのように「楽しんだ」のか——。シナリオにはその様が克明に描写されている。

佐知子は久子を吊り橋から突き落とそうとするのだが、そこからの展開が壮絶だ。

久子「（ぼんやり振返る）ここなら一思いだね」

佐知子「⁉（ギョッとなる）」
久子「エミー、思い切って一思いに突落としてよ」
佐知子「ど、どうしてあなた、そんなこと？」
久子「（ニーッと悲しい笑いを浮べる）どうしてって？　お前に出来ない訳がないだろう」
佐知子「え？」
久子「あの人が死んで、ついでに私も死んじまえば、差し当りお前の暗い過去を知っているものは、眼の前から誰もいなくなるじゃないか……大きな会社……ありあまるお金……立派な屋敷……エミー、お前の不幸は暗い過去だけだからね」

——と、久子は佐知子の殺意を既に察知しており、しかも殺されることを受け入れているのだ。

そして、久子は次のように続ける。

久子「でもねえ。エミー、お前も可哀相だね」
佐知子「え？」
久子「（しんみり）あたいはよく分るよ……今までにいろいろ苦労したろうねえ」
久子「お前は利巧だよ……でもね、その過去を隠すためには、いろいろと、人には云えない苦労や、辛い目にも」

こうした久子の言葉を受け、佐知子は思わぬ行動に出るのだ。

佐知子「(思わず叫ぶ) サリー！」
久子「え⁉」
佐知子「(いきなり抱きつく) サリー！　サリー！」

佐知子、無我夢中で久子を抱き締める。

今まで張りつめていたものが一気に崩れ落ちる。

涙に声がうるむ。

「サリー！　そ、その通りよ！　もうね、もう今迄に苦労し過ぎたわ！　……いろいろ……いろいろのことをやり過ぎたわ！(ボロボロ涙が流れ出す) 取返しのつかないことまで……と、取返しのつかないことまで……もう……これ以上は……」


その描写は、それまでの感情を押し殺した静かな筆致から一転、明らかに腕力で書いたと思しき、強烈な圧の筆致で佐知子の激情が書き込まれていた。そして佐知子は、過去の労苦を乗り越え、罪を贖《あがな》おうと覚悟を決める。だが、橋本はここで終わらせない。原作の通りに久子を死なせなければ、物語が帰結しないからだ。

その死は、次のように描かれている。佐知子は自身の犯した罪を夫に伝えるため、家に帰ることにした。自身で車を運転し、後部席に久子がいる。

運転を続ける佐知子。

久子、唄いながらウイスキーの蓋を廻して開ける。運転を続ける佐知子。

久子の唄が途切れる。

「エミー、遠慮なく御馳走になるよ!」

佐知子、ハッと振返える。

途端に「アッ!」と叫んでブレーキを踏む。

キキキ……軋って停る車。

だが、久子、もうウイスキーを呑んで、坐席へ横様に倒れている。その凄まじい断末魔の有様。

佐知子、呆然とその有様を見ている。

やがて、久子絶命する――。

佐知子、まだ呆然と見ている。


ウイスキー瓶には、これまで何人もの命を奪ってきた毒が盛ってあったのだ。そうとは知らず、久子はそれを飲んでしまった――。佐知子は、もう誰も殺す気はないのに、殺してはならない者を死なせてしまったのだ。なんとも皮肉な、哀しい展開である。

この一連の場面では、佐知子が口封じのために久子をすんなり殺せば、それで終わる話だ。謎解きとしての理屈もそれで通るし、むしろそれが最も自然な流れだ。ほとんどの観客も、それで納得するだろう。実際、原作はそうなっているのだから。

だが、橋本は違った。人間ドラマを、どこまでも追い込んで描いていく。そうでなければ、「楽しみがない」から——。

突然「サリー！」と抱きついた時の佐知子の行動のように、橋本は時として、人間に理屈を超えた、なぜそのようなことをしたのか説明できない行動をとらせることがある。そんな時に、橋本は腕力を使う。その腕力による圧倒的な筆致により登場人物をねじ伏せて意のままに動かし、同時に観客の心をもねじ伏せる。

『ゼロの焦点』執筆当時、橋本はこう述べている。

「そう、腕力ということが、シナリオを書く上に大変重要なんです。ある人物がまっすぐ歩いて行く。作者がその後にくっついて行くだけなら簡単です。しかし時には作者がこの人物に命令して、こっちへ進ませたりあっちへ曲げたりしなければならない。腕力がないと、人物を自分の目的方向に曲げた場合にあざとく見える。自然に見せるためには腕力が必要」（『シナリオ』六一年二月号）

こうした腕力でねじ伏せる橋本の執筆スタイルに関して、『生きる』『七人の侍』などで組んだ先輩脚本家・小國英雄は、橋本に対して次のように評したという。

「小國さんの言うことにはね。シナリオライターというのは指先で書く奴と、手のひら全体で書く奴がいる。でも橋本お前はどちらでもない。腕で書いている。

腕力の強さでいうと、日本でお前にかなう者はいない。普通で成立し得ないシチュエーションを作

る。それを腕っぷしの強さで強引に持っていく。春が来て、夏が来て、秋が来て、冬が来るように本を書くのが基本だ。が、お前は春だと思ったら、一遍に冬へ行くし、冬だと思ったら秋に戻る。そういうことを平気で書く。それは本来は無理なんだが、お前だけは腕っぷしだけで成立させているんだ。それは小國さんの言ったとおりだと思うね」

黒澤の呼び出し

『ゼロの焦点』で用いた「真犯人に至る捜査や推理の過程は飛ばし、いきなり結論に達した状況から全貌を一気に説明する」という構成は、『砂の器』にも通じている。

脚本の大部分は今西刑事による捜査に割かれているのだが、終盤になって犯人と被害者の接点が見つかると、そこで時間が一気に飛ぶのだ。次はもう捜査会議で、全ての真相を把握した今西による報告という形で犯人の過去が明かされ、その回想として「父子の旅」が映し出されていく。

ここでも「腕力による構成」が用いられているのだ。だが、そこから始まる「父子の旅」に圧倒されるため、観客はそれに気づかない。橋本の腕力にねじ伏せられた格好なのである。

回想をただの事件の背景の説明で使うだけでなく、理屈を超えた半ば強引な展開をもってしてドラマの最大の盛り上がりポイントに持っていき、観る者がツッコミを入れる余裕すらないほどに強烈な腕力でねじ伏せ、そして感動させる。これぞ、橋本流の腕力脚本術だ。

橋本としては「父子の旅」を描くことが目的であるため、そこに至るまでの過程の場面では、原作にある綻びはほぼそのままに脚本に盛り込んでいる。それに気づいたのが、黒澤明監督だった。

「こういうものをやることになりました、って黒澤さんにホンを届けていたのよ。そうしたら黒澤さん、『来い』と言うわけ。行ったの。そしたら、『何だ、このホンは！』って。『お前、橋本。松本清張のこれは推理物だぞ。それがお前、ホンがそうできてない。書き直せ！』って言うんだよ」

特に黒澤が気にしたのは、事件での返り血を浴びたシャツを犯人の恋人が切り裂いて汽車の窓から捨てる場面だった。原作にもあった場面だが、これはいくらなんでも無理があるというのだ。
「そんなアホなことをする女がどこにあるのか。そんなもん水洗便所に流しゃ、しまいじゃないか。そこは絶対に直せ！」

黒澤は橋本にそう伝えたという。

だが、橋本は黒澤の言葉を聞き入れていない。最終的に「父子の旅」で感動させれば、それ以外のことは観客は気にならない。その確信があったからだ。とにかく全精力を「父子の旅」に集中させる。そのためには、そこに至る幾多のシーンの整合性など構ってはいられなかったのだ。

そして気づかされるのは、『ゼロの焦点』『砂の器』のような腕力でクライマックスに持っていく場合だけでなく、緻密な構成の時でも、橋本脚本は回想シーンを多用しながら物語を進めていることだ。

デビュー作となった『羅生門』からして、複数視点の回想によって物語が構成されている。続いて黒澤と組んだ『生きる』もまた、通夜に集まった列席者が回想する形で主人公の物語が語られている。『切腹』に至ってはほぼ全編が主人公の回想により物語が進展する。

野上照代によると、回想を多用する橋本シナリオを、黒澤は次のように評していたという。

「黒澤さんは、後で『橋本の回想シーンは病的だ』って言っていました。だって、回想がない作品ってないでしょう。黒澤さん、本来はあんまりやらないから。でも、橋本さんは回想を上手く使ってますよね。『生きる』だってそう。でも、回想は、いつでも使えるっていうもんじゃあないですよね。だから、黒澤さんは本来は邪道だとおっしゃってましたよ」

それは、橋本自身も自覚していた。

「**映画っていうのは、内側にある強烈な流れが直線方向に進む傾向があるんだ。回想というのはバックだから、その流れに逆行するんだよ。だから、できれば避けたほうがいいんだよね。たとえば『切腹』なんて、全てバックなんだよな。全部ひっくり返る、ひっくり返る。回想は一本の映画で三回以上やったら作品が失敗すると言われているんだ。でも、『切腹』は三回どころじゃない。もう全編を通してひっくり返っているよね。そういうことを平気でやってきたんだ**」

『切腹』では主人公の回想が進むにつれて、その一家の悲惨な境遇が段々と明らかになり、観る者の胸を締め付けてくる。本来、直線方向に進む「内側の強烈な流れ」が最も強くなったところに映画のクライマックスはある。だが、橋本脚本においては、「回想」というその流れに逆行する中でクライマックスとなる。それでも、観る側は気にならないほどに感動する。それはなぜか——。

「それは、**腕力**のなせるわざじゃないかね」

清張作品と最初に向き合った『張込み』を書き終えた際、橋本は『映画評論』五六年八月号の誌上に次のような文章を寄せている。

「だが出来栄えから見ると、自分はまだまだひ弱で、一に腕力、二に精神力、この二つをもっともっと強烈に叩き上げなきゃいけないことをひどく痛感した」

ここから「一」の腕力を「強烈に」叩き上げていった究極の力技が、「父子の旅」だった。

伊丹流フィジカル脚本術

橋本は、こうした腕力をいかにして身につけたのか。橋本に言わせると、それは戦中の習作時代に、伊丹に鍛えられたことが大きかったのだという。

「**脚本家にとって腕力が大事だということは、伊丹さんの基本なんだ。何となしに、僕は伊丹さんに教えてもらってたからね。伊丹さんに、『特別な勉強の仕方があるんですか』って聞いたんだ。そしたら、伊丹さんはねえ、『いや、そんなものはない』と。『ただな、橋本君、字を書く仕事だからね、原稿用紙に二十枚なり三十枚なり、字を書くことを毎日やれ。書くことがなければ、いろはにほへとで**

もいい、とにかく字を書くということが基本だから』と言われてね。

それで、字さえ書きゃいいのかなというふうに思って始めて、一日にペラ三十枚だ四十枚だ、平然とそれを書き続けたらやっぱり書き手としての腕は太くなるよ。要するに字を書けってことだな。それは野球の選手のキャッチボールみたいなものだよね。絶えずやってて、それに慣れるということだと思うんだ。

そうしてやって来たのでね。やっぱりそれをやってきた強さじゃないかな。これはなかなかできないよ。実際に実行できるかどうか。僕はそれをやってきたわけ」

ドラマを動かす腕力は、書く文字数を積み重ねることで鍛えられた「本当の腕力」があってこそ——というのだ。それだけに、橋本は歴代の弟子たちにも「書く」ということを徹底させていった。中島丈博は、自身の弟子時代を次のように振り返る。

「橋本先生の家に毎日行くんですよ。日曜休みとかそういうことは全くなし。休みなしにずっと続けて、ある仕事が一くぎりついたら、ちょっと一日、二日休んだりみたいなことはあったんだけれども、特に休みはないですね。

作業は座り机。座卓があって、先生と僕が差し向かいに座って。畳敷きだから座布団を敷いて座る。それで朝の定刻からきちんと始まる。昼の十二時になったら下から女中さんが呼ぶんです。『書生さん、書生さん』って。『書生さん、お昼ですよ』なんて言われて、『はい』とか言って、しびれが切れているんだけれども、よたよたしながら立ち上がって、下へおりていくんですよ。

そして、昼食が終わったらまた書き始めて六時ごろに夕食。家族の皆さんと一緒に食べて。その間は生理的現象のときだけぐらい机を離れて——そういう感じですよ。

それまではそんなに座ったことないじゃない。通い始めて一カ月ぐらい経ったある日、夕方から足の具合が何か変で。それで家に帰って寝ようとしたんだけど、かけ布団が重くて痛くて堪らない。かけ布団の重さだけで両足が痛い。朝になったらほとんど歩けなくなっていて、僕のアパートの真ん前がお医者さんだったんで、そこへ這うようにして行ったら、急性リウマチだって言われちゃった。注射をしてもらったら、すぐに治りましたけどね。

先生は『シナリオライターとは、いかに机の前に長く座っていられるかが勝負だ』という信念があるわけです。ですから、最初から『こいつを長く座らせる訓練』みたいに思ってらしたんじゃないですか。ご自分も、書き始めたらそんなにお立ちにならないし、僕は御自室で先生と一緒に昼ごはんを食べた記憶がない。

とにかく仕事の間は本当に修行僧みたいな毎日でしたね」

実際に腕力をつけること、長く座り続ける耐久力をつけること。書き手にとって何より大事なのは、そうしたフィジカル面の強さだと橋本は考えていた。たしかに、そうでなければ黒澤と何日間も籠って『七人の侍』を書き上げることなど、出来なかっただろう。それだけに、弟子への指導でも技術や映画論は伝えない。ひたすらフィジカル。書き手の腕力を鍛えさせている。

「言ってくれたのは、『うまく書こうと思うなよ』ということでした。『ありのままに書け』ということを言ってましたね。それから文学的表現ね。そういうのもノーなんです。きちっと物事を的確につかまえて、ちゃんと具体的にト書きを書けということでした。

雑談の中でも、文学の話はほとんどされない。強いて言えば、ドストエフスキーくらいかな。映画批評なんかも一切ないですよ。シナリオを書くために『こうすると能率がいい』とか、『脚本家は家庭では我がままな下宿人くらいが丁度いい』とか。映画芸術論なんか全くならない。仕事の邪魔になるものはみんな敵で、もう実践ばかり。

ようするに職人なんです」（中島・談）

この地道な特訓の果てに、橋本独特の粘っこい筆致や緻密なドラマ構成や迫力あるセリフ回しが生まれる。本当の腕力がないと、手や指に疲れが出て、書くことが億劫になってしまう。そうなると、書き方も内容も粘りがきかなくなり、雑なものになってしまう。「書く」ということを物理的に徹底して鍛えたからこそ、橋本はどこまでも粘っこく表現をすることができたのだ。

「橋本さんは、才能がものすごくあって、書くことへの情熱もある。そして、あのしつこさ。胆汁質っていうのかな、しつこい体質にそういうものが裏打ちされて、あの強靭な脚本のレトリックが生まれてるんです。それは誰も真似できない」（中島・談）

映画の賭博者

そして、「腕力」による「回想」型クライマックスの到達点が、『砂の器』における「父子の旅」

だった。

先に述べたように、この腕力でねじ伏せる構成は、「危険な賭け」である。だが、だからこそ橋本は燃えた。橋本は生粋のギャンブラーだからだ。そのため、手堅く勝てる戦いよりも、先がどうなるか見えない戦いを好む。やってみないと分からない、このスタイルは、橋本のギャンブラーとしての魂を満たすためという要素もあったのだ。

そんな橋本を、黒澤明はこう評したという。

「お前は原稿用紙のマス目を使ってサイコロを振っている。『映画の賭博者』だ！」

そして、橋本に言わせると、この『砂の器』の構成そのものが、競輪を下敷きにしている。

ここで改めて、映画の『砂の器』の終盤の展開を振り返ってみる。

まず、冒頭から二時間近い時間をかけて今西（丹波哲郎）による捜査の様子が描かれる。捜査が佳境に入ろうとしたところで場面は一転、警視庁の会議室における捜査会議へ移る。今西はこの段階で真犯人にたどり着いており、音楽家の和賀英良（加藤剛）に対する逮捕状請求の弁が語られる。

そして今度は、和賀が音楽ホールでピアニスト兼指揮者としてオーケストラ相手に指揮をとる場面に。和賀のピアノに合わせて演奏が始まり、それと同時に主題曲「宿命」が画面に流れる。そこから、今西の捜査報告と和賀の回想とが折り重なる形で、「宿命」の調べに乗って「父子の旅」が映し出されていく。

この展開が、橋本によると競輪そのものなのだという。

「競輪には《まくり》という戦法があるんだ。『砂の器』は、その《まくり》でいこうと思った。

《まくり》というのはね、スタートした時は、ふらふらとドンケツを走っていいんだ。それで、ラスト一周という鐘が鳴るところで、ホームから踏み上げていって一気に二コーナーまで行って、二コーナーで一番の大外へ出る。そして、三コーナーではコースの頂点に立つ。それからゴールに向かって一気にまくって下りていく。

『砂の器』の時は、それをやったんだ。出だしはブラブラ。それで、いよいよ捜査会議が始まってラスト一周の鐘が鳴る。『和賀に逮捕状を請求します』が二コーナー。三コーナーは音楽会に入って和賀がタクトを振り下ろして音楽が始まった時。それから父子の旅、ここでゴールまで一気に押していって、あとは逃げ切るだけ。それがうまく嵌ったんだよ。

ただ、競輪と違うのは、結果がどうなるのか――そのまくりが決まったかどうかは作り終わった段階では分からないんだ。

出来上がって、封切り前に宣伝で全国を回ってる時に、仙台でどこかのテレビ局に行ったんだけどね。試写会が終わって僕と野村さんとが出てきて歩いていたら、中から二十五、六くらいの女の事務員が出てきて、『先生』って言うんだ。『『砂の器』、ありがとうございました。私、もう大好きです』って。その時、まくりが決まったと思ったね。これで当たると思って、やっぱり思ったとおり当たった」

どのような構成にすれば作品は上手くいくか。作品ごとにその手法を選択する橋本の能力は天才的だった――と中島は振り返る。

「とにかく構成の勘所が本能的に出てくるのが凄い。『大体このあたりにこういう芝居がないといけないね』とか言うんですよ。『このあたりにはこういうセリフが必要。大体このあたりはこういう山場の芝居を仕掛けて』とかみたいな、大きな掴まえどころをポンポンと、大ざっぱなハコの段階で言うわけですよ。『えーっ！』と驚きましたね。

そういう直観は体験から来るのかもしれないし才能かもしれない。でも、とにかく直観的な勘所が凄いなと思いました」

『砂の器』の構成について考える上で、橋本が重要視していたものがもう一つある。それが文楽だ。父が芝居小屋を営んでいた影響もあり、橋本は幼い頃から古典芸能に親しんでいた。

文楽はまたの名を人形浄瑠璃ともいう。人形遣いが舞台の中心で人形を操って芝居をする。その上手前方には三味線弾きと、物語の内容を伝える義太夫語りとがいる。この構図を「父子の旅」で使えないか——と橋本は考えた。つまり、人形遣いの操る人形が「旅をする父と子」、三味線が主題曲「宿命」、そして義太夫が捜査会議の今西。これにより、文楽のような荘厳で情感あふれる表現ができる。それが橋本の考えだった。

「この構図でもってね、音楽会と父子の旅と捜査会議を同じ線上に並べられないかと思ったんだ。極端に言うと、清張さんの原作と別に、この場面にはもう一つの原作があるんだよ。それが文楽の『箱根霊験躄仇討』。この場面はそれをやればいいという勘があったんだ。

箱根で足の悪い夫を車いすに乗っけて押している初花という女の人の『ここらあたりは山家ゆえ、紅葉のあるに雪が降る』という始まりのセリフが非常に有名なんだよね。

それで山へ上がって、山の神様、権現様にお願いするといって初花が拝みに行っている間に、夫は『女房に世話をかけるばっかりで申し訳ないから、いっそ死んでしまおう』と思って車いすから下りて飛び降りて谷へ飛び込む。それをあわれと思って、仏さんが助けて、彼の脚を治してやるのね。そこで敵と巡り会って敵討ちをするんだ。

そして夫婦は最後の歓喜の踊りを踊る。バックが全山が紅葉でね。これが凄く良くて、印象に残っていたんだ。これは映画になるな、と。

つまり『父子の旅』もこれと同じで、人形と三味線と義太夫、それに綺麗なバックが合わされればいいんじゃないか、とわりと簡単に考えていたんだよね」

「知らん人だ！」

そして最後に触れておきたいのは、この「父子の旅」の中で橋本が施した、ある脚色である。それは、幼き和賀と旅を続けた父・本浦千代吉の扱いだ。

今西が捜査を始めた時点で、原作での千代吉は既に死亡している。が、橋本はそこを変える。千代吉は生きていた——という設定にして、今西と対面させているのである。そして、この場面をドラマチックに描き上げたのだ。

捜査の末に療養所にいる千代吉にたどり着いた今西は、千代吉に音楽家として活躍する和賀の写真を見せる。千代吉は、それが幼い頃に生き別れた我が子だと気づく。また再び息子に会いたい。ただそれだけを願い続けて生きてきた千代吉にとって、それはたまらなく嬉しいことだった。だが——。千代吉はすぐに理解した。ここで自らが父親だと認めれば、これまで出生を隠して築き上げてきた息子の人生が水泡に帰す。千代吉は葛藤の果てに、これを否定する。「父子の旅」の描写を経て到達したこの場面で、物語に叩きつけられた感情はクライマックスに達する。それだけに、脚本における橋本の筆致も凄まじい。

脚本は小説や絵画と異なり、それ単体で「作品」として成り立つものではない。それを元に映像が撮られ、初めて「作品」として世に出る。つまり、脚本とは建物でいう設計図の役割なのだ。原則的には、映像にはならない情報を記さないということになっている。そのため、脚本はセリフと、情景や行動を描写する「ト書き」のみで構成される。結果として、基本的には無機的な文章になる。

比較対象として、まずはオーソドックスな脚本の文体を示したい。これは、和賀の愛人・理恵子（島田陽子）に、今西と共に捜査をする若手刑事・吉村（森田健作）がクラブで聞き込みをする場面の橋本脚本での描写だ。

店の奥から一人の女が出てくる。
中央線のあの紙吹雪の女。
その理恵子を見る吉村。
吉村を見る理恵子。
理恵子は吉村を警察の者と聞いているせいか、とまどいと疑問で顔が少し固い。
理恵子「私が高木ですけど」
吉村「ちょっとした参考程度のことです」

理恵子「はい」

必要最低限の情報以外は書かれていない。この無機質さこそが、通常の脚本の文体である。それに対して、今西と千代吉の対面場面は、脚本にこう書かれている。

老いさらばえた千代吉、だがその五体はまるで鋼鉄のように固く、総ての精神と肉体力の集中で耐えている。

今西「こんな顔の人は知らない？」

千代吉、頷く。

今西「逢ったことも、見たこともないンですね」

千代吉、頑として頷く。

今西「では、これに似た人……例えば貴方のいちばんよく知っていらっしゃる、六つか七つの子供を、この青年にしてみても、心当たりはありませんか」

千代吉「ウ──ウ──ウ──ッ‼」

手を机の上に置く。だが、耐えきれない。

ガバッと写真の上に身を投げ出す。千代吉、泣く。

悲痛に泣く。五体を震わせ、波打たせ、激しく慟哭する。そして、声を振り絞って叫ぶ。

千代吉「シ、シ、知らん！　知らん、ヒ、ヒ、人だァッ‼」

先の聞き込みの場面と、表現が全く異なっているのだ。千代吉を描写するト書きの文体は、文学的ともいえるほど、感情がほとばしっている。脚本の文章を読んでいるだけで、胸をかきむしられるような感情がこみあげてくる。橋本がいかにこの父親の描写に全身全霊の情念を注いでいたかが、伝わってくる。

では、なぜ橋本はここまで「父子の旅」にこだわり、そして千代吉の描写に精力を注ぎ込んだのか。それは、橋本自身が、自らの父親を愛し抜いていたからに他ならない。

橋本は父のことが大好きで、「いつも親父の尻にくっついていた」と振り返っている。橋本が幼い頃から芝居をよく観ていたのも、興行を開催していた父にくっついて動いていたからだった。ギャンブルにのめり込んだのも「親父の影響」だ。

それに限らず、橋本の人生の重要な局面には、いつも父・徳治の姿があった。たとえば、脚本を書き始めるキッカケがそうだ。そして、先に述べたように、一度はとん挫した『砂の器』の映画化に再び邁進するキッカケも、父の遺言によるものだった。映画関係者の誰もが信じていなかったこの企画の成功を、橋本が確信できていたのは、他の誰よりも父の目を信頼していたからだ。

「親父は僕らの子供の頃、田舎で興行師をやっていたからね。作品を見る力があるわけ。だから何ていうのかな、親父の考えも僕の考えも同じなの」

映画のラスト、一心不乱に指揮する和賀を見つめていた今西と吉村に、橋本は次のような会話をさせている。

吉村「今西さん……三木から父親が生きていると聞いた時には、和賀は本当は直ぐにでも飛んで行って逢いたかったでしょうね」
今西「そんなことは決っとる！　いや、彼は今父親に逢っている！」
吉村「え⁉」
思わずギクッとして今西を見る吉村。
今西「彼には音楽……もう音楽の中でしか逢えないのだッ‼」

これぞまさに橋本節といえる腕力の展開だ。理屈を飛躍して書かれた、今西が代弁する和賀の想い――それは、橋本自身の想いを投影したものだったように思えてならない。

実はこの今西と吉村のやり取りは、六一年に書かれた初稿には出てこない。その代わりに、七四年の上映作品で使われたバージョンにはない「その後の父親＝千代吉」に対する記述がある。完成作品には面会の後、今西と千代吉の間に交流はない。が、初稿はそうではなかったのだ。今西は吉村に、次のように伝えている。


「東京に帰るなり、演奏会のことを知ったので、直ぐ電報で知らしてやったよ。今日の発表会はテレビが放送してるンでね」

「貴方の息子さんによく似た人が、素晴らしい、いい音楽を放送するからってな」

「見ているだろうねえ。残った一つの眼で、テレビにしがみつくようにしてね」

それに対し、公開版では、先に述べたように今西と吉村は千代吉のことではなく、コンサート会場の和賀自身の心情を語り合う。そして、今西のセリフを通して、父を想う和賀の心情にフォーカスが当てられている。

初稿から映画完成の間に、橋本は父を亡くした。初稿の「実は父親はコンサートをテレビで観ていた」から、完成版の「もう会えない父親と音楽を通じて触れ合う」への劇的な変化は、まさに父の生前の執筆から父の死後の執筆へという、橋本自身の状況の変化を投影したものだったのだ。

橋本は、和賀による殺人の動機について創作メモに次のように記している。

ではなぜ彼が殺したのか。
彼にはこういう生い立ちの過去がある。
でも、それは済んだことだと思っていたら、現実には親がまだ生きている‼
まだ生きているということが犯行理由

原作では「自身の過去を知る者を口封じのため殺す」という動機があった。それに比べて、橋本のメモに記されているのは、理屈としては「理由」にならないような、抽象的な内容である。が、橋本の中ではそれで成立している。

創作メモから動機を推測すれば、「父がまだ生きている」「目の前にいる者は、力ずくでも連れていこうとしている」「自分も逢いたい」「だが、逢えば、これまで積み重ねてきた全てが終わる」「彼を説得することはできない」「ならば殺すしかない」ということになる。

だが、橋本脚本には、そうした明確な動機は描かれていない。それでも、「腕力」をもって観客を納得させてのけたのだ。

橋本は「父子の旅」の編集を、余人にタッチさせず、自らの手で行った。それは、作品のクオリティのためにこだわりを完璧に反映させたかった――、というのもあるだろう。が、それだけではなかった。

後に橋本は、『砂の器』への想いを次のように記している。

「世界中で誰よりもこのシナリオが映画になることを望んでいる墓の中の親父に約束した。作品ができあがったら、それが失敗しようが成功しようが、16ミリに縮小したプリントを必ず墓の中へ入れてやる」

「『砂の器』には親父の墓の中へ入れてやるプリントという頑として動かない目的があった」(『映画「八甲田山」の世界』映人社。以下、『八甲田山の世界』)

「父子の旅」のシークエンスで映し出されているのは、過酷な状況の中でも互いに想い合う父子の温かい触れ合いの姿だ。その様を一人での編集作業を通じて見つめながら――和賀が「音楽の中で父と逢っていた」のと同様に――橋本も「フィルムの中で父と逢っていた」ように思えてならない。考えてみると、この「父子の旅」を描く方法論として使った競輪も文楽も、父の影響で好むようになったものだ。

橋本は、映画の最後に次のようなテロップを刻み、物語を締めくくっている。
――旅の形はどのように変っても　親と子の〝宿命〟だけは永遠のものである――

特別インタビュー

山田洋次の語る、師・橋本忍との日々

山田洋次監督は、『ゼロの焦点』『砂の器』で橋本との共同脚本としてクレジットされている他、橋本脚本の『霧の旗』を監督している。そこで今回、橋本との脚本作りの実際を語っていただいた――。

※二〇一二年六月、松竹本社にて

――まず、橋本さんとの出会いからお聞かせください。

山田　僕の師匠は野村芳太郎さんで、『張込み』は野村さんにとって初めての松本清張原作・橋本忍脚本の作品でした。その時、脚本の上での連絡で橋本さんに二度ぐらいお会いしています。その時はそれだけだったんだけれども。

――当時の橋本さんには、どのような印象をお持ちでしたか？

山田　あの時代の橋本さんは、とにかく頭角を現してきたように見えていました。それから間もなく、日本一の脚本家になりましたよね。

——山田監督が橋本さんの作品に脚本で参加されたのは『ゼロの焦点』からになります。

山田　『ゼロの焦点』を野村さんがつくるにあたって、脚本の助手といいますか、お手伝いみたいなものですね。そういう形で参加しました。

当時、映画会社でホンをつくる場合には、映画会社の助監督か、あるいは企画部の助手、つまり社内の人間を若いアシスタントとして脚本家につけるということをしていました。いろいろなことを調査したり、調べたりする係です。それで、野村さんが僕を選んでくれたんじゃないのかな。「君は橋本さんのところへ行って一緒に脚本を作りなさい。勉強になるから」っていうので、それで僕は喜び勇んだんです。願ってもない機会だと思って。

——喜び勇んだというのは、やはりそれだけの魅力を橋本さんのそれまでの脚本に感じられていたわけですか？

山田　それはそうですよ。もう押しも押されもせぬ、日本最高の脚本家だと思っていましたから。

——特にどういった点が「日本最高」とお考えでしたか？

山田　あの頃、たくさんの名脚本家がいました。今から考えたら、とても豊かな時代だったと思います。その中で橋本さんが抜きん出て特徴があったのは、極めて構成的な脚本を書く人だということです。

——「構成的」といいますと？

山田　特に回想の使い方ですね。回想シーンを頻繁に繰り返しながら、ある世界を描いていく。それは橋本さんが編み出したと言ってもいいぐらいのテクニックでした。『張込み』もそういう形の脚本でしたよね。ですから、あの『張込み』を書いた、あの橋本さんの下で勉強できる、そしてそのシナリオの構成というものを学べる。それはとても願ってもないチャンスだと思ったんです。いい時代なんですよ。僕は松竹の助監督、つまり松竹の社員なんですよ。松竹の社員として月給もらいながら、橋本さんのところに通って橋本さんの助手として勉強もできるという。そういう、恵まれた時代だったなと、今は思います。

鉛筆を手放すな

――実際の仕事場での橋本さんのご様子をお聞かせください。

山田　仕事を実際に、具体的に初めて見て、すぐにわかったのは、プロの脚本家というのはこういうものだ、ということです。それまでも、僕は随分と松竹専属の脚本家とは仕事をしてきました。当時たくさんいたんですよ。脚本家も監督も、大体は各映画会社に所属していましたからね。松竹の脚本家にも、斎藤良輔さんとか、小津安二郎監督と一緒にやっていた野田高梧《こうご》さんとか、名立たる人がいっぱいいました。

ただ、「松竹流」というのがあるんです。お酒を飲みながら、マージャンしたりしながら、半分遊びながら脚本を書いていくという。そういう贅沢ができた時代でもあるんです。脚本家というのはそういうものだろうと思っていた。温泉旅館で二、三日はまずはのんびりして、ゆっくりお風呂に入って、それからぼちぼちと仕事をするという。

ところが橋本さんは違いました。もう初日から、すぐ向かい合って、この物語を構築するにあたり、まずどういう柱を立てるか。つまり「テーマは何か」という問題から始まって、「だとするとどういう登場人物か」、そして「どういう構成か」ということを、朝十時から夜六時までずっと、向かい合って議論し合うわけですよ。それには僕は驚きました。

――徹底してストイックなんですね。

山田　ちょっと散歩するかとか、「コーヒー飲みに行こうか」とか、「酒にしようか」とか、そういう雰囲気じゃないんです。職人が自分の仕事に打ち込むっていう態度。もちろん、温泉旅館なんか行かないですよ。


僕は橋本さんの家に毎日通う。そんなに遠くに住んでいなかったのは幸いでした。毎朝十時に出勤して「おはようございます」と言って、橋本さんの横に座る。そして一日の仕事が始まる。

構成が作り終わると、今度は脚本を書き始める。ただただ黙々と、今日はこの状況、このシーンを書く。まず僕が書く。橋本さんがそれを受け取って、それを見て、直したり、別に新しく書き直したり、あるいは「もう一回書き直しなさい」と。それで、一つのシーンを幾通りも書くわけです。


お昼は奥さんが持ってきてくださる。大体はどんぶり物。それを黙って食べる。食べ終わると、また「さあ、始めよう」って、また黙って書き始める。それで六時ごろになると「さて、そろそろ置こうか」って言うの。「置こうか」というのは、まさに大工さんの言葉ですよ。「道具を置く」ということです。そこで鉛筆を置く。それまでは決して鉛筆は手放さないんです。「頭は疲れるから、他のこと考えてもいいけれども、鉛筆は手から離しちゃいけない」って言うの。だから八時間ぐらい、じっと鉛筆持って、じっと原稿用紙に向かっているわけです。

――すごいですね、それは……。

山田　六時過ぎると晩ご飯もごちそうになるの。晩ご飯食べながら、いろんな話をうかがいました。『羅生門』のときの話とか、『七人の侍』の話。これが僕にとってはたまらなかった。面白くて、勉強になって。時々ノートに書いたりしてました。それで、星を見上げながらうちに帰るわけです。

何週間も経ったある日、「橋本さん、僕は脚本を書くってことは、自由気ままな発想を浮かべて、遊ぶようにして書くもんじゃないかと思っていたけれども、そうじゃありませんね。僕はこの数週間、工場に勤めている人の気持ちでした。工場に勤めている労働者の気持ちでした」と言いました。すると橋本さん、笑いながら「工場よりも農民に近いんじゃないか」って。「朝早く起きて、畑をずっと見る。発芽の状態を見る、そろそろ水をやったほうがいいか、そろそろこやしをやったほうがいいか。そしてずっと育てて、やがて花が咲き、実が実る。それを収穫する。そこで完成。だから才能なんかは要らないよ。忍耐力だよ」って。橋本さんの名前は「忍」だけれども、まさに忍耐の人ですよ。

僕はものすごくいい勉強させられた。つまり、プロの仕事っていうのはこうだ……と仕込まれちゃった形です。

共同執筆の実際

――お二人の執筆作業は、どのように進められていったのでしょうか？

山田　大体は僕がまず走ってみる。橋本さんがそれを見て、そこから橋本さんが発想して、別なものを書く。そういうのが多かった。で、橋本さんが「こういうふうにしたよ」って言うと、そこに僕の書いたものが全く活かされてなかったりすることが多かったですね。たまに活かされてたりすると、ちょっと嬉しかったりしました。

――山田さんが土台を作って、それを橋本さんが広げていくという感じですか。

山田　その土台を作る前に「これは大体こういうシーンだよ」ということは橋本さんの中で大きく決まっています。たとえば、恋人同士が喫茶店で話をする。会うと、二人の間に対立が生まれる。その対立の原因はこうだ。そこまでは決まっています。それから、一番大事なセリフも決まっています。その上で、僕がそのシーンを書く。それに対して橋本さんが「もうちょっと考えられないか」と言ってくる。

　たとえば、コーヒーが来る。二人が真剣な表情でじっと向かい合っている、ウエートレスが去っていくと、最初の一言を彼が言うか、彼女が言うか。そういう形で僕が書くと、今度は橋本さんが「二人が店に入ってくるところから書いてみないか」と言われるわけです。

　それで、二人が一緒に入ってくる。あるいは、どちらかが先に来て、一人が遅れて、「ごめんな」って言って入ってくる。その両方の選択肢があるわけですよね。最後もそう。「話が終わって二人が出ていくところまで全部書いてみようじゃないか」と。その上で、入ってくるところも出てくるところも切るの。そんなことも随分やりました。

――一シーンに対して、さまざまなパターン、選択肢を考えられるわけですね。

山田　そういうふうに何パターンも書くと「あ、これだとこういうセリフもあるかな」って、また考えついたりするんです。いきなり二人が難しい顔して向かい合っているというイメージだけを浮かべちゃうと、場面が固定化されてしまう。彼女がちょっと遅れている。彼はどう別れ話を切り出そうかと一人で考えて待っている。そこへ彼女が息を切らせて入ってくる。「ごめんね、遅くなっちゃって」と言って。それから世間話をする。どんな話をするか。それからウエートレスに「コーヒーどうする？　私は冷たいコーヒー」とか何とか。それでそのうち、どうやって切り出すかっていうことになる。
その時も「で、何の用事？」って彼女から言うのか、彼から「実はね、今日来てもらったのはほかでもないんだ、大事な用があって」「何のこと？」っていうことから始まるのか。それでも、実際の脚本は二人黙っているところから始まるかもしれない。「どうしてそんなこと急に、あなた言うの？」っていうところから観客は見るかもしれない。でも、その前も考えているんです。

――一シーンごとに、かなりじっくり丁寧にやられてたんですね。

山田　もともと橋本さんの脚本っていうのが、そういう形で作られていくわけです。『砂の器』だってそうですよ。親子の二人があちこち旅して歩く。あれだって、どれだけたくさん書いたかわからない。こんな状況があるだろう、あんな状況もあるだろう。雨の日、風の日、暑い日とか寒い日。町の中を歩いてる、人里離れたところを歩いてる。そういう、いろんなケースを考えました。その中から、「これ、わりにいいな」とか「こっちを使おうか」とか、僕が十も二十も書いたうちから、橋本さんが三分の一ぐらいを使う。あるいは橋本さんがそれに書き足す。ですから、ああいう場面はたくさん書きました。

構成への興奮

――監督のおっしゃるように、橋本さんの脚本の大きな魅力は、構成の妙にあると思います。例えば『ゼロの焦点』で驚かされたのは、最後のところです。崖に行ってから話が一気に急転する。ミステリーものは、少しずつ真相に近づいていく構成が一般的です。が、『ゼロの焦点』は一度は主人公が真相から全く異なる方向へ向かっていて、そこから一気に時間が飛んで、次の崖のシーンでいきなり真相にたどり着いていています。そして回想に入っていく。あの構成に最初に触れた時は、どのような印象をお持ちでしたか。

山田　こういうふうに持っていくんだと聞いて、やっぱりとても興奮しましたよ。そういうことができるんだとか、そういう方法があるんだとか。クライマックスを崖の上でやるというのは、今では二時間ドラマの大定番だけれども、橋本さんが『ゼロの焦点』で考えたんじゃないかな。

――ヒッチコックは「回想は映像的ではないから」と否定的ですが、そうした定石を橋本さんは壊しています。

山田　そう。黒澤さんとも僕は晩年は随分と親しくさせていただいたけど、「回想なんか、映画で使うのはおかしいんだよ」と言うんです。「映画っていうのは、始まったらどんどん一気に進んでいかなきゃいけない。戻っちゃだめだよ」と。「でも『生きる』では回想を使っていますよね」って言ったら、「そういう場合もあるんだけどね」ってちょっと困ったような顔してました。

――その『生きる』には、まさに橋本さんが脚本に入っているわけです。

山田　だから黒澤さんの映画では珍しい、カットバックの脚本ですよね。あれはやっぱり、橋本さんがいたから考えられたんじゃないのかな。

『砂の器』の時も、最初からああいう構成が決まってたわけじゃないんです。橋本さん、ある時に急に「真ん中ぐらいでいったん捜査が終わって、その間にいろんな捜査を二人の刑事がやり尽くしていて、『犯人は間違いない、彼だ』ということになって、捜査本部を立ち上げて、そこで《なぜ彼が犯人であるか》ということを滔々と説明し始める。それが回想になって出てくる。しかも、そのときにちょうど犯人の和賀英良は、自分の新しく作曲した曲の発表をホールでしている。回想と刑事の説明と、現在の彼の指揮している音楽。この三つが重なる構成。「そうしよう」って言ったんです。その時の「うわあ、すげえ！」っていう興奮を覚えています。「そういうやり方があるのか！」って。

――あのアイデアは、橋本さんがいきなり出してきたのですか。

山田　そう。何かふっと思いついたんじゃないかな。

――『ゼロの焦点』も『砂の器』も、クライマックスシーンを長い説明で語らせる構成になっています。これも、映画としては本来は難しいところがありますよね。

山田　たしかに、そうですね。ああいう長いせりふも、本当はあまりやっちゃいけないのが脚本の常識ではあるから。それをあえてやるっていうことも、たしかに橋本さんはやっていましたね。たしかに。それには、ちゃんと聞くに堪える、それだけの内容がなきゃいけないんですよね。その長い話を、ちゃんと観客がついていけるかどうか。その勝負なのでしょう。

――『ゼロの焦点』のラストは、スムーズに書けたんでしょうか。

山田　いや、随分つらくて、「もうやめよう」なんて言われたこともあります。「やめるって、どうするんだろう」って思いました。それこそ企画は通っちゃってるのに。それで、その日はしょうがないから「お疲れさま」って帰って、翌日また行くわけです。で、「橋本さん、どうしましょう」って言ったら、「夕べ、いろいろ考えたんだけどな、洋ちゃん」って言うの。「洋ちゃん、すらすらっと書けるシナリオもあるんだよ。そういういい素材もあるんだ。いい原作とか、いいネタもあるんだ。だけどすらすらっと書けない場合のほうが多いんだ。その難しい、どうにもならないような難しい素材を、力ずくでもものにするということをしなきゃ、プロとは言えないよな。だから今、ここで諦めちゃだめなんだよ。何とかしようよ」って言うんです。あの言葉は、とても覚えています。

そうなんだ、プロってそうなんだ。シナリオで飯食うっていうのはそうなんだ……と。橋本さんはシナリオ一本で勝負してきた人だからね。そういう人の、シナリオに対する気構えというのはこうなんだなと思いました。

――『ゼロの焦点』は、原作自体も完成度は高いと思うのですが、それでも難しい部分もあったのですね。

山田　難しかったですね。「もうだましてもいいから、何とかするんだ」っていうのが橋本さんにはありました。

――特にどういった点が難しかったですか。

山田　回想が複雑に重なっていきますからね。途中で矛盾しちゃうんです。小説だと通過できてるところでも、シナリオだと、その矛盾が解決しないと先に行けない。そういうことがあるんですよ。

――映像として具体的に映さないといけないので、なんとなくでは済まされないわけですからね。

山田　映像ゆえに、納得いかなくなっちゃうというところがあるんですよ。小説だと、二、三行の描写ですっと通り過ぎることができても。それはとてもつらかったですよ。どっちかと言えば後の『砂の器』よりも『ゼロの焦点』のほうがつらかったですよ。

『砂の器』

――執筆順でいいますと、次が『砂の器』です。

山田　僕の記憶では、僕が「とてもこんな複雑怪奇な話は無理だと思います」と言ったんです。文庫でこんな厚いんだから。「無理だと思いますよ。手のつけようがない」と。それに対して橋本さんは、「いや、そうなんだけれども、ただ一つだけ、この作品には魅力があるんだ」って言う。それで附せんの貼ってあるページを開くと、そこに赤鉛筆で線が引っ張ってある場所がある。それが、「親子が石川県の村を出て、その後の消息はずっとわからなくて、見つかったのは一年後か二年後。島根県の亀嵩だったと。その道中どんなことがあったか、それは親子のこじきにしかわからない」という記述でした。この「親子にしかわからないところを、僕たちが描くんだよ」と言うんです。それはたしかに、そのとおりだと思いました。

「分からない部分は相当省いてもいい。そこをポイントにして組み立てるとどうなるかってことを考えようじゃないか」ということで、「これも要らない、あれも要らない」と原作から削っていきました。それで、残った箇所から「この分を膨らませよう」と。そうやって、構成を考える仕事を一週間も二週間もしたんじゃないですかね。

――ただ、橋本さんにうかがったお話ですと、山田監督とシナリオ・ハンティングに出かけた時、山田監督が「これはできない」と言ったら、やめるつもりだったと。ところが、「これはやらなければならない」と言われて困ったという……。

山田　それは僕もかすかに覚えています。島根県にシナリオ・ハンティングに行ったんですよ。そのとき橋本さんは腰の具合が悪くて、僕は「飛行機で行きましょう」と言ったけれども「いや、この刑事は多分、在来線の列車で行ったはずだから、やっぱり在来線に乗ってかなきゃだめだ」と。それで在来線に乗って島根まで行くことになりました。でも、遠いんですよね。それで、橋本さんはすっかりもうくたびれちゃって。シナリオも、まだ大きな見通しは立ってないですし。それで、汽車の中で「もうやめようじゃないか」と橋本さんが言ったと思います。

――「やるべきだ」と返した山田監督が、まるで松竹の代表のように見えたと橋本さんはおっしゃっていました。

山田　会社からシナハン費用をもらっているわけです。会社はもうやるつもりでいるのに、「ここでやめよう」なんて言われても、僕の責任で「うん」と言うわけにいかない。僕は松竹の社員でしたから。ですから、「今さら、そういうわけにいきません」と懸命に言ったんじゃないかな。僕も真面目だったんだな。会社へ戻って「やめました」と言っても、お金、使っちゃったから返せないと考えたんだと思います。経理課長とかから、ものすごく叱られるんじゃないかと。

あの親子は本当にいた

――『砂の器』のクライマックスを父子の旅にすると橋本さんから聞いた時、山田監督はどう思われましたか。

山田　面白いなと思いました。なるほど、そういうふうに考えるものなんだなと。「原作が非常に難しいからやめよう」という結論を出すほうが楽なんです。でも、その中からいいところを発見するという。ともあれ松本清張原作だし、この作品はあれだけちゃんと売れている、評判の作品だから、いいところがあるはずだ、ないわけがない。では、それは何だろうということを懸命になって探るというかな。それが大事なんだなと思いました。

橋本さんがそれだけ、物語に対して、常にそういうアンテナを敏感に張っているということなんです。原作を読む場合に、同じ場所を読んでも橋本さんは「ここで行こう」と感じたし、僕は感じることができなかった。それはやっぱり違うんだなと思いました。

——脚本を読んでも思ったのですが、父子の旅の場面は情景がかなり具体的に描写されています。そこはシナリオ・ハンティングを新たにやられたりしたのでしょうか。

山田　あまり行きませんでした。かなりイメージを膨らませながら書きました。

——こういう情景があるかもしれない、と想像で書かれたのですか。

山田　そうそう。僕も少年時代に田舎にいましたからね。そんなことを思い浮かべて。まだあの頃は、ああいう親子っていたんです。で、春先になると、しばらく滞在して、またいなくなっちゃう。暑くなると北のほうに行くし、寒くなると南のほうへ行く。桜を追うようにね。そういうイメージを浮かべました。その人が来ると「ああ、もう春なんだなあ」って、みんなそう思って。

この親子もきっと、ある町へ来て、物ごいをして、お米もらったりお金もらったりして、また次の町に行くということをやってたんじゃないか。そうすると、小学校の校庭でぼんやり運動会を見ることもあっただろうし、なんて考えるわけです。あるいは雨が降ったときは、どこで雨をしのいだか、もしかしたらそれは橋の下かなとか。寒ければ火も焚いただろう。

そういう小説も結構ありますよね。『ドン・キホーテ』を書いたセルバンテスの小説でも、そういうのがありました。同じような親子で、その作品では、がめつい親父と、こすっからい息子との話で。かなりおかしかった。いかにして親父の目を盗んで食べ物をとるか、みたいなことを工夫している。そんな小説のことを思い出したりなんかしながら、想像した世界です。

だから、僕は竜飛岬は書いていません。雪の降る中を親子が歩きますよね。僕は、ああいう親子は寒いところには行かないと思っていましたから。寒いときは暖かいところへ行ってる。四国の温泉場なんかにいたんじゃないかなと思う。あれは有名な場面になっちゃったけど、僕が見ると、ちょっとかわいそうだなという気がするのね。あんな寒いところに……。それは僕と野村さんとの考え方の違いですね。

四角張った字がいい

――『砂の器』執筆中の橋本さんのご様子はいかがでしたか？

山田　山場が捜査会議だと思いついてから、急に書くスピードが速くなりました。それまでお宅で書いていたのを「これ、急いで書こう」って言って、麹町の旅館に移動してね。もう昼も夜も仕事する。あのときの橋本さん、よく覚えていますよ。「今、乗ってるな」と。

そのうち、僕は書かないでもよくなっちゃうんです。「その先は僕やるから」と言って。それで一週間ぐらいで書いたんじゃないかな。橋本さんはその頃、カナタイプで打ってた。手で書くよりも、指で押したほうがエネルギーの消費が少ないという。橋本さんは合理主義者なんですよ。だから、カナで書く。それを僕が原稿に写す。ちゃんと漢字とひらがなに変換して。

それから橋本さん、字の書き方にうるさいんですよね。「もうちょっと字は四角張ったほうがいい」とかね。結局は印刷するんだから、字は何だって同じだと思うんだけど。「読み直すときに、あまり丸まっちい字で書かれると、がしっとした世界に見えない。だからなるべく角張って書いてほしい」みたいなことを言われました。それで、一生懸命に努力して、角張った、橋本さんの気に入りそうな字で清書したんですよ。

――脚本ができ上がった段階で、あれだけ大ヒットする映画だっていう予感はありましたか。

山田　それはなかったですね。でも、たしか橋本さんは「この映画は今までの日本映画にはなかったスケールにおいて作られねばならない」と最初から最後まで言っていましたよ。でも、当時の社長の城戸四郎さんはもともと犯罪ものが好きじゃないんです。松竹は伝統的にホームドラマを作ってきましたから。刑事が出てきたり、犯罪を犯したり、まして死体が出てくるなんて、あまり松竹的じゃないわけですよ。その城戸さんがまだ健在で、「反対だ」って言って、それでお蔵になっちゃったんです。

――それから約十年後に製作が再開されるわけですが、それを知ったときは、いかが思われましたか。

山田　その頃僕も監督になって、忙しかったんですよね。それで、「ああ、よかったな」と思いました。いろんなことがあったみたいですよね。野村さんが「松竹をやめてでも撮りたい」と言ったか、橋本さんは「野村さんに松竹をやめさせていいのか」と思って悩んだとか。それだけに「松竹でつくる」って決定したときには僕もほっとしました。野村さんは本当に松竹をやめてもいいぐらいに、この作品にこだわっていましたから。

――撮影の現場には行かれましたか？

山田　僕はあまり行ってないですね。

――でき上がりの作品をごらんになったときは、いかが思われましたか。

山田　やっぱり、野村さんが本当にこの映画に賭けてるなという想いが伝わりましたね。野村さんというのは、はっきりしてるんですよ。流して撮る作品と、ちょっと力を入れる作品と、うんと力を入れる作品と。そういう器用な人。この作品は監督としての生命をかけてつくったなという気がしました。

『霧の旗』

――『霧の旗』は、山田監督ご自身が撮っています。これはどのような経緯で映画化されたのでしょう。

山田　橋本さんの家に、しょっちゅう通ってたんですよね。するとある日、机の上を見たら『霧の旗』って脚本がある。それで橋本さんに聞いたの。「あれ、どういう企画なんですか」って。すると「流れちゃったんだよ。東宝でやろうとしたんだけどね。材料を東宝の首脳部に気に入られなくてね」って言うんです。それで僕が「一度読ませてください」って言って、読んでみたら、何かとてもやる気が出てきた。面白いと思って。それで「橋本さん、これ僕にいただけませんか」と。橋本さんも「いいよ」って言って、喜んで僕にくれたんです。僕、たくさん映画撮ったけど、あれだけなんですよ、他の人の書いた脚本は。

――倍賞千恵子さんがああいった役をするのも珍しいですね。

山田　キャスティングどうするかという時に、橋本さんが「それについては僕にイメージがあるんだよ。主人公は、いわば犯人だよね。殺人犯の妹。だから、そういうイメージの、ちょっと目つきの鋭いみたいなキャスティングをしがちなんだけれども、思い切ってそうじゃないタイプの俳優にしたほうがいいんじゃないかと思うんだ。松竹でやるんだったら倍賞千恵子がいいと僕は思う」って言ったわけです。で、僕はそれは相当な冒険だなと思った。でも、橋本さんの意見に従おうと思ってね。「じゃあやりましょう」ということで、それで彼女になった。

――山田監督のフィルモグラフィの中でも、かなり異質な作品になりました。

山田　そうですね。でも、やっぱりサスペンス映画って、憧れるわけですよ。一度やってみたい……と。

――橋本さんの脚本を読まれて、どういうところに特に惹かれましたか。

山田　それは松本清張さんの作品に通してあるものだろうけれども、やっぱり民衆が主人公ですよね。熊本の町に住む、一人の庶民の娘と、彼女なんか想像もつかないような権力の座に近い弁護士との闘いでしょう。それが面白いと思いました。

それで最後に弁護士がやっつけられる。このシナリオの面白さは、彼が悪いわけじゃないところです。悪者でやっつけられるっていう話ではない。九州の貧しい娘の弁護までやっておれないという状況が彼にはある。でも、そのために、彼女の兄さんは無実の罪で投獄されてしまった。そのことで恨まれる。つまり、「俺はお前にそれほど恨まれることはしていないのに」と言いながら復讐されちゃうというところが、面白いと思った。

けれども、それが同時に物語のウイークポイントでもあると、後になって思うことです。やっぱり、「本当に悪い奴はこいつだ」というのがあって、そいつが最後にやっつけられるということで、観客は、「うん、よし、やった」という、ストレスを解消できるわけですよ。でも、そうじゃないですから。原作もそうなんだけれども、そのひねり方が面白いのか、あるいはそこに無理があるのか。そのきわどいところが、この映画にはあって。

――そういう話を映画化することに、松竹の会社側としてはどのような反応でしたか。

山田　犯罪ものとかは嫌な会社だから、とても反対しましたね。僕も意地になって「やりたい」と言って。この時も、やっぱり城戸さんでした。城戸さんのところへ行って、「もともと最初から、無理だとは思ってました。城戸さんは刑事が出る映画なんか嫌いですからね」と言ったら、城戸さんがね、「それほどおれは了見が狭い男じゃないよ。刑事がだめだと言っちゃいないよ」なんて言うんです。それで形勢逆転して「そんなにやりたきゃ、やれよ」みたいな話になったんです。

――思い切って言ってみるという説得手段もあるんですね。

山田　この会社においては、社長が「よし、うん」と言うか、言わないかで一つの映画を作れるかどうかが決まるんです。ですから、そういう緊張関係が常にあるのが映画づくりだと僕は思っています。プロデューサーをごまかしてでもいいから、いかにして「うん」と言わせて作っちゃうか。そして、喧嘩ごしで実現したものって、決して失敗しないんですよ。どっちかというと、そっちのほうがうまくいく。『男はつらいよ』だって、喧嘩ごしで実現しましたから。今から思えば、みんな懐かしい思い出ですよ。

好きなようにやんなさい

――『霧の旗』を撮る際、橋本さんからは演出に対してアドバイスや要望はありましたか。

山田　橋本さん、あまり言いませんでした。橋本さんは非常に厳しい人で、それまでも、脚本変えたりなんかすると、非常に監督は抗議されたとか、ときに「訴える」と言われたとか、そういう怖いうわさがあったんですよ。でも、脚本を検討して、直したいセリフがあるんですよね。語尾をなんかちょっと。それで「橋本さん、ちょっと僕、直したい部分があるんで、聞いてくれませんか」と言ったら、「もういい、もういい。君の好きなようにやんなさい」と言われました。ほっとしましたね。

――当時の橋本忍さんは日本映画界でもトップの脚本家でした。その脚本で撮る上で、プレッシャーや特別な意気込みはありましたか。

山田　きっとあったんだろうとは思います。「橋本忍の脚本でやるぞ」というね。そういう人、そういう存在、そういう位置でしたから。そんな橋本さんが「いいよ、君の好きなようにやりなさい」と言ったことは、それだけ僕を信頼してくれたってことだと思うので、とても嬉しかったですよ。

――橋本さんの脚本で撮られたのは一本だけですが、『霧の旗』以降、そういう動きはあったのでしょうか。

山田　いや、これだけです。やっぱり、僕がやりたい世界と、橋本さんの世界とは少し違うんですよね。橋本さんのところで勉強しているときには「この人の言うとおりやろう」と思っていました。「何ていったって、今、日本一の巨匠なんだ。この人の言うとおりやっていこう」と思ったけれども、でも僕が描きたい世界と橋本さんが興味を持つ世界と、少し違うことも、だんだんわかってくるんです。極端に言えば、寅さんみたいなものを橋本さんに書いてもらうわけにいかない。それは無理だってことは、僕もわかっていました。

例えば、特に喜劇って、橋本さんはそんなに得意じゃないってことはあるんじゃないかな。橋本さんの作品にもそういう系列は少ないですよね。

——たしかに、「重厚な悲劇」の作家という気がしています。

山田　でも、喜劇的な描写が苦手というわけではないんですよ。たとえば『張込み』にこんな場面がありました。刑事がずっと緊張しながら張り込みをやっている。刑事は宿泊する旅館には「農機具のセールス」だって言ってるわけです。だから、旅館の人間はまさかそこにいるのが刑事だと思わないので、おかみさんや女中さんが気楽に喋りかけたりなんかするんですよ。そのあたりで、映画館のお客さんは随分と笑っていました。

そういう、すごい緊張感の中で、時々ふっと緊張が緩んだときに笑いになる。そういうことも計算された脚本だなと思いました。僕は助監督として現場についてましたが、現場ではそれが分からないんですよ。映画館で見たときに、女中さんとおかみさんが出てくるたびに、お客さんが楽しそうに笑う。緊張感がある程度持続していくと、その次にふわっと笑いが欲しくなるっていうかな、そういう呼吸というのは『張込み』から学んだ気がします。

——橋本さんがご自身のプロダクションを作られて映画製作を始められたことは、いかが思われましたか。

山田　橋本さんはずっとフリーの人だったから、企業に対するものすごい対抗意識があったというのは事実じゃないですかね。だから橋本さんは、プロダクションを作って自分で映画をやり、『八甲田山』を成功させた。

だけど、その後もいろんな作品を作られていますが、それがみんな成功したとは言いがたい。それについて、橋本さんがどういう考えを持っていらっしゃるかというのは、むしろお聞きしたいなと思っているぐらいです。つらいことも随分あるんじゃないのかな。思ったようにいかないということについてね。

――橋本さんの作品は『八甲田山』をはじめ暗くて重い内容が多いです。それが、あそこまで大ヒットできてしまうのは、なぜだと思われますか。

山田　橋本脚本の持っている構成力、つまりがっしりとした建築物を見る……ということなのではないでしょうか。ドシンと建って、少々の地震でもびくともしないような構造物を見る楽しみという。ですから橋本さんの映画を見るときは、そこに信頼を置いて見られるというか、大きな建築を見上げる喜びみたいなものがあると思います。そして、そういうどっしりとした構造で描く世界というのは、人間の内側の重いものになってくるということは当然なんじゃないですかね。

『男はつらいよ』のような、いわば軽いものは、あんまりそういうどっしりとした構成じゃないほうがいい。橋本さんの場合は、非常に力強い、ボルトでぎゅっと締めたような構成力の豊かなホンを書いてこられた、それが成功した場合に大ヒットしたってことじゃないのかしら。でも、その構成がうまくいかないときには、映画興行もうまくいかなかったと思うんです。その辺を橋本さんがどんなふうに考えていらっしゃるかね。僕も聞きたいところではあるんだよね。

　軽やかで、さらさらとした松竹で育った僕が、橋本さんに会って、どしっとした重量感のあるつくり方を見て、しびれた。僕にとっては、本当に幸福なめぐり会いでした。あんな日本一の師匠を持てたという幸せを、僕は今にして思うんです。

2018 年4月、100 歳祝い会で山田洋次監督（右）と

八　計の章

～『人間革命』

プロダクション設立事情

第七章で述べた『砂の器』の顚末は、「脚本家・橋本忍」という視点からのものだ。が、『砂の器』における橋本忍を語る上で欠かせない視点が、もう一つある。それは、「プロダクション経営者・橋本忍」としての視点だ。

『砂の器』において、橋本忍は脚本家であると同時に、製作した橋本プロダクションの社長でもある。つまり、『砂の器』に臨む上では、脚本家だけでなく経営者としてのスタンスもあった。

それは、どのようなものであったのか——。

橋本プロダクションは、橋本忍だけで構成されているわけではない。「発起人」として、多くの人間が加わっていた。

一九七三年の発足段階で、『砂の器』だけでなく、続く『八甲田山』の映画化の動きも始まっていた。そのため、『砂の器』の野村芳太郎に加え、『八甲田山』を撮ることになっていた森谷司郎も参加。さらに東宝の田中友幸、田中収の両プロデューサー、俳優座の俳優たちのマネジメントを一手に請け負う俳優座映画放送の佐藤正之プロデューサー、TBSの大山勝美プロデューサー、電通の宮本進プロデューサー——と、当時のトップクラスのプロデューサーたちもこれに参加していた。

当時を知る唯一の関係者となった田中収は、プロダクション設立の顚末を次のように語っている。

「前々から、『橋本さん、プロダクションを作ったら……』っていう話を、僕は橋本さん相手によくやってたんです。まだその段階では『橋本プロ』とは言わないけど、『プロダクションを作ったほうがいいじゃないですか』って。

というのも、当時は映画がどうなるかわかんなくなってきてたでしょう。東宝自体も、映画を作るんだか作らないんだか分からないし、どの会社も非常に不安な要素が出てきた。だから『今、橋本さんは自分のやりたいものをプロダクションでやっていけば』と思っていたんです。で、『作ったらどうですか』って持ちかけた」

橋本がプロダクションを設立する少し前、一九七〇年代初頭の日本映画界は壊滅的な状況にあった。六〇年代に入る頃から観客動員は低落傾向に陥り、製作本数が激減していく。七一年には『羅生門』も作った大映が倒産、日活は経営規模を大幅に縮小し、東宝は制作部門を別会社として切り離す。そして、黒澤明が自殺未遂をしている。

そうした暗澹《あんたん》たる日本映画界にあっても、大作映画をヒットさせ続けていた橋本は、別格の存在となっていたのだ。大手が頼りない状況下で思うような映画作りを続けるためには、独立プロを設立した方がいい。それが田中の考えだった。

「そのほうが橋本さんも好きな企画もできるだろうし――と思ったんです。でも、強く持ちかけたというよりは、何となく言い出した感じです。だから、言い出してすぐできたんじゃないですよ。それで橋本さんが最初に『じゃあやろう』って言って、発起人を集めることになりました。その人選をする際に、橋本さんは『シナリオライターは俺一人でいい。それから監督は一切入れないでやろう』と言うわけです。それで佐藤さん、大山ちゃんといった企画者を何人か入れたんです。

そんなある日、僕が撮影所で仕事してたら、橋本さんから電話がかかってきたんです。『田中くん、ちょっと会いたいんだけど来てくれないか』って。橋本さんの家に行ったら『実は田中くん、プロダクションを作ることが野村さんにばれちゃったんだ』って言うんですよ、で、『野村さんが『半分でも全部でも払うから俺も入れろ』って言うんだ。それで困っちゃったよ』って。『橋本さん、断れないんでしょ。ばれたんなら断れないじゃないですか。どうするんですか』って僕が言ったら、『だから困ったんだよ』って。

僕は『野村さんが入るんなら東宝でも一人入れましょう。それなら僕は森谷さんを入れましょう。野村さんと森谷さんで、東宝と松竹でバランスとれていいじゃないですか』っていうことで二人が入ったんです。

でも、橋本さんはいつからか、ちょっと記憶違いするようになったんですよね。最初から野村さんと森谷さんが入ってたと言い出した。それを聞いた時に、『あら？　最初に橋本さんが自分で『監督は入れない』って言ったのに――って思いましたよ」

賭けとしてのプロダクション経営

そして、この橋本プロダクションを母体に、橋本は『砂の器』の製作に挑んでいくことになる。その時の意気込みを、筆者に次のように語っている。

「『砂の器』という脚本は、十年前にもうできているわけだよ。僕が十年間持っていた。その間、それを検討した人たちはたくさんいる。当時は制作本数も多いから、映画会社には千人、二千人という社員がいて、その中で一番優秀な人材が企画部とか文芸部に集まっているわけだよね。彼らはみんな、それぞれに確かな目は持っている。でもね、彼らはその十年間、僕がどれだけ言っても、誰もが『これは外れる』という答えしか出さなかったわけだ。でも、それで僕が映画を作ったら、『砂の器』ほど長い期間、興行できたものはない。

じゃあ、それを作る僕に、当たる自信があったか。実は、何もないよ、そんなもの。やってみなきゃ、わからん。だけども、僕が『やってみなきゃわからん』なんて言ったら、誰もそんなの乗らないよ。だから、いつも強いことを言っていたけど、本人としてもやってみなきゃわからなかったんだよ」

橋本は「やってみなきゃわからない」から「やらない」とはならなかった。むしろ、「わからない」からこそ、燃えた。なぜなら橋本は「映画の賭博者」だから。先がわからないこそ、賭ける価値がある。それが橋本の根源にあるのだ。プロダクション設立の背景には、橋本らしいギャンブラー精神もあったということだ。

「『砂の器』と『八甲田山』は、勝負事が好きだからやったんだよ」

そして、映画製作に臨むにあたり、橋本は競輪をやめることにする。ストイックに生きる覚悟を固めたからではない。より刺激的なギャンブルを見つけたからだ。

「一生競輪を続ける気だった。死ぬまでやめるつもりはなかった。それがね、ある機会にパタッとやまった。

これは四国の高松の競輪に行ったときなんだ。高松で都道府県対抗競輪というのがあったわけ。それに行くためには、当時は東京から高松の飛行機の便というのがなくて、全部大阪乗り換えだから大阪まで行こうとしたんだ。でも、全便満席で乗れない。これはどうしようもない。行けないわな。家へ帰るよりしょうがないわ――って歩いてたらね、『先生』と声がするから振り返ったら、勝新太郎のマネージャーがいるんだ。

『先生、何ですの?』と言うから、『今、高松行くんで飛行機乗ろうとしたけど、満席で乗れない』って。そしたら『わかりました。ワテが一つやってきます』って、勝新太郎のマネージャーが全日空の建物へ入って何だか交渉したら、パッと切符が出てきたの。どんな切符でも、どんな飛行機でも、二席だけは空けてるらしい。誰かトップの人が乗るためにね。代議士だとかなんか乗るのに空けてるらしい。その一つの切符を取ってくれたの。

それで、昼過ぎに高松の競輪場へ着いたんだけど、何だか重苦しい嫌な感じがするんで、『ちょっと出るわ』って外に出たんだよ。なんだか気が重くて。それでタクシーに乗ってね、屋島へ上がって高松の市内を見た。そうすると、高松の市内というのがもう丸見えで。

そこへ立つのは実は三回目なのね。一番最初は岡山の療養所から出た時。もう治らない結核だから、いっそのこと自殺でもしようかと思って自殺する場所を探して、そこへ立ったことがある。そのときに高松の市内を見たら、全部が日本家屋だよ。それを見ていたら、なんか死ぬ気がなくなってしまった。で、戦後、会社の都合で四国を回ることがあって高松行ってみたの。そのときには空襲で丸焼けになって野っ原だった。

で、今度はそこから眺めるとビルがたくさん建っているんだけど――ビルがこう、なんか――石塔、石の塔に見えて、街全体が巨大な墓場のように見えたんだよ。

それで競輪場へ帰ったんだけども、やっぱりなんか気が重くて。その晩、みんなと一緒に泊まって飯食って、あくる日、もう競輪場へ行かずに家に帰って、それで、それっきり競輪に行かなくなったんだよ。でね、行かなくなったそのあくる日から『砂の器』に拍車かけたんだ。

十何年も競輪にまみれて、それで、運命というものの確率というのがわかった気がしたの。それはね、運というものは目に見えなくて、曲線を描いて、ある一定方向へ回りながら動いているんじゃないかと。これに当たるか当たらないかは、目に見えないんだから目では追えない。自分でその方向だけを見て、とにかくまっすぐに進むと、運のほうで当たってくれる。

これが競輪で損して、得た教訓なの。それがわかった直後なんだ。だから競輪場に行くのをやめちゃったの。

だったらその代わりに映画を思い切ってやる、って。で、『砂の器』の製作に突入したわけ。

だから、競輪という勝負事をやめて、もっと大きな勝負事の映画製作に乗り出したんであって、そこが従来のプロデューサーの感覚とは違うということなんだよね」

橋本は、『砂の器』という映画を通じて壮大な、ギャンブルをしていたのである。

そのため、凡百の映画プロデューサーであれば「分からないから、やらない」となる企画も、「分からないから、やりたい」と入り込んでいった。映画が興行的に当たるか、外れるか。内容的に名作となるか、駄作となるか——。その見通しが立たないスリリングさに身を投じることに、橋本はギャンブル的な刺激を求めていた。

ギャンブラーの分析

ギャンブルの結果を最終的に決定するのは、運である。そのため、「結果が分からないけれども、一か八かで突っ込む」ことこそ、ギャンブラー精神と思う人もいるかもしれない。だが、本物のギャンブラーは、そうではない。

本物のギャンブラーは、ただ運や勢いだけに任せた無謀な賭けはしない。運以外の「失敗」を招きかねない不確定要素を徹底して洗い出した上で全てつぶし、「当たる」確率を最大限まで高めた上でベットする。

それは、橋本も同じだった。そして、「映画製作というギャンブル」に臨む上でも、その姿勢は変わらない。当時の創作ノートには次のような記述がある。

「映画は賭けである。
全くの賭けではなくても、賭け的要素がかなり強い。
それを克服する気力と準備がない場合には、逆にいえば損得を考えては作れるものではない」

ここで橋本が「準備」という言葉を使っているように、この賭けに勝つ確率を上げるため、橋本は自身で出来る限りで最大の「準備」をして『砂の器』に臨んでいた。

そこでまずは、映画界の状況分析だ。どんな状況かを知らずに突っ込めば、ただの運任せでしかなくなり、失敗の危険性は高まる。賭けに勝つ確率を上げるためには的確な戦略を立てる必要があるが、それには的確な状況分析が前提となる。

そして、橋本はその分析眼が卓越していたのだ。

橋本は映画界に憧れて脚本家になったわけではない。先に述べたように、稼ぐ場として選んでいた。そのため、映画界や映画会社に対して冷静に距離を置きながら状況の分析を続け、早い段階から批判的な言動を続けていた。しかも、それは「スター脚本家」として圧倒的な立場になった六〇年代になってからの話ではない。

『真昼の暗黒』で脚光を浴びた当時から、橋本は既に後の『砂の器』に連なる不満を述べていたのだ。

「(『真昼の暗黒』について) 今でこそ、私の知人の各会社の人達は、ウチの封切系統で宣伝も大々的にやっていたら、何億かの興収があったろうと云われる。しかし同作品が企画された時はどうだったか。御存知の通り、この作品の企画当時、最高裁判所から横槍があった。この時、最高裁の云い分に我々の納得の出来得る正当なる理由ありやなしや、又、その理由なき場合、この横槍と圧力を押し返して作品を造り、果してこれを映画館にかけることが、可能か不可能かと云うことを、真剣に考えてくれた映画会社が一つでもあったかどうかである。若し例え一日でも、真面目な考えで、事態を冷静に見極め、その対策さえ樹てれば、映画化も興業《ママ》化もなんでもないこと、即刻に自信が持てた筈である。ところが現実は、ただただ最高裁恐ろしさのために、我々の言葉には頭からテンで耳を傾むけようとしなかったのではないか」

「映画を作る前に何か一つの概念が先に立っていて、それを破ることを極端に厭がるか、又は危険視して恐がると云うことである」（『キネマ旬報　臨時増刊号』「名作シナリオ集」五六年八月号）

当時の日本映画界は未曽有の絶頂期にあり、作品の量的にも質的にも恵まれていた時代だ。にもかかわらず、『真昼の暗黒』での経験から、早くもその保守的な傾向を喝破していたのだ。そして、六〇年代になり「スター脚本家」としての地位を確立すると、映画界への言動は辛辣さを増す。

「企画という問題となると、どうしても視野が狭く、またその特定の個人の趣味のようなものが極端に強い場合が多い。巾の広い、そして新しい動向をさがし出すのは、どうしてもこれを専門の業とする製作者の仕事である」

「地味なものを育てる努力を惜しんで、場あたり的な、ちょうど罐詰にラベルをはって、市場に流すような、量産システムの安易さこそ、最も警戒しなければならない」（『キネマ旬報』六六年三月

上旬号）

自身は映画を思う存分に作れていた時期なので、その現状に満足だけしていれば業界全体のことなどはどうでもよくなりそうなものだが、橋本はそうではなかった。現状の問題点を鋭く読み取り、警鐘を鳴らし続けていた。

ここで注目したいのは、当時の日本映画界で当然のことと思われてきた大手各社の「量産体制」に「安易さ」と厳しい批判をしている点だ。その問題は、ここで橋本が指摘する企画の硬直化の問題だけではなかった。

五〇年代、映画は「娯楽の王様」と呼ばれ、「作れば当たる」という時代だった。日本各地に数多くの映画館が作られ、各映画会社は直営館だけでなく独立系映画館のプログラムを自社作品で埋めるため、量産体制を敷くことになる。量産を支えるため数多くの人員が撮影所に配され、そして各社ともに年に百本近い映画が作られていくことになる。先に述べたようなシリーズ作品が多く作られたのは、そうした量産体制を支える上で製作を効率化するためという側面もあった。

だが、六〇年代の高度経済成長期に入ると、テレビ産業の伸長やマイカーの普及による観光ブームなど、娯楽は多様化していく。その一方、量産を続けていた映画は、観客から飽きられるようになった。その結果、観客動員数は大きく落ちていく。だが、それでも各社は五〇年代の活況を前提とした量産体制をやめられないでいた。

量産を支えるために大手各社はスタッフを正社員として雇っていたが、それが余剰人員になっていく。合理化を進めたい上層部に対し、現場は組合運動で対抗、そのためのストライキなどで映画撮影に支障をきたすようになっていた。
サラリーマン時代、工場で経理や生産管理を担っていた橋本は、脚本家として駆け出しの頃から映画産業を生産効率性という視点から見ることができていたようで、量産体制の危険性に対してもそうした視点から批判をしている。

「私は三十を過ぎた中年から現在の仕事に変り、それまではサラリーマンで、主として原価計算とか経理畑を歩いて来たので、映画の全盛期といわれた昭和三十一、二年を過ぎた頃から、映画の製作、それに関連する配給などにはある種の疑問を持ち始めていた」（『キネマ旬報』七四年六月下旬号）

その結果として、映画制作の効率について、前掲の『キネマ旬報』誌上に、次のような分析結果を導き出している。

・製造工業は大量生産しない限り、コストは安くならない。
・だが、映画はそうはならない。出来上がった作品の一本一本が違うから。
・車に例えると、一台一種、全く違う車を作っている。それが映画。
・つまり、大量生産すると、コストを下げるどころか、実は上げる一方である。

そして、こう結論付ける。

「大きな会社で大量生産方式がとれたのは、他の娯楽産業がまだ伸びない時代、もう一つは全部手仕事であるにもかかわらず人件費が極端に安い時代、この二つの条件の下にしか成り立たない産業なのである」

実際、橋本の危惧した通り、各社は量産体制から脱却できず、先に述べたように破滅的な状況に陥っていた。

アメリカに移住したい

こうした分析を踏まえ、橋本は自身でプロダクションを設立した方が効率が上がり、「これまでできなかった企画」が実現できると判断したのだ。

「端的に言うと、二十人で担ぐお神輿を四十人で担いだら、かえってつらいっていうことなんだ。それを痛いほど知ってるのは野村芳太郎であり、森谷司郎であったたってこと。そういうところから橋本プロというのは生まれているんだ。

なぜ『砂の器』『八甲田山』という二本の映画ができたかというと、極端に人を減らしてるからだよ。映画ってのは多く人数かけてやったらダメだというのが僕の考え。いかに人数を絞り込むか——ということしかない。

『砂の器』の父子の旅は、僕を入れてスタッフは十一人だよ。それに加藤嘉さんと子役がいるから俳優さんを入れても十三人だ。あの父子の旅って全部で十三人で撮ったのよ。そりゃまあ、一人一人が走り回らなきゃいけないから腹は減るよ。腹は減るけども、やっぱり最高の贅沢だよ。どこかに一片でも雲があったら撮らない。それで、同じ場所で一週間でもカメラ据えたら据えたまま。人数が少ないから、そういう撮影もできる。だけど、たとえば八十人という人間になったら、回さなきゃしょうがない。人件費がかかるからね。今だったら、雨さえ降らなかったら、みんな回しちゃうんじゃないの。それだとどうしようもないよね。

映画は人数が多くなってはダメだと思う。今のように八十人にもなってみんな遊んでると――そりゃ自分のやることだけはやってるんだろうけども――本番のときに自分の仕事が終わってるスタッフは手が空いてるよね。みんな遊んでるんだ。あれじゃあ、やっぱりダメだね。画面のピンと張った――張った画というのは、それではできない。黒澤明みたいな画は撮れない。

もちろん、百人いなきゃ撮れないシーンもある。でも、十人が最適な場所があるし、二十人が最適、三十人が最適というように、場面場面によって必要な人数が違うと思う。でも、どんな場面でもその八十人いるというのはね、これは無理だ。『鶏を割くのに牛刀を使う』って昔の言葉があるけど、あれと同じだよ。日本映画は牛殺す刀で鶏を割いてる。だから、面白い映画なんて出来っこないよ」

これは橋本が後になって結果論で言うようになったことではない。プロダクションを設立する以前の段階で、既に橋本は『砂の器』の撮影ができない理由として映画会社のシステムの問題を挙げていた。『キネマ旬報』六八年七月特別号での松本清張との対談で、「ぼくの原作をあなたがシナリオにした『砂の器』はその後どうなったの」という清張からの質問に対し、こう答えている。

「あのままなんですがね。現在の製作機構からいうと、案外金がかかるんです。ロケーションが多いから。会社機構のなかで、いろいろ長期のロケーションというものは、高くつきますからね。けれども、もうああいう試みを、やらなければいけない時代がきていますね」

橋本プロは独立のプロダクションだからこそ、『砂の器』で四季にわたる長期ロケーションができた。実際、六一年に松竹の城戸が『砂の器』の企画を中断させた背景の一つには、「父子の旅」の長期ロケにかかる予算の問題もあった。だが、自身のプロダクションでの独立採算制、しかもキャストもスタッフも少数精鋭の製作体制ならば、そうしたロケーションも可能になる。

『砂の器』の企画がなかなか通らなかった時期、日本映画界に対する橋本の危機感や不満は本当に大きかったようだ。一九六七年にハリウッド映画『太平洋の地獄』(※日本公開は六八年)を執筆するためにロサンゼルスに長期滞在した際は、橋本は本気で日本を出ようと考えていた——と橋本綾は証言している。

アメリカから帰国した橋本は、ハリウッドにおけるシナリオライターの地位の高さに驚愕したという。ギルドが強く、そしてギャラもいい。そのため、橋本は「ここで仕事をしたい」と本気で思うようになり、家族に移住を持ちかけたのだ。

ただ、妻の猛烈な反対により、その考えは引っ込めている。

大きなものを儲ける

そして、橋本がプロダクションを作ろうとした理由は、「思う存分に映画を作りたかったから」だけではない。先の『キネマ旬報』（七四年六月下旬号）での状況分析には続きがある。

「映画会社の実態を見ると、その投下資本は主要工場である撮影所ではなく、映画館、劇場へ圧倒的な大きさで投下されている。映画会社はやがて引合はなくなる製作からはなるべく手を引き、興業《ママ》会社としてのメリットを目指すことになる」

映画業界は橋本の予測した通りの状況になる。制作部門を別会社化した東宝はその別会社の作品も徐々に興行のラインナップから減らしていったのをはじめ、各社ともに制作部門を縮小したり廃止したりした。その一方で映画制作は外部プロダクションに任せて、自社では映画館施設の充実に資本投下していくようになる。これは、現代のシネコンへと至る流れだ。

そうなると、橋本としても以前のように大手の映画会社が引っ切り無しに脚本の依頼にやって来る状況ではなくなる恐れがあった。制作部門が独立採算制になれば、赤字のリスクを考えて脚本料が下がる可能性もある。そうした状況下で、どう生き抜くか——。橋本はこう言い切っている。

「そうした時代になっても、なおかつ自分が映画で飯を食っていくとすると、独立プロダクションみたいなものを作るより仕方がない」

橋本がプロダクションを設立したのは、先々の状況を見据え、その中で「映画で飯を食う」ためでもあったのだ。そして、「映画で食う」となると、「プロダクションの作った映画で儲ける」ことは最重要の要素になってくる。

橋本の没後、筆者はその仕事部屋から『砂の器』『八甲田山』『幻の湖』『旅路　村でいちばんの首吊りの木』という四本の、橋本プロが制作した映画の創作ノートを発見した。

ただ、その内容はそれまでの『生きる』や『張込み』の時とは異なり、一脚本家としてだけではなく、プロダクション経営者としての赤裸々な言葉も、詳細に記されていた。それは、「創作ノート」というよりは「制作ノート」あるいは「経営戦略ノート」とすらいえる内容だった。

そして、『八甲田山』の創作ノートを開くと、「製作の基本方針」と題して次のようなことが書かれている。

○土の上を這いずり廻るような努力をして、大きなものを儲ける

○独立プロの経営の手本には新藤さんのプロ、映画の創り方には山田典吾的行き方がある。しかし、その土の這いずり廻りは結果として大きな利益がなく、ただ手固く喰っていくだけである。ただ喰っていくだけのことなら、そんなミジメたらしい努力をする必要はなく、他の仕事に変ればいい。

橋本プロは大きく儲けなければ存在の意味がない。

自分が肥らないと、作品も肥らない。

このノートは誰に見せるわけでもない、自分自身で確認するための備忘録的なメモである。にもかかわらず、この中でも橋本は「橋本プロは大きく儲けなければ存在の意味がない」の箇所にわざわざ赤線を引いているのだ。このことからも、「大きく儲ける」をプロダクション設立の重要事項に置いていることが分かる。

当時、日本映画を上映する都市部の映画館は、ほぼ全て大手の映画会社が占めていた。そのため、独立プロダクションは作品を配給してもらうべく大手と交渉するしかないのだが、劇場側はその収益の七割近くを持っていく。つまり、大手は元手をかけずに儲けることができるのだ。

一方、プロダクション側は自腹の予算で制作をしている上に劇場からの収益も少ない。結果として自転車操業となるため、映画が一つでも興行的に外れたら、途端に経営は厳しくなる。経営を維持するためには、できるだけ予算を削るしかない。

橋本は、そうした従来の独立プロの制作姿勢を「ミジメたらしい努力」と断じているのだ。多くの独立プロは貧しい中で映画を作っているが、橋本はそうはしなかった。メジャー相手に、堂々たる「儲かる」大作の製作を志向する。自身のプロダクションで『砂の器』を作ったのは、そうした意識もあったのだ。

『砂の器』創作ノートには、次のような状況分析も書かれている。

○日本映画は商売として通用する作品は、だんだん数が少くなり、殆ど作れなくなる。
○橋本プロは、その構成人員、企画力、製作力からいって、日本映画界では最強のプロジェクトチームになる。

○現実に次回作「八甲田山」は、松竹と東宝でとり合いになっている。つまり、大企業では大きな作品は次第に作れなくなる。

そうした状況下でいかに儲けを出すか。それを踏まえた経営方針を、橋本は以下のように記す。

○映画の製作は、量産撮影所の決定的な不振から、来年8月から先には、かなり大きな変化が起きる。その結果は、どんな態勢の映画製作に移行するのか予断は出来ないが、ひどくコクハクで、ムジヒなものになるだろう。

社会情勢としても、経済成長はなく、不景気で厳しい。映画を製作することは、それこそ土の上を這い、草の根を分け、一銭一銭を拾うようなことをしない限り、やっていけない。

ムダな金を一銭も使ってはいけない。

○俳優費1000万以上の人は100万、10万単位で値切れ。

100万単位の人は10万、1万単位で値切れ。10万単位の人は1万、5000円単位で値切れ。

宿泊旅館は100円単位で値切れ。

○どんなに値切り、ケチといわれ、それが評判になっても、出来た映画が面白くて当れば、逆に美徳になる。また尊敬もされる。

1万円値切っても、それはフィルム100呎《フィート》になる。

100呎の絵が、その映画の大成功になる場合がある。

フィルムを惜しんではいけない。ただ明らかなムダ使いは問題にならない。

これはもはや、脚本家ではなく「経理出身の経営者」の言葉である。

映画会社を天秤にかける

では、橋本はどのようにして「大きく儲ける」映画作りをしようとしたのか。それを成すために、映画会社相手にシビアな交渉をしている。

『砂の器』は東宝が映画化に乗りかけたが、最終的に松竹に落ち着く。それは前章では野村芳太郎の事情として述べたが、それだけではなかった。

橋本は企画が決まる前に脚本を書いてきた。それは、興味が向いた時にすぐ書く——という方針によるものだったが、それができたのは橋本がヒットメーカーだったからだ。書いてさえおけば、どこかしらの映画会社で映画化に落ち着くことになるだろうという算段があった。

そうした、一本の脚本は、必ずしも一社だけが手を挙げたわけではない。複数の会社が求める場合もある。その場合、どうするか。中島丈博は、次のように語る。

「橋本先生は『切腹』の時だって、目の前に小林正樹さんが現れるまでは、東宝、松竹、東映に脚本をいかに高く売りつけるかってことを大真面目に考えていらした。それぞれ天秤にかけて吊り上げて、一番高いとこに売るっていう——そういう戦略だったの」

この話を裏付けるように、『砂の器』の創作ノートには「**次回作の『八甲田山』は松竹と東宝でと**

り合いになっている」という記述がある。そして、実は『砂の器』においても橋本は東宝と松竹を天秤にかけており、その結果として松竹を選んだのだった。前章で述べた野村芳太郎、藤本真澄をめぐってのドラマチックな展開は、あくまでも「表向き」の話だった。

実際、松竹での配給が決まる前に書かれたと思しき『砂の器』創作ノートでは、両社を比較しつつ、東宝と交渉した場合の契約内容をシミュレートしている。

『砂の器』ノートを読み進めると、橋本がいかに入念な準備をした上で東宝との交渉に臨んでいたかがよくわかる。

①一昨年頃より、独立プロ作品を考えていた。だから、東宝と独立プロに関する資料は殆ど揃っている。（東宝で映画を作ることを考えていた）

②歴史的に買取作品は駄目になり、部合《ママ》をつけているところだけ残った。

勝プロ、俳優座、芸苑社。

③東宝と独立プロの作品契約

原則的に部合《ママ》は３分。これは一昔前のアメリカ方式から来ている、ネット（利益の３割）、現実では有力な俳優さんはネットではなく、現代はグロス（配収）の時代。

製作費は東宝が出し、利益の３分をプロダクションに払う。東宝映画、東宝映像などは昨年までは５分だったが、今年からは３分になる。

但し製作費の問題で予算が折合ない時、会社は１億でしか買えない。プロ側は１億２千かかるという。両者が交渉し合い、会社もそれを認めたら、この２０００万をプロ負担にする。——その場合、ケースバイケースだが、３分の部《ママ》ではなく、むしろ分は上がる場合の方が多い。
④では部《ママ》はどうしたつけ方をするか。
原則的に利益の部分だから、先づ総製作費が計算される。
砂の器の場合（これを東宝でやった場合）
　１．トップオフ順序
　配給収入から引く順序
　Ａプリント代　１０００万
　Ｂ宣伝費　３０００万
　Ｃ配給費
　Ｄ本社経費　３０００万（Ｃ・Ｄ合わせて）
２．
製作費（９０００万）
配給収入－１－２＝□――これが利益
この利益を分率で分ける。
　プロダクション側に製作費の負担がある場合。
トップオフの一番最初に持ってくる。
理由……会社が儲けて、プロ側が損をする場合がある
配収２２００万、利益１０００万→１０００万×０・３＝３００万
自己負担１５００万－３００万＝１２００万損
東宝ではいろいろなケースでやって来て、いろんな問題があり、現在ではこういう形に落着く。

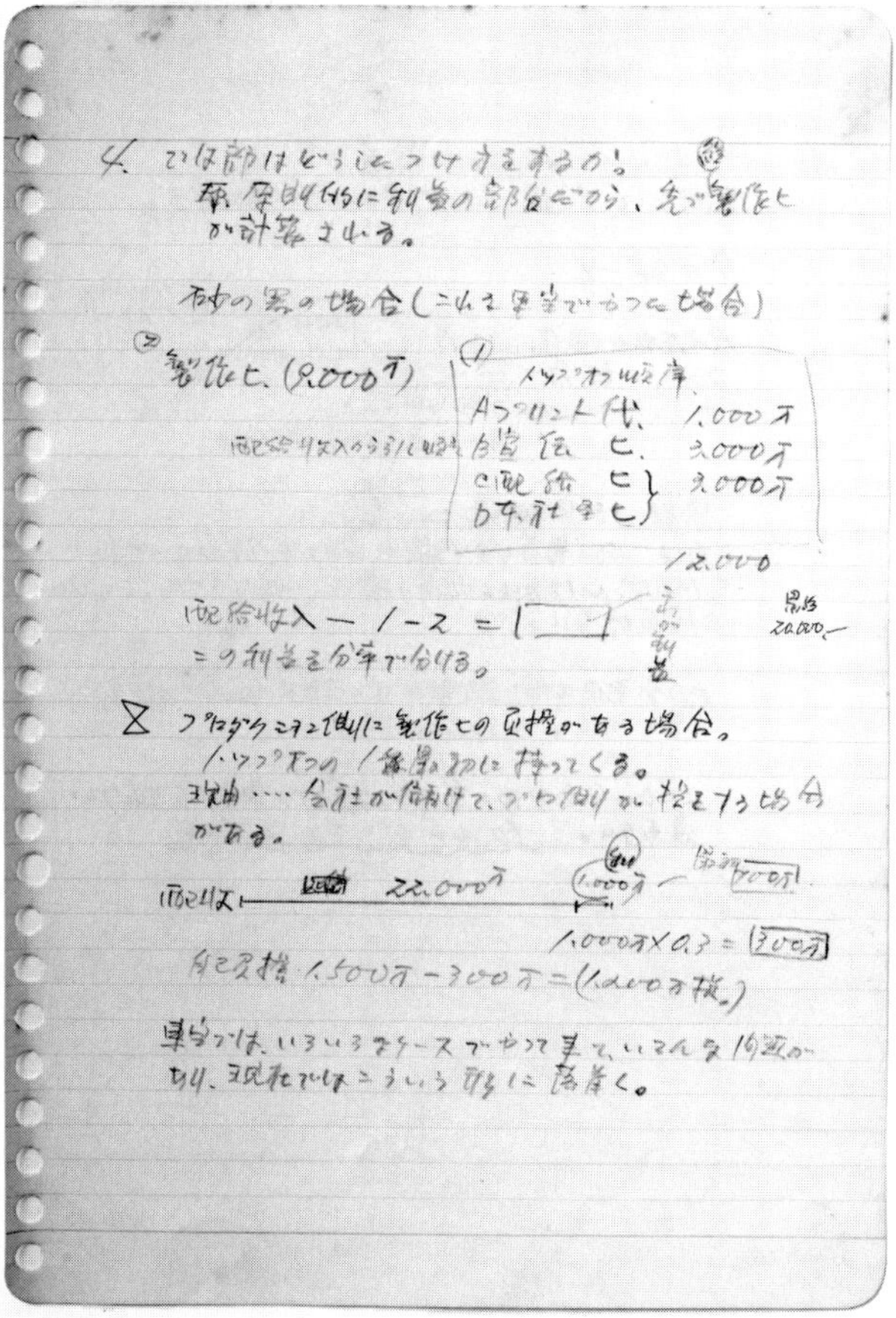
A プリント代 1,000万
B 宣伝費 2,000万
C 配給費
D 本社費 2,000万
12,000
配給収入 − ノース ＝
1,000万×0.3＝300万

収支の見通しなども細かくノートに書き込んでいた

⑤興行収入と配給収入の算定。
原則として50％。これは会社の方に利がある。
ＡＢ２本立ての場合、興行収入→Ａ７、Ｂ３
フラットの場合、全部興行収入、または全部配収になる
　東宝、日本沈没——60、40
これは、次の前売りの問題があるから、ハッキリ決めなければいけない。東宝の場合、これはオール50だから問題はない。
50で充分だが、松竹にその理由（もっと少なくなる）ことがあれば具体的に訊きたい。
《※以下、赤文字》以上が分合《ママ》契約の基本的なもので、東宝ともそれほど違わない。

独立プロを志向するようになった段階から、橋本は各独立プロと東宝との契約内容を調べ上げていたのだ。『子連れ狼』シリーズを大ヒットさせていた勝プロダクションなど、大きな儲けを出せているプロダクションとの契約はどのようになっているのかを分析。その上で興行・配給との利益配分まで細かく算出し、具体的にどのような利益が出るのかを把握していたのである。

創価学会と『人間革命』

橋本はプロダクション経営者として映画製作という賭けに勝つために、入念な準備を進めていた。その準備は、分析だけではない。

当時の橋本には、あまりにも強力な手札があった。創価学会だ。『砂の器』が大ヒットを遂げられた要因は、「橋本の狙いが客に通じた」という創作面の成功だけではない。「橋本の業界分析がはまったから」だけでもない。大きかったのは、創価学会員の大量動員があったからだ。

橋本が『砂の器』について語る際、決して表に出さない要素がある。それは、「橋本プロダクション」「松竹」と並んで「製作」としてクレジットされている、もう一社の存在だ。

「シナノ企画」。創価学会の映像制作部門のプロダクションである。『砂の器』という賭けをより確実に勝てるようにするため、橋本は創価学会を引き込んだのだ。

キッカケは、小説『人間革命』が映画化される際、そのシナリオを橋本が書いたことだ。『人間革命』とは、創価学会の三代目会長の池田大作が、自身の師で二代目会長の戸田城聖を描いた自伝的小説だ。

この企画を橋本に持ち込んだのは、東宝の田中友幸プロデューサーだった。七〇年の冬のことである。当時の東宝は自社で作る映画の大半が壊滅的な興行成績に陥っていた。自身が手掛けてきた「ゴジラ」シリーズまでも終焉が見えていた田中にとって、この確実に大ヒットが見込める企画を実現することは、当人にとっても東宝にとっても死活問題といえる話だった。そうなると、最も信頼し、最も稼げる脚本家・橋本に依頼するのは、当然の流れといえた。

だが、橋本は当初ためらったという。

『人間革命』の「シナリオ本」（『シナリオ　人間革命』）には——潮出版社という創価学会の出版部門から出たオフィシャル本であるにもかかわらず——橋本のこの時の想いが赤裸々に綴られてい

る。

「もしこの仕事にとりかかったら、とんでもない時間を喰う、場合によってはおそらくこれまでやった仕事とは比較にならないほどの手間と時間がかかると直感で思った。だからこの仕事にとりかかるのにはひどくためらった」

「私の場合、映画のシナリオは一か月、あるいは二か月、場合によっては三か月かかるものもあるし、時には半年から一年近くかかるものもある。しかし、値段のほうは一本いくらだから、どうしても仕上がり時間の短いものを選ぶ。これだけは生活の知恵とでもいうのか、鋭敏すぎるほどの感覚でつい身についてしまっている」

それでも、橋本は受けた。その理由については、同書で「『人間革命』の題名がひっかかって妙に気になったからである」と述べている。

「原作のあるものをシナリオにする場合、あるいは原作のないものをシナリオにする場合にも、これは共通して言えることだが、映画のシナリオには、ただ一行これをもとにして書くのだと言える、言葉がはたしてあるかどうかが問題だ」

「少なくとも『人間革命』という言葉はそれだけの意味内容をもっているのだ」

この辺りのシンプルさは、実に橋本らしい。

橋本は返事を保留したまま、三カ月ほどの「研究期間」を田中友幸に設けてもらう。その間に原作を読み、学会員に取材し、多くの資料に当たった。

「この期間に仕事のできる材料を、手っ取り早く手許に全部揃えたいと思ったのである。もしそれが思うように揃わなかった場合には、その時間は無駄になり、仕事をしない場合にはタダ働きになる」という不安はありながらも、「意外な短期間で仕上がる」という自信を抱くに至る。

だが、実際には執筆に一年六カ月かかった。シナリオが完成したのが七三年一月七日。これまでの最長は『七人の侍』の八カ月、『生きものの記録』の九カ月というので、ダブルスコアの最長記録だった。

橋本のフィルモグラフィをみると、七一年と七二年には単独脚本の作品はない。七二年に至っては、共同脚本の映画すらない。大半の時間をこの『人間革命』の執筆に費やしていたのだ。次々と大ヒット作を連発していた時期にもかかわらず――である。それだけ、『人間革命』に力を注いでいた。これもまた、賭けだ。

そして、橋本は賭けに勝つ。映画『人間革命』は七三年の配収二位（一位も橋本脚本の『日本沈没』）という大ヒットを遂げる。さらに大きかったのは、この出来映えを池田大作自身が大いに喜んだことだ。「シナリオ本」には、池田大作による橋本への賛辞も載っている。

「このたび、日本映画界の一代の巨匠、伊丹万作氏に師事された橋本忍氏は、原作を真面目に、自分の方にたぐり寄せながら、彼独自のプリズムを通して、見事に再構成された。

橋本氏は、戸田城聖という一個の稀有の人格が、敗戦後の荒廃の社会で、人間に対して抱いた至情の純粋さをテーマにとり、仏法の核心である生命線を映像化する創造的な営為に、二年の歳月を賭けられたわけである」

これが池田の真意なのか、社交辞令なのかは重要ではない。重要なのは、多くの学会員の目に触れるであろう創価学会系列の潮出版社から出ている『人間革命』のオフィシャル本に、「池田会長が橋本を名指しで絶賛した」という事実が記載されたことだ。

民音と前売り券

橋本が『人間革命』を受けた理由は、「シナリオ本」で述べた話だけではなかった。

当時、橋本の近くにいた二人は同様の証言をしている。

「『人間革命』から橋本さんと創価学会が繋がったんですよ。とにかく、当時はあそこを捕まえときゃ前売り券が売れますから」(田中収・談)

「橋本さんがあの企画をやったのは、創価学会の莫大な動員による資金的バックが欲しかったんです。結果的に、すごい成功作品を作った。割り切ったんです。そこは勝負師ですから」(中島丈博・談)

当時の日本映画界は斜陽期にあり、観客動員を読むのは難しくなっていた。そのため、各社ともに組織票が期待できる巨大な団体の協力は重要になっていた。そうした流れで、東映は『山口組三代目』を作り、東宝は『人間革命』を作った。そして、両作はいずれも大ヒットを遂げている。田中・中島の話は決して邪推ではない。前売り券における創価学会の動員に関して橋本自身も強く意識していたことが、『砂の器』創作ノートを読むとよく分かる。

前売り券の買い取りをめぐり、創価学会の音楽親睦団体である民音との協力体制をいかにして構築するか――その綿密な戦略が記されているのだ。

★前売り動員の基本的なもの（※以下、カナタイプから変換）

「砂の器」の前売り動員は、池田会長、本部、民音の形で下りている。

（正確に言えば、本部と民音との話が進んでいる過程で、会長がそれに承認を与えたもの）

したがって民音もかなり意欲的に動いてくれる。

しかし、その数字の保証はない。内々ではその話はしてあるが、学会は宗教法人で、営業行為は一切禁じられており、学会員利用の金儲けはできないし、第三者にもそれをさすことはできない基本的な原則がある。

したがって内々で数字のことは話してあるが、松竹、橋本プロともに、民音に対しては数字の保証提示は一切しない。

★民音の実態

会員２００万あるいは２２０万とも言われているが、この数字はよく分からない。その中で学会員とそうでない会員との比率は学会員40％そうでない会員60％、あるいは逆に学会員60％、そうでない

会員40％とかいわれ、比率は第三者には不明であるが、いずれにしても学会員以外の会員がかなりいる。

そうした状況もあり、前売りを伸ばすためには、その映画の人気の盛り上がりが何よりも大事であり、またそうした製作宣伝の強さが、この前売りに取り組んでくれる民音をいちばん力強く勇気づける。


ここには創価学会の池田会長が前売り動員の承認をしていたことが記されており、両者が連携しながら『砂の器』に臨んでいたことは確かだった。さらに、その民音を動かす「製作宣伝の強さ」を構築する上で、橋本は「松竹にいかに動いてもらうか」を細かく指示しようとしている。

★松竹側にやってもらうこと
1、封切り時期を明らかにすること。
2、番線の劇場をある程度表明すること。
特に今度は設備のいい全国の洋画館12館で長期ロードショウという、日本映画にとっては革命的なものであることとの力説。
3、製作宣伝を非常に強くすることとの意思表示
4、前売り動員には、今までよりは豪華で内容のあるパンフレットをかなり大量に作り、これを配布してもらうこと。
このパンフレットは民音の前売り用だけではなく、一般前売りにも併用できる。

なお、このパンフレットの製作は、松竹、橋本プロが資料を揃え、6月15日頃に民音側からの意見も出してもらい、両者が知恵を出し合って検討し、6月中に宣材を揃え終わり、7月10日頃までに完

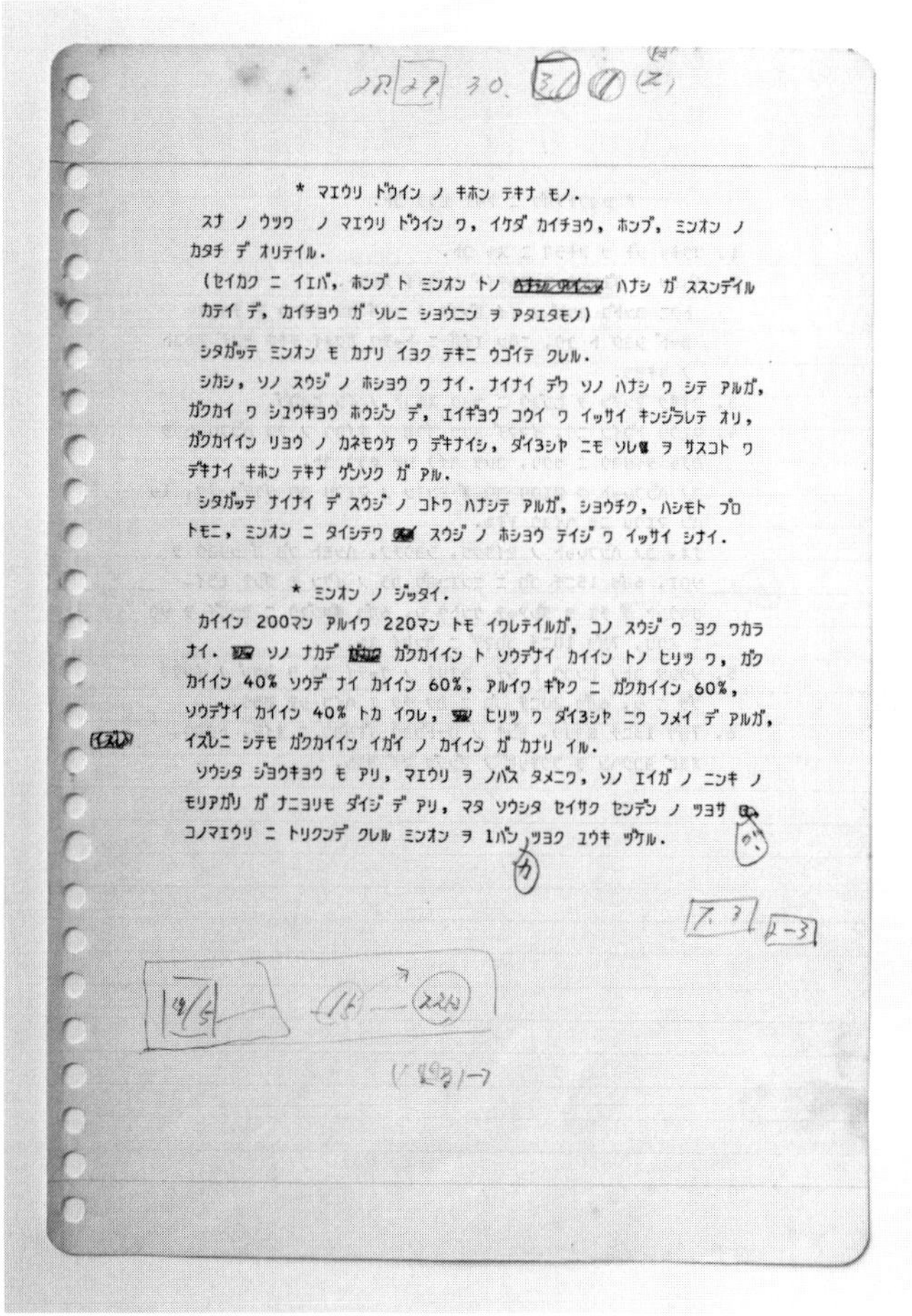

* マエウリ ドウイン ノ キホン テキナ モノ.

スナ ノ ウツワ　ノ マエウリ ドウイン ワ, イケダ カイチヨウ, ホンブ, ミンオン ノ カタチ デ オリテイル.

(セイカク ニ イエバ, ホンブ ト ミンオン トノ [redacted] ハナシ ガ ススンデイル カテイ デ, カイチヨウ ガ ソレニ シヨウニン ヲ アタエタモノ)

シタガッテ ミンオン モ カナリ イヨク テキニ ウゴイテ クレル.

シカシ, ソノ スウジ ノ ホシヨウ ワ ナイ. ナイナイ デワ ソノ ハナシ ワ シテ アルガ, ガクカイ ワ シユウキヨウ ホウジン デ, エイギヨウ コウイ ワ イッサイ キンジラレテ オリ, ガクカイイン リヨウ ノ カネモウケ ワ デキナイシ, ダイ3シヤ ニモ ソレ[redacted] ヲ サスコト ワ デキナイ キホン テキナ ゲンソク ガ アル.

シタガッテ ナイナイ デ スウジ ノ コトワ ハナシテ アルガ, シヨウチク, ハシモト プロ トモニ, ミンオン ニ タイシテワ [redacted] スウジ ノ ホシヨウ テイジ ワ イッサイ シナイ.

* ミンオン ノ ジッタイ.

カイイン 200マン アルイワ 220マン トモ イワレテイルガ, コノ スウジ ワ ヨク ワカラ ナイ. [redacted] ソノ ナカデ [redacted] ガクカイイン ト ソウデナイ カイイン トノ ヒリツ ワ, ガクカイイン 40% ソウデ ナイ カイイン 60%, アルイワ ギヤク ニ ガクカイイン 60%, ソウデナイ カイイン 40% トカ イワレ, [redacted] ヒリツ ワ ダイ3シヤ ニワ フメイ デ アルガ, イズレニ シテモ ガクカイイン イガイ ノ カイイン ガ カナリ イル.

ソウシタ ジヨウキヨウ モ アリ, マエウリ ヲ ノバス タメニワ, ソノ エイガ ノ ニンキ ノ モリアガリ ガ ナニヨリモ ダイジ デ アリ, マタ ソウシタ セイサク センデン ノ ツヨサ [redacted] コノマエウリ ニ トリクンデ クレル ミンオン ヲ 1バン ツヨク ユウキ ヅケル.

「マエウリドウイン」で始まるカナタイプ書き〝戦略メモ〟

成する。
5、そうしたことの先行として、シナリオの決定稿を活字の印刷物にし、6月20日頃に各地区に配布してもらう。
6、7月13日よりは、前期のロードショウ劇場において、特報および予告編を封切り日の前日までかける。

こうした松竹も含めた協力体制を構築した上で、橋本は前売りの販売についての具体的な計画も細かく作成している。そして、ここでも橋本は創価学会のパワーを存分に利用しようと想定しているのがよく分かる。

★前売り動員計画
1、基礎を20万とし、30万達成を目標とする。
2、封切りが10月26日の場合には、あまり早くからやっても意味がないから、3月前、7月25日から計画を実施する。
3、この時期からパンフレットの配布を始める。
　配布総数――60万
4、地区別はだいたい次の目安ではないかと思われる。
　東京3館、川崎1館、横浜1館に対する
　関東地区――30万

大阪2館、京都1館、神戸1館に対する
関西地区――20万
名古屋1館に対する　6万
札幌1館に対する　2万
福岡1館に対する　2万

このパンフレットの行き渡った頃に、あるいはその途中で、聖教新聞に『砂の器』の大きな特集をやってもらう。
なお、この時期から製作宣伝を飛躍的に拡大する。
5、パンフレットの効果を見ながら、8月に聖教でもう一度大きな特集をやってもらう。
6、9月の音楽会は最大の記事にしてもらう。
学会の人たちは民音で前売り切符が映画館より安く買えることをかなり知っている。この方法で民音会員だけではなく、一般会員からの民音に対する前売りの興味を増大させる。
場合によっては時期を見て、聖教新聞に『砂の器』の宣伝を打ち込む。

つまり橋本は、創価学会の機関紙である聖教新聞をも活用し、学会員の動員を狙っていたのだ。

丹波哲郎

橋本自身は、映画『人間革命』が成功した理由を、創作ノートにて短くこう分析している。

丹波哲郎の思いがけない快演。脚本とか、監督の比重は極めて少ない。

丹波は『人間革命』で、主人公である戸田城聖・創価学会二代目会長を演じた。ここで丹波は、橋本の言う通り、「快演」というべき一世一代の大熱演を見せている。その圧倒的なカリスマ性を見ると、創価学会に興味がない人間でも強く惹かれてしまう。そうなると、創価学会員はさらに強い想いを抱くことだろう。

『砂の器』の主演が丹波になったのは、そうした側面もあった。池田会長の覚えめでたい橋本が脚本を書き、池田の師である戸田を演じた丹波が主演し、シナノ企画が製作に加わる。これだけ揃えば、「民音の動き」「聖教新聞の宣伝」を含め、創価学会からのさまざまな援助を期待できる。

そして実際、橋本の狙いは当たり、橋本プロの作る映画に対して、創価学会は池田の号令の下、全面的に協力するようになっていく。それは資金援助や前売り券だけではない。

たとえば『砂の器』のクライマックスであるコンサートシーン。これは、曲の最初から終わりまでを、さまざまなカットから何度も撮っている。そのため、撮影には三日を要した。そうなると、コンサート会場を満席で埋めた客席のエキストラ費がかさんでしまう。これが、創価学会員たちを無料で動員できたことで、予算を大幅に削減できた。

また、次回作『八甲田山』は冬の八甲田で長期ロケをしているのだが、この時は創価学会の婦人部による炊き出しのボランティアが出動した。少数精鋭のスタッフ編成を旨とする橋本プロダクションにとって、これは重要な戦力となった。

「脚本家」としての脚本作りにおいても、「プロダクション経営者」としての映画製作においても、

『砂の器』における橋本の賭けは全て成功したのだ。それだけに、橋本には『砂の器』の大ヒットが嬉しくてたまらないものだった。

「『砂の器』の時にミラノ座へ行くのが楽しみだった。ミラノ座の真ん中が指定席になっていて、特別料金だからあそこはなかなか埋まらないんだよね。一方で客席に入れないからいっぱいの人が立ち見をしていた。それで、もう立ってるのが嫌になった一人が指定席に入ると、それにつられてバーッと埋まっていくんだ。それを見るのが楽しみで楽しみで」

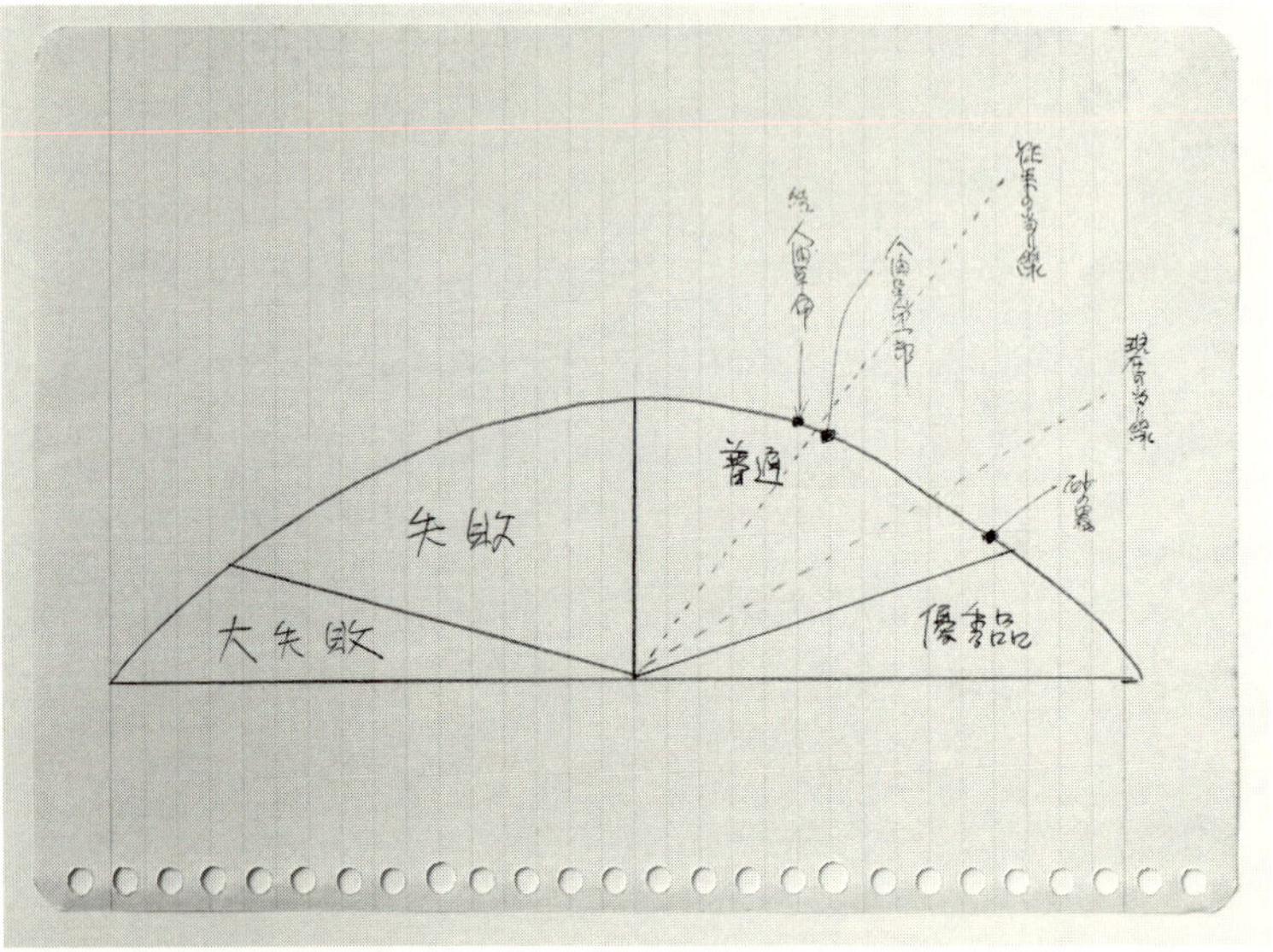

ノートに記された、一部作品に対する橋本自身の評価

九　雪の章

〜『八甲田山』

二つの隊がすれ違う

一九〇二年一月二十三日、間近に迫る日露開戦へ向けての軍事訓練として、陸軍第八師団は青森県の八甲田山系での雪中行軍を実施する。だが、雪の八甲田に突入した青森歩兵第五連隊は大雪と猛吹雪の中で道を失い遭難、最終的には参加二百十名のうち百九十九名が死亡するという悲惨な結果になってしまう。

この、人類史上でも最悪といえる山岳遭難事故の大惨事は一九七一年に新田次郎が『八甲田山死の彷徨』として小説化し、たちまちベストセラーとなる。その際、青森連隊と同時期に八甲田に入り、少人数の編成により一人も犠牲者を出さずに踏破した弘前歩兵第三十一連隊の顚末も新田は並行して描いている。そして、双方の指揮系統の違いが異なる結果を生んだ——というドラマチックな構図を盛り込んだのである。

この新田次郎の小説を映画化したのが、橋本忍の率いる橋本プロダクションだった。もちろん脚本は橋本が書いている。計三年半を要した、大プロジェクトだ。一九七七年六月に公開されると、三時間近い上映時間にもかかわらず大ヒットを遂げ、その年の日本映画で一位の配収を上げた。

この途方もない企画が動き出したキッカケは、橋本の盟友・野村芳太郎のアイデアだった。橋本によれば、小説が出版されて少し経ってから、野村が話を持ちかけてきたのだという。

「ある時に野村さんが『橋本さん、『八甲田山死の彷徨』という小説を読まれましたか』って聞いてくるんだ。『いや、読んでない』と言ったら、野村さんが『あれは面白いと思うんですけどね』って。でも僕は『いや、野村さん、あれ、ダメよ』って言ったんだよ。

というのも、昔、青森へ行った時のことなんだけれども。青森から国鉄バスに乗って十和田湖に行こうとしたら、途中で八甲田を抜けるんだけど、そのバスのバスガイドさんが『明治の終わりに、ここで二百名が死んだ』って言うんだ。それが頭にあったから、『雪の中で兵隊さんが寒くて死んでいく話なんて、当たらんよ』と野村さんに言ったの。

すると野村さんが『いや、橋本さん、それは違うんだ』と。『青森の連隊は中隊規模で行ってダメだったけど、弘前の連隊は小隊にも至らぬ編成で、その同じコースを逆回りで行って、それで成功した。その二つの隊のすれ違う話だ』って言うから『あ、それなら、できるかもしれない』って思ったんだ。野村さんは『橋本さん、これは、やれば大当たりする』って言う。その言葉も大きかったな。あの人の当たり外れの勘というのは、すごく正確なのよ。それで、野村さんが大当たりするというから、やったんだ」

大当たりする——。信頼する野村からの言葉は、橋本にとっては最高の「殺し文句」となった。

プロダクション設立時、橋本は『砂の器』『八甲田山』の二作品の製作を決定する。野村は『砂の器』の監督をするため、『八甲田山』は森谷司郎が撮ることになった。ただ、野村はこの企画の提案者であり、また橋本自身も野村のプロデューサーとしての才能も高く評価していたため、野村は『八甲田山』にもプロデューサーの立場で参加することになる。

『八甲田山』公開時、橋本はこの企画決定時のことを次のように語っている。

「一人も反対者はなかったもんな。ということは、これだけ映画やテレビの世界でメシ喰ってる奴がいて、これはいけるんじゃないかということ……中には一人や二人反対する者が当然出てくるのを、全員一致で、やり方は難しいけれども、やればいけるんじゃないかってことだった」(『八甲田山の世界』)

そして、既に脚本のできている『砂の器』の撮影を先行させつつ、同時に『八甲田山』も準備に入ることになる。七四年二月十五日に新田次郎と映画化について交渉、これに成功したことで、映画化のプロジェクトが本格的に動き出す。同十九日に橋本プロの一行は『砂の器』のロケのため竜飛岬へ向かっていた。森谷は『砂の器』の現場に一日だけ顔を出すと、カメラマンの木村大作ら少数のスタッフとともに、ロケハンのため雪の八甲田へ入る。

原作の分析

雪山で二百名が遭難する作品だ。父と子の二人が旅をする『砂の器』とは、同じ長期ロケにしても撮影の規模も危険性も異なる。興行面でも、安全面でも、一つ間違うと橋本プロダクションどころか橋本自身のキャリアも飛びかねない、危険な賭けだ。

だが、橋本は生粋のギャンブラーである。賭けが危険なら危険なほど、燃える。

そして今回も、『砂の器』と同様、この賭けをより確実に勝てるものにすべく、入念な計算と仕掛けを施していく。

まずは、原作および実際の事故の検証から始めた。橋本は野村に提案された時点で、原作を読んでいなかった。そこで徹底的に読み込んで、映画になった場合の弱点を洗い出していく。

創作ノートには、その綿密な分析の内容が記されている。

★『八甲田山』の弱いところ

A：**明治ものは当たらない。**

B：**ドラマが少ない。**

C：**雪のシーンが多過ぎる。**

D：**白い画面と白い画面をカットバックしても効果がない。**

こうした、弱点になる恐れがある要素を書き出した上で、それぞれについて検証を重ね、その対応策についても記している。

A：**ザンギリものから因習的なものがこれまでに数多くあったから、こんな説が出たのであって、一**

概にそうは言えない。むしろ、里帰り、祖先帰りの時代だから、逆な意味のことがいえる。

B：女が大きく芝居に絡まないから、その印象が強い。

（具体的には二つの隊のカットバックを活かすもの――それは画と音である。画と音でこのドラマの少なさを克服しなければいけない）

映画の三大要素である、泣かせるか、笑わせるか、感心させるか、それがこの映画ではどのようなドラマ構成にあたるだろうか。

泣かせるが70％……感心させるが30％ぐらいになるのではないか。

その70％の「泣かせる」は――賽の河原での出逢い。田茂木野《たもぎの》村の死体置き場での芝居で確立させないといけない。ドラマが少ないだけに、全てはこの二シーンのためにあるぐらいの計算が必要である。

「感心させる」の30％……これがおそらく「画」ではなかろうか。

頭からおしまいまで、全部「いい画」で映画を作ることなどは不可能であるし、どのシーンどのシーンにも力が入り過ぎでは、観ている方が全くしんどくなる。

したがって、感心させるための画には、それぞれポイントがある。このポイントを意外に大事にしないと失敗する可能性が大きい。

C、D：このBに関するものでだいたい説明ができる。

カットバックには風景と音の使い分け、片方が雪なら片方は風とか、両方ともがなにもかも真白なら、音楽で区別をつけるとか……何かそうした工夫が必要である。

CとDで橋本が指摘しているように、二つの部隊の顚末は、どちらも雪の八甲田の山中で展開される。そのため、映像はひたすら真っ白な雪に囲まれてしまうことが想定された。それぞれを交互に映すとして、観客にその違いを伝えることができるか。それは重要な問題だった。また、各隊や人物の地図上の位置をどう伝えるかも問題となる。

そういった点を観客にどう分からせるか。あるいは分からせないままにするか。その解決案について、橋本は次のように創作ノートに提示している（※原文はカナタイプ）。

★地理と位置関係

田茂木野村、八甲田山の山麓の村であること

（これはだいたいドラマで分かるのではないか）

小峠――田茂木野から山道になり、少し上がった山道の一部である。それほどの峠ではない。

大峠からは――ドバッとした一面の雪の大平原である。その平原の果てに不思議な印象的な馬立場《うまたてば》がある。

馬立場、鳴沢、田代の位置関係は分からない。これは分からなくてもいい。非常に地形が複雑で、とにかくその複雑な鳴沢の向こうに田代があるということでいい。（田代平や八甲田高原への繋がりなどは誰にも分からない。そんなことを分からせようとしても、元々無理である）

――分からなくていい。それが橋本の出した結論だった。

天は我々を見放した！

映像として分からない部分があっても、観客を「感心」させ、「泣かせる」。それが、脚本家としての橋本に課せられたミッションだった。つまり、今回も『砂の器』と同様に、多少の無理はあろうとも脚本家としての「腕力」によって観客をねじ伏せることで、さまざまな問題を突破しようとしたのだ。

その上で重要なのがB、つまり「ドラマの少なさの克服」である。そのために橋本は、脚色の段階で原作に対してさまざまな「ドラマ」を付け加えている。

まず、創作ノートで自身が指摘した「女が芝居に絡まない」という点だ。これは、弘前隊の案内人である地元女性との芝居をふくらませることで、克服しようとした。

案内人の命懸けのガイドにより、弘前隊は目標の村にたどり着くことができた。だが、原作では隊長の徳島は目的地の村に入る際、最後尾に案内人をつかせる。それに対して橋本脚本では、徳島は彼女に感じ入り、目的地の村に入る際もそのまま彼女を先頭に歩かせるのだ。そして別れ際には、「案内人殿に敬礼、頭、右！」と敬礼をして見送らせている。こうした場面は原作にはない。案内人との温かいふれ合いは、男たちがひたすら雪の中で苦しみ抜く姿が続く映像に、数少ない潤いを与えることになった。

また、青森隊の悲劇を描く際の物語構成に関しても、入念な計算がなされている。

青森隊は、田代温泉を目指して八甲田に入るが、初日は行程が遅れて露営することになった。そして翌日未明、いったんは作戦を断念して青森への帰還を決めるも、上官の気まぐれな命令に振り回された挙句、途中で再び田代を目指す。

ここで隊は吹雪の中で道を見失い、遭難が確実なものになる。そこから第二露営、第三露営を経ていく中で次々と犠牲者が出て、最終的には帰路を見つけるも、自力で帰り着いた者はいなかった。つまり、部隊は計四日、雪の八甲田を彷徨ったことになる。

『八甲田山』といえば、青森隊を率いる隊長・神田大尉による「天は我々を見放した！」という咆哮が有名だ。観ていない人からすると、遭難の終盤になって絶望に打ちひしがれた神田の言葉――と思いがちだが、実はそうでない。

これは、第二露営を出て帰路を目指す際、雪の中を長い時間をかけて歩いた結果、帰路どころか同じ場所を回っていただけだ――と気づいた際に発せられた言葉だった。絶望した神田は自ら命を絶とうとするが、倉田大尉が冷静にこれを支え、立て直していく。ただ、この段階で部隊の半数、百名近くがまだ生存している。容赦なく兵が斃《たお》れ、やがて神田も絶命する悲劇は、ここから本格化する。つまり、遭難事故全体としては、このセリフが発せられたのはまだ前半の段階なのである。

原作も同じ場面で発せられたこのセリフを、橋本は原作以上に作品全体の重要なキーに据えていた。創作ノートに、こう記されている。

天は我々を見放したで、神田の芝居は終っている。
あとは段取りだけで、早く死なしてやったほうがいい。
ただ、倉田を立てる意味で、彼とのほのぼのとした芝居があり、これは必要である。
他のことはいらない。集団幻想、狂死、前半の彷徨を超えるものではないから、必要ではない。

あくまで「我々を見放した」までが神田、ひいては青森隊の芝居場であると橋本は考えていた。

橋本は前半の「隊がいかにして遭難したのか」にドラマ全体の重点を置いた構成を作り、「天は我々を見放した」とうちひしがれる場面をそのクライマックスとした。そして、後半の「ひたすら兵が死んでいく」様を劇的に描くことは、「必要ない」と判断したのだ。実際に本編の終盤では、神田を含めた大半の兵たちが雪の中で死んでいくのだが、劇的に盛り上げられることはない。それはまさに、「段取り」である。

ドラマチックな要素は前半で見せておき、さまざまな課題が残る後半は、前半で感動させた勢いで乗り切ろうとした。つまり、『砂の器』と逆の構成ということになる。

神田と徳島

ただ、後半に何もドラマチックな展開がないまま「段取り」だけで終わってしまっては、観客にとっては物足りないものになる。そこで、橋本は後半にも盛り上がる要素を用意している。

それは野村が最初に企画を持ちかけてきた際の「二つの部隊が八甲田ですれ違う」という話がヒントになった。史実では両部隊はすれ違うことはないのだが、そこに惹かれて『八甲田山』を作ることにした橋本は、これを活かす脚色を考えたのだ。

橋本の考えは、弘前隊の徳島、青森隊の神田、両者の友情物語を創作し、ここで観客を泣かせようというものだった。出発前、雪の八甲田ですれ違うことを二人は誓い合うが、神田は無念にも遭難死してしまう。後から八甲田に入った徳島は、雪の中で斃れている神田を見つける。だが、それは幻でしかなく、踏破を終えた徳島は遺体安置所にて神田と本当の再会を果たす――。先に記した

「B」の「賽の河原での出会い」と「田茂木野の安置所」とは、この場面を指す。
そして、「全てはこの二シーンのためにある」と創作ノートに記しているように、この終盤の展開で観客を泣かせることを橋本は狙った。『砂の器』における「父子の旅」の役割である。
そのために、橋本は次の二点を意識して脚色に臨んでいる。

○二人の出逢いの必然性

○二人の出逢いの芝居→逆にツブ立てる//神田はどうして八甲田に行って徳島に逢いたかったのか

たしかに橋本の脚本を読んでみると、両者の想いが交差する芝居に強い力を入れている様が伝わってくる。たとえば――本編ではカットになっているが――吹雪に苦しむ徳島が、次のような神田の声を聞く芝居が描かれている。

「徳島大尉……焦ってはいけない、焦ることが一番いけないのだ。じっとしておれば雪の中では意外に……八甲田で逢うため、私は……私はまだ生きている」

まさに、「八甲田で徳島に会いたい神田」の想いが強調されたセリフである。それを踏まえた、雪中での両者の「再会」は次のように描写される。

徳島、その雪原を過ぎて停止させる。

ただ一人で引返して立ち止まり、しゃがみ込む。

雪の中に横たわり永遠の眠りについている神田。

その青白い蠟のような顔の唇からは、流れ出した一筋の血が黒く乾いてこびりついている。

徳島、その神田の顔をじっと見つめている。

——神田の青白い顔が次第にぼやけてくる。

徳島の眼は涙で少しうるみかける。

神田、次第に生きている顔になり、徳島へ微笑する。

神田「徳島大尉……やっと約束通りに」

徳島「(頷き)八甲田で……」

神田「いろいろと苦労をされたでしょう」

徳島「いや、苦労をしたのは、血の涙の、本当の苦労は、神田大尉、あなただ！」

神田の顔、ニッコリ笑いかけるが、瞬間にそれはもとの青白い屍蠟の顔になる。

神田の枕許へうずくまってしまったような徳島、ギュッと血が出るほど唇を嚙みしめ立ち上る。

徳島、涙に耐え隊員のほうへ歩き出す。


そして、安置所での最後の対面は次のように描写されている。

徳島、その神田の顔をじっと見つめる。

だが、どんなに見つめていても神田の顔は変らない。

徳島の眼が涙で一杯になってくる。

しかし、神田の顔は依然として変らない。

徳島、たまらなくなり眼尻から涙が一筋二筋頬へ流れ出す。

その徳島へはつ子がしみじみと
はつ子（※神田の妻）「八甲田では三十一連隊の徳島様に逢える……それだけが、今度の雪中行軍の楽しみだと申しておりましたのに」

徳島「いや、雪の八甲田で逢った！　自分は間違いなく神田大尉に!!」

同時に両眼からどっと涙が噴き出してくる。

涙はあとからあとから噴き出してとまらない。

――徳島は泣く、嗚咽はこらえるが、溢れる涙で徳島ははじめて泣く。


これらを読むと、「八甲田で逢いたかった」という二人の想いが強調されていることがよく分かる。同時に、その筆致からは「この芝居で泣かせるぞ！」という、ここをドラマの勝負どころとせんとする橋本の強い意識が伝わってくる。

失敗のシナリオ

だが、この徳島と神田の仕掛けについて、橋本は今回の取材では「失敗」だったと振り返る。

「脚本に問題が非常にあった。今でもそれは残念なんだ。あそこが間違ってる。それはもう、脚本の間違いなんだ。

どこかというと、八甲田へ進む前。神田大尉が青森から、弘前の徳島大尉を訪ねる場面なんだ。神田は『雪中行軍の辛い時には、子どもの時を思い出す』っていう話をする。それに対して徳島は『俺はそんなこと、思わんな』と言う。ところが、徳島が一番苦しくなったときには、子どもの頃の春だとか、夏だとか、秋が出てくる。それによって、徳島は神田のことを山の中でも思うわけだ。ホンでは、そう組んだんだ。

でも、いかんせん、八甲田へ出発する前のほうの話なんだよ。だから「結」になって、それが出るときには、もう、お客さんにその記憶がないのよ。だからもう一回、あのやり取りを思い出せるようにしておいたら、それが効いて『八甲田』は傑作になったと思う。『砂の器』を超えたと思う。そこがやっぱり計算違いで、うまく行かなかったんだ。

何のことはないはずなんだ。徳島が八甲田で一番困難に陥る前、夜にでも思い出しておいて入れておけばよかったのに。すると、あの映画はものすごくよくなったんじゃないかね。そこがうまく行ってたら、もっと当たったに違いない。

頭でやってさえおけば、『大丈夫だ、結に繋がる』と思ったんだけど、繋がらないの。それと、後で考えてみると木村大作の撮り方もよくないね。神田と徳島が横一列の構図で話しているんだ。あのセリフのところを寄りで撮ってりゃ、まだしもね。それが引きのままでずっと行ってるから、芝居が流れてるのよ。でも、それは撮影のときに気がつかなかったの。

『大丈夫、大丈夫』と思ってたけど、ラッシュになって全部繋がった時に『ああ……』と思った。これは、やり損なったと思った。
いまだに悔恨が――悔いが残る。しかし、当時としては記録的な観客だったからね。まあ、それはそれでよかったんだけど――ちょっとそういう点が心に残る、引っかかる作品だ。他のものは失敗しても、これほど繰り返して、『あそこがうまいこと行かなかったな、どうかな、どうだったな』とか思わないけど、『八甲田～』だけは引っかかる」

創作ノートに記されていた「二人の出逢いの必然性」「二人の出逢いの芝居→逆にツブ立てる／神田はどうして八甲田に行って徳島に逢いたかったのか」を描くために、橋本は出発前に双方が飲み交わす場面を用意した。ここでの二人の交流により、終盤の「泣かせ」の芝居に繋がってくると計算したのだ。

だが、この出発前の場面が想定より印象の薄いものになったため、終盤の「泣かせ」が弱くなってしまった。それが、橋本の見解だった。

高倉健への交渉

脚本としては「失敗」に終わった作品が、なぜ記録的大ヒットを遂げたのか。それは、「プロデューサーとしての橋本忍」が冴えに冴えていたからに他ならない。

橋本は、『八甲田山』に向けての「プロダクション経営者」としての覚悟を、創作ノートに次のように記している。

○八甲田山のこれまでの製作には、いずれ松竹か東宝と一緒にやるという甘さがあった。しかし、決定は橋本プロが全責任の単独の仕事である。ところが今だにどこかと一緒に作っているような甘さがある。
そんなどこかを、誰かをアテにしている甘さは全部ソギ落してしまわなければいけない。いろいろなものを（人、物を含め）利用することは結構で有難いが、それはあくまでも利用であると割り切れ。責任は全部、自分と自分達にある。
○自分と自分達だけを徹底的に大事にした映画作りをする……これが橋本プロの映画製作の基本である。
○そのためにはプロヒット性を絶対条件にする。

大手の映画会社に頼らずに、自分たちなりの製作環境を確保し続ける。そのために、最も必要なものは「プロヒット性」つまり利益を出せそうな要素である——と橋本は言い切っている。

そして、多大な利益を確実に得る確率を高めるために、橋本はさまざまな方策を施している。

まずは、キャストだ。「**文字通り日本の映画テレビの中からその適役を網羅したものになる**」と創作ノートに記しているように、橋本は妥協なく、ツブぞろいの俳優をキャスティングすることを狙う。

最初に決まったのは、徳島大尉役の高倉健だ。だが製作が始まった段階では、高倉健はまだ東映の専属スターだった。

一九六〇年代後半から七〇年代前半にかけて、高倉健の主演作は日本映画の年間配収のベストテン上位に複数がランクインしていた。当時、最も観客を呼べる映画スターだったのだ。ただ高倉健本人としては、東映で似たようなヤクザ映画にばかり出させられているマンネリ状況や、七一年に社長となった岡田茂の新体制への不満もあり、独立への意志を強めていた。だからといって、橋本プロ側は、そうした高倉の独立志向を摑んでいたわけではなかった。

『砂の器』の撮影が佳境に入っていた七四年六月下旬のこと。最初の殺人事件現場である蒲田操車場のシーンを撮ることになっていたのだが、雨のため中止が続いた。そこで、橋本、野村、森谷は大船撮影所前の松尾食堂に集まり、徳島大尉役を決める打ち合わせを進めることにした。

橋本が当時のトップスターたちの名前を一枚に一人ずつ記したカードを準備、その中から「このスターはない」というカードを野村と森谷が裏返しにしていく——という形式で進められる。そして、最後に残ったカードに記された名前が「高倉健」だった。高倉は同年秋公開の勝プロダクション製作、東宝配給の映画『無宿』に出演するが、この時点では他社作品には出ていない。

水面下で高倉サイドと交渉を進めることになったが、なかなか決定は出なかった。やがて高倉は七五年に独立を決意すると、同七月に出演を承諾。撮影にそこから二年以上を要したため公開順は七六年の『君よ憤怒の河を渉れ』が先になったが、高倉が独立後の、初めて出演を決めた作品となった。

幻の配役表

こうして、『八甲田山』は当時最大のヒットメーカーである脚本家と最も観客を呼べる映画スターという組み合わせになったのだった。「プロヒット性」として、これほど強いものはない。

ただ、高倉健は一発で第一希望が通った一方、他のキャスティングは紆余曲折があったようだ。

橋本の創作ノートやスタッフから提供された配役予定表を見ると、高倉健と三國連太郎と緒形拳以外は当初の狙いとは異なっていたことがよく分かる。

まずは、ダブル主役となる神田大尉。今でこそ北大路欣也の他には考えられないほどのハマり役だが、橋本のノートを見ると、当初は全く異なるイメージだったことが分かる。

ノートには神田大尉役の候補として複数のスターの名前が記されているが、「◎」の付いた本命はただ一人、片岡孝夫――今の片岡仁左衛門だった。その名前の横には「≑市川雷蔵」と記されており、橋本としては北大路の剛直さとは対極的な、繊細な「悲劇の貴公子」然とした神田像を想定していたことが分かる。さらに加藤剛、高橋英樹、中村吉右衛門という名前が並び、北大路の名前は最も下に記されていた。

予告編用のプレゼン資料を読むと、加山雄三が演じることになる倉田大尉には「山崎努」の名前があり、その後で中村敦夫に話が行き、加山に決まったのは撮影が本格化する七六年になってからのことだと判明した。他にも、島田正吾が演じた旅団長役には、山村聰の名前が長いこと入っており、東野英心に最終的には落ち着く伊東中尉役も露口茂を予定していた。

当初の予定とは違ってはいるが、それでも結果的には、高倉、北大路、三國、緒形、島田に加え、双方の連隊長役に小林桂樹と丹波哲郎、徳島の妻役に加賀まりこ、神田の妻役に栗原小巻、案内人役に秋吉久美子――とまさに「網羅」したオールスターが集結することになる。

宣伝戦略

創作ノートを読み進めながらさらに驚くのは、撮影が本格化する前の段階から既に、橋本自身が宣伝戦略を入念に考えていた点だ。

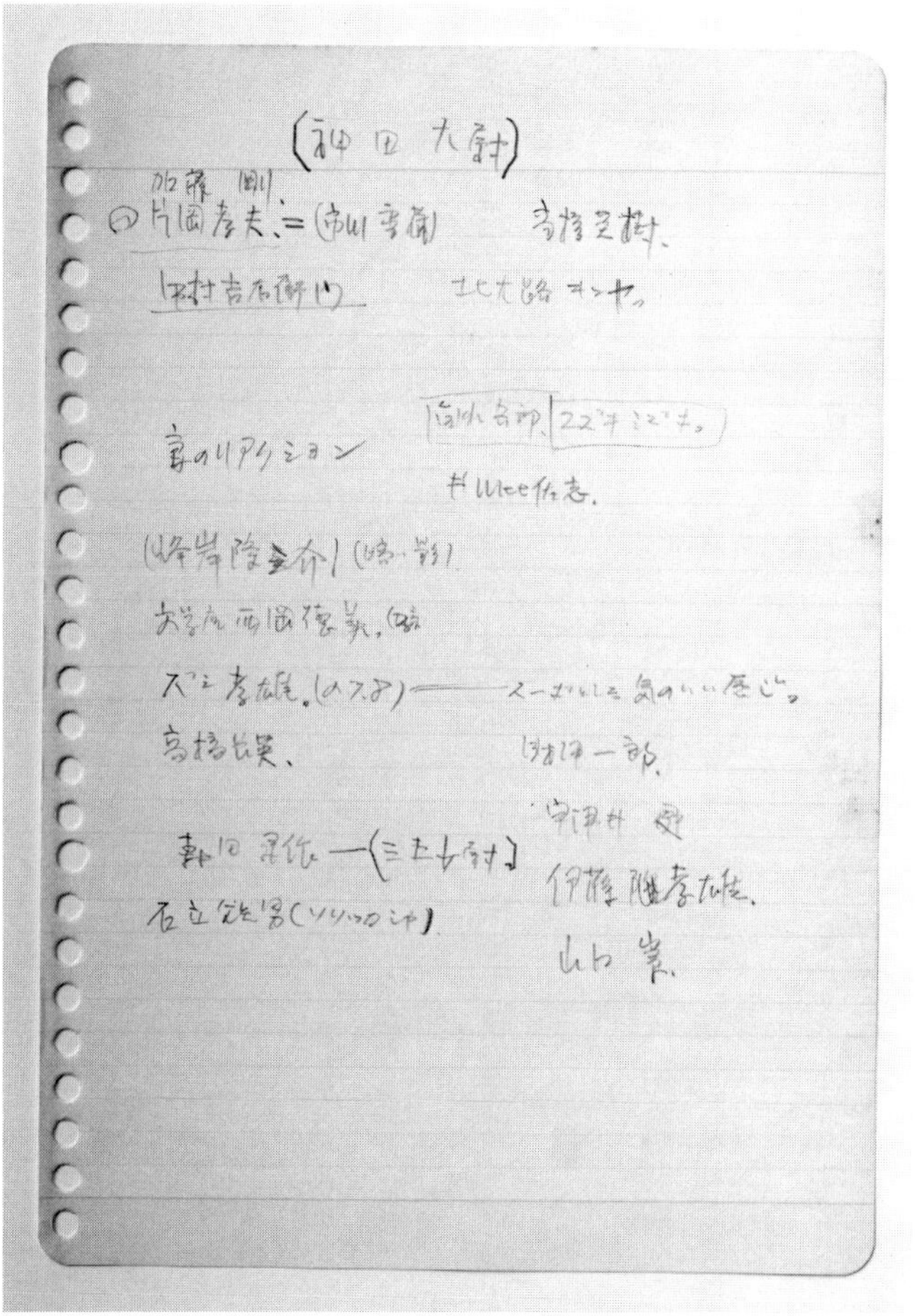

ノートに残る「幻の配役」。神田大尉の〝本命〟は片岡孝夫だった

超大作映画になるだけに、回収しなければならない「プロヒット＝利益」もまた、莫大な額になる。そのため、並大抵の宣伝体制では上手くいかないと考えていたのだ。既に「映画を作れば客が入る」という時代は終わり、宣伝によって観客を煽って大動員に繋げなければならなくなっていた。その意識も強く持っていたのだ。

《『八甲田山』宣伝の基本方針》と題されたメモには、次のように記している（※カナタイプから変換）。


三年がかりの超大作であること。

洋画攻勢にたじろがず、それを跳ね返し凌駕する画期的な作品であること。

『砂の器』に一年をかけたスタッフが、今度は雪の八甲田山に三年をかける作品であること。

話は明治時代だが、現代にも通じること。

たとえば『砂の器』といえば「親子の旅」のように、『八甲田山』といえば、「雪の中のもがき」といえるような作品にまで仕上げるから、それをセールスポイントにすること。

雪の中のもがき……現代人の姿がそのまま出ていること。

先は見えない、右も見えない、ただもがいて喘《あえ》いでいること——（中略）わかりやすくいえば、どうしていいのか全く分らない、どうしようもない悲しい魂の訴えであり、それをさらに津軽三味線が胸に喰入りかきむしるまでにかき立てる——。


製作期間が長期になるから、長期の目標が肝心であること。『砂の器』の例から言えば、完成から封切りまでわずか三日しかなかったが、製作期間八カ月の間に水が浸みるように宣伝が行き渡っていたので、企画当初の目標数字を挙げた実例もあること。松竹宣伝部の計画が期間全体にわたり、割と綿密な計画をかなり早い時期に確立した功績も見逃せない。

しかし、長期展望が大事であることは間違いないにしても、なんといっても出だし、スタートが肝心であること。思い切った宣伝のスタート、ポンと力強く飛び出せば、後は勢いで走れる。最初モタモタした場合、途中でどんなに走ろうとしても、なかなか思い通りに走れるものではない。むしろ、この作品の宣伝は思い切って飛び出し、どことどこで息を抜くか、そのペース配分の見通しが大事であること。

封切り宣伝のうちから予算配分をし、記者会見終了当日の夕刊には、製作開始の広告を打つ必要がある。製作期間三年がまず動かせない宣伝の基本である以上、その期間明示、印象付けにも、その必要がある。

今から二年先の映画だから、そんなことを今からなどの考えは愚の骨頂である。最初に強く印象付けておけば、後はジャーナリズムが完成までに色付けをしてくれる。観客は面白い観たい映画に飢えている。スタートの印象が強ければ、決してそれを忘れるものではなく、むしろそれは時間とともに染み渡る。

この企画に好意的な新聞、週刊誌、その他の記者と同志的な結合に近い交わりの人たちを数多くつかむこと。そうした人達を数多く撮影地に送り込むこと。ただし初年度分の記者招待は、一月中旬の寒地獄の十和田湖に集中することが効果的である。

現時点で製作側の考える宣伝の基本的なものは以上のようなものだが、これを要約的に整理すると、

1．三年がかりで製作すること

（製作費八億、使用フイルム五十万呎）

2．洋画を圧倒する作品であること
3．これまでの日本映画では考えられない豪華な配役
4．配収目標が三十億であること
（三十億目標を明記し、『エクソシスト』や『タワーリング・インフェルノ』を越えたい願望を強く打ち出すこと。日本人、日本語、日本の風土で、それを越える映画製作が可能であることの力説）

以上が製作側における、製作発表を前にした宣伝のメモで、改めて会議の席上において、専門的な知恵と知識の広がりと、二年先の映画興行の本質的なものをどう見るかの判断に立ち、数々の重要な意見を開陳していただき、八甲田山の宣伝基本を打ち立ててほしい。

東宝と松竹の天秤

こうして入念な宣伝戦略を立てた橋本だったが、この宣伝戦略を作成した段階では、どの映画会社と組むかは決まっていなかった。東宝での配給が決まったのは、プロジェクトが始動して一年以上が経った七五年十月のことだ。第七章では「『砂の器』を松竹でやることになったお詫びに、『八甲田山』を東宝でやろうと思った」と橋本は語っているが、実際にはそのような綺麗ごとではなかったのだ。

橋本・野村・森谷・神山征二郎（助監督として参加）、木村大作という主要スタッフによる座談会が収録されている『八甲田山の世界』は映画の初公開時に刊行された公式メイキング本だが、ここで橋本はその裏事情を赤裸々に語っている。

「撮影をはじめ、どこで公開するとも決めてなかった」

「七月八月のロケーションが終ったあとの話だけど、どこか映画会社決めなきゃいけないという問題になったわけだよ、その時にね、冬のキャメラテストのフィルム実景といろんなものをつないで見せて、ホンを渡したらね、むしろせり合ってとりあいになると。結果的に事実、そういうことだよね。この問題いろいろあるけど、野村さんは松竹だし、森谷君は東宝だしね、編集したフィルムとホンを、どっちに先に見せるか大問題になったわけ。野村さんはね、同じ場所に両社の人間を集めなきゃいけないいんじゃないか――（一同笑い）でもそれはなんだから、東宝を午前中、松竹を午後というスケジュール組んでやろうとしたらね、東宝は松岡さんがいなくてね、松竹に先に見せてホンを出したわけね。それから一週間か十日遅れて東宝に画を見せてホンを渡したら、東宝は三日後にあなた方の条件聞きたい……と、こうなった。だから、僕たちの考えはね、両社がほしいというとになったら、条件のいい方だと。片一方、どっちかが、うちはいらんといい、片一方がいるといえば自動的にそこ……。両方ともいらんといったら、次の冬の撮影まで全部やっちゃう、その時には値段はまた高くなると」


　これだけの大プロジェクトなだけに、配給先をあらかじめ決めていないと不安になるところだが、橋本はそうではなかった。組む映画会社を決めずに撮影をはじめ、その映像を材料にして東宝と松竹の間で企画を「せり合い」させようとしたのだ。そして実際に狙った通りの展開になった。

こうした橋本の言葉に、野村も続ける。

「このキャストで、このスタッフで、この材料で、橋本さんも東宝の中でプロデューサー的な仕事をやってこられたし、僕も松竹の中でそんなことしていて、喰いつかない筈がないと見てますよね」
「このキャストが、このメンバーで、これだけの時間かけて作るものを買わない方がおかしい……だから、いつ買いに来るかというだけの話だというふうに……」

一方の森谷は「会社に話す場合、高倉健のキャストまで決まっていたということは大きかったと思う」と振り返る。

公でこれだけの裏側を堂々と語れるあたりに、この時期の橋本プロの面々の自信がうかがえる。加えて、『砂の器』でその実力を見せつけたシナノ企画＝創価学会も参加、今回も製作費や動員を確約していた。こうした橋本たちの強気の交渉スタンスは、同じく独立プロの近代映画協会で映画を作ってきた神山には「尊大なやり方」と映ったようだ。が、これだけの条件が揃えば、大手映画会社に対して強気の交渉に出られるのも、当然のことだと言えた。

そして、東宝と松竹とを天秤にかけ、今回は東宝の条件が勝ったために東宝での配給となった。

『日本沈没』から『八甲田山』へ

ただ、橋本は当初、『八甲田山』をここまでの大プロジェクトにするつもりはなかったという。

『砂の器』の父子の旅のロケーションは冬に始まって、春があって、夏があって、秋がある。それが、それぞれの間に、空きがあるんだよ。その空きがもったいないということで、その空きの間に何か他

の作品も入れたらどうかという話になって『八甲田』を始めたんだ」

『砂の器』のスケジュールの空きを埋める程度の規模だったはずの企画が、結果として公開まで三年以上を要する大プロジェクトになった。それは、実際に冬の八甲田で撮影することに決定したことが大きい。彼らは七五年、七六年、七七年――と計三シーズンにわたり、冬の現地での撮影を決行している。その事情を、橋本は次のように語る。

「『砂の器』の長野県での春のシーンを撮ってから、初めて八甲田へ入ったの。それで、両方の連隊が歩いた通りの道を歩いた。八甲田の一角に立ったときに、『これはどうしようもない』と思った。つまり、それまで僕の考えは『冬山だからどこで撮っても一緒だから、東京になるべく近い、温泉のあるところで撮ろう』というものだった。『山の稜線へ行きゃ、どこも一緒だ』と。俳優さんも大勢いるから、遠くで長期間のロケをするわけにはいかなかったんだ。だから近場でやればいいと思っていたけど――現地に行ったらこれはやっぱり、彼らが歩いたとおりを撮るよりしょうがない――と。映画には空気が映るんだ。そうするとね、雪っていうのはそんなに思ったように降るものじゃないということで、とっても一年ではできないから三年かかると決めたんだ」

この点は、『八甲田山の世界』のスタッフ座談会で、橋本がさらに具体的に述べているので、補足したい。

「僕は第一露営地の跡に立った時、此処でやるよりしようがない、本当は第二露営地の方がドラマチックなんだけど、第一露営地の、あの、平沢の森に立った時に、他で作ってはこの映画が嘘になるんじゃないかっていう気がした」

では、なぜ橋本は実際の八甲田に行った際に「これはどうしようもない」と思ったのか――。そこには、「作家」として伝えたい想いがあった。

『八甲田山』の創作ノートを開くと、その冒頭には『八甲田山』ではない映画の企画意図が記されたルーズリーフが挟み込まれている。それは『日本沈没』。橋本―森谷コンビの前回作品である。なぜ、橋本はこれを『八甲田山』の冒頭に入れたのか。それは、双方に通底するものがあるからに他ならない。

『日本沈没』は、太平洋の海底にある活断層に裂け目が生じ、それが広がっていくことで日本列島が沈んでいく――というパニック映画だ。活断層の活動にともなう、相次ぐ地震や火山の噴火によって多くの人々が命を失っていく様が描かれる。一方の『八甲田山』では、吹雪によって遭難した兵たちが斃れていく話だ。

つまり、「圧倒的な自然の前には手も足も出ず、容赦なく飲み込まれていく人間たち」というコンセプトで両作品は繋がっているのである。その認識を踏まえ、橋本は『八甲田山』のテーマを創作ノートに次のように記している（※カナタイプから変換）。

この映画は耐寒演習などを行う軍隊の非人間性とか、命令指揮の乱れとか、成功した隊の指揮官の

用心深さ、周到さ、誤らない処置とか。また一糸乱れずそれに応えた隊員の勇気とか、そんなことを対比して描くのが目的ではない。

青森第五連隊は大部隊によって自然を克服、つまり征服しようとした。しかし、弘前三十一連隊は自然に逆らわず、それとは折り合いを付けようとした。その猛威と厳しさに耐え、克服するのでは無しに、それとの折り合い、生きるための妥協点を強い勇気をもって合理的に求めた。

二つの隊の違いはただこの一点であり、この映画を作る意義は、いや、作らなければいけない意義は、自然は征服できるものではなく、なんとか人間はそれと折り合いをつけ、生きるための妥協点を勇気をもって求める……人間と自然……それが日本映画にはかつて一度もなかった大スペクタクル映画『八甲田山』の企画意図であり、この映画のテーマである。

自然と人間との対峙を「大スペクタクル」の映像として表現する。そのためには、近場で誤魔化さずに、実際に冬の八甲田で撮るしかない。現地に立ち、橋本はそう考えたのだ。

そしてこれは、橋本には珍しい、「儲け」を度外視した計画となった。

「『八甲田山』の脚本はともかく、現場は三年だよ。丸三年。営業や興行を考えると、誰がそんな作り方する。しないよ。初年度一年で終わるとかにするよ。僕らだって一年でやろうと思ったけども、実際に行ってみて、それは無理だと分かった。ちゃんとやろうと思えば、ひと冬ではできない。三年かからざるをえんから、三年かかってやったんだ。でも、普通のプロデューサーだったら一年でやってしまう。でも、僕はそれは違うと思うから三年かけた」

雪の八甲田へ！

現地での撮影はどのように進められたのか。時系列に沿って追ってみたい。

七四年の二度のロケハンを終えて八甲田での撮影を決定すると、橋本はシナリオの前段階として構成台本の作成にとりかかる。七五年一月十四日にこれが出来上がると、それを手に一行は冬の八甲田に入った。本格的な撮影の前にカメラテストをするためだ。この際に、

・どのくらいの雪が降るのか
・何日くらいで撮影ができるのか
・どのくらいの温度になると、カメラにどんなことが起きるのか
・地吹雪とはどのぐらいの限界で映るものなのか
・人間はどのぐらいの装備で耐えられるのか

……といった点を確認している。この時、凍傷でカメラ助手の耳が落ちかける事故が起きたことで、寒さと雪への対策が重要課題となった。そこで橋本らは青森県知事に会い、協力体制を構築しようとした他、山岳遭難防止対策協議会にも協力を要請した。

ここで「実際に何が出来るか・出来ないか」を判別した上で、橋本は三月から脚本の執筆に入る。そして五月二十四日に第一稿ができ、高倉健への交渉が始まった。

俳優を入れての最初の八甲田ロケは、七五年の六月十九日だ。部隊を離れて単独行動するようになった兵を演じる緒形拳と下條アトムが、春の温かい時期を夢想する場面がこの時に撮られた。

ただ、天気が悪かったため、この撮影は二十四日までかかっている。この時の随行スタッフは森

谷、木村、そしてカメラ助手の加藤雄大、橋本忍の長男・信吾、プロデューサーの川鍋兼男、それに橋本と少数だった。そのため橋本自身がレフ（照明を反射させる板）を担当。木村からは「動かさないで！」と厳しい指示を受けたという。

七五年十二月、正式なスタッフでのロケハンが行われ、雪の中での撮影場所を決めていく。そして、明けて七六年一月に俳優を入れての雪の八甲田での撮影が開始された。まずは、少人数で危険性が少ない徳島隊から撮影をすることで、スタッフたちに経験を積ませることにした。

この時の撮影は八甲田の山中ではなく、十和田湖畔で行われた。制作進行を担当した大堀誠によると、湖畔の和井内ホテルにスタッフ・キャストの全員が宿泊。これは「健さんが来る」ということに気を良くしたホテル側のサービスで、一人一日三千円の費用で済んだことが大きかった。

ただ、重大な問題があった。それは、このシーズンの十和田は記録的に雪が少なかったのだ。そのため、津軽などから雪をかき集め、それをダンプ十台に詰め込み、道や屋根にかけて撮影することになった。

賽の河原

そして七六年十二月十六日、いよいよ雪の八甲田山中での撮影が始まる。スタッフたちはロケの下準備で早い段階から入っていたため、丸二カ月も雪山に籠もることになった。俳優は約六十名、現地のエキストラ百名以上が参加する、大がかりな撮影である。

この時、スタッフには《橋本プロダクション》名義で「『八甲田山』ロケ心得」というプリントが配布されている。

「八甲田山は、気象の変化が極めて激しい地域で、一度荒れはじめると、この映画のような事故が、現在でも起り得る危険な山だと云われています」という不穏な文章で始まるこのプリントには、「吹雪はいつ襲うかわからず、すぐ、視界は10m以下、いや零に近くなる。その場合、決してあわてず、その場を動かぬこと（連絡用に各人は警笛を所持する）」といった「注意事項」に加えて、「装備と携帯品」も明記。さながら本格的な雪山登山のような警戒態勢がとられていたことがわかる。この資料を提供してくれた制作担当の大堀誠によれば、この時、橋本プロは防寒具の購入資金として全スタッフに一人十万円を支給したという。また、自衛隊が全面協力することになり、移動用の雪上車やヘリコプターに加え、防寒具や衣装も提供された。

そして十二月二十一日に高倉健ら俳優陣が入り、二十三日に撮影が開始された。極寒の中の撮影に加え、ロケハン時と撮影当日で気象条件や降雪具合が異なるため、満足な画を撮れる状況になるまで、俳優たちは雪の中を立ったまま待たされた。少しでも動くと足跡が付いてしまい、新雪として撮ることができなくなるからだ。

特に困難だったのが、劇中で徳島隊が初めて雪の八甲田の全容を見る場面の撮影だ。これは実際の行軍と同じく田代平で撮られた。

山中でも奥地になるため、雪上車でしか移動はできない。そのため、年齢制限がかけられ、四十五歳以上の者はベースキャンプとなる酸ヶ湯《すかゆ》温泉に残ることになった。橋本も残留する。

この時の状況も『八甲田山の世界』での座談会で語られているが、その内容はあまりにも不穏だ。

橋本「二年前のキャメラテストの時に行った経験からいうと、本当に怖い気象条件の所だな」

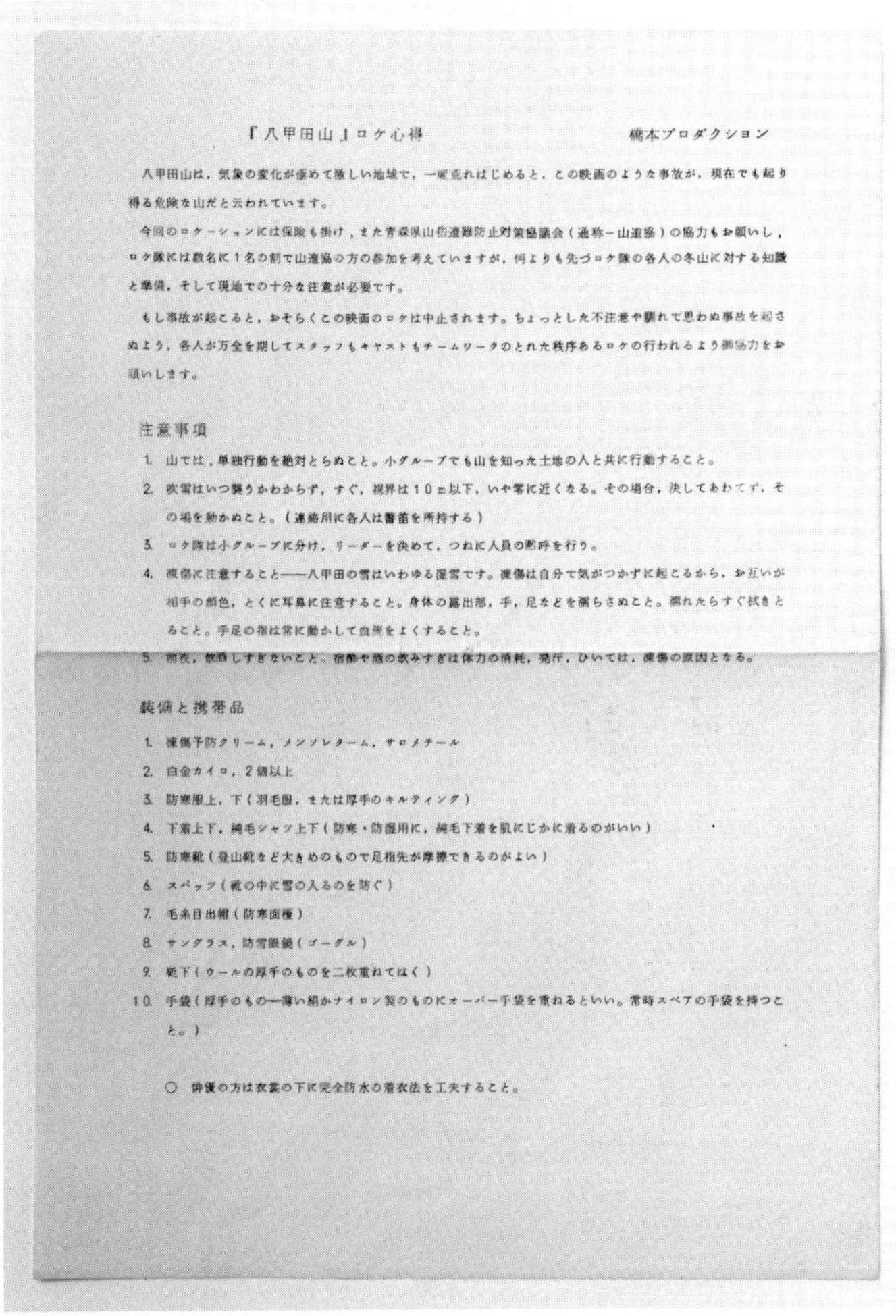

『八甲田山』ロケ心得　　　　橋本プロダクション

八甲田山は，気象の変化が極めて激しい地域で，一度荒れはじめると，この映画のような事故が，現在でも起り得る危険な山だと云われています。

今回のロケーションには保険も掛け，また青森県山岳遭難防止対策協議会（通称－山遭協）の協力もお願いし，ロケ隊には数名に1名の割で山遭協の方の参加を考えていますが，何よりも先づロケ隊の各人の冬山に対する知識と準備，そして現地での十分な注意が必要です。

もし事故が起こると，おそらくこの映画のロケは中止されます。ちょっとした不注意や馴れて思わぬ事故を起さぬよう，各人が万全を期してスタッフもキャストもチームワークのとれた秩序あるロケの行われるよう御協力をお願いします。

注意事項

1. 山では，単独行動を絶対とらぬこと。小グループでも山を知った土地の人と共に行動すること。
2. 吹雪はいつ襲うかわからず，すぐ，視界は10m以下，いや零に近くなる。その場合，決してあわてず，その場を動かぬこと。（連絡用に各人は警笛を所持する）
3. ロケ隊は小グループに分け，リーダーを決めて，つねに人員の点呼を行う。
4. 凍傷に注意すること——八甲田の雪はいわゆる湿雪です。凍傷は自分で気がつかずに起こるから，お互いが相手の顔色，とくに耳鼻に注意すること。身体の露出部，手，足などを濡らさぬこと。濡れたらすぐ拭きとること。手足の指は常に動かして血行をよくすること。
5. 前夜，飲酒しすぎないこと。宿酔や酒の飲みすぎは体力の消耗，発汗，ひいては，凍傷の原因となる。

装備と携帯品

1. 凍傷予防クリーム，メンソレターム，サロメチール
2. 白金カイロ，2個以上
3. 防寒服上，下（羽毛服，または厚手のキルティング）
4. 下着上下，純毛シャツ上下（防寒・防湿用に，純毛下着を肌にじかに着るのがいい）
5. 防寒靴（登山靴など大きめのもので足指先が摩擦できるのがよい）
6. スパッツ（靴の中に雪の入るのを防ぐ）
7. 毛糸目出帽（防寒面覆）
8. サングラス，防雪眼鏡（ゴーグル）
9. 靴下（ウールの厚手のものを二枚重ねてはく）
10. 手袋（厚手のもの—薄い絹かナイロン製のものにオーバー手袋を重ねるといい。常時スペアの手袋を持つこと。）

○ 俳優の方は衣裳の下に完全防水の着衣法を工夫すること。

雪の八甲田山中での撮影前に配布された「ロケ心得」

野村「一遍狂うと、とても逃げ帰る間がない――」
森谷「本当に一寸先が見えなくなっちゃう。だから、そういう事があってはいけないので、十台の雪上車のうち一台はどこでも野営が出来る、穴掘って待避して一晩待つだけの食糧を詰めこんで。そういう態勢で行っている、この場所は」
橋本「気象が悪化したら、一昼夜のうちには救援隊が駆けつけるっていうこと」

こうして徳島隊の撮影が終わると、次は神田隊がクランクインすることになる。雪の中で遭難し、次々と斃れていくシーンばかりの撮影になるため、より厳しい気象条件が必須となり、危険度もより増してくる。

撮影はシナリオの順番通りに進められたため、遭難して斃れていった兵たちの「白い地獄」を俳優たちも追体験することになった。今度は人数が多いため、雪上車では間に合わない。そのため移動は徒歩だ。朝起きると新雪で身体が一メートル沈むほどで、深い時で四メートル八十センチの積雪となった。移動に時間がかかる上に日没まで時間がないことから、出発は毎朝七時半。そのため連日の六時起き。夕方四時半頃に酸ヶ湯に帰って食事をすると、そこからさらに夜間ロケへ。これが深夜十二時から一時まで続く。そして、また六時に起きて撮影になる。

しかも吹雪の中での撮影が基本となるので、吹雪になるまで雪の中を待たされる。さらに、もう一つ厄介な「待ち」があった。それは三國連太郎だ。撮影現場で身勝手な個人プレーに走ることで知られる三國は、雪山の中でも変わらなかったという。「寒い！」と言っては暖をとる休憩スペースから動こうとせず、「三國待ち」という時間も生じてしまっていた。

こうした過酷な状況下で、エキストラの中には「脱走兵」も現れるようになる。また、劇中で早く死ねばこの現場を去ることができるため、早めの「死」を希望する俳優たちが相次いだ。

最も壮絶だったのは、鰺ヶ沢《あじがさわ》の長平での撮影だ。実際の遭難事故で最も多くの犠牲者を出し、神田大尉も命を落とすことになる通称「賽の河原」の場面が、ここで撮られた。

鰺ヶ沢は岩木山麓の広大な台地に位置し、新雪を日本海からの突風が巻き上げる、「地吹雪の名所」だ。ひとたび風が吹けば一寸先も見えないため、公開時の映画パンフレットにまで「遭難にピッタリの場所」と書かれるレベルの危険地帯だ。

橋本「前の年の十月二十二日、廃車になるバスを五台、山へ持って行って待避所を作っておいた。これは八甲田より危険だからね」
森谷「日本海からそのまま北西の風が岩木山へぶつかる所なんです。逃げる場所が何処にもない。木も生えていないし、そこで吹雪に巻かれたら方向も分からなくなるし、風がおさまるまでは、どこかで待避しなくちゃいけないわけだ。穴なんかすぐ埋まっちゃうし」（『八甲田山の世界』）

退避所として設置されたバスの車中には緊急時に備えて二十四時間分の食糧と石油ストーブが配備され、いざという時はスタッフ五十名とキャスト二百名がこの中で一夜を明かすことができるようになっていた。撮影は無事に終わったため、バスは雪が解けた五月中旬に回収されることになる。

そして七七年二月、徳島、神田、両隊のロケは無事に終了した。

インパールに捧げる

橋本は戦時中に肺を病んでおり、その後も腸閉塞を患ったり、胆嚢《たんのう》切除をするなど、身体は決して強くない。にもかかわらず、映画史上でも屈指の過酷な現場といえる、冬の八甲田でのロケーションに同行し続けた。それは、プロダクション経営者、あるいはプロデューサーとしての責任という側面もある。だが、それだけではなかった。

撮影前、橋本は次のような覚悟を綴っている。

「『八甲田』は何を目標に向って……それはまだ分らないが、ひょっとすると自分自身との闘いかもしれない。

三十数年前、岡山の傷痍軍人療養所で死ななければいけなかったこの体がまだ生きている。穴ボコだらけの左の肺、その後の手術不可能な背骨の二重の曲がり……しかし撮影と、ダビングの終る瞬間までは耐えてみせる。

いいんだ、いいんだ、これから何年かかってもいい、『八甲田』は雪とか寒さよりも、本当は自分自身との闘いなのだ」（『八甲田山の世界』）

ではなぜ、橋本は傷んだ身体をおしてまで「自分自身との闘い」をする必要があったのか――。そこに懸ける想いを尋ねたところ、橋本は自身の戦時中の話を始めた。橋本は結核のために戦地には行けなかったが、所属していた鳥取四十連隊は前線へ送られていたという。

「僕の所属していた鳥取歩兵四十連隊って、日本の軍隊の中で一番行軍力の強い軍隊だって言われていた。なぜかというと、『鳥取の砂丘で練習してるから』っていうことだ。それで『健脚部隊』と言われていた。

戦時編制したときは、僕は病気になってみんなと別れたんだけど、部隊は中支へ行って、漢口へ上陸した。上陸作戦でいろいろ回った後、漢口から桂林を越えてベトナムの国境まで往復したんだ。往復二千キロ歩いたの。それで、鳥取が健脚部隊だっていうことで、先頭になって歩いて行って帰ってきた。

広東まで帰ると、今度はインパール作戦だ。健脚だからということで、インパール作戦も一番先頭になっていた。でも、作戦に失敗して退却するとなると、先頭にいたから今度は最後尾になってしまった。インドからビルマへ引き返してきて、ラングーンの目の前にイラワジ川が流れていた。四十連隊は数は少なくなっていたけど、隊列はちゃんと整えていたんだ。やっぱり行軍力はさすがだった。だけど、泳げなかった。

昼間だと敵の飛行機でやられるから、夜になってその川を渡らしたんだけど。思いの外、川が深くて泳げなくて、そこで流されて、ほとんどの者が死んだわけだ。健脚は世界一を自負していたけど、泳ぎはそうはいかなかった。だから、僕らにはもう戦友っていうのはいない。全員があそこで死んだんだ」

インパール作戦とは、一九四四年三月に開始された、イギリス領だったインド北東部の都市インパール攻略を企図した作戦だ。ビルマからの長い行軍となったため前線への食糧補給が困難となり、多くの兵が撤退中に飢えのために命を落としている。
大半の戦友がインパール作戦で戦死し、戦争に行かなかった自分だけが生き残った。このことは、戦後の橋本にとって大きな十字架として圧《の》し掛かっていたという。

「多くの仲間がこの世を去ったのに脱落者が生き残る。蜂の巣のような穴ボコだらけの肺だがとにかく生きている。過去のことはすべて忘れる私だが、この一事だけは常に念頭からは離れたことがない。脱落者のみが生き残れるわけがない……？　何時の日にか脱落者には——その脱落や欠落の部分の穴埋め、埋め合わせしなければいけない時が来るのではなかろうか」（『人とシナリオ』）

　そして、このインパール作戦と八甲田の雪中行軍が、橋本の中で一つに繋がった。軍上層部の無謀な立案により、戦闘ではない要因で多くの生命が失われたという点において、たしかに双方は通底している。『八甲田山』は、その「埋め合わせ」——つまり、戦友への鎮魂の想いを込めた作品でもあったのだ。

「当時、僕らの鳥取四十連隊と行軍力で並び称されていたのが、弘前三十一連隊だったんだ。彼らは『八甲田山で鍛えているから強い』という話を聞いていた。だから、『八甲田山』をやるかやらないかという時に、十和田からずっと八甲田山を見て『弘前三十一連隊が歩いたのが、鳥取四十連隊が歩けないわけがない、よし、やってみよう』っていうのが、僕の気持ちだったんだ。それだけ、鎮魂の想いが強かった」

冬の八甲田を自ら踏破――実際の踏破と、映画の完成という意味での踏破、二重の意味で――することで、橋本は戦友たちの無念を晴らそうとしていたのだ。『砂の器』では「父子の旅」の編集をしながら、自身も亡き父と再会しようとしていたように、今回も橋本は雪の八甲田での過酷な撮影を通して戦友たちと向き合っていたのだ。

ただ、実際には橋本の所属した鳥取四十連隊はインパール作戦には参加していない。連隊のうち第三大隊は一九四四年六月にサイパン島で玉砕、他の大隊は都城で終戦を迎えていた（『別冊歴史読本　地域別　日本陸軍連隊総覧・歩兵編』新人物往来社）。

大入り袋

一方、共にロケハンで現地を回った野村芳太郎は、その時の橋本の様子を次のように述べている。

「僕は印象に残っているのは、弘前を出た田んぼ道で、橋本さんが〝この映画当るぜ〟って言ったのを、一番記憶に……」（『八甲田山の世界』）

やはり、あえて雪の八甲田での撮影を敢行した最大の理由は、そこにあったのだ。

そして、橋本の狙いは当たった。一九七七年の配収で圧倒的な大ヒットを遂げる。しかも、東宝とは好条件で契約しているため、収益もまた莫大なものだった。

ただ、橋本はその利益で私腹を肥やしたわけではない。橋本はあくまでも、ギャンブラーとして賭けに勝つことが目的で、その金で贅沢しようという意識はなかった。その勝ちは次の賭けに向けての蓄えなのである。

そのため、『八甲田山』の収益はスタッフたちにも還元している。大ヒットを遂げた後、全スタッフに大入り袋が配られ、そこには多額の現金が入っていた。しかもそれは、困難な撮影を命がけでやり遂げた現場スタッフに対してだけではなかった。

「橋本先生は、僕と国弘さん（威雄。中島と同じく橋本の弟子出身の脚本家）に『君たちも一応社員になっているからね』とおっしゃって二百万ずつくれたんです。『うわあ、嬉しい』と思って、『これは大事に貯金します』とペコペコ頭を下げた。

後で国弘君に聞いたら、『僕は元をとっただけ』と言うんです。『どうしたの』と聞いたら、『しょっちゅう呼び出されて手伝わされたんだ』と。僕は丸々得しちゃった。今でもありがたいと思っています」（中島丈博・談）

ただ、こうした橋本の大盤振る舞いは、大ヒットに気を良くしたためではない。創作ノートを見ると、それはプロダクション設立時からの基本方針であり、同時に、断続的に映画製作を続けていくための方策だったことがよく分かる。

○橋本プロは土の上を這いずり廻り、それで大きな金を儲ける集団だが、決して金を儲けることだけ

が目的の集団ではない。儲かったものを、共に儲けた人達に分配する集団で、それが基本的なこの八甲田山の製作態度である。

★微細企業には資本の蓄積はありえない

作った映画が利潤を生んだ場合には全員でこれを分ける。

スタッフの一人一人までに分を付ける。基本給プラスあとは上がりの分——これを徹底化し、重要なスタッフでこれを拒否する人は編成の中に入れない。

プロダクションの利潤の70％までは分を付けている人たちに払ってしまう。

資本蓄積を行い、それを次の映画製作の資金に充てるなどをしては一番いけない。新製品の開発は作る者たちが半飢餓状態でなければ作れるわけがない。人間は半飢餓状態の時が体がいちばんよく動くし、知恵も出てくる。腹の大きい時は駄目だ。資本蓄積などの余裕があってはいけない。

必要なのは、次の何かを企画した時、これの原作を買ったり、脚本を作ったり、テストをしたり、せいぜいこれまでの資金的余裕があればいいのであって、たとえ一部といえども製作費を出すなどはしてはいけない。

蓄積した資本で映画製作を行う場合には、投下した資本の回収がどうしても目的になる。逆に損をする場合には、投下資本から見てこの程度の損で済みそうだ……という安易感に繋がる。

製作への安易感——これがあっては新製品の開発などはありえない。

現在の日本の経営者たちに、肝に銘じてもらいたい言葉だ。

全スタッフに配られた大入袋。中には多額の現金が（提供：大堀誠）

十　犬の章

〜『八つ墓村』『幻の湖』

洋画系での興行

橋本忍が立て続けにヒット作を生み出し続けることができたのは、作家としての才能ももちろんある。だが、これまで述べてきたように、製作・配給・興行という全ての状況を徹底的に分析し、それに基づいてそこから先を予測し、その結果に応じて作品を提供してきたことも大きかった。

七〇年代には、橋本の予見通り、五〇年代から続く日本映画の量産システムは破綻する。東宝が橋本脚本による七三年の『日本沈没』で一本立ての長期興行に踏み切って成功したのを皮切りに、各社は二本立ての量産主義から一本立ての大作主義へとシフトを変えていった。同時に、コストのかかる制作部門の縮小も進み、外部プロダクションとの提携によってプログラムを埋めていく。

こうした情勢に、「大作主義の独立プロ」という、当時では珍しいスタンスの橋本プロダクションは見事にマッチしたのだ。

ただ、『砂の器』の製作段階では、まだ実績は皆無の状態。当然、ビジネスモデルも確立されていない。

　その当時、多くの動員を見込める主力級の松竹系列映画館の上映は、松竹の自社作品に割り振られていた。また、当時はまだ二本立て興行が基本で、外部プロダクションの作品が配給される場合は、もう一本は松竹の自社作品が組み合わさることになっている。収入は興行収入から折半だ。そのような扱いになってしまうことに橋本は不満があった。

　では、どのように状況を打開したか。第八章の最後で述べたように、橋本は『砂の器』の観客を視察しに、「ミラノ座」へ行ったと言っている。ミラノ座とは、新宿の歌舞伎町にあった東急系の映画館のことだ。普段は主に、ハリウッドの大作映画などの洋画を上映している。松竹の映画であれば、新宿なら松竹系列の新宿ピカデリーで上映するところだが、そうではなかったのだ。

　つまり橋本は、洋画系での配給を狙った。通常は洋画系統の映画館であれば、都心なら一本立て興行が基本であるため、利益は大きい。その上、松竹の自社作品を気にすることなく上映ができる。しかも、洋画、特にハリウッド映画のトップクラスの作品をかける映画館は、客席は多く、スクリーンは大きく、音響も良く――と、あらゆる設備が充実している。そこで橋本は『砂の器』を洋画の配給網でかけることにしたのだ。渋谷パンテオン、新宿ミラノ座。都内では、主力級の洋画系大劇場で『砂の器』は上映された。

　日本映画は邦画系列の劇場で上映するのが、それまでの常識だった。そして、先ほども述べたように、邦画系の大劇場は大手の映画会社が占めている。そのため、独立プロは大手の意向や事情に振り回されるしかなかった。つまり、当時の日本映画において、独立プロが洋画系で配給することは革命的な出来事だったのだ。

そして、この手法は今後の映画界の状況を予見した橋本による戦略だった。『砂の器』公開前の段階で、橋本は創作ノートに次のような映画界の未来像を記している。


日本の映画会社が、自社作品を従来番線から外して、外国映画の系統（設備のいい小屋）にかけることは終戦後初めてである。

一本だけでは終らなくなる。東映を除く、東宝、松竹はこうした方向に行かざるを得ない。

一般番線は殆ど儲からなくなる。

製作本数を削減し、質と内容の向上を計らなければいけなくなる。

単なる興行的な一時的な処置では済まない。

本質的なフリーブッキング（日本的）ではあるが、こうした方向に向はざるを得ない。

いずれにしても、これは単なる興行の変化ではない。

日本映画の質的、変化をもたらすことになる。


実際、この橋本の予見通りに映画界は動く。七六年には角川春樹の率いる角川書店が映画製作に参入。『犬神家の一族』を同じく洋画系の配給で大ヒットさせ、ビジネスモデルとして確立。これを契機に日本映画は一気に大作志向へ舵を切る。まさに橋本の言う「質的、変化」が起きたのだった。

ただ、洋画系の映画館での興行となると、邦画系に比べて大手映画会社の意向が反映されにくいため自由な映画作りができる一方、ハリウッドの大作映画を相手に上映枠を争わないといけない。

前章で引用した『八甲田山』の宣伝戦略において、橋本が「洋画攻勢にたじろがず、それを跳ね返し凌駕する画期的な作品であること」「洋画を圧倒する作品であること」と強調した上で、『エクソシスト』『タワーリング・インフェルノ』といった当時のハリウッド製メガヒット作を目標に据えていたのは、そうした背景があったのだ。

『八つ墓村』

一九七七年は、橋本が「勝負師」として冴えに冴えた年だったといえる。『八甲田山』が日本映画の年間興行収入の一位になっただけでなく、さらに三位にもう一本、自身の脚本作品をランクインさせている。それが、『八つ墓村』だった。横溝正史原作のミステリーで、名探偵・金田一耕助（渥美清）が戦国時代の落ち武者の呪いにまつわる陰惨な連続殺人事件に挑む。『砂の器』に続く野村芳太郎との作品で、今回は橋本プロダクションではなく松竹作品として公開されている。

この企画の顚末は、『映画の匠 野村芳太郎』での野村自身の述懐に詳しい。

まず最初に企画が持ち上がったのが七一年のこと。野村と橋本との間で映画化の案が出る。それからしばらく経った七五年二月、九州での『砂の器』の授賞式で企画が再燃、両者は映画化へ向けて動き出す。ただ、この時の橋本はちょうど『八甲田山』の執筆にかかっていたので、脚本は鈴木尚之に任されることになった。だが、同年九月撮影スタートのはずが、鈴木の脚本が一向に進まない。最終的には鈴木は降板することになった。

一方、原作の版元であり、自身での映画製作も目指す角川春樹が「金を出すからプロデュースもさせろ」と松竹に持ちかけるも、会長の城戸四郎がこれに反対して立ち消えとなった。

ここで橋本が、『八甲田山』の撮影の合間に時間ができる——ということで『八つ墓村』の執筆を受ける。だが、固定の脚本料ではなく、興行成績に応じた歩合制を主張する橋本と松竹が対立。そのために橋本の脚本が遅れ、『八甲田山』の撮影の合間ではなく、同時進行で執筆は進められることになった。

そして、いつまでも進まない状況にじれた角川は独自に動き、同じく横溝原作で金田一を主人公にした『犬神家』を製作。さらにこの大ヒットを受けて翌年に東宝が第二弾『悪魔の手毬唄』を作り、第三弾『獄門島』も準備に入ろうとしていた。

その段階で、ようやく『八つ墓村』は完成し、公開となったのだ。

つまり、公開時には既に角川映画の第一弾である同じ横溝正史原作の『犬神家の一族』が前年にあり、続いて東宝の製作で同じく市川崑監督＝石坂浩二主演の『悪魔の手毬唄』も公開を終え、さらに同じ座組での『獄門島』の製作が決定している状況だった。この短期間で次々と作られ、しかも『犬神家』から『悪魔〜』では興行収入を落としている。

その状況下で、いかにすれば後発の『八つ墓村』を成功に導けるか——。そのために、ここでも橋本は入念な分析をしている。

○数字の動きはある公理を持っている

犬神16億、悪魔9億は、60%が切れる。

次の獄門島はさらに60%になるのか、現状維持が出来るのか、疑問だが、常識的に見て80%台では

ないだろうか。

16億
←
9億⇓浮揚力はない
←
540000

シリーズになれるかどうか。

第一作は実質的な面白さを持っている。だが、客はそれほど入らない。2作目も面白い。これは強い。007は2作目が決定的に面白く、シリーズになった。

尻上りの強さを持つもののみが、シリーズになる。

横溝ものはシリーズになりにくい。

創作ノートを読むと、このように、先行する市川崑シリーズの興行を分析していることが判明した。そして、その上で橋本は『八つ墓村』の映画化に向けた基本方針を立てている。

○八つ墓村

これはどうなるか。横溝ものの企画としては横綱クラスである。作品次第で、面白いものが出来れば犬神、悪魔、獄門島などは問題でない。

ただ、犬神の当りが強かったため、それに似た売り方をしている。それをこのまま続けたら、他の作品の大影響を受ける。

売り方さえ気をつけ、これらの作品とは全く質の違った宣伝をすれば、犬神を超す力がある。（企画として）

しかし、美也子の主役に泣きどころがある。

この作品を成立させる俳優は吉永小百合、栗原小巻、浅丘ルリ子の3人しかいない。

この3人が使えないのなら、作品はやめたほうがいい。

この作品は、日本の風土の土俗性→現代も未来もまたそれから避けられないことを中心に売るべきである。

作品の焦点は、峠に立っている最後の若大将である。

これが一番恐ろしく印象的でなければ、面白くならない。洞窟の中での美也子の顔をこわがるなどは、そこへたどりつくまでのプロセスに過ぎない。

従って峠の位置、八つ墓明神から見たこの峠の位置の撮影はひどく重要である。（見た眼でいい）

もともと横溝ものが当ったから始めた企画ではない。むしろそれ以前〜日本怨念記から枝分れした材料である。横溝ものがすでに3作出たあとになるのだから、そこの点を忘れると意外に興行性が弱い。

これまでの3作の枠の中へはいると、いかに作品がよく出来ようとも、その枠の中でしか、誰もが

この作品を捉えなくなる。横溝ものの決定版などということはいちばん弱い。

八甲田も昨年あたりはアラスカ物語を意識した。しかし、結果的にはアラスカが仮に前の週の作品であろうと、何の因果関係はなかった。

八つ墓村も基本的には他の三作にくらべこうしたものだから、そこに第一の目的をおくべきである。


本当に面白く作れば、当りは犬神を超える筈である。

製作と宣伝の基本をそこにおくべきである。

映画は絶対、原作に依りかかってはいけない。

もっと、いや、全く違った別時限《ママ》のものでないといけない。


『八つ墓村』に関しては一脚本家としての参加であったが、ここでも橋本はプロデューサーとしての視点で作品を捉えていたのだ。犯人である美也子役のキャスティングこそ、狙い通りにはいかずに小川真由美に収まったが、他は全て橋本の狙い通りに動いている。

ミステリーから怨念へ

創作ノートで橋本が記している『日本怨念記』とは、最初は東宝で堀川弘通監督作として動き、その後に橋本プロでの製作を目指した、橋本自身のオリジナルのシナリオだ。平安、室町、戦国、江戸、現代と転生し続ける男を主人公に、同じく転生を続ける一人の女性にひたすら欲情し続け、それがいつまでも成就できない悲劇が描かれている。

これを土台に『八つ墓村』を脚色すれば、「原作と全く違った別次元」の内容になり、これまでの市川崑による三作とは全く異なるものとして受け入れられると考えたのだ。

たしかに、橋本版『八つ墓村』と『怨念記』には共通点がある。過去の怨念に憑かれ、自身をどうにもコントロールできなくなった人間の悲劇という点だ。

『怨念記』は、欲情が成就できずに果てた平安時代の修験者の怨念が、転生した先の男たちに次々と乗り移る。そのために彼らは突如として理屈を超えた欲情に突き動かされる。一方の橋本脚色版の『八つ墓村』は、戦国時代に村で非業の死を遂げた落ち武者たちの怨念が村の関係者たちにとり憑き、そのために凶行に走り、村人たちが命を落としていく。

橋本は、横溝の原作から謎解きミステリーの要素を削ぎ落とし（ここは『ゼロの焦点』『砂の器』の時と同じ手法だ）、過去の怨念に重点を置いた脚色をしているのである。特に、最後の事件解明の場面では、金田一耕助は美也子の殺害動機の推理をする際、実は美也子が落ち武者の血を引いていることを明かした上で、落ち武者の「祟り」の仕業をにおわせている。

結果として、『八つ墓村』はミステリーよりもオカルト・怪談の色合いが強くなり、おどろおどろしい描写はありながらも基本はクールなミステリーとして通した市川崑の『犬神家の一族』とは対極的な、「土俗性」たっぷりの泥臭い作品となった。

そのため、観客からは市川崑による先行作品に対しても新鮮な映画として刺激的に受け止められた。そして「祟りじゃ！」という宣伝コピーも功を奏し、大ヒットへと繋がったのだった。

橋本の戦略は、ここでも大成功したということになる。

こうした橋本の分析力や交渉力を頼りにしたのが、黒澤明だった。八〇年の日米合作映画『影武者』に橋本は「アドバイザー」として名を連ねている。橋本がここでどのような役割を果たしたのか。同作のスクリプターである野上照代は次のように語る。

「『影武者』のときは、橋本さんには製作的な意味で参加してもらってます。シナリオではなくてね。内容というよりも制作費とか、会社とのやり取りとか。そういうのは、橋本さんは得意とすると黒澤さんも思ってたんじゃないかな。橋本さんは映画会社には随分とハッタリも利いてるから。そういう才能もあるから、そういう点では頼りにしたりして、呼んだりしてたみたいですよ」

『幻の湖』

快進撃を続けた橋本は、『八甲田山』を終えた際、「橋本プロダクションの未来またはこれから」と題したメモに、次のように記している（※原文はカナタイプ）。

橋本プロダクションは『砂の器』と『八甲田山』を作るためにできたプロダクションである。この二本ができれば、所期の目的は達成したことになり、次の新しい旅がこれからは始まる。旅は受難と苦難の道かもしれないが、とにかくそれを歩むより仕方がない。

一見すると前向きな文章に見えるが、よく読むと具体的な目標は全く書かれていない。「歩むより仕方がない」という締め方からは、当初の目的を果たし、しかもそれが全てあまりにも上手くいったことで、「その後」の方針を見失ってしまっていた心境が垣間見える。

そして橋本の前には、この時に「受難と苦難の道」と記した想定よりも遥かに大きな「受難と苦難」が待ち受けることになる。

第七章で、小國が橋本に言ったとされる言葉を紹介した。

「シナリオライターというのは指先で書く奴と、手のひら全体で書く奴がいる。でも橋本おまえはどちらでもない。腕で書いている」「腕力の強さでいうと、日本でお前にかなう者はいない。普通で成立し得ないシチュエーションを作る。それを腕っぷしの強さで強引に持っていく」「それは本来は無理なんだが、腕っぷしだけで成立させているんだ」

――この小國の言葉には、実は続きがあった。

「自分ならなんでも腕力で成功すると思ったら、間違いだぞ。そのやり方だといつか失敗することがある」

そして、この言葉を紹介した流れで橋本は筆者にこう語った。

「『幻の湖』というのが、まさにそれなんだ。普通では成立し得ないシチュエーションだけでやっているんだから――」

『幻の湖』。八二年に公開された橋本プロダクションの第三弾だ。

東宝の創立五十周年記念作品であるこの作品で橋本は、原作・脚本・監督・プロデューサーとして全てを担っていた。監督作としては『私は貝になりたい』『南の風と波』に続いて三本目になる。製作は橋本プロダクションだったが、今回は周年作品というのもあり、東宝が製作費を出している。それだけ、橋本が映画界で信頼されていたということである。

『幻の湖』は準備から数えると三年、『八甲田山』に匹敵する約二年の長期ロケーションを敢行した超大作となった。

難解な物語

この作品を観ていない方のために、以下にあらすじを詳しく紹介する。未見の方には何が何だか分からない話になっていると思うが、これはほぼそのままの内容である。

舞台は滋賀県の雄琴《おごと》。男性に性的なサービスをする風俗店「トルコ風呂（ソープランド）」が軒を連ねる、琵琶湖西岸の街だ。主人公の道子は、戦国時代をモチーフにした「湖の城」という店舗で「お市」という源氏名で働いている。彼女に割り当てられた部屋は「小谷城」というが、道子はその由来に全く興味はなかった。

彼女は毎朝、飼い犬のシロと琵琶湖畔をランニングすることを日課としていた。道子は琵琶湖のあらゆるエリアを、四季を通じてシロと走った。店長は道子に琵琶湖マラソンへの出場を持ちかけるが、道子はシロと一緒でないと走れないと断る。

銀行員の倉田は、道子に最新モデルのランニングシューズやシロと暮らせる一軒家を紹介、恩に感じた道子は同僚たちに倉田を紹介して口座を替えさせていた。そのために店長からは厳重注意を受けてしまう。

金持ちから身受けを持ちかけられるも、道子は断る。一年働いたら結婚するから、と。だが、決まった相手はいなかった。

同僚の一人、アメリカ人のローザは十一面観音の後ろ姿が道子に似ていると指摘する。道子はそんなローザを連れて、馴染みのタクシー運転手の案内で琵琶湖ドライブへ。運転手は葛籠尾崎《つづらおざき》の笛の伝説を伝える。道子はローザのリクエストに応え、全力で走る姿を披露した。タイムは新記録をマークする。

実はローザはCIAのスパイだった。彼女は日本の性風俗産業を調査するためにトルコ嬢として潜入していたのだ。そして、CIA本部へのレポートには「白い犬　白い犬　白い犬　走る女　走る女　走る女」と書き連ねる。

山の中を走っていた道子はシロに引っ張られるように藪の中へ。その先には、笛を吹く謎の青年・長尾正信がいた。道子は、正信をお茶に誘うが、正信はこれを断った。

店で準備をしている道子のもとに、店長から思わぬ報告が。シロが湖畔の浜辺で倒れていたというのだ。雨の中、走り出す道子。そこには無残なシロの死体が。何者かにより頭を出刃包丁で襲われたことが死因だった。呆然とした道子は、シロとの出会いを思い出す。雄琴に来て五カ月、仕事に絶望して琵琶湖畔を散歩していた道子にシロが偶然ついてきて離れなかったところから、両者の縁は始まる。

犯人捜しを始めた道子は、担当した駐在とともに関係各所を巡る。出刃包丁の出所を見つけた道子は、近所でライブをしていたロックバンドのマネージャーが入手していたことを知る。彼らは、河口の三角州に集まり、その出刃包丁を使って鯉をさばいていた。そこにシロが居合わせる。その時、出刃包丁で襲われたのだ。

病院では即死と診断されたシロだったが、実は襲われてすぐ走り出していた。そして、発見現場の浜にたどり着く。湖に出れば道子に会える――そう思っていたに違いないと道子は思った。死体発見現場からは沖ノ島が見えた。さびしくポツンと浮かぶ沖ノ島に、道子は今の孤独な自分を重ねる。

警察の調査で、その事務所の企画部員が出刃包丁を使っていたことを知る。示談を持ちかけるバンドの事務所に対し、激しく拒絶する道子。警察に捕まったところで犯人は書類送検のみで終わると知るが、道子は譲らなかった。

道子に応対した先方の顧問弁護士は「言いがかり」と主張する。怒った道子はシロ殺害の凶器となった出刃包丁を持ち出し、東京へ向かう。道子は弁護士や事務所スタッフと面会、マスコミに情報を売ると脅迫する。すると弁護士は、犯人は人気作曲家の日夏だと口を割った。

道子は日夏の事務所に赴く。もしかすると笛の青年が日夏ではと思い、確認したかったのだ。だが、門前払いになる。帰りにレコード店を訪ねた道子は、全国の観光地を題材に曲を作っている日夏が琵琶湖だけ曲にしていないことを疑問に思う。

雑誌編集部で日夏の写真や住所の提供を頼むも、これも断られた。日夏との面会を求めて東京の警察を訪ねるも、突っぱねられた。日夏の事務所の入口で待ち伏せすると、警察と警備員に強制排除された。

道子はローザと偶然再会、ローザの調査で日夏の住所と顔写真を入手した。日夏がジョギングを日課にしていることを知った道子は復讐を誓う。すぐには殺さない。「倒れるまで走らせてやる！」

とジョギングする日夏を追いまくり、走り勝った上で殺すつもりだった。

だが、日夏は思ったより速かった。青山通りで道子はバテ始め、日夏との距離は広がる。それでも駒沢公園の直線で日夏を捕捉、全力で走り追いつきかけるも、道子に気づいた日夏がスパート。一気に距離を広げられ、その姿を見失った。

敗北感に打ちひしがれた道子は、復讐を諦めて倉田の求婚を受ける。琵琶湖でドライブデートをする二人。沖ノ島を初めて東岸から見た道子は、西岸から見える寂しい光景とは異なる、民家が並ぶ賑やかな光景に涙する。

シロの墓を訪ねた道子。そこには、笛を吹く正信の姿が。その後ろ姿を見て、道子は倉田との結婚を悔いる。

正信は道子に、戦国時代の話を始める。それは、お市の方に仕える「みつ」という女性と、浅井家の重臣・長尾正兼の息子・吉康との悲恋の物語だった。二人は婚約するが、信長との戦いに巻き込まれて離れ離れになる。それでも遠くから笛を吹き合うことで、想いを通じさせていた。だが、信長の侵攻で小谷は落城。お市の方は浅井家の嫡男・万福丸の助命を嘆願するも、万福丸は無残に処刑され、警護する長尾家は皆殺しにされる。吉康の生首を見たみつは信長への恨み言を言い放つ。そのために、みつも湖上にて逆さ磔《はりつけ》で処刑された。

その話を聞いた道子は「私はみつではなくお市だ！」と叫んで泣く。正信は実は宇宙飛行士だった。ＮＡＳＡからスペースシャトルに乗るため、道子に別れを告げた。しばらくして、道子は正信に綴った手紙をローザに託す。

最後の客をとることになった道子。客として現れたのは日夏だった。日夏は「琵琶湖へ身を投げ水の底に沈んだ女の怨み節」を作曲するために近江を訪ねていた。出刃包丁を手に日夏に襲いかかる道子。一目散に逃げる日夏。

雄琴の街中を、トルコ嬢の扮装のまま片手に出刃包丁を握って追う道子と、ひたすら逃げる日夏の競走が始まる。雄琴から琵琶湖大橋までの約六キロを走り続ける二人。道子は途中で何度もへばりながら日夏に追いつき、琵琶湖大橋で追い抜く。「勝った！　あたしが勝ったわよ！」と叫ぶと、日夏を刺し殺した。

一方、宇宙空間では正信が琵琶湖の上に笛を置いた。笛はそのまま、橋のように琵琶湖の両岸を結びながら漂い続けた――。

悲惨な結果

以上が、『幻の湖』のあらすじだ。

――これを読んで、何がなんだかよく分からない方もいるかもしれない。

だが、それで間違いない。実際のところ、筆者もいくら観ても、何がなんだかよく分からない映画なのだから――。そして、詳しくは後に述べるが、橋本自身もよく分からないまま書いていた可能性すらある。

「飼い犬を殺された風俗嬢の復讐の物語」

こう短くまとめると、興味をそそらないでもない。だが、個々の場面が何のためにあるか理解できないし、物語がどう繋がり、何を伝え、どこへ向かおうとしているかも全く読めない。そのため、あらすじを詳しく書けば書くほど、混乱してしまうのだ。あらすじを詳述したのは、そのカオスを伝えるためだ。

そして、実際の映像を観ると、さらによく分からなくなる。物語が破綻している上に、新人を中心にした主要キャストはことごとく演技が上手くない。そして何より、橋本自身の演出が冗長極まりないため、退屈という印象しか受けない。それが、三時間弱、百六十四分もあるのだ。特に道子と日夏による最後の追いかけっこが二十分も延々と続くのがキツい。

『幻の湖』は『南十字星』（八二年五月）『ひめゆりの塔』（八二年六月）に続く「東宝五十周年記念映画」として八二年九月に公開される。だが、五週間の上映予定はあまりの不入りのために、二週間強の都市部での先行ロードショーのみで打ち切りとなる。配給収入は九千万。『八甲田山』の約三十分の一という、惨憺《さんたん》たる結果だった。ここまで無敵ともいえる快進撃を続けた橋本にとって、大きすぎる敗北だ。

中島丈博は、当時を次のように語る。

「先生のためにほんの僅かでも役に立てばと思って、僕も十万円を出して前売り券を一綴り買いました。でも、売れなかったですね。タダであげるから観にいってくれと言っても『いらないよ』みたいなことで、人気がないんです。大丈夫かなと思って——」

ただ、犬が欲しかった

あれだけ、幾多の名作シナリオを積み上げ、プロダクション経営者としても二本のメガヒットを生み出した橋本が、なぜ突如としてこのような珍作を作ってしまったのだろうか——。それは長年の疑問だった。

まず、当の橋本はこう語る。

「『砂の器』が当たったのは、父子の旅を観にきたから。じゃあ今度は二人じゃなしに、大勢の人が歩くものが当たるんじゃないかということで『八甲田山』をやったわけ。二人歩いて大勢歩いたら、今度は女の子が一人で走るものをやればどうかなという。『幻の湖』のときは、そんなことしか考えていない。そんな程度の作品なんだ。あとは、もうでき上がってみないとわからないというのが僕の考えだったんだ」


一方、長女の橋本綾は「父は、ただ犬が欲しかったんですよ」と語る。

橋本家ではイングリッシュセッターを飼っており、それが『八甲田山』の撮影が終わった途端に老衰のため死んだのだ。この犬を橋本は可愛がっていた。犬が死にかけていた時、橋本は犬に寄り添って寝ていたという。死ぬときには、橋本は自分のセーターを着せた。それほどまでの溺愛だった。そして、『幻の湖』の企画はその犬の死がキッカケだったという。

「犬のオーディションをやったんだけど、飼っていたのと同じ顔して、斑点がある犬を選んだの。斑点の具合も同じ。死んだ犬の世話を母がしてたから、母は『もう嫌。犬は嫌よ』って言って、次は飼わなかったんです。だから、どうもその撮影が終わったらその犬を引き取る約束をしていたみたい。もうだから犬のオーディションにすごく力を入れていた。私と妹と兄は、犬のために作った映画だと思っているの。

だから父は『僕だったら犬が殺されたら復讐やるよ』って言うのよ。それが当たり前なんだと思っている。『犬が殺されるとお前も復讐するだろ?』って。私は『え?』って思ったけど、父は当然するみたいだった」

橋本は『忠臣蔵』を否定し、『仇討』でも敵討ちの空虚さを描いていた。その一方で、犬のためなら人間は「当然」復讐をすると考えていたのだ。また犬を溺愛するあまり、犬の殺害シーンは直接的に描いていないし、その遺体もアッサリ(万福丸の磔に対する無残な映像とは対極的に)としたものになっている。「犬の死」という状況さえ、伝われば十分と考えたのだ。それさえ表現すれば、観客も自分と同じく道子の怒りに共感してくれるはず。なぜなら、それが当然だからだ。

だが、実際はそうではない。飼い犬のために、そこまでの執念を燃やして復讐に捧げる人間はまずいない。中島丈博はその点に気づき、橋本にこう指摘していた。

「『幻の湖』のときに橋本先生のところに遊びに行ったら、『犬を殺されて復讐する』という話をされたんですよ。『先生、犬のために復讐をするというのは、今の観客にピンと来ますかね』と言ったら、『そんなことないよ。来るよ。犬を飼っている人が今どれだけいると思うんだ。君は犬なんか飼ったことないだろう』『はい。僕は猫派ですから』そんな会話の後、『でも先生、殺され方がひどいことにした方がいいんじゃないですかね』とか、ちょっと生意気なことを言ったんです。『例えばその愛犬が赤犬で鍋にして食われた——みたいなことだったら、憎しみが屈折して、濃厚になるんじゃないですか』と」

だが、橋本は聞かなかったという。

「『鍋だって？　何をばかなこと言ってんだ!!』って怒られちゃった」

ガガーリンと八甲田

ただ、創作ノートを検証してみると、橋本は当初、これまでの作品と同じく綿密に計画を立て、勝算を持って臨んでいた事実が浮かび上がる。

○スターウォーズ以来、拡大短期決戦型は、（それに伴う宣伝方式を含め）大きな潮の流れで変り始めた。観客は鋭敏であり、一度この流れが変り始めると、なかなか戻らない。悪いことには映画の宣伝が、拡大短期決戦型でないものまでが、その真似をし、画一的になり、今日の観客の激減を招いている。

世の中の流れはますます観客の多様化をより確実にしている。その多様化したものの中心線を貫ぬき、一種のブームを起させることなどは至難の業である。

これからの映画は、ブーム的な派手なものより、面白さの質を問うようなものを作り、それを販売する店も、どこでも買えるより、どこそこまで行かないと買えない式の店構などで売り、この商品にブーム的要素が出て来た時に、初めて店を広げて数をある程度増やすべきである。

○東宝の一般番線は拡大短期決戦型である。「幻の湖」はそんな材料ではない。
○「幻の湖」は拠点主義長期作戦のものである。限定された洋画館でやるべきものである。

今回も、映画界全体における興行や制作の状況を入念に分析し、そこからどのような作りにするかを計算しているのである。こうした計画の立て方の手順は、これまでの『砂の器』や『八甲田山』と同じだ。

○「八甲田山」はやってみないと、どんなものになるか分らないものであり、思い切った勝負手に出るしか仕方がなかった。しかし、「幻の湖」は動く絵の物量として、「砂の器」と「八甲田山」の中間におくべきものであり、仕上りも「砂の器」と同じように予測がつく。よほどの勝算がない限り、無理な大バクチは避け、手固い作戦に依るべきものである。

橋本は『幻の湖』を「手固い作戦に依るべき」と位置付けていたのだ。そして、これまでのような「大バクチ」の戦術を避けようとする。この時に橋本が採った戦術を詳しく掘り下げてみると、たしかに「手固」く行こうとした様子がうかがえる。

まず挙げたいのは、過去の成功作品における作劇の方法を踏襲していたことだ。

「一九六一年四月（昭和三十六年）、地球から飛び出したソ連のウォストーク・一号からガガーリン少佐は高らかに叫んだ。

（地球は青い！）
宇宙時代の開幕である」

これは、全く連想できないかもしれないが、橋本が『八甲田山』の企画書に記した「製作意図」の冒頭部分だ。この文章のどこが『八甲田山』に繋がるのだと面食らうところだが、橋本は製作意図をこう続けている。

「だが、それから十四年、月にまでは足跡を残したが、先には行けなかった。人間の開発し得る科学技術では、そう簡単にそこから先へは行けないことが、先駆的な科学者だけではなく、あらゆる人々にも分りかけて来た。向うに広がっているのは、これまで見てきた通りの、遠い広い果しない無限の拡がりの空間だけである。
人間にとって魂のおののきのような未来はなかった。人々は再び孤独にかえり、改めて自分達の住んでいる地球を見なければいけなかった」

記したのは七四年十一月だから、まだ『八甲田山』の脚本を執筆する前のことだ。つまり、公開後になっての後付けの論理ではなく、橋本の執筆の出発点そのものだといえる。この記述からは、橋本が宇宙からの巨視的な視点で人間や自然の営みを捉えていたことがよく分かる。
『幻の湖』のラストシーンは、琵琶湖をめぐる時代を越えた人間たちの悲劇に、宇宙空間から想いを馳せる正信の姿が描かれる。これはまさに、『八甲田山』の製作意図をそのまま画にしたものだったのだ。

桐子と道子

傍から見ると理解しがたい、理不尽にすら思える事情で復讐に燃える女性。その女性にひたすら追われるエリート男性。これが『幻の湖』の道子と日夏の関係だ。

そして実は橋本脚本には全く同じ構図の作品がある。それが『霧の旗』。松本清張の原作を橋本が脚色し、山田洋次が監督した映画だ。

強盗殺人の罪に問われた兄を救うため、冤罪を信じる妹の桐子（倍賞千恵子）は東京の高名な弁護士・大塚（滝沢修）に助けを求めるが、大塚は多忙のためこれを断る。兄には死刑判決が下り、やがて獄死した。しばらくしてホステスをするようになった桐子は大塚と再会、そして復讐の罠を張る。大塚にはなんら落ち度はなく、桐子の完全な逆恨みだ。だが、その標的になったことで大塚は破滅していく。橋本好みの、理不尽極まりない物語である。

『松本清張全集』十九巻に『霧の旗』が収録されているのだが、その巻末では橋本が解説を担当している。その文面からは、桐子に強く惹かれる橋本の想いが伝わってくる。

橋本は桐子の行動を「弁護士に復讐の矢を向けることは、明らかにその対象が間違っているといえる」「復讐をされる理由などは、全くどこを探してもあり得ないのだ」と分析する。その一方で、「むしろ逆に桐子の行動には、小気味のよい一種の爽快感の連続にうたれてしまう」「私はどうしても桐子が憎めない。彼女の気持やその行動には、一片の悪すら見出すことが出来ず、むしろ爽快感と、これにともなう一種のすがすがしい魅力のかもし出しすら感じる」と、むしろ好感を抱いているのである。

　そして桐子というキャラクターを、こう結論付ける。

「彼女は当節向きのレディメイドな人間ではない。なにか人間精神の願望、人間の心臓の鼓動、それがそのまま直接行動に結びついてゆく力強さがある。嘘で固めた理屈を本能で見抜き、それには負けない素直さと強さでもある」

　一方、『幻の湖』における道子像については、創作ノートに次のように記している。

理屈やモラルは一切通用しない。自分が納得できるための愛の自己犠牲は惜しまない。

自分が納得するためには、どんなことでもする。

そのためには自分はどうなっても構わない。

集団としての人間のモラル……それを認めない。

一つの危険思想かも知れない
　これはまさに、橋本が分析する『霧の旗』での桐子像そのものといえる。つまり、理不尽な復讐に全てを賭ける道子のイメージの土台には、桐子がいたのだ。

　他にも、「戦国時代の因縁が現代に繋がる」「怨念を抱える女性がひたすら追ってくるクライマックス」という構図は、前作『八つ墓村』そのものだ。

つまり、『八甲田山』『霧の旗』『八つ墓村』といった過去の成功事例を持ち込むことで、橋本は作劇を「手固」く成功させようとしたのである。

地味なキャスティング

一方、キャスティングは過去作と大きく異なる。『砂の器』『八甲田山』がオールスター映画といえる豪華キャストを並べたのに対し、『幻の湖』はそうではない。

道子役に新人の南條玲子、日夏役に光田昌弘、倉田役には長谷川初範、正信役に隆大介――と、主要キャストは、東宝五十周年作品にしては、なんとも地味な面々が配された。他の配役を見ても、観客を呼べそうな「スター」は織田信長役の北大路欣也くらいしかいない。

こうしたキャスティングに関しても、実は橋本が入念に考えた結果だった。

創作ノートを読むと、橋本がスターの起用を否定していることが強く伝わってくる。

○映画と出演者の関係
スターとはなんだろう。
映画を色どる人たちである。
人気者である。
この人気者を見るために人々は集まる。
それは本当だろうか。
ここ10年間ほどで当った映画はどんな映画だろう。

黒部の太陽　裕次郎、他
風林火山　三船外
日本のいちばん長い日　三船他
日本沈没
八甲田山　高倉健
八つ墓村
犬神家の一族
人間の証明
｝新店的【力】

影武者
復活の日

(スターは適材適所として生かされた時に、始めて効果がある)
(材料的には仕掛けた、構えの大きいものが当る)

○材料の大きなものが当っている。
その中で角川作品だけは一切異質である。

風林火山あたりまではスターをどうこういうことが出来たが、それ以後はスター、つまり人気者が出ているかどうかはそんなに関係がない。

仕掛けた材料の成果を客が見にくる。

色どる人たちを見にくるのではない。

その人達は、その中に溶け込んでいなければいけない。

スターがスターとしての我の強さを残した場合には作品をブチこわすことになる。

○映画に於けるスターの意味
八甲田は高倉健を先に決めた。

軍隊組織の中で、これがおかしくないようなキャストを組むためには、ああせざるを得ないものがあった。

それに森谷君の演出が彼等を群像の中で描いたので、一人一人の浮上りが抑えられ、結果的にそれが作品のプラスになった。

それにしても緒形君が出て来たときには、え、緒形拳までが出るのかの感慨があった。

忠臣蔵的オールスターキャストはもう時代に合わない。

幻の湖——時代劇にスターを並べるだけに、他の部分で、それをつけ加えることはさけたい。観客に作品のヒ弱さ、御機嫌取りのモミ手の態度を読み取られてしまう。

時代劇は短いだけに、鮮烈でなければ、ふっ飛んでしまう。全体の生きものの生命力の中では所詮ヒ弱い。従がってキャストもここは張らざるをえない。

こうした橋本の分析は、過去の「失敗作」の事例に基づいたものだ。「スターがスターとしての我の強さを残した場合には作品をブチこわすことになる」は、主演の勝新太郎が黒澤明監督と大喧嘩になって降板した『影武者』を示唆しており、「忠臣蔵的オールスターキャストはもう時代に合わない」は三船敏郎、中村錦之助、石原裕次郎、勝新太郎という当代のスターを並べたにもかかわらず不入りに終わった『待ち伏せ』(七〇年)がまさにそれだ。

そして、以上の分析を踏まえた上で、『幻の湖』のキャスティングについて次のような基本方針を立てている。

B：安全牌的なスターの起用は逆に観客から反発を喰う。長くかけてやる、つまり何かを賭けているにもかかわらず、安全牌がある。観客はその賭けの弱さを感じてしまう。
倉田：三浦友和
日夏：萩原健一
などといったキャストの意味。
こういうスターを並べると、時代劇の部分が別冊付録的なものになり、芸能界の運動会になる恐れがある。こうした起用方法は一見興行価値があるように見えるが、作るものがそれに頼っている安全性……実は賭けると見せかけている腹の底の弱い部分まで見透かしてしまい、逆に興行価値にブレーキがかかる。最近の観客はそこまで鋭敏であり賢くなっている。
現代劇の部分で淀君だけはある程度名の通っている人を起用したいが、道子、長尾、倉田、日夏はなるべく新しい人、人々の見ている頻度の少ない人たちにしたい。そのためには時代劇の方は張る。

製作期間の短いもの、製作宣伝の展開があまり望めないものの場合にはスターの数の登用も必要かもしれないが、「幻の湖」の場合には逆の目が出る公算の方がはるかに大きい。

橋本なりの勝算を立てた結果として、あえて地味な配役にしたのだった。

三浦友和と萩原健一

先の分析には、スター性重視で配役した場合の候補として三浦友和と萩原健一の名前が挙がっている。これは、東宝もしくはプロダクション内から案が挙がっていたと思われ、これに対して個々に否定する意見を橋本は記している。

★日夏圭介
ショーケンにしても、根津にしても、なんだか走る姿が目に浮かぶ。苦しい時にはこんな顔をするだろうし、スパートの時にはこんな顔をする。
なんだか想像の限界があり、それを超えることはできないような気がする。
1、時代劇の特別出演の顔ぶれを考えると、なんだかこの映画は芸能界の運動会のような気がしてならない。
2、芸能界以外から日夏は出したい。
たとえば競輪選手……一発まくりに出ていく時とか、追い込み選手の最後のもがきなどは、ストイックないい顔になる。俳優ではどんなに走りの訓練をしても、そうはいかない。

○三浦友和
銀行員、倉田。

観客は銀行員の三浦を見ない。山口百恵の亭主で一億何千万かのマンションに住んでいる三浦を見る。これは演出でどうこう出来ることではない。

倉田が出てくるたびに、観客はそう思う。

震える舌の中野良子と同じである。

頭から倉田が主役の場合は映画の特性としてそういうことにはならないが、この映画のこのキャストには疑問がある。

○日夏の役の萩原健一
彼はワンパターンの役者。えがたい俳優であるが、それを変えることは不可能である。

八つ墓村の野村さんとの衝突、
影武者での黒沢さんとの問題。

つまり、演出で持って彼の芝居をどうこう変えることは完全に不可能である。

道子とのトルコでの出会い。

「湖の底へ沈んだ女の怨み節……」

これがいえるためには、もっと軽薄になるか、もっとヅケヅケした性格とものの言い方になるのか、
どちらしかないが、このセットで真正面からの監督との大衝突になり、おろすおろさないの問題に迄

発展する恐れがある。

これらの意見も、当時の両者のイメージを踏まえると、決して誤りではない分析といえる。一方、時代劇パートの配役に関しては「張る」と記しているように、知名度を重視していたようだ。

時代劇は非常に大切である。
出ばが少ないだけに、その人ズバリという形でなければ、話も絵も持たない。だから特別出演の方々にお願いしている。

（特別出演）
A織田信長　北大路欣也
B長尾吉兼　緒形拳
Cお市の方　吉永小百合
藤掛三河守　大滝秀治

このキャスティングを実現させるべく、交渉のプランも橋本は入念に考えていた。

○特別出演の人達には「道子」役、発表の前に出演交渉を一応しておいたほうが、先手後手の効きからは得策である。

○但し、その場合には台本をどうするのか。
現在の形のゼロックスのままでいいのかどうか。
○道子役が大きく発表してからでは、新人では心もとないので、キャストの補強的な意味にとられる。それより貴方は絶対にキャストとして欲しいのですという意思表示を先にしておいたほうがいいのではないか。A、B、Cだけは。
（順番、A、B、C）

流行りは全て入れる！

「過去の成功作の踏襲」「配役」に次いで「手固」い作戦として橋本が立てた三つ目の戦術が、「当たりそうな流行りの要素を全て入れる」というものだった。

当時、橋本の周辺にいた面々は、この時の橋本を次のように振り返っている。

「雄琴のトルコに来るのが何人、犬を散歩するのが何人で、マラソンするのが何人――これがみんな見に来るって計算で橋本さんは書いたそうですよ」（野上照代・談）

「橋本先生は、何事もみんなそろばんでやります。僕がいたときは競輪をやってらしたけど、競輪も全部そろばんずくで確率を出していると言っていました。映画も『八甲田山』はパチッとそのそろばんが当たったんですね。

もちろん『幻の湖』でも「当たる」要素を計算されて、犬を飼っている人が全国に何百万とかいるとか、琵琶湖に観光旅行する人は年間何百万人とか、雄琴のトルコに行く人がどれぐらいいるとかみたいなことで、そろばんパチパチはじいて、その百分の一の観客を呼べれば、これだけ観客動員数があるみたいなことを考えられたと思います」（中島丈博・談）

ただ、映画とはそう簡単にいくものではない。この時の橋本は重要なことを忘れていた。今回の取材で橋本は、『砂の器』公開時に渋谷パンテオンの館主と交わした「映画興行」にまつわる次のような話をしている。

「『砂の器』は松竹・東急の洋画系でやった。我が家からは渋谷パンテオンが近いので初日に朝から行くと、もう観客が詰めかけている。それで支配人も『よかったですね』って言うんだ。

でも、初日だから誰も見ていないわけだ。なのに、なぜ観客は『砂の器』を観にいこうと思ったのか。それが疑問だった。それでその支配人に『あの人たちは、『砂の器』が面白いことをどうして知っているのかしら』って聞いたんだ。

すると、もう二十年かそのぐらいやっている支配人が『それは、わからんです、僕らにもわからん。ただ、お客には——当時の入場料は八百円だよ——八百円払っても損はしないかどうかということにすごい嗅覚があって、それが間違いないんです』っていうんだ。『その嗅覚がわかったら、こっちも全部当たる映画つくれるんだな』って言ったら『残念、橋本さん。残念ながらそれは我々にはわからんのです。これは当たるか当たらないのかは見当がつくはずだと思ってやってみたって、それは予想と全く違う。だけどお客のほうは、いかにそれが面白いか、面白くないか、嗅覚でよく知っている。だから、売り手と買い手っていうのは、しょせん違うんです』と言うんだ。たしかに、そうだ。映画館の中にいる人と、外にいる人は見える景色が違う。だから、売り手と買い手っていうのは、本質的に相手がわからないんだな。観客の気持ちと嗅覚というのは、僕らには分からないんだよ」

観客のことは売り手には分からない。観客の嗅覚は分からない。そのことをパンテオンの館主から聞いて、橋本もそれを理解していた。にもかかわらず、『幻の湖』では橋本は「こうすれば客は来る」という計算で作ってしまったのだ。

机上の空論

橋本の立てた作戦は、全て机上の空論でしかなかった。

まずはキャスティング。肝心の時代劇パートのキャスティングが思うように組めなかった。北大路欣也は出たものの、緒形、吉永は出ていない。お市の方は関根恵子、吉兼は宮口精二。いずれも「客を呼べるスター」というタイプの俳優ではない。

そして、現代劇パートは時代劇パートを豪華に組むことを前提にして地味にしている。そのため、結果としてただ地味なだけのキャスティングでしかなくなった。「話も絵も持たない」という自身の危惧は的中してしまったのだ。

そして何よりの失敗は、「当たりそうな要素を全て入れる」という作戦だ。人気の要素を集めれば観客が来るかというと、当然そんなことはない。すべての要素がバラバラに盛り込まれた結果、現在我々が観ているカオスに満ちた物語ができあがってしまった。

実は橋本自身も執筆前の段階では、流行を追っても映画は成功できないことを理解していた。執筆前に記したメモには、次のような記述がある。

○一過性の流行というものがある。
フラフープ、ボーリングがそうであったように――。

角川の映画には、一過性の特質がある。

「復活の日」の興行は危ない。


この橋本の予測は的中する。角川がハリウッド俳優たちも含めたオールスターキャストを組み、南極ロケまで敢行した超大作『復活の日』（八〇年）は興行的に失敗し、角川映画は大作路線から撤退することになる。

では、それだけ状況が見えていながら、なぜ橋本は過ちを犯してしまったのか。

それは、『砂の器』『八甲田山』『八つ墓村』と、立て続けに計算が完璧にハマり、大成功を収めたからに他ならない。そのため、『幻の湖』でも計算通りにやれば上手くいくと過信してしまっていたのだ。だが、作品自体に対する認識を誤っていれば、それを元にいかなる計算をしたところで誤った答えしか導き出せない。この時の橋本は、それに気づくことができなかった。

創作ノートに橋本は、次のような目標設定を書き込んでいる。

○「地獄の黙示録」「影武者」「復活の日」はシテ株である。共通していることは、脚本に根本的ともいえる重大欠陥がある。その欠陥に眼をつぶり、シテ性であおり立てただけのものには限界がある。
○「幻の湖」は優良株でなければいけない。優良株とシテ株は作り方も売り方も基本的に違う。「幻の湖」が優良株になるのか、ならないのかは、一にも二にも、脚本そのものにある。
○「砂の器」「八甲田山」がある程度ではあるが、作品価値を持ち得たのは、一にも二にも脚本の力である。「幻の湖」ではそれを超えたい。

ここまで理解していながら、橋本もまた『幻の湖』を「シテ性」であおり立ててしまっていた。「一にも二にも脚本」と記してはいるが、その脚本は優良株から程遠い。
だが、橋本は決して愚か者ではない。そのような脚本の欠陥に気づかないでいたわけではなかった。実は橋本自身も、脚本の欠陥に気づいていた。

「小國さんに一遍でも読ませたら『やめとけ』って言うよな——と思って、渡さなかったんだ。もし小國さんに読ませたら『やめとけ』と言っただろうと思う。やはりシチュエーションが無理だと」

脚本の欠陥を見抜く分析力について、黒澤と同様に橋本も小國に絶対的な信頼を置いている。その小國に欠陥を指摘されたら、もう撮ることはできなくなる。そして、この脚本を小國に見せたら批判されるだろうこともまた、橋本は想像がついていた。そうなると、「小國には見せない」以外の選択肢はなかった。東宝創立五十周年の大プロジェクトとして既に話は進んでおり、もう引き返すことができなかった。橋本もまた、「重大な欠陥」に目をつぶってしまったのだ。

腕力の翳り

ただ、以前の橋本の脚本にも欠陥がないわけではなかった。それは『砂の器』『八甲田山』の項でも述べてきた通りだ。だが、橋本はそれらを腕力でねじ伏せてきた。『幻の湖』では、小國の予言通り、その腕力が働かなかったのだ。それは、なぜか――。

一つには、年齢がある。執筆時で橋本は還暦を越えている。橋本の執筆スタイルは、徹底した粘りを前提としており、それが力強い腕力を生み出す源泉となっている。だが、それは体力がなければ成り立たない。だが、体力も腕力も、年齢につれて衰えるものだ。しかも、橋本は何度も大病を患っている。それで還暦を越えれば、腕力が働かなくなるのも当然といえる。また、この時期に妻の松子がアルツハイマー病を患ったため、その看護もあり、執筆に集中できる環境にもなかった。

だが、それだけではない。ここまで何度も述べてきたように、あまりに成功が続いてしまったことも大きかった。そのために慢心が生じてしまったのだ。気が緩めば当然、腕力も弱まる。

実際、当時の創作ノートには橋本の驕りともいえる言葉を見つけることができる。

○「幻の湖」は橋本忍、いてのものである。
橋本忍があらゆる人から、愛され、信頼されないと、この映画は当らない。映画が出来上るまでは、いかなる人に怒ってはいけない。

また、別のメモにはこんな記述もあった。先の「面白さの質を問うようなものを作」るという記述の後に、こう加えている。

面白さの質を問うもの――この核心はわりと簡単である。昨年あたりからボツボツ始まっているテレビの二時間以上の番組のもの――少くともこれらよりはかなり面白そうだと観客が感じるものを作ればいい。

（大多数の観客にとって、最近の映画なら、家で寝ころんでいて、長時間ドラマを見ているほうが楽であるという作品が多過ぎる――材料的にも質の違いが感じられるようなものを作るしか方法がない）

ただ、こうした橋本の無謀ともいえるプロジェクトを、誰も止めなかったのかといえば、実はそうではなかったという。

「事務所の人はほとんど反対していました。みんな反対していて、『おかしなことだ』って言ったんだけど、父はワンマンだから、もう『やる』って言ったらやるの。誰が何言っても聞かなかったですから」（橋本綾・談）

一方、橋本は『八甲田山』の頃には、創作ノートに次のように記している（※原文はカナタイプ）。

企画、脚本、準備、仕上げについて徹底的なブレーンストームの取り入れをする。ただし現場では

それをやっている余裕がない。頭脳を数多く集め、一人の頭脳では考えられない、面白いものを作る。個人の才能をどれだけ活かしきって映画を作ってみても仕上がりはたかが知れている。その人の過去の作品の標準にしかならない。これまでにある個人では作れなかったようなものを作るためにはブレーンストーム以外に方法がないし、またこれは可能である。

成功を重ねていく中で、そうした初心を見失っていたのだ。また、慢心は状況判断の甘さも生んだ。『幻の湖』を橋本は次のように位置付けている（※原文はカナタイプ）。

日本映画の製作状況を見渡したところ、来年から次の年までにはそれほど強いものが出てこない。角川あたりが一本くらいはやるだろうが、これはもう知れている。東宝と東映で戦争モノがあるが、この二本は掛け声ほどには大きくならない。そうした観点からいえば、「幻の湖」は展開次第ではかなり優位な位置に立てる。

橋本の計算は、正確無比な状況判断に基づいていたからこそ「正解」を弾き出し続けた。それもまた、利かなくなっていた。

迷えるシナリオ

最大の問題は脚本そのものにあった。物語に欠陥が生じ、破綻をきたした要因は、さまざまな要素を取り入れ過ぎたことによるカオスだけではない。そもそも橋本自身が、何をどう書くべきか、決め切れていないまま執筆に臨んでしまったのだ。

創作ノートを読むと、『砂の器』『八甲田山』の時のような一読して誰にでも伝わる、強固なコンセプトを打ち立てることができないまま執筆を進めたことがよく分かる。

この映画のテーマはどういうことだろう。（走りをどう見せるとか、それが興行的にはどういう結果をもたらすか等は二の次、三の次とし）作る者の基本的なものの考え方には、何を必要とし確立しなければいけないのだろうか。

1、何か永遠なものを追求したい。

2、人間は幻を追いながら走り続ける。

3、この映画が終わる前に主役の道子は感じる。

自分にあったのは幻の人と、幻の白い犬がいた。本当に実在したのは、琵琶湖という湖だけで、これだけは間違いないと思うが、しかしそれさえも実は大きな幻に過ぎない。

道子は白い幻の犬と、幻の人を追い続けて走った。人間が走るには何かの目的がある。目的が何もない場合にはとても走れるものではない。健康増進とか、体力向上のスポーツだとか、個々の理屈はなんとでもつくが、本当はそんなものではなく、もっと目に見えないものを追って走っている。

永遠の幻を追って走り続けるのが人間である。

シナリオの直し、映画の作り方もこの線をより強くすることを基本にする。

（女の自主性、自我の強さ、行動力……いわゆる企画当時の女モノだとか、犬の敵討ちとかいったストーリーの不条理性などは越えてしまわなければいけない）

★人間が走るということは、どういうことだろう。

4本の足を持つ動物が二足歩行を続けることで人間になった。

人間は足から進化してきた動物である。そしてその進化が袋小路に入り込み、停止したため、幼児退化が起きて走り出しているのである。幼児退化（幼い子供に逆戻りすること……アーサー・ケストラー著『機械の中の幽霊』より）

人間の進化は、突然変異を重ねることによる、一直線の進み方ではなく、絶えず繰り返すジグザグ行動、完全に行き詰まると、幼児形に退化し、その幼児形の中に存在する未来性へ突き進む。（同じ袋小路には絶対、二度と突き進まない）

文明の進んだ地球上の地域から、人間という動物は再び走り始める。動物から人間へ進化した時代への幼児退化である。言い換えれば、人間は足からもう一度出直そうとしている。次の進むべき道を模索するために——。

今から人間は10万年ぐらい走り続けるだろう。よりもっと完成度の高い動物となるために——幻とはそれのことである。

一行目から、既に疑問形だ。しかも基本姿勢すら、決められていないのだ。スタートから迷い、芯・幹が定まらないまま執筆に突入している様が伝わってくる。

最初から「どういうことだろう」と答えが浮かんでいない上に、一番に挙げた要素からして「何か永遠なもの」と具体性に欠ける。2、3も観念的だ。当人すら作品のコンセプトを掴み切れてないのがよく分かる。その上に「走る」ということを哲学的に突き詰めた挙句に、さらに謎の方向へ進んでいる。この混沌が、そのまま物語の混沌、脚本のデタラメさに直結してしまっていると考えられる。

しかも、このノートは初稿を書き終えた後に記したもの。あやふやな状況のまま執筆に入り、それが改善されることがないまま、そこから引き返せなくなってしまったのだ。

キャラクター設定表の記述内容も、混沌としている。

道子：眼が一つしかなく、仲間から離れているはぐれたキツネ
**　　走りすぎて自分のテリトリーを見失なったフラミンゴ**
倉田：毎日、卵を生まされ、羽を持ってはいるが飛べない鶏
日夏：五十万年前に生まれる筈だった巨竜
関口：他の動物を心配しながら見守り続けて自分の野性を失なった熊
矢崎：ありとあらゆるものに神経を配って、時には自分の仲間までに喰いつくハイエナ
長尾：陸地に上がって人間になったと錯覚しているイルカ
淀君：運動することを忘れ、自分の足で体を支えきれなくなったキリン

動物に例えてはいるものの、これが全く実際の脚本に反映されていない。

直しが効かない

それでも、この初稿から上手く直すことができれば、まだリカバリーできたかもしれない。これまでの橋本のシナリオは直し作業を重ねていく中で緻密で力強い構成へと築き上げられていった。

橋本はある時から脚本の執筆にカナタイプを使っていた。そして、カタカナで記した下書きを誰でも読める形に直していく中で清書していく。その手伝いをしていた田中収は、その理由をこう語る。

「なぜ橋本さんがカナタイプを使うかというと、人間は喋ってる自分や相手のスピードに合わせてものを考えてますよね。書くスピードはそれより遅いわけです。でも、カナタイプは書くスピードが手書きより四倍早いそうです。例えば手書きで一分かかる文章は、ワープロだったらその四分の一の十五秒で打てる。橋本さんはそういう計算なんです。四倍早いのなら、四回多く推敲できる。

しかも、それで終わんないです。必ずテープに入れるんですよ。自分で自分のシナリオを読んで吹き込むんです。それを聞きながらも何回でも推敲する。だから全てのセリフが橋本節になっちゃう。実はあれ、全てご自分の口調なんです。

それから、必ず一本の台本に四、五カ所は、何通りかのパターンを用意しているシーンを作ります。少しだけニュアンスの違うシーンが書いてある。で、『田中くん、これ持って帰って、原稿を直すときに一番いいの選んでくれ』って言うんです。これは緊張しちゃいますよ。橋本さんとしては、初めて読む人の第一印象を大事にしたんじゃないですか。それは観客と同じ視線になるわけですからね。

ですから、あの人のシナリオが緻密になるのは、カナタイプで打って自分で読んで、他人に読ませて――そうやって推敲を何度も繰り返してるからなんです。人より多く推敲をしている」

一方、『黒い画集　あるサラリーマンの証言』執筆時の橋本もまた、推敲を重ねる中で完成度を高めていったと中島丈博は振り返る。

「前日まで書いたものを、翌日まず初っ端に必ず読み返す。すぐに書いたりしないで、今までのものを全部点検して読み返して、それでその続きの気持ちを体の中に入れて次のシーンを書く。そこはもう厳しく言われましたね。『とにかく読み返してから書け』と。

そして『このシーンを書け』と指示される。でも、僕がいくら書いてもダメなんです。

先生に原稿を渡すと、読んで首を傾げたりして、すぐまた突き返されます。『ダメ』とは言わずに『違う』と言われる。それで別の角度で書いたり、どこが悪いんだろうとか思いながらちょっと変えてみたりして。それを四回も五回もやって、それでも『違う』『違う』、そういう行ったり来たりみたいなことで一日が過ぎてしまう。

どこが違うのかっていうことは言ってくれない。絶対に言わないんですよ。僕も追い詰められて脂汗タラタラみたいになっちゃって、困ったなあと思って、ヤケクソになってとんでもないことを書いたりするじゃないですか。ちょっとハネたりするようなことを書いたりすると、だんだん機嫌が悪くなって『違うよ』と突き返される。

ただ先生が偉いのは、辛抱して待ってくれるんです。そのとき、先生は四十二歳の男盛りです。

おまけに、すこぶる付きの美貌。仮に僕が逆の立場だったら『俺が書いたほうが早い。こんなバカな弟子を相手にいつまでも、まだるっこしいことやってらんない』ということになるんですけど、それをじっと辛抱強く待ってくださる。

突き返して『違う』『違う』を十回くらいも繰り返して、最後の最後に先生から『正解』が出てくる。『ああ、こういうことだったのか！』と躰にズシーンと響きますね」

だが、今回はそうした推敲も上手くいかなかった。創作ノートには、「直し」への迷いもうかがえる。

最終的な決定稿を一気に仕上げようとするのは、まだどこかに無理があるような気がするので、大勢の人の意見を聞いた上で、とりあえず準備台本を作り、決定稿は先に延ばした方がいいのかもしれない。

欠陥があることは理解していながら、それがどこなのかを見出せず、結論を先延ばしにする——。これまで、果断に題材を一撃で仕留め、「生血」をすすってきた橋本からは考えられない弱々しさが、そこには垣間見える。

特に橋本が迷い、悩んでいたのは、現代の長尾正信と戦国の長尾吉康とを一人二役にすることの可否だった。

1、これが同一人物でいいのかどうか。
同一人物にした方がある種の興味、この話の不可解な部分を醸成してくれるかもしれない。
だが、なんだか自分の二枚目ぶりを、つまり道子を得るために過去の話をしているように取られる恐れもなくはない……
2．ホンの直しの過程でそれを検討しながら、進めてみてその結果にしたい。
ハルの出ばは一日だけである。
戦国時代に生き、現代を生き、宇宙空間で45億年先の琵琶湖まで語る……これがどのような効果で出るのか。やってみないと分からない点もかなりある。

ここでも欠陥に気づきながらも「眼をつぶって」しまっている痕跡がある。結局、決め切れず、あやふやなまま「やってみないと分からない」と決定稿、そして撮影へ突入していってしまったのだ。

こうした、あやふやなスタンスのまま製作に入ったことによる欠点は、実は今回の取材で橋本自身も認めている。

「あれは、なんか計算違いをしたね。それほど深い用意もせずに嵌り込んだんじゃないかな。『八甲田』や『砂の器』ほど用心深くスタートしてないよ。それから映画を作るという気持ちが弱かった。『砂の器』というのは特殊な事情があって作った映画で、その続きで『八甲田』があった。その後も映画を撮るつもりはなかった。もともとシナリオライターだからね。それが何か知らん、ああいう結果になっちゃったんだ」

説明過剰なセリフ

『幻の湖』の大きな問題は、上映時間が長すぎることだ。『八甲田山』のような大スペクタクル映画ならまだしも、風俗嬢が犬の復讐をする話で三時間弱はいくらなんでも長い。といって、それにふさわしいドラマが詰め込まれているために長くなっているわけではない。演出が間延びしたり、延々と説明的なセリフが続いたり——とにかく無駄が多く、そのために長くなってしまっているのだ。結果として観客には、冗長で退屈な印象しか与えなくなる。

ただ、これまでの橋本脚本であれば、説明的なセリフであっても切れ味があった。そのため、たとえ長くなっても筋肉質で濃密なドラマ性が損なわれることはなかった。たとえば、『八甲田山』の序盤、徳島大尉が冬の八甲田の気象条件を説明するセリフ。

「私は旅団司令部で八甲田を安請合したことに、今は後悔しております。調査をすればするほど恐しい……日本海と太平洋の嵐が直接こんなふうにぶつかり、冬の山岳としてはこれ以上ない最悪の地帯です。おそらく今後三十年、五十年、いや百年たっても、冬の八甲田は頑として人を阻み、通ることを許さないのではないかと思います」

これも長く説明的ではあるが、その言葉の一つ一つからは八甲田の厳しさが伝わってくる。そこには人間の実感がこもっているからだ。それに比べて、『幻の湖』のセリフは締まりがない。

「琵琶湖って本当に広いのね」

「銀行員の人と私が結婚――。これからの二人にはいろいろなことが。でも、倉田さんと一緒に私はそれを乗り越える」

「琵琶湖を持ち上げ、信長にぶつけてやる！」

「お前は湖の中から出てきた精霊なのね」

――と、言葉の背後に話者たちの実感がこもっておらず、上滑った感がある。また、セリフのやり取りもいちいち段取り的でテンポが悪い。たとえば――。

道子「島――島だわ！」
倉田「島ですね」
道子「どこのなんという島なの？」
倉田「沖ノ島ですね」
道子「沖ノ島――!!」

だが、こうした実感をともなわないセリフの数々は、本来の橋本の美意識とは異なるものだった。中島は、橋本脚本の魅力を、次のように語る。

「省略の鬼なんです。セリフの端まで、不自然なくらい切り詰めますから。でも、省略することによって、次の流れが生まれる。本当に伝えたいことの七分くらいにとどめて、次のシーンへ送る。あとは客の想像とイメージに任せといて、『実はこうだった』という結果だけを出すとかね。そういう脚本の流れをいつも見つめていました。流れを読んで、ハコを綿密に作って、『あ、これは流れている』『流れていない』と判断しながら直していく。

書き手って、書きたくなるんです。もっともっと——って。でも先生はそこを禁欲的に抑える。セリフも本当に省略しちゃいますから。『全部を書くな』という、結論まで書いちゃいけないというのが、シナリオの鉄則なんです。

それから文学的に書くのも厭がられる。シナリオのト書きってどうしても常套句になっちゃうから、それを面白くしようとして視覚的な表現から外れると『違う』となるわけです。

特に後半になって僕が書いたホン（※『南の風と波』）を先生が監督するというので、二人で直す作業があったわけです。僕が初稿を全部書いているものだから、先生の直しがなおのことビンビン響く。先生がどう直したか、その一つ一つが勉強になりました。

先生の手が入ることによって、明らかに映像的、時間的な流れが出てくる。それはシーン毎の結論までを書かないという鉄則と、そして、それとは別に、時間軸をぶった切るような大胆な省略。その後は先生特有の腕力でもってぐいぐいとテーマを押し出していくということになる。『南の風と波』のときも、エピローグという形でそれをやられましたね。つまり、そこが先生のシナリオの美学なんです」

『ゼロの焦点』や『砂の器』もそうだ。推理や捜査のプロセスを見せずに、一気に結論へと飛ぶ構成は、こうした「省略」の美学の賜物といえるだろう。一方で、『幻の湖』は道子が犯人にたどり着くまでの過程を一つ一つ順を追って見せてしまっている。

また、これまでの橋本脚本を読むと、セリフにも巧みな省略が多々あった。たとえば、『八甲田山』で、最初の目的地にたどり着けなかった際に神田大尉が呟く、このようなセリフ。

「二キロ……田代まではたった二キロ……その二キロの道が……雪とはいったい何なのだろう」

こうして、言葉を腹の奥底まで飲み込むかのようにギリギリまで削ったセリフにより、強い情感や情念をもたらしてきた。この場合は、猛烈な絶望感が省略された言葉の向こうに伝わってくる。

ところが『幻の湖』のセリフはというと、先に挙げたセリフたちの他にも――。

「沖ノ島――あれが沖ノ島‼　沖ノ島は私だと思って――一人ぼっちの淋しい島と思っていたのに、その裏側には、あんなに家と大勢の――大勢の人が‼」

「私は幻の人と幻の白い犬を追い、走り続けていたのでは。私に本当にあったのは、琵琶湖という湖だけだったのかも」

――といった具合に、言葉数を多くして説明的に全てを言い切っていたり、変に文学的な表現を狙ったりしている。本来の橋本らしい、省略による情念のほとばしりは見られない。
そのためにテンポが悪くなり、感情の実感も薄れ、切れ味に欠けるものになってしまったのだ。これは、物語自体が上手く運べていないことを、なんとかセリフ回しを飾ることでカバーしようとしたためと考えられる。だが、それをできるだけの腕力は、この時の橋本にはもうなかったのだ。作品そのものに大きな欠陥があるため、腕力でカバーするにはいくらなんでも範囲が広すぎた。

自分では切れない

実は橋本自身、上映時間の長さは認識していた。だが、どうにもならなかった。

「幸か不幸か、僕はホンが長くなる癖があってね。それで、どの作品でもかなり尺が長くなって、嵌らないの。だから、最終的には『自分で編集しちゃえ』っていうことで、僕が切ることになる。著作権がともなうから、他の人がやるのは難しいんだよね。

だから、自ずから編集を覚えざるをえなかった。『砂の器』の父子の旅のところは一コマ単位で編集したし、それから『八甲田山』はオールラッシュで六時間半あるのを半分に切った。

ところが、その『幻の湖』というのはね——僕の勘ではもう三十分切ったほうがいいという気がした。だけど、自分の撮ったものというのは切れなくて。そのまま残しちゃって大失敗だったんじゃないかな。材料としても、ひどく不条理な面が多過ぎたけどね——多過ぎたけども、もう三十分切っていれば、もうちょっと見られるものになったんじゃないかな。

だけどね、東宝との契約が二時間四十五分でという契約なんだよ。で、撮ってみたらその尺に嵌ってるし、別に切らなくていいかなってなった。

それで熊井啓がこう言うんだ。『橋本さん、あれもう三十分切ったら、『砂』や『八甲田』と同格かそれ以上になったんじゃないでしょうか』と。僕も『うん、そうだけども――誰も『切れ』と言う者がいなかったからね。『八甲田』や『砂』は自分で切らなきゃいけないってことで、監督がどう思ったって構わない――ということで、自分の思うように切り刻んだけども。自分の生み出したものってなかなか切れないよな』って笑ったんだ。

つまり、不条理な面が多過ぎた。もうちょっと切らなきゃダメだな。もう三十分切れば、もうちょっと見れるものになったんじゃないかな」

『幻の湖』における最大の問題は、この発言に凝縮されているといっていい。つまり、プロデューサー、監督、脚本、編集、原作を全て、自身が一手に担ってしまったことだ。

これまでの作品は野村芳太郎をはじめ合議制に近い形で話が進められ、それによって各部門でカバーし合い、チェック機能が働き、作品の精度や濃度を高めてきた。橋本もまた、他人の書いた原作、他人の撮った映像であれば、脚色でいくらでも生血をすすり、編集で冗長を削ぎ落した筋肉質の作品を成すことができた。

だが、今回は橋本が全てを担当したため、それができなくなったのだ。やはり、自身で心血を注いで作り上げた原作、映像には、これまでのように容赦なく手を入れることができない。そのため無駄なものがそのまま残ることになる。それは同時に、橋本自身の迷いやあやふやさが、そのまま本編の映像として映し出される結果にもなった。

凡庸な演出

特に、橋本プロダクションの作品としては初めて、自身で監督もしたことも重大な失敗要因だ。橋本はここまで『私は貝になりたい』『南の風と波』という二本を監督していたが、「身体の弱さもあって不向き」とは自身も認めるところだった。にもかかわらず、なぜ――。

「『幻の湖』はね……迷ったの。迷ってね、どうしようかと思ったんだ。森谷の企画ではないんだよね。それで野村さんにホンを読んでもらったら、『これは特別な監督でなけりゃ成功しない。失敗します』って言うんだ。監督の目で見て、野村さんは『自分は撮らない』と言った。それで、僕がやるしかなくなったんだ。

出来上がったときは『これは川島雄三だ。でも、あいつは死んじゃったしな』と思ったな。彼だったら、この不条理をこなしてくれたんじゃないか。僕よりも、はるかにうまく撮ったと思う」

たとえ脚本の出来が悪くとも、野村なら、森谷なら、それなりに見られる作品にできたかもしれない。多少の無理も「腕力」によってねじ伏せる橋本脚本を演出し、映像として説得力あるものにするためには、それに匹敵するだけの腕力が監督にも必要になる。

野村芳太郎は、『砂の器』に際して、そのことを明確に意識していた。

「この音楽会のフィナーレ、ラストがどう描けるかにこの映画の勝負がかかっている。つまり、この音楽会のラストが最高のクライマックスとして盛り上がらねば負けといえる。そのために、演出も、キャメラも、演技も、あらゆるものが最大の腕力を発揮しなければならない。あえて腕力という表現をつかったのは、例えどうあろうと、しゃにむに、この音楽会のラストを最高のクライマックスとしてもり上げ、見る人に深い感銘を残さねば、この映画のＥＮＤマークが出ないからである」（『シナリオ』七五年一月号）

『幻の湖』は《全編これ腕力》、一切の理屈が通っていない脚本だ。そうなると、演出家にもよほどの腕力がないと成り立たない。問題は、橋本脚本を映像化するだけの腕力が「監督・橋本忍」にはなかったことだ。先に述べたように、橋本自身も自分が監督に向いていないことは理解していた。

そして、周囲の人間も、その認識は一致している。

野村芳太郎は、盟友関係になる前、橋本初監督の『私は貝になりたい』の段階で、その能力を見抜いていた。

「私の感じた事を云うとシナリオと監督が同一人の場合の弱さと云ったものがやはり出ているのではないか」（『映画評論』五九年十月号）

『南の風と波』は中島丈博が初稿を書き、それを元に橋本が監督している。それだけに、同作での橋本の監督現場を間近で観ていた。

「監督には向いてないんですかね。僕は方言指導ってことで撮影に付きっきりでしたけど、演出はあくまでもシナリオ通りです。スタッフが揃って、助監督さんが段取りして、役者さんが動いてくれれば当然、形にはなります。後はカメラマンが堅実に撮ってくれればいいってスタンスでした。たとえばロケーションで女仲仕が炭俵を担ぐ場面があったのですが、女優さんが重いものを担げないからって、中身を抜いてるんです。それでぺしゃんこに凹んじゃったりして、地元出身の人間としては嘘っぽくてとても見てられない。

それで僕は『先生、これおかしいですよ、こんな凹んだ炭俵ってないですから』と言ったんです。ところが先生は『そんなこと言ったって、女優が担げないんだからしょうがないだろう』って不機嫌そうに返されて、そのまま撮りました。本当なら軽い藁のようなものをいっぱい詰めるなりして、炭俵をパンパンにするとかしないとね。

そういうところの細部へのこだわり、ディテールへの執着とかが、映画を面白くするんだと思うんですけどね。結局は型どおりになっちゃって。

僕は疑問を感じて、『先生、現場ではシナリオ通りに撮れないこともあるんですかね』と聞いたら、『いや、そんなことはないよ』と言下におっしゃる。先生の想いとしては、シナリオ通りにとにかく撮るということが基本だったとは思います。だからセリフを変えたりしないし、アドリブも原則的には許しません。

シナリオがきちんと撮れていればいいんだ、それが映画を作る一番最良の方法なんだと確信されていたんだと思いますけど、それならば炭俵が凹んでるのをそのまま撮るのはやっぱり変だと思うんですけどね。

でも、『南の風と波』のときはオールラッシュに黒澤さんが観に来てらして、『素敵なシャシンだね』とおっしゃって、先生もニコニコと笑顔を浮かべていらした。

ところが、先生は『走って走って走って――』というト書きをよくお書きになるんだけど、『幻の湖』のときは、犬を追いかけて走って走って走って――僕は観ていて『あ、ト書きの通り撮ってる』と思いました。あれはちょっとね。何とか工夫しないと、観客は観ていてつらくなる。真っ正直すぎるというか、監督なら何とかしてほしいと思うんだけど」


橋本の演出は、真っ正直すぎる。中島の評の通り、オーソドックスにしか撮れないのだ。もしその脚本が定石通りの内容であれば、そうした演出でも「普通の作品」として成り立つ。

だが、橋本の脚本は型破りなところがある。特に『幻の湖』は全てにおいて異常性に満ちている。それをオーソドックスに撮ってしまうと、その脚本の異常性がかえって際立ってしまい、珍妙な印象しかなくなる。

異常な脚本は、異常な演出によって成り立つ。野村芳太郎は、それを理解していた。たとえば『八つ墓村』が、まさにそうだ。ラストの鍾乳洞で、犯人の美也子が主人公の辰弥（萩原健一）を追いまくる。この時、自分が犯人だと辰弥に気づかれた瞬間、彼女の顔は怨霊に憑かれたような白塗りのメイクに変貌する。そして、幽鬼のような動きで辰弥を追うのだ。音楽も派手に盛り上げる。まさにオカルティックなホラーだ。そうした非日常の空間として演出することで、「祟りによって連続殺人を犯す」という異常な橋本脚本の世界が、説得力ある映像として提示されることになる。

だが、生真面目な橋本演出には、それができない。同じく、怨念に満ちた女性が男性を延々と追うシチュエーションの『幻の湖』には、野村演出のようなケレン味はない。道子が日夏を追う場面を、橋本は日常空間の中で淡々と撮っている。そのため、真昼の街中を風俗嬢の格好で出刃包丁を振り回しながら走る――という、どう見ても異常な道子の姿が、珍妙に浮かび上がってしまう。しかも、BGMもないため、まるで盛り上がらない。それが、二十分も続くのだから、観客には退屈でしかない。

もし野村の演出で派手に盛り上げて撮っていれば、まだ印象は変わったかもしれない。

幻の絵コンテ

それでは、『幻の湖』の撮影現場での監督・橋本忍の演出は実際のところどのようなものだったのだろうか。

橋本忍の没後、筆者は線香をあげるため橋本邸を訪ねた。その際、ご遺族の許可を得て物置を見させてもらった。そこには、多くの貴重な資料があった。長年にわたり風雨を受けてきたこともあり、遺跡から発掘された古文書のような保存状態だった。

その奥に、「幻」と表に書かれた大きな封筒が放置されていた。

もしや――と、それを開くと、そこには走る女性の絵が何枚も封入されていた。明らかに『幻の湖』の絵コンテだった。精密に描かれた絵コンテの数々を見ながら、「橋本さん、絵も上手かったんですね」と呟くと、ご遺族は皆、「いや、そんなはずはない」と言った。「父は、楽器もできましたが、絵だけは下手だったんです」と。

そうなると、この絵コンテは橋本が描いたわけではない――となる。絵コンテとは、具体的な演

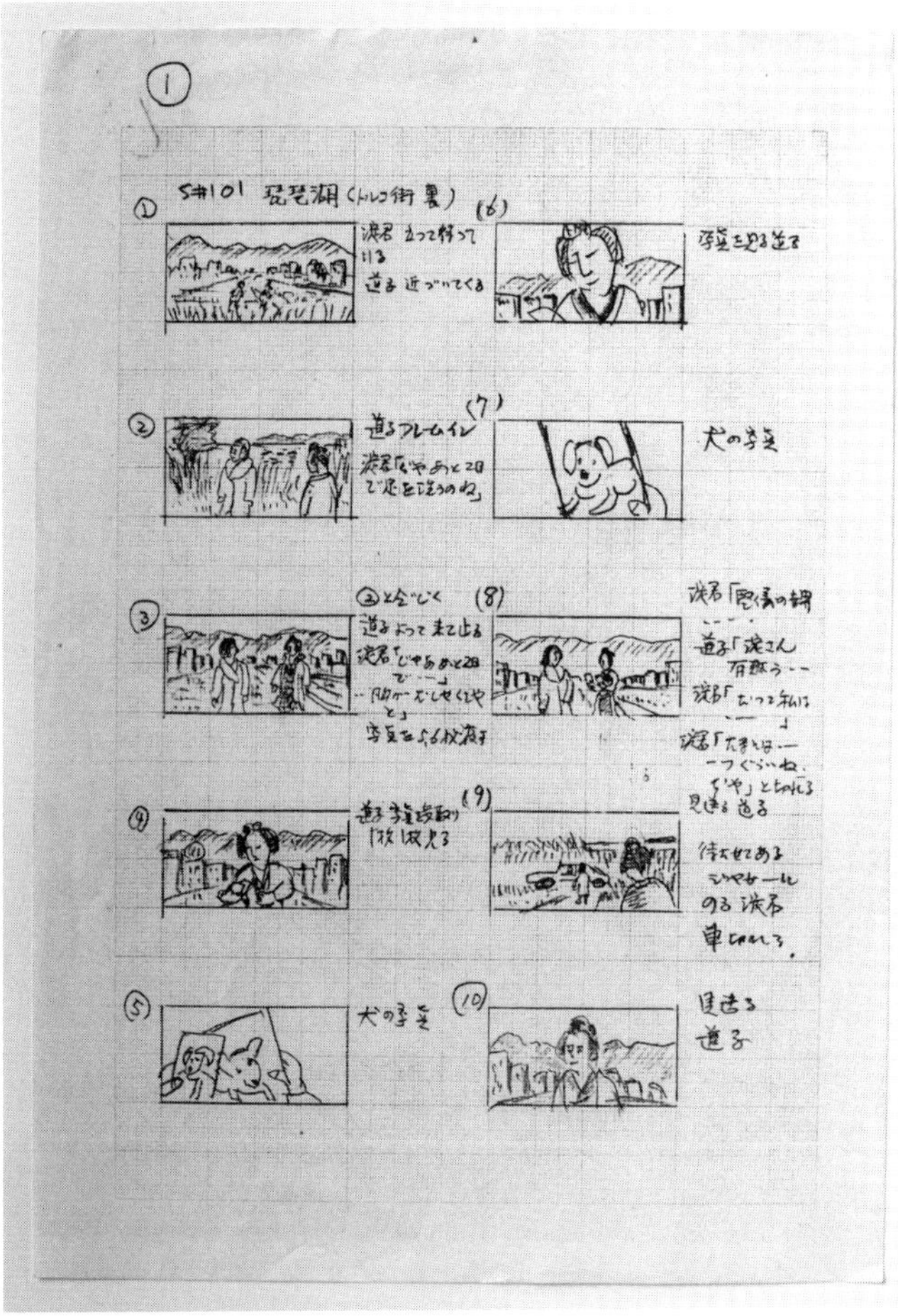

「幻」と書かれた封筒から出てきた『幻の湖』の絵コンテ

出プランを記した、重要な設計図である。監督自身が絵コンテを描いてないとすると、橋本は演出プランを他の誰かに作らせていたということになる。では、いったい誰が。

橋本の関係者に尋ねても、誰も思い当たる節はないという。

そうした中、「監督補」としてクレジットされている桃沢裕幸の連絡先を得ることができた。彼なら何かを知っているかもしれない。そう思い電話をしたところ、「全てを話す」と取材を承諾してくれた。

今は富山に在住という桃沢を訪ねるため、北陸新幹線に乗った。そして北アルプスを一望できる邸宅にて、お話をうかがうことができた。

まず桃沢はこう切り出した。

「ただ先に言っておくと、『幻の湖』は僕にとって最悪の作品でした。もう口に出すのも嫌なくらい、人生で最悪の作品です。橋本さんには申し訳ないけど――」

そして、準備段階から始まる、『幻の湖』製作の全貌が語られることになる。

もともとは近代映画協会で演出の見習いをしていた桃沢は、同プロダクションの神山征二郎が『八甲田山』のチーフ助監督を務めていた繋がりで、サード助監督として参加している。そして撮影から約二年が経った一九七九年、橋本プロダクションの川鍋プロデューサーに呼び出され、次回作のチーフとして参加することに。それが『幻の湖』だった。

「渋谷の南口近くのマンションにある事務所に入っていくと、川鍋さんと橋本さんの息子の信吾ちゃん、あとお手伝いの女の人がいて、奥の部屋に連れていかれました。そこで橋本さんはタイプライターを叩いていた。それで『どうだ元気か?』と。それが、僕にとっての『幻の湖』のスタートだったんです。

その時は、橋本さんが監督やるとはわかっていませんでした。今でも記憶があるけど、『君、〝津〟ってどういう意味か知っているか』といきなり聞いてきたんです。『さんずいだから海とか、水に関係するんじゃないですか。唐津とか大津とかあるから、漁港のイメージがあります』と答えました。そうしたら『実はその大津で映画をやるんだ。琵琶湖の映画だ。それを君に手伝ってもらいたい』——こう言われました。

私としても、橋本さんといえば『砂の器』と『八甲田山』の脚本家であり大プロデューサーですから、ましてやオリジナル作品だという。断る理由もありません。『やらせてください』と即答しました」

カメラマンには黒澤明監督の名作映画を数多く撮ってきた斎藤孝雄が配される。美術も、同じく黒澤組の村木与四郎が担当した。

「スタッフの大所はだいたい決まっていました。『監督は俺がやる。撮影は孝ちゃん、美術は村木ちゃんだ。それで助監督は君だ』と。その時はまだ、私の上にベテランの監督補佐が付くと思っていました。私は外の小さな作品ではチーフ助監督をやっていましたが、大きな映画のチーフはまだやっていませんでしたから。

私以外は黒澤組や重鎮ばかりで少し逡巡しましたが、『いつから撮影に入るんですか』と聞いたら、『一年後くらいだ』と。十分に準備期間がある。橋本さんは私好みの社会派作品の監督もやっている。そして何より、あの『八甲田山』の時は雪の中で連日、仁王立ちをし、スタッフを鼓舞する姿も見ています。何の不安もありませんでした」

新人女優と競輪選手

製作体制が固まり、次はキャスティングとなる。主人公の道子役にはオーディションが大々的に開催され、新人の南條玲子が抜擢される。

「『砂の器』『八甲田山』とくれば、だいたいの役者はやりたくなるはずです。これでスターになれると。それで各社の若手、売り出そうとしている人たちがオーディションを受けに来てました。

ところが選ぶ段階になった際、橋本さんは『女優は新人を使いたい』と言うんです。なぜかというと、『マラソンを一から鍛えたい。マラソンのシーンを撮るときに、スピードが違っていたらいやだ』。それで新人にしたんです。

最終的に彼女に決めた理由は、新人だけど一生懸命やろうとしているところにありました。三人くらいに最後は絞ったけど、引き受けてやろうとする姿勢が一番見えるということでした」

実際、走るシーンに関して橋本はかなり力を入れていたようだ。橋本の書斎にあった『幻の湖』

製作ファイルには、「ランニングトレーニング計画（案）」なるメモが挟んであった。

それによると、八〇年の十月第四週からトレーニングを開始、十一月第二週までが「基礎・準備トレーニング期間」、年末まで「走り込み期間」、正月休みを挟んで一月第三週まで「スピード養成期間」、二月末まで「本格的トレーニング期間」、最後は「総仕上げ期間」として、「試合等挑戦!!」とまで記されている。

つまり、約半年をかけ、南條を「橋本のイメージ通りに走れる身体」へ鍛え上げようという計画である。

「何メートルを何秒で走る。それを彼女に身体で覚えさせてほしい。それが橋本さんの要望でした。それで、東海大学でコーチをしていた宇佐美彰朗さんにコーチになってもらいました。東海大学まで彼女を連れていって、ランニングを連日やらせるわけです。彼女が走れるようにさせるのが俺の仕事でした。『今のは何秒だな』と言いながら――。それが終わると、橋本プロの事務所に戻り今日のタイムを報告するんです。

橋本さんとしては『目標に向かって走るということに、何かがあるのだ』というのがあったんです。自分の生きざまとか、そういう感じなのでしょう。『八甲田山』で雪の中を歩くというのと同じです。当時は橋本さん自身も走ってましたから、何か思うところもあったのでしょう」

道子に追いかけられる作曲家の日夏役には、同じく新人の光田昌弘が選ばれる。

「『男はどうしましょう?』と橋本さんに聞いたんです。すると橋本さんは『男は競輪選手でやる。競輪選手をスターにする』と。さすがに反対が多く最後は諦めましたが。黒澤映画での三船敏郎のデビュー当時の無骨さが頭にあったと、後日話してくれました」

カメラマン交代と絵コンテの謎

「撮影」としてクレジットされているのは、斎藤孝雄だけではない。今井正監督と組んできた中尾駿一郎の名前も、そこにある。橋本の代表作である『真昼の暗黒』も、中尾が撮っている。

ではなぜ、カメラマンが複数いるのか——。そこから、あの絵コンテの謎も解けることになる。

「季節を追いながら、撮影は長い期間かかりました。それでも、なかなか打ち解けた組になりませんでした。ことあるごとにスタッフの間がギクシャクしていた。撮影の斎藤さんは言うまでもなく黒澤さんの片腕として力があります。しかし、今回は違った。橋本さんとは初めてで、探り合いの風でした。

橋本さんは自分のイメージは台本に一言一句書いてあると思っている。そこから読み取ってほしいと思っているし、斎藤さんは現場の空気の中で監督の演出を慎重に観察し、指示を待っている。『それなら、ここからこう撮りましょう』とは言わない。次第に、自分からこの作品を引っ張っていく意味を持てなくなったように、僕には見えていました。

撮影は遅々として進まなくなりました。スタッフからも苛立ちの声が聞こえるようになります。聞こえよがしに『助監督、なんとかしろよ!』と。それに呼応するように、橋本さんからも私に罵

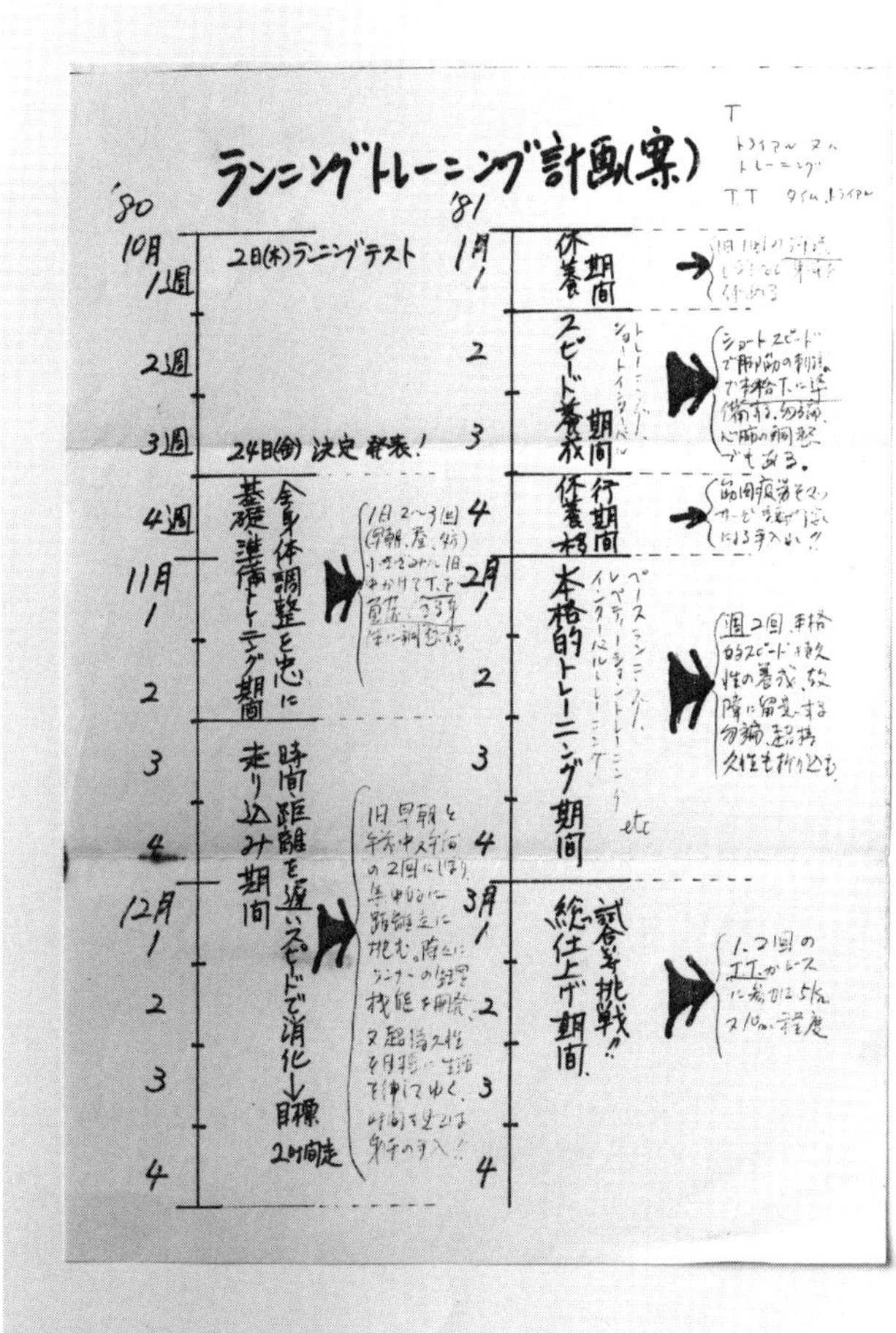

この映画の特異性を示す「ランニングトレーニング計画（案）」

声が飛びました。

悲しくなりました。『八甲田山』の神田大尉のようだ――。当時の自分の境遇をそう思いましたね。やはり、監督とカメラマンの間には、厳しくとも信頼関係が必要ですよ。なぜ気心の知れたカメラマンと組まなかったのか――今でも思い出します。

それで橋本さんが番頭役の川鍋さんに言ったんじゃないかな、『どうもうまくいかない』と。それで川鍋さんが『どうしたらいいか』と言ってくるから、『斎藤さんには申し訳ないが、カメラマンを代えたらどうですか。私も責任を取ります』と答えました。後日、橋本さんが斎藤さんと直接話をし、降板してもらうことになった。

そして、誰か代わりのカメラマンはいないかと聞かれました。旧知の木村大作さんにも断られたようです。そこで私は――昔、今井正監督に付いたことがあって――中尾駿一郎さんを推しました。中尾さんは穏やかなカメラマンでしたし、ご自身で絵を描きながら、今井さんと何べんも打ち合わせを重ねる姿を見ていました。

ですから受けていただいた時、『絵コンテを描いてほしい』とお願いをしたんです。橋本さんにその絵コンテを先に見せて了解をとり、スタッフに回した。これが作品にとって良かったかどうかは今でもわからないんだけれども、それでちょっと撮影が流れるようになったんです」

件の絵コンテは、中尾駿一郎が描いたものだったのだ。

ただ、それでそこから最後まで撮影がスムーズに進んだかというと、そうではない。『幻の湖』には斎藤、中尾に加えて、東宝専属だった岸本正広の名前もクレジットされている。ベテランの斎藤、中尾に比べると、当時のキャリアはまだ浅い。

「しかし、中尾さんは疲労困憊でした。撮影が終わって宿に帰ってきて、一杯飲んで風呂に入って、明日の絵コンテを考える。コンテは作ったけれどもう寝る時間がない。『こう撮りたい』というのは監督の仕事のはずなのに。

――申し訳ないと言いつつ――絵コンテを描いてもらって、橋本さんのところに持って行き、『こんな感じでやります』『ああいいよ』と。丁寧な絵で、それはもう芸術品のようでした。

ある朝、中尾さんが出発時間に起きてこられなかった。布団の中で倒れていた。本当に悲しく、棺が重かった――。

それでも現場というのは非情なもので、次のカメラマンを探さないといけない。もはや橋本さんのことを知っている人を優先に探しました。それで木村大作さんの下にいた岸本正広さんが空いていた。監督に聞くと、『彼なら知っているからいいよ』と。若い岸本は意欲的で『こういう風に撮りたい』と進言、現場が流れるようになりました」

中尾カメラマンは撮影が終わる前に亡くなってしまった。あの絵コンテは、彼が生命を注いだ作品だったのだ。

公開日に姿を消す

この後、『植村直己物語』（八六年）でヒマラヤ、『敦煌』（八八年）でタクラマカン砂漠、『おろしや国酔夢譚』（九二年）でシベリア――、『八甲田山』も加え、桃沢は日本映画でも屈指の厳しい状況下で撮られた映画に演出補として参加し続けた。それでも、最も厳しい現場は『幻の湖』だったという。

「もはや、この作品を作る意味がないと思うくらい、監督と現場が上手くいっていませんでした。相当に苦労した。チームが分解しそうになったから、苦しかったですね。

助監督の仕事として、失敗だと感じました。監督を入れて、チームワークを作れなかった。ロケ先での撮影を終えて旅館に帰ってきて、橋本さんと一緒に飯を食うんですよ。だけど活気がない。六十歳と三十歳という差があっては、なかなかガッとは行けなかった。監督を囲んで酒を飲めればよかったんだけど、橋本さんは酒を飲まないわ、斎藤さんは橋本さんと合わないわで――。

それで撮影が終わってアフレコくらいまでは付き合ったと思いますが、仕上げの段階で――監督が長い編集に入るからという理由で――川鍋さんから契約終了を告げられました。

チーフ助監督はスケジュールの調整やスタッフのとりまとめも行いますが、それよりなにより、この企画の為に監督の想いを残さずくみ取らなくてはならない。そのエネルギーを察知できないくらいの混沌、とにかく終わらせるだけの空しい仕事でした。何よりつらかったのは、そのことです」

桃沢は橋本だけでなく、自分自身の責任も大きかったと自省している。

「『幻の湖』はへんちくりんな映画だと言われるけど、橋本さんには我々には分からない、すごいエネルギーがあるんですよ。それを理解してあげられなかった。若い我々の方が違ったかなと思います。あの人の考えていたことは、本当はすごいのではないかと。

ただ、それを映像として具体化させるための技術を、橋本さん自身も持っていなかった。シナリオの中に一行一行書く時は、自分の中にイメージがあったはずなのに、それをスタッフに伝えられないということがあったのではないか。

申し訳ないんだけど、それは私が力不足だったからうまくいかなかったところもある。今だったら、もう少しうまくやれたと思います。でも、あの頃はとにかく若いから、『橋本さんは一行一行書くことは、全て画にしたいんだろう。それを何よりも大事にしよう』というのがスタートだった」

公開後、しばらくして橋本から桃沢に手紙が届く。そこには、こう書いてあったという。

「苦難は忍耐を　忍耐は練達を　練達は希望を生む」

それまでの橋本は、自身の作品が公開されると初日の映画館に必ず顔を出していた。その橋本が、『幻の湖』の公開初日は劇場に顔を出すことはなかった。

封切の日、橋本は鴨川の別荘にいた。そして、映画館には橋本の代わりに川鍋プロデューサーが行った。あまりの観客の少なさに川鍋は「地の底に引きずり込まれそうな感じだ」と嘆いたという。

橋本は自身の手がけた映画が興行的に上手くいかなかった際でも、「見ないほうが悪いんだ」と娘たちに言い張っていた。だが、『幻の湖』の時は何も言わなかった。

自身でも、気づいていたのだ。だからこそ、姿を消した。

愛犬スタークと自宅の庭で戯れる橋本（撮影：熊切圭介）

十一　鬼の章

〜『愛の陽炎』『旅路　村でいちばんの首吊りの木』
『鉄砲とキリスト』『天武の夢』

「わら人形が大ブーム！」

『幻の湖』は興行的に大失敗に終わった。

そのことにより、橋本の脚本家としてのキャリアが終わった——というような言説も散見されるが、決してそのようなことはない。四年後の八六年には、橋本が脚本を書いた二本の映画が立て続けに松竹と東宝で公開されるのだ。

それが『愛の陽炎』と『旅路　村でいちばんの首吊りの木』だった。特に『旅路』は『幻の湖』と同じく橋本プロダクションの製作を東宝が配給したものであり、このことは、橋本が『幻の湖』の一本だけで映画界での興行的な信頼を失い切ってはいなかったことを示している。

先に公開された『愛の陽炎』は、『幻の湖』に近いモチーフの作品だ。つまり、若い女性による男性への復讐劇である。今度の復讐の対象は、自身を裏切ったエゴイスティックな男と設定されているため、『幻の湖』に比べてシンプルで分かりやすくなっている。しかも、主演も新人ではなく、

『不良少女とよばれて』（八四年、ＴＢＳ）など多くのテレビドラマで主演を張り、演技力にも定評のあった伊藤麻衣子だ。『幻の湖』に比べ、成功の可能性の高い企画といえる。

ただ、一つ問題があった。それは、復讐の手段だ。

この映画の着想は、一九五五年までさかのぼる。『七人の侍』に続いて橋本も脚本に参加した映画『生きものの記録』を撮り終えた黒澤明は、あるプロジェクトについて橋本に語ったという。それは、アメリカのプロデューサーの依頼で、ヨーロッパから二名、アメリカから一名、日本から一名の監督が参加してのオムニバス映画を製作するというもの。そして、日本側の「一名」が黒澤明だった。

それぞれの企画に共通するテーマはスリラー、あるいは怪談だった。何かふさわしい題材はないかと黒澤に持ちかけられた橋本が提案したのが、「呪い釘」だ。丑三つ時に神社の神木に藁人形を釘で打ちつけ、相手を呪詛する風習である。

橋本は姫路のサラリーマン時代、木材部門の責任者をしていた時期がある。その際、工場を見回っていると、鋭い金属音がしたという。音のした木材を見てみると、神社から提供された木に五寸釘が刺さっており、それが帯鋸《おびのこ》に当たったのだと判明する。今も呪い釘の風習が残っていた――橋本は驚愕した。

その話を黒澤にしたところ、黒澤も大いに興味を示したという。そこで、平安時代を舞台にした物語を作ることになったのだが、プロジェクトそのものが消滅してしまったために、この案も立ち消えになっていた。

『愛の陽炎』は、それを約三十年経って掘り起こしたものだった。そのため、橋本の所蔵していた台本を見ると、準備稿の段階での仮題はそのまま『呪い釘』になっている。

舞台を現代に変更し、主人公は男への復讐の手段として「呪い釘」を使う。丑三つ時に神社へ向かい、白装束で頭に蠟燭を載せ、神木に藁人形を刺して一心不乱に釘を打つ。すると、男は呪い殺される――。

監督は三村晴彦。八三年に松本清張原作の『天城越え』で鮮烈なデビューを果たした新鋭である。三村は公開当時、この企画を次のように語っている。

「橋本さんの発想なんかを聞いていて、なるほどと思ったのは、今の若い子たちは、僕らの子供の頃と違って、星占いとか血液型でどうかとか、それを信じているかどうかは別にして、かなり詳しいですよね。それがフッと、呪い釘みたいなものに通じるようなものがあるんじゃないかと。現代の若者たちの中に、そういうものが受け入れられる、或いは信じる余地があるというのは、とても面白いんじゃないかと。数年前だと、そういう若者像は設定できませんよ」（『シナリオ』八六年三月号）

この話で驚くのは、『愛の陽炎』が実は若者受けを狙っていた――ということだ。当時の松竹による宣伝資料を見てみると、たしかにそうした痕跡はうかがえる。

「この作品の宣伝ターゲットは、20歳前後の女性でその像は、20歳の主人公に共感をもち、情報に敏感に反応でき遊び心をもっている人と規定します。〝呪い釘〟に部分的な関心をもたせる層として高校生までをも考え、この層を先行させ、本当のターゲットである女性を吸引する方針です」

それを踏まえて、宣伝資料の冒頭には次のような「宣伝基本方針」が記されている。

「元来、呪うべき相手に似せた人形を五寸釘で傷つけることによってその願望を満たす〝呪い釘〟の儀式は、おどろおどろしい、陰湿なイメージをもつものです。「軽いの大好き」の現代若者嗜好を考えれば、このイメージをもう少し、軽い、軽チャーっぽいものに変えて提供しなければなりません」

『愛の陽炎』が公開された八〇年代半ばは、大衆を取り巻く娯楽状況がそれまでから一気に変化した時代だった。八三年に東京ディズニーランドが開園し、ファミリーコンピュータが発売された。またフジテレビは「楽しくなければテレビじゃない」を標語にし、『なるほど!ザ・ワールド』『笑っていいとも!』『オレたちひょうきん族』といったクイズ番組、バラエティ番組をヒットさせていく。このすぐ後に始まる「バブル」と呼ばれる好景気に向け、娯楽はとにかく「明るい楽しさ」が求められ、こうした浮かれた現象は「軽《かる》チャー」と呼ばれもした。

そのような状況下で、松竹の宣伝部は陰惨で重々しい橋本脚本のドラマを売らなければならない。「呪い釘」を「軽チャー」と強引に結びつける先の宣伝文は、それこそ「腕力」といえる荒業だ。

そのことは、公開時のパンフレットに記載された、次の宣伝コピーからも明らかだ。

「今、なぜか〝わら人形〟が大ブーム!」

さらに、松竹はグッズとして「愛のわら人形」というマスコットも発売している。半ばヤケクソともいえる売り方だが、あまりに時代の潮流と離れてしまった橋本の映画を売るには、こうまでするしかなかった。

だが、橋本がかつて「シテ株」と指摘したように、このような外側の飾りつけをしたところで、興行は上手くいくものではない。いくら若い女性がオカルトを自然に受容しているとはいえ、星占いや血液型から「呪い釘」へ繋げる松竹の宣伝戦略は、さすがに強引すぎた。

何より、企画そのものに無理があった。黒澤がいうように平安時代ならまだ馴染むかもしれない。が、現代を舞台にしてしまったことで、それまで普通に現代人の服装をしていた伊藤麻衣子が、突然白装束になって藁人形に釘を打ちまくる姿が、珍妙なものに映ってしまったのだ。これも『八つ墓村』における野村芳太郎のようなケレン味のある演出で撮れば、まだ観られたかもしれないが、リアリズム派の三村演出では、『幻の湖』同様に、その珍妙さが浮き上がるだけだった。

松竹も、この映画の厳しさは理解していたようだ。『愛の陽炎』は『砂の器』のリバイバル上映との二本立てという興行になったのだ。橋本は、過去の栄光でしか客を呼べなくなっていた。

表紙は『トップガン』

『旅路　村でいちばんの首吊りの木』は、『幻の湖』以来、久しぶりの橋本プロダクション製作となる。

橋本によると、この企画のキッカケは『八甲田山』の撮影時に津軽で会った、「いたこ」だったという。

「津軽半島の金木というところで、いたこさんの集まりでお祈りする場面を撮ったんですね。そのとき、朝早くからキャメラを構えていると、つぎつぎといたこさんがやって来て—そこには場所割りする人がいて、一人ひとりの位置を決めたりしているんですが、見ていると、一人、六十すぎぐらいのおばあさんのいたこさんと、その目の見えないおばあさんの手を引いてる十六、七の娘さん—お孫さんかもしれませんけれども—の二人連れがありましてね。それがすごく印象的だったのです」

「『砂の器』は男の親と男の子の話だったでしょ。だから、こんどは女の親と女の子の話をやってみたいなと、そのとき思ったのです」（『シネ・フロント』八六年十二月号）

そんな橋本が出会ったのが、ミステリー作家で脚本家でもある辻真先による小説『村でいちばんの首吊りの木』だった。遠く離れて暮らす母親と息子の手紙のやり取りを通し、ある殺人事件の全貌が浮かび上がるという物語で、この息子を娘に脚色すれば狙い通りの内容になるのではと橋本は考えたのだ。

母と娘が会わない——という設定は、息子が父親と会おうとしない『砂の器』の犯人の親子関係と重なるものがあり、これを使って『砂の器』同様のカットバックをすれば、同様の感動を起こせる。それが、橋本の狙いだった。

『砂の器』を強く意識して『旅路』に臨んでいたことは、当時の創作ノートからもうかがえる。

この映画の作品完成度は、『砂の器』を越えたい。

全編が、母と娘のカットバックの旅と考えていい。

そのためには音楽が凄く重要な意味をもって来る。

従来の考えかたからすれば、明確で太い一本のテーマ音楽を設定することになるが、それでは『砂の器』程度にしかならないかも知れない。

この映画では、
母の音楽
娘の音楽
二つのテーマ音楽が必要である。
曲はハッキリ違ったほうがいい。最後になってもこれは一つにはならない。ラストではそれが一緒になることも考えられるが、それはこの作品を甘くする。どこまでも突っ張り通したほうがいい。

監督は神山征二郎。新藤兼人の率いる独立プロ・近代映画協会で活躍していたが、『八甲田山』でチーフ助監督を務めた際の雪山での八面六臂の働きが橋本に認められての抜擢である。これが初のメジャー配給での監督作となった。神山を支えるため、本作には『八甲田山』を撮った森谷司郎がプロデューサーとして参加している（※公開前に死去）。

その神山も、公開時に次のように言及している。

「橋本さんの頭には前から『砂の器』みたいな映画を母と娘の話でやりたい、という構想があったんですね」（『キネマ旬報』八六年十一月上旬号）

『旅路』は母親役を演じた倍賞千恵子の熱演もあり、過去二作に比べて見応えのある作品になっている。だが、もはや「『砂の器』みたいな映画」として作られた映画が受け入れられる時代ではなくなっていた。

この年の日本映画のナンバー1ヒットは『子猫物語』で、ベスト10には他に「ビー・バップ・ハイスクール」シリーズが二本、『ドラえもん』を中心とした藤子不二雄アニメ三本立てと「東映まんがまつり」がランクイン。『旅路』公開時の『キネマ旬報』の表紙は『トップガン』だった。

橋本脚本作品が毎年のように興行成績上位にランクされていた時代と、明らかに大衆が映画に求める娯楽は違っていたのである。

信長に賭ける

『旅路』の公開時、橋本は今後のプランを次のように述べている。

「企画っていうのはホンが何本かあって、そのうちから何を選んでやるかっていうことがいちばん大事。だからまずホンのストックを持ちたいということだね。それで順次スタートしていくと、年間2、3本映画作ることは不可能じゃないんだね。今までそれが出来なかったっていうのは使えるホンのストックがなかったから」

「もう、ここでホンを作ってストックしていくよりしょうがない。そう思って、今、ようやく3、4本ストックが出来て……。僕の考えとしては常に6本ぐらい持ってて、消化したらそれを埋めて、絶えず6本のチョイスがあるっていうのが一番いい。だから橋本プロの将来は、どれだけホンがストックできるかにかかってる。そのためには、僕自身が精力的にもうちょっと本数をあげなくちゃいけないんじゃないかね」（『シナリオ』八六年十二月号）

だが、『愛の陽炎』『旅路』は、いずれも不入りに終わる。「もうちょっと本数をあげなくちゃいけない」と述べている橋本だったが、橋本プロダクションの作品は『旅路』が最後となる。八六年の二作を最後に、橋本は映画製作の最前線から姿を消したのだ。

このことについて、映画の不入りが続いたために「干された」という見方もあるだろう。また、橋本の作風が時代に合わなくなってきたことも確かだ。

ただ、橋本がこの時点で七十歳になろうとしていることを忘れてはならない。若い頃から身体が強くなく、その後に何度も大病を患ってきた橋本が、この歳になって第一線を退くのは、むしろ当然のことといえる。妻の看護のこともある。

だが、橋本はそんな常識で判断できるような人間ではない。創作意欲は全く衰えていなかったのだ。「映画界に干された」という意識も、「歳だから一線を退こう」という意識も、橋本自身には毛頭なかった。

プロダクション創設以降、橋本はある葛藤を抱えていたという。

「橋本プロで製作する映画の脚本は橋本忍で、これがまァ売り物だから、他の映画会社や独立プロの脚本には手をつけられないし、他の所も単独の脚本依頼の持ち込みは次第に遠慮し、食い物は全部自家生産……自分で作るより仕方がなくなったのだ。数ある候補のメニューから食欲をそそる、面白くなりそうなものに舌なめずりし、請われるままに鉛筆一本で渡り歩く、渡世人のあの無責任や気楽さがなくなってしまったのである」（『人とシナリオ』）

プロダクションを作り、さらにそこで映画を立て続けにヒットさせたことで、橋本は憧れ続けた「河原乞食」から遠ざかり、いつしか「実業家」になってしまった。そのために、映画化が決まる前から思いのままにシナリオを書いた、『切腹』の頃のような自由を失っていた。

特に、設立当初の目標を果たしてプロダクション維持だけのために作られた『幻の湖』以降の作品は、そうした自身の課した呪縛により、自縄自縛してしまったといえる。そのことは、当人も認識していた。

「仕方がないので映画を二本作った。『幻の湖』と『旅路——日本でいちばんの首吊りの木』である。だが前の川を渡る時のような、周到な企画の絞り込み、綿密な作業計画、それらを総合した乗《ママ》るか反るかの一発を賭ける、勝負手に欠けたためか結果はうまくいかない。いや、当ったり外れたりが映画でそれほど気にはしないが、それよりも自分へ忍び寄る危惧、不安、焦燥が日増しに増大し、なんだかジリジリしてくる。それは自分自身のシナリオへの遠去かりである」（『人とシナリオ』）
　こうした鬱屈を抱えた橋本は、生涯で最大の賭けに出ることになる。
　表舞台から姿を消した八六年以降、裏で橋本は実はある超大作映画の製作に全てを注いでいた。遠ざかっていた「自分自身のシナリオ」を取り戻すために——。
　その題材として選んだのは、最も敬愛する歴史上の人物だった。

「歴史上の人物で自分が一番好きなのは織田信長だ。
　人生五十年化転のうちにくらぶれば夢幻の如く（※原文ママ）……たとえ五十年生きたところで、自分の一生を振り返れば夢か幻の如きものだ。生きている者は必ず死ぬのだ、さ、行け——！と真先に馬を走らせ、二十数年の全人生を賭け、桶狭間へ突入する。三万の大軍に百騎や二百騎でまともに戦っても数字的な公理では百パーセント勝てるわけがない。だから奇襲という公理にすべてを賭けたともいえる。しかし、その公理がどれほど危険なものであるかをよく知っているから、生涯のうちに二度とその公理を使用せず、戦いはすべて勝つべき体勢《ママ》を整えてから、勝つべきものを勝ち進んだ。しかし、最後には全く思いがけなく、本能寺で部下の明智光秀に殺される——これはもう運命である」（『八甲田山の世界』）

　橋本は、信長に自身のギャンブラーとしての理想像を重ねていた。そして、この信長を題材に、一発逆転の大勝負に打って出ようとする。それが『鉄砲とキリスト』だ。橋本にとって一発逆転を賭けた「桶狭間の戦い」だった。
舞台は戦国時代。主人公は、日本に漂着した鉄砲商人とキリスト教宣教師という、二人の西洋人だ。二人は信長と出会い、重用される。物語は、そんな二人を軸に展開。桶狭間、三方ヶ原、長篠、木津川口といった大合戦シーンが次々と登場。しかも、そうした合戦はただの状況説明としてではなく、戦況の変化とともに詳細に描写されている。もしシナリオ通りに映像化が叶っていれば、どれか一つの合戦シーンだけでも超大作のクライマックスたりうる、スケールの大きさだ。それが四つもあるのだから、あまりに途方もないスケールの企画といえる。

「これまでの仕事は全て、予算との格闘だった。だから一遍、製作費の枠のないものを書いてみようということで書いたのが、あれなんだ。僕にとっては、シナリオとして究極のものはもうあれしかない。まあ、そういうものしか、やるものがなくなっちゃったんだよ。もう、他のことやってみてもしようがない。それなら一番大きなものをやってみようと思ってね」

これまで溜め込んできた鬱屈から全て解き放たれ、思うままに橋本は『鉄砲とキリスト』を書いた。しかも、これをただの自己満足として終えていないのが、橋本の橋本たるところだ。橋本は橋本プロダクションでの映画化に向けて動いたのである。

「僕は五十億でできると思ったんだよ。十億ずつ五社に出させりゃいいということで、丸紅だとかの商社とかいろいろ当たって。それで三社ぐらい乗ってね……いや、二社だったかな。あとは新日鉄が

入れるってことになった。新日鉄は、千葉の工場跡に信長の鉄砲製作所のセットを作るということだった。それでもう三十億ぐらいは整った。『あともう二十億』ということでソニーへ話したら、ソニーが全額の五十億出すというんだよ。それで、ソニーと組んで進めることになったんだ」

なんとも景気の良い話だ。昨今の日本経済や日本映画界の状況、さらにはこれまでの橋本の言動から考えると、ただのホラ話としか思えないかもしれない。

だが、当時の日本はバブルの真っ最中になる。今では信じられない「金余り」の状況にあり、商社や大企業や銀行は投資先を探していた。そして、映画もその一つとして考えられていたのだ。

その流れで次々と超大作映画が作られていく。総製作費三十五億円をかけ実際のタクラマカン砂漠に巨大な都市城郭のセットを築いた『敦煌』が八八年に、総製作費五十億円をかけてカナダで川中島合戦の撮影を敢行した『天と地と』が九〇年に公開。長期海外ロケによる戦記映画というのは決して不可能なプロジェクトではなかった。

また、『敦煌』は徳間書店、『天と地と』は角川映画と、いずれも大手映画会社ではないワンマン経営者の率いる独立系による製作である。そうなると橋本プロダクションがこうしたプロジェクトに乗り出し、大企業がそこに出資するという話も、決して無理な話とはいえないのだ。

「あれを書いた当時には、そういうものを作る気運がまだ日本の映画界にあった。あの時期だけだね、映画界に新しく資本家が登場するのは。今のようなチマチマしたお金の出し方でなくて、かなり大型のものでも思いきって出すという。やっぱり商社なんかが一番華やかな時代だったから。

世界に市場が伸びていってね、ちょうどそういう時代だった。どこも、どこ行っても景気がよかった。だから、そういうものができる気分はあの時代にはあったという気はする。もうなくなっちゃったね、そういう気分は。もう、ああいうものはできないね。ただ、やれば当たる気はするんだけどね」

監督はベルトルッチで！

では、この超大作を誰に監督させるつもりだったのか——。筆者の問いに、橋本は思いも寄らぬ名前を挙げた。

「イタリアのベルナルド・ベルトルッチ。僕はあの監督を使いたかった。日本ではあれをできる監督は誰もいなかったからね。

彼の『ラストエンペラー』は、僕はなかなかだと思った。あれを見て、『あ、これで『鉄砲とキリスト』はできる』と、直感でそう思ったの。ベルトルッチならば、面白いものができたと思う。だから、英語版にしようと思っていたんだ。日本語で作らずに英語版でするよりしょうがないから。全部英語で作って、日本語は字幕スーパーでいいと思ってたんだけどね。役者はね、主役の鉄砲商人はロバート・デ・ニーロを考えていたんだ。日本側の役者のとこまでは、まだ行ってなかった。信長、誰にするかね——」

ベルナルド・ベルトルッチが監督した『ラストエンペラー』は、清帝国最後の皇帝である愛新覚羅溥儀を主人公にした映画で、八八年のアカデミー賞の作品賞や監督賞を受賞している。中国が舞台だが、セリフは全て英語で構成されていた。この手法でなら、『鉄砲とキリスト』も撮れるだろう。橋本はそう考えていたのだ。

そして橋本は、ヘラルド映画の原正人に話を持ちかけたという。原は『ラストエンペラー』のプロデューサーであるジェレミー・トーマスと『戦場のメリークリスマス』（八三年）を共に作った間柄であった。原を通じてジェレミー・トーマス、そしてベルトルッチと交渉しようという考えだった。

ここまで橋本が語ってきたプロジェクトの概要は、あまりにも大きな話だ。そのため、どこまでが本当の話なのかが分からない。そこで、当の原正人に実際のところを尋ねてみた。

「『鉄砲とキリスト』の時は橋本さんが『監督をベルトルッチに』っておっしゃったんで、『ラストエンペラー』のプロデューサーのジェレミー・トーマスに相談したのは覚えています。

それまで、僕は橋本さんとは直接仕事をやった記憶はありません。でも、なぜか橋本さんは僕によく声をかけてくれていたんですよね。あの人、数字が好きで、数字が好きって変だけど――興行収入をとても気になさる。ですから、僕と会うと必ず『あれ、いくらになった？』と聞いてくるわけです。僕はもともとヘラルド映画の時代は営業本部長で営業も宣伝もみんなやっていたから、業界情報というのはそれなりによく知っているし、情報の入りやすい部署だったから、いつも呼ばれて、そういう話をしていました」

このプロジェクトは実際に動いていたのだ。そして、ベルトルッチ監督案も本当に存在していた。だが、原はそれ以上は動かなかったという。

「結局はベルトルッチまで話は行ってないんです。橋本さんとしては『ラストエンペラー』で中国をやったから、それなら日本のもやれるだろうとすぐ思ったんだろうけど、僕はベルトルッチっていう人を知っていますから、もともと無理だろうなあと思っていました」

動かなかった――というより動けなかった事情が、原にはもう一つあった。それは、八五年に公開された黒澤明監督の超大作『乱』の製作をヘラルドがしており、ここで大赤字を負ってしまっていたのだ。

「『乱』のダメージがあったんです。大きな赤字を背負いましてね。ですから、あの時は自分のちっちゃな会社を守るために、正直言って悪戦苦闘していました。その頃にお話をいただいたのが『鉄砲とキリスト』でした。

ですから、実はあのとき、夢があっても金を集める力がなかったんです。『乱』がうまくいってれば、もしかすると――という可能性もあったかもしれません。

ですから、ジェレミーに対してもあまり迫力のある紹介の仕方はできなかった――というより、しなかったんじゃないかな、今思えばね。『戦場のメリークリスマス』の時のように『俺がやるから！』という迫力がなきゃ、人は動かない。『これどうかね』と言ったぐらいじゃ、ダメなんですよ。『戦メリ』の時はジェレミーを動かせたのですが、『鉄砲とキリスト』では、そうはいきませんでした。

橋本さんには申し訳ないんで、あまり本当のことは言っちゃいけないのかもしれないけど――僕自身が『戦メリ』のときみたいにひっちゃきに働けばね、もしかしたらもうちょっとお役に立ったかもしれない。

こういう事情があるから『鉄砲とキリスト』は作れない――と橋本さんに本当のこと言ったかどうかはあまり覚えてないんだけど、『難しいでしょうね』ということは伝えたと思います」


黒澤明の抜擢により脚本家としてビューすることのできた橋本。その最後の乾坤一擲の勝負が、黒澤映画の影響により挫折することになった。皮肉な話だ。

だが、橋本自身は『鉄砲とキリスト』がとん挫した理由は別にあると語っている。


「僕の一つの弱みは、頭から五十億あればできるだろうとパッと踏んだこと。これが計算違いだったんだ。問題は木津川の合戦シーン。設楽原《したらがはら》の合戦はロケ地をモンゴルに予定してたから、中国のスタッフ使って、モンゴルで撮ればどれぐらい金かかるか計算できていた。

ただ、海戦は計算が違った。軍艦は機帆船の船なんで鉄板だけ張りゃいいんだから、塗りだけでいけるんだけど、あの小さい船が砲撃で沈んだりするとこが、ごまかしきかないんだよ。実際にその海戦のとこの場面なんか入れたら、もう二十億かかって七十億になった。

それで頭を抱えたんだ。さすがにソニーにもう二十億を出してとは言えなかったから、僕が迷った。それで、結局は止めにしたんだ」

復活

『鉄砲とキリスト』にとん挫した後、橋本はシナリオの執筆ができなくなる。

十年来のアルツハイマー病を患っていた妻・松子の看病がまずあり、自身も九一年には右腎臓摘出、九三年には肝膿症にかかり、自宅療養をせざるをえなくなったのだ。

映画製作どころか脚本執筆もままならなくなったことで、橋本はプロダクションの事務所も畳むことにした。

「『鉄砲とキリスト』を書いて、もう脚本を書かないと思った。それは体の問題なんだ」

功成り名遂げ、いくつもの病にかかった七十代――。投資に成功していたので収入も十分に余裕がある。そう考えると、橋本がここで引退して隠居生活に入ったとして、何もおかしいことはない。だが、橋本はそうしなかった。

約二十年の雌伏を経て、再び復活したのだ。

まずは、米寿を迎えた二〇〇六年、黒澤明との日々を綴ったノンフィクション『複眼の映像』を刊行する。そして九十歳となった二〇〇八年には、一年の時間をかけて自身でシナリオを書き足してリメイクした映画『私は貝になりたい』が公開された。

そして九十二歳となる二〇一〇年、またもや大プロジェクトに挑むことになる。それが『天武の夢』。後に天武天皇となる大海人皇子を主人公にした歴史小説だ。この第一話は、『オール讀物』二〇一〇年十二月号に掲載されている。

　そこからさかのぼること二十年弱、一九九一年に『鉄砲とキリスト』がとん挫した橋本は、『地球の最後の日』と題した作品を「最後のシナリオ」に想定していた。だが、その前に「シナリオと小説を合体する読み物」にチャレンジしようと考える。それが『天武の夢』だったのだ。

　だが、それは病が続いたことで進められなくなっていた。九四年に出された『人とシナリオ』の段階で、『天武の夢』について橋本は次のように記している。


「現在の体調が続けば来年の末までには終わり、再来年からはいよいよ最後のシナリオ『地球の最後の日』にかかりたい」


　だが、そこから二十年近くが経ってもなお、橋本は『天武の夢』を書き終えられずにいたのだ。

　『天武の夢』の第一話が掲載された『オール讀物』のメインは池波正太郎の特集で、偶然にもその特集に筆者も寄稿している。そのため、発売時に掲載号の表紙を見た時、「え！　あの橋本忍が新作小説を書いたのか――！」と驚愕したのを覚えている。そして、その文章を読んで、さらに驚いた。

　『天武の夢』は、次のような文章で始まる。


「鉛色の雲が低かった。

　山々の連なりや、原野、田畑へ、どんよりと覆い被さり、今にも押し潰すほどだった。

　大地は咆哮して鳴動し、地割れが田畑や原野を一直線に走り、逃げ惑う野鼠の群れや野兎、疎林や山裾から飛び出す猪や鹿までが、恐怖のあまり前後を失い、不気味な大地の亀裂の軋みに吸い込まれる。

段々畑を見下ろす山裾の集落は、すでに半分以上が倒壊していた。茅葺きの屋根が震動し、丸木柱が喘いで泳ぎ、落ちる壁、土煙り……残っている家も次々と倒壊が続く」

それは、かつての『日本沈没』を彷彿とさせるような、壮大なスペクタクル映像が浮かびあがるような描写である。筆致も橋本らしい力強さで、何かとてつもなく不穏なことが起きるような期待を抱かせる。

橋本忍、健在なり――！

読み終えて、嬉しくてたまらなくなった。それはもちろん、橋本が今も「現役」だということを確認できたから――というのもある。だが、それだけではない。

これだけの文章が書ける元気がまだあるのなら、こちらの取材を受けてもらえるのではないか。今なら、橋本にその作家生涯を聞けるかもしれない――。

そんな期待を抱いたからだ。本書の企画は、まさにこの時から始まったといっていい。

終わらない物語

だが、『天武の夢』の続きが『オール讀物』誌上に掲載されることはなかった。文藝春秋としては、単行本として刊行する予定であったが、それも叶わなかった。

ちょうど、筆者による橋本への取材は『天武の夢』の執筆と同時期だった。会う度に、橋本は執筆の進捗状況を聞かせてくれた。

「最終的には、四百字（原稿用紙の換算で）千二、三百枚ぐらいになりそうなんだよな。だから、単行本にしても一冊で済まないんだよね。前後編になる。今は二部のどんケツに近いところまで来ている。何とか一冊でまとまればよかったんだけども、そういうふうには行かないな」

と、当初は文字数がどんどん増えている――というだけの話だった。二〇一二年八月三十日の取材時には、「九月いっぱいで小説は終わると思う」と言い切っている。そうなると、次にお会いする際は書き終わっていると思ったのだが、同年十一月四日の取材時には終わっていなかった。

「とにかくテメエ（※橋本自身）の仕事が早く終わるといいんだけど、ちょっとね――」

筆者が「楽しみにお待ちしております」と伝えると、橋本は「ダメだね、もう。もう体がボロボロだから、しょうがないよな」と珍しく気弱な言葉を吐いている。それでも、橋本は書き終えることを諦めようとはしなかった。

「物語のケツまで全部決まってるの。だから残念なんだ。何もできてないんだったらもう放棄するよ。『もうやめた』と言って、悪いけど文春の編集者に頭を下げてやめさせてもらう。けどね、ケツまで全部組めてるんだ。だから、あとは何も考えることないんだよ。だけどね、やっぱり体のほうが続かんわな」

『オール讀物』の橋本の担当編集者にその点を確認してみたところ、実際に橋本はラストのプランは決めていたという。それは、橋本が最も愛した木槿《むくげ》の花が散る——という描写だった。だが、なかなかそこに至らない。枚数ばかりがとにかく嵩み、物語は一向に動かなかった。

「これは、どういうことになるのかもう自分でも見当がつかん。ただ、こんなにお終いが長くなるとは思わなかった。いつまでも終わりにならないんだ。ハコはできてるんだ。でも、なんか——しょうがないいんだよな。まあ、生きてるうち、なんとかできりゃいいと思う」

がん治療への葛藤

そして、橋本はまたしても大病を患う。前立腺がんだ。この治療と執筆の狭間で橋本は激しく葛藤していた。

「前立腺がんの注射、これはまあ効くんだ。でも副作用がきついんだよ。だから、仕事を進めるためには一度その注射をやめて——がんがどの程度まで進むのかは別としても——その間に書き終えてしまうより、しょうがないかなと思ってんだ。

例えば朝起きるときにすごく汗が出る。そうなると、そのあともう一日中ダメなんだよ。書けないんだ。そうすると、もう年も年だから、注射をやめたところでそんなに急激にがんは進まないんじゃないかという見方もあるんだよ。ただ、やめた、またマーカーが上がった、また注射する——これずっと繰り返すと、すごく悪くなるらしい。そうなると取り返しがつかない。だから、ある程度は薬を続けないといけないんだ」

前立腺ごと切除する手術も医者に勧められたというが、橋本はこれを拒否している。

「簡単な手術なんだよ。睾丸を取ってしまえばいいわけだから。そしたら注射打たなくても、もういいんだ。入院も一週間くらいで済む。
ただ、体質が変わるんだよね。それで、性格も女っぽくなる。そうすると、今書いてるものが繋がらないんじゃないかと思うんだよ。そういう不安がある」

前立腺を切除すると、性格が変わり、それにより作風が変化する恐れがある。そう考えたために、橋本は手術を拒んだのだという。『天武の夢』の完成に、文字通り自身の生命を賭けたのだ。女性ホルモンの注射や薬を飲むようにしたが、副作用が強く、執筆に支障をきたした。そのため、いずれも中断した。

「だから、ちょっと手の打ちようがないような感じなんだよな。とにかく一日に二行でも三行でも進んだらいいということでやってるんだけど、なかなかそっちのほうがはかがいかないんだ」

さらに二〇一三年の冬、橋本は脳梗塞で倒れた。ただでさえ満身創痍、しかも九十歳を超えた身体に、脳にまでダメージを受けたのだ。小説を書くなんて、とんでもない話だ。

それでもなお、橋本は『天武の夢』の執筆を止めようとはしなかった。

「なんとかこれだけは終わりたいと思うんだ。文春と約束してるから。文春も待って待ってしてくれている。締切りも一年ぐらい延びるわけだよ。なんとか終わってくれりゃいいと思うけども、行けども行けども終わりにならん」

壊れたワープロ

「これが終わらないうちに、たぶん死ぬんじゃないかと思う」

二〇一四年三月二十九日、最後のインタビュー取材の際、橋本はそう語っている。そして、筆者の橋本への取材も、この時が最後となった。

ただ一方で、取材当時、筆者はこうも思っていた。橋本は『天武の夢』を「書く」気はあっても、「終わらせる」気を無くしているのではないか——。

橋本の没後、『天武の夢』の未発表原稿を全て通読し、その考えはより確かなものになった。『オール讀物』掲載パート以降の『天武の夢』は、主人公の大海人皇子を中心に歴史編纂委員会が組織され、蘇我氏の邸宅の炎上とともに失われた日本史の穴を検証していくという展開になっている。そこでは「邪馬台国はどこか」という議論が展開され、最終的には大和でも筑紫でもなく吉備

＝岡山説へと向かっていく。

この議論がとにかく長く、いつまでも終わらないのだ。あの血沸き肉躍る第一話からは想像もつかない、冗長で退屈な内容になっている。

ハコ、つまり細かい全体構成は既にできていて、ラストシーンも決まっている。それならば、この議論を延々と続けることの無意味さは、橋本であれば理解できるはずだ。にもかかわらず、いつまでも邪馬台国に関する議論を引き延ばした。

これは、体調の悪化により判断力が低下したという考えもあるかもしれないが、取材中の橋本は記憶の衰えはあったとしても、物語の捉え方にはいつも、全盛期を彷彿とさせる怜悧さがあった。この議論が続くことの退屈さを理解できなかったとは、思えない。

あえて、そうした。そうとしか考えられないのだ。

『天武の夢』を書き続ける限り、橋本は「現役の作家」でいられる。が、書き終えてしまえば、今さら新たな企画に挑む体力は残ってはいない。だからといって、隠居生活を送る気は橋本にはなかった。あくまで、「現役」として生涯を全うしようとしたのだ。

橋本が晩年に服用していた薬のリストを見ると、糖尿病関係、代謝関係、呼吸器関係、消化器関係、神経・脳関係、精神科関係——と多岐にわたり、計十八種類にも及ぶ。さらに、九〇年代以降だけでも腎臓がん、急性膵炎、膀胱がん、前立腺がん、腸閉塞、脳梗塞、気管支拡張症と、次々と大病を患った。粟粒性結核を患っていたためもともと身体は強くない。このような状況下にある橋本が、百歳を間近に控えてもなお書き続けたというのは、尋常ならざる執念というより他にない。

橋本は「鬼」に苛まれる人々を描いてきた。そして、橋本もまた病という「鬼」に苦しめられる生涯だった。だが、橋本は「鬼」に抗い続けた。筆という武器によって――。

橋本の仕事机の上には、今も書きかけの原稿が置かれている。それは、自身の戦後の思い出を綴ったエッセイだった。だが、その文章は出だしだけ何パターンも書いてあったが、冒頭の数十行から先には進んでいない。いちど朱を入れて訂正をし出したら、止まることはなかったのだという。

だが、そんな橋本にも諦めの時が来る。

二〇一八年六月二日。その朝、橋本はエッセイの続きを書こうとしていた。だが、いつも使っているワープロの調子がおかしい。ワープロが壊れている――。同居しながら面倒を見ていた次女の絲は、橋本からワープロの不調を聞き、秋葉原の業者に見てもらうことにした。

だが、ワープロはどこも壊れていないという。次に日本シナリオ作家協会の紹介で、川崎の業者に、橋本自身とヘルパーと三人で向かった。そこでも、ワープロは壊れていないという。そこから、橋本は書くことを止めてしまった。

気づいたのだ。壊れていたのはワープロではなく、自分自身だった――と。

「それを認めた時点で、父は『生きることはもういいや』って思ったんだと思う。『書くことが生きること。書けなくなったら死ぬしかないんだよ。生きてる意味がないんだよ』とよく言っていましたから」(橋本綾・談)

それから約一カ月後の七月十九日、橋本は眠ったまま息を引き取る。百歳の大往生だった。

あとがき

取材開始からここまで、約十二年。本当に長かった。

その間に約三十冊の本を出したが、片時たりとも橋本忍さんのことが頭を離れることはなかった。いかにして、この巨人の話を的確に読者に伝えるか。長きにわたり、その正解が全く考えつかなかったのだ。

他の企画は全て、こんな感じの切り口で、こんな感じの構成で、こんな感じの文体で書けば、うまく収まる——といったことが、立案と同時レベルですぐに決めることができた。が、今回はそうはいかない。

橋本さんから取材を通してうかがった話の数々、取材を通して受け止めた橋本さん当人の人物像、取材そのもののドキュメント、周囲の人々のコメント、そして没後に入手した創作ノート。どれもが膨大な情報量で、濃厚な内容だった。それでいて、それらは必ずしも「一つの真実」に向かってはいない。聞けば聞くほど、調べれば調べるほど、「藪の中」へ迷い込むような日々だった。

それならば、その混沌をそのまま書こう。まさに『羅生門』そのものの作りで、さまざまな視点からの証言やエピソードを羅列しながらも、そのどれが真実か分からない——。そのような構成なら、この捉えどころの難しい対象の全体像を伝えることができる。そう思った。二〇二〇年末のことだ。

だが、そこからまた三年がかかった。原稿は半年ほどで書き終えたのだが、どうも収まりが悪い。特に、ラストに『羅生門』的などんでん返しを用意していたのだが、これがどうにも締まらないのだ。全てはそこに向けての伏線にしていただけに、ここがしっくり来ないことには、どうにもならない。ここまで時間をかけて、さまざまな方にご協力いただき、多くの読者もお待たせしてきた。そんな大プロジェクトの結晶たる作品を、不完全な形で出したくはなかった。

そこから約一年、原稿を寝かせることにした。ラストの締め方に関して、どこかに突破口があるはず。ひたすら考え抜いた日々だった。

もっとシンプルでいいんじゃないか——。

そんな声が、突如として降ってきたのは、二〇二二年の秋。日課にしている真夜中のウォーキングの最中のことだ。あのどんでん返しにこだわるから、全てに歪みが生じる。だが、実はそのどんでん返しを削れば、その前の段階で綺麗なラストシーンが描けていることに気づいた。それが、本書におけるラストシーンだ。

最後をシンプルにするのなら、構成や視点もシンプルに。そう思い立ったら、これまで収まりの悪かった箇所に次々と自然な流れができていった。そうして、二〇二三年の三月にようやく「これで行ける」と納得のいく原稿となった。

「どんでん返し」として考えていたラストは、結局のところ蛇足でしかなかったのだ。考えてみれば、本書は「思わぬ事実」が次々と出てくる内容だ。それだけでも読者には衝撃的だというのに、構成までもカオスで、さらにラストで全てをひっくり返すようなことになれば、ひたすら混沌を招くのみだ。

どのような「どんでん返し」を用意していたのかは、また改めての機会に発表したい。その箇所も含め、構成をシンプルにする上で削除したのは「橋本忍と春日太一の対峙」、つまり取材時のドキュメントの場面だ。これが、なかなかにスリリングな状況の連続だったのだが、それは最終的に全て無くした。そのため、そこの描写を期待した方には不満があるかもしれない。だが、「脚本家・橋本忍の生涯」を読者に明確な輪郭をもって提示する上では、「春日太一」の存在はノイズでしかないのである。そこは、ご容赦願いたい。

なお、橋本忍さんへの取材は、新潮社の月刊誌『新潮45』で連載する目的で始められた。だが、橋本さんの体調不良もあって二回で休載となる。その後、『新潮45』そのものもなくなり、この企画を引き受けてくれる出口は新潮社にはなくなってしまった。そこに手を差し伸べてくれたのが文藝春秋だった。

不思議と、この企画を担当すると人事異動になるというジンクスがあり、『新潮45』時代を含め、二つの出版社で九名もの編集者が「担当」となった。いつもなら、担当編集者への謝辞をここで述べるのだが、今回はあまりに多いので、代表して初代の鈴木美保さん、ラスト九代目の宇賀康之さんのお二方に御礼申し上げたい。

特に鈴木さんは計九回の橋本さんへの取材の全てに同席、その誠実な仕事ぶりをもって橋本さんの信頼を勝ち得るとともに、圧倒的な存在を前に畏怖しきりの筆者にとっても頼りになった。彼女がいなければ、この取材は成り立たなかっただろう。

全面的なご協力に応じてくださった橋本綾さんをはじめとする橋本家の皆さま、取材にご協力くださった関係者の皆さま——、大変長らくお待たせしました。

そして、橋本忍さん。あなたのように鮮やかに一撃で——とはいきませんでしたが、その「生血」を存分に絞らせていただきました。その結晶といえる本書に、天国で少しでもご納得いただけましたら、幸いです。

二〇二三年九月
春日太一

主な参考文献（順不同）

橋本忍『複眼の映像』文藝春秋
橋本忍『人とシナリオ』シナリオ作家協会
橋本忍『映画「八甲田山」の世界』映人社
『松本清張全集19　霧の旗　砂漠の塩』文藝春秋
対談集『かぶきの花と心』朝日新聞社
村井淳志『脚本家・橋本忍の世界』集英社新書
国立映画アーカイブ・映像産業振興機構・監修「公開70周年記念　映画『羅生門』展」国書刊行会
国立映画アーカイブ・槙田寿文・監修『脚本家　黒澤明』国書刊行会
黒澤明『蝦蟇の油』岩波書店
浜野保樹・編『大系　黒澤明　第一巻』『第二巻』『別巻』講談社
『世界の映画作家3　黒沢明』キネマ旬報社
伊丹万作『静臥雑記』國際情報社出版部
加藤哲太郎『私は貝になりたい―あるBC級戦犯の叫び―』春秋社
飯塚浩二・編『あれから七年――学徒戦犯の獄中からの手紙』光文社
野村芳太郎『映画の匠　野村芳太郎』ワイズ出版
小笠原清・梶原弘子・編『映画監督　小林正樹』岩波書店
新日本出版社編集部・編『今井正の映画人生』新日本出版社

神山征二郎『生まれたら戦争だった』シネ・フロント社
正木ひろし『正木ひろし　事件・信念・自伝』日本図書センター
正木ひろし『裁判官　人の命は権力で奪えるものか』光文社
中野昭慶・染谷勝樹『特技監督　中野昭慶』ワイズ出版
木村大作・金澤誠『誰かが行かねば、道はできない』キネマ旬報社
国弘威雄『私のシナリオ体験―技法と実践―』映人社
中島丈博『シナリオ無頼』中公新書
尾崎秀樹・編『プロデューサー人生――藤本真澄映画に賭ける』東宝出版事業室
山田栄『「播但一揆」考』神戸新聞総合出版センター
田中純一郎『日本映画発達史』（全五巻）中公文庫
中川右介『角川映画１９７６―１９８６』ＫＡＤＯＫＡＷＡ
『テレビ史ハンドブック』自由国民社
「別冊歴史読本　地域別 日本陸軍連隊総覧・歩兵編」新人物往来社
東宝、松竹、各社史
『松本清張研究』バックナンバー
「キネマ旬報」「映画の友」「映画評論」「シナリオ」「日本映画」「シネ・フロント」各バックナンバー
各作品パンフレット、宣伝資料、原作小説

橋本忍　脚本映画一覧

公開年月日		作品名	共作	監督	原作	出演者	配給会社
1950年	8月26日	羅生門	黒澤明	黒澤明	芥川龍之介	三船敏郎	大映
1951年	11月2日	平手造酒		並木鏡太郎	中山義秀	山村聡	新東宝
1952年	10月9日	生きる	小國英雄・黒澤明	黒澤明		志村喬	東宝
1953年	2月19日	加賀騒動		佐伯清	村上元三	大友柳太朗	東映
	10月21日	太平洋の鷲		本多猪四郎		大河内伝次郎	東宝
1954年	2月10日	さらばラバウル	木村武・西島大	本多猪四郎		池部良	東宝
	3月3日	花と竜・第一部	池田忠雄	佐伯清	火野葦平	藤田進	東映
	3月24日	花と竜・第二部		佐伯清	火野葦平	藤田進	東映
	4月14日	勲章	内村直也・渋谷実	渋谷実		小沢栄	松竹
	4月26日	七人の侍	小國英雄・黒澤明	黒澤明		志村喬	東宝
	7月14日	次郎長三国志 第九部 荒神山		マキノ雅弘	村上元三	若原雅夫	東宝
	8月10日	大岡政談・妖棋伝 (前篇) 白蠟の仮面	鏡二郎	並木鏡太郎	角田喜久雄	大谷友右衛門	新東宝
	8月17日	大岡政談・妖棋伝 (後篇) 地獄谷の対決	鏡二郎	並木鏡太郎	角田喜久雄	大谷友右衛門	新東宝
	11月30日	初姿丑松格子		滝沢英輔	長谷川伸	島田正吾	日活
1955年	2月25日	生きとし生けるもの	西河克己 (潤色)	西河克己	山本有三	三國連太郎	日活
	11月22日	生きものの記録	小國英雄・黒澤明	黒澤明		三船敏郎	東宝
1956年	3月15日	白扇 みだれ黒髪		河野寿一	邦枝完二	東千代之介	東映
	3月27日	真昼の暗黒		今井正	正木ひろし	左幸子	独立
1957年	1月15日	蜘蛛巣城	小國英雄・菊島隆三・黒澤明	黒澤明		三船敏郎	東宝
	5月21日	伴淳・森繁の糞尿譚		野村芳太郎	火野葦平	伴淳三郎	松竹
	5月28日	憎いもの		丸山誠治	石坂洋次郎	藤原釜足	東宝
	11月15日	女殺し油地獄		堀川弘通	近松門左衛門	中村扇雀	東宝

	11月24日	どたんば	内田吐夢	内田吐夢	菊島隆三	加藤嘉	東映
1958年	1月15日	張込み		野村芳太郎	松本清張	宮口精二	松竹
	4月15日	夜の鼓	新藤兼人	今井正	近松門左衛門	三國連太郎	松竹
	7月29日	奴が殺人者だ		丸林久信	樫原一郎	佐藤允	東宝
	9月2日	鰯雲		成瀬巳喜男	和田傳	中村鴈治郎	東宝
	12月28日	隠し砦の三悪人	小國英雄・菊島隆三・黒澤明	黒澤明		三船敏郎	東宝
1959年	3月29日	コタンの口笛		成瀬巳喜男	石森延男	森雅之	東宝
	4月12日	私は貝になりたい		橋本忍	加藤哲太郎（題名・遺書）	フランキー堺	東宝
	10月27日	七つの弾丸		村山新治		三國連太郎	東映
	11月22日	空港の魔女	国弘威雄	佐伯清		高倉健	東映
1960年	3月13日	黒い画集 あるサラリーマンの証言		堀川弘通	松本清張	小林桂樹	東宝
	4月26日	ハワイ・ミッドウェイ大海空戦 太平洋の嵐	国弘威雄	松林宗恵		三船敏郎	東宝
	5月20日	いろはにほへと	国弘威雄	中村登	橋本忍	佐田啓二	松竹
	6月11日	地図のない町	中平康	中平康	船山馨	葉山良二	日活
	9月13日	弾丸大将		家城巳代治	赤江行夫	南広	東映
	9月15日	悪い奴ほどよく眠る	小國英雄・菊島隆三・黒澤明・久坂栄二郎	黒澤明		三船敏郎	東宝
	9月20日	最後の切札		野村芳太郎	白崎秀雄	佐田啓二	松竹
1961年	2月14日	南の風と波	中島丈博	橋本忍		新珠三千代	東宝
	3月19日	ゼロの焦点	山田洋次	野村芳太郎	松本清張	久我美子	松竹
	9月13日	八百万石に挑む男		中川信夫		市川右太衛門	東映
1962年	9月16日	切腹		小林正樹	滝口康彦	仲代達矢	松竹
1963年	4月10日	白と黒		堀川弘通		小林桂樹	東宝
1964年	7月11日	悪の紋章	廣澤榮・堀川弘通	堀川弘通	橋本忍	山﨑努	東宝
	11月1日	仇討		今井正		中村錦之助	東映
1965年	1月3日	侍		岡本喜八	郡司次郎正	三船敏郎	東宝

公開年月日	作品名	共作	監督	原作	出演者	配給会社
1965年 5月16日	その口紅が憎い	国弘威雄	長谷和夫		内田良平	松竹
5月28日	霧の旗		山田洋次	松本清張	倍賞千恵子	松竹
1966年 2月25日	大菩薩峠		岡本喜八	中里介山	仲代達矢	東宝
10月15日	白い巨塔		山本薩夫	山崎豊子	田宮二郎	大映
1967年 5月27日	上意討ち 拝領妻始末		小林正樹	滝口康彦	三船敏郎	東宝
8月3日	日本のいちばん長い日		岡本喜八	大宅壮一	三船敏郎	東宝
1968年 6月8日	首		森谷司郎	正木ひろし	小林桂樹	東宝
12月21日	太平洋の地獄		J・ブアマン		三船敏郎	松竹
1969年 3月1日	風林火山	国弘威雄	稲垣浩	井上靖	三船敏郎	東宝
8月9日	人斬り		五社英雄		勝新太郎	大映
1970年 6月6日	影の車		野村芳太郎	松本清張	加藤剛	松竹
10月31日	どですかでん	小國英雄・黒澤明	黒澤明	山本周五郎	頭師佳孝	東宝
1971年 5月22日	暁の挑戦	池田一朗・国弘威雄	舛田利雄		中村錦之助	松竹
7月3日	「されどわれらが日々―」より 別れの詩	岡田正代・橋本綾	森谷司郎	柴田翔	山口崇	東宝
1973年 10月6日	人間革命		舛田利雄	池田大作	丹波哲郎	東宝
10月27日	現代任侠史		石井輝男		高倉健	東映
12月29日	日本沈没		森谷司郎	小松左京	藤岡弘	東宝
1974年 10月19日	砂の器	山田洋次	野村芳太郎	松本清張	加藤剛	松竹
1976年 6月19日	続人間革命		舛田利雄	池田大作	丹波哲郎	東宝
1977年 2月16日	イエロー・ドッグ		T・ドノバン		田宮二郎	松竹
6月18日	八甲田山		森谷司郎	新田次郎	高倉健	東宝
10月29日	八つ墓村		野村芳太郎	横溝正史	萩原健一	松竹
1982年 9月15日	幻の湖		橋本忍	橋本忍	南條玲子	東宝
1986年 3月1日	愛の陽炎		三村晴彦		伊藤麻衣子	松竹
11月1日	旅路 村でいちばんの首吊りの木	橋本信吾	神山征二郎	辻真先	倍賞千恵子	東宝
2008年 11月22日	私は貝になりたい		福澤克雄	加藤哲太郎（題名・遺書）	中居正広	東宝

春日太一（かすが・たいち）
1977年、東京都生まれ。時代劇・映画史研究家。日本大学大学院博士後期課程修了（芸術学博士）。著書に『天才 勝新太郎』（文春新書）、『時代劇は死なず！完全版 京都太秦の「職人」たち』（河出文庫）、『あかんやつら 東映京都撮影所血風録』（文春文庫）、『忠臣蔵入門 映像で読み解く物語の魅力』（角川新書）など多数。

鬼《おに》の筆《ふで》
戦《せん》後《ご》最《さい》大《だい》の脚《きやく》本《ほん》家《か》・橋《はし》本《もと》忍《しのぶ》の栄《えい》光《こう》と挫《ざ》折《せつ》

2023年11月30日　第1刷発行

著　者　春《かす》日《が》太《た》一《いち》
発行者　大松芳男
発行所　株式会社 文藝春秋
郵便番号 102-8008
東京都千代田区紀尾井町 3-23
電話 03(3265)1211

印刷所　TOPPAN
製　本　加藤製本
組　版　明昌堂

定価はカバーに表示してあります。
万一、落丁乱丁の場合は送料当方負担でお取り替え致します。小社製作部宛お送りください。

ISBN 978-4-16-391700-9
Printed in Japan